LES MISÉRABLES

后浪 插图珍藏版

悲惨世界

I

［法］维克多·雨果 著
［法］古斯塔夫·布里翁 绘
潘丽珍 译

江苏凤凰文艺出版社
JIANGSU PHOENIX LITERATURE AND ART PUBLISHING

图书在版编目（CIP）数据

悲惨世界：插图珍藏版：全5册/（法）维克多·雨果著；（法）古斯塔夫·布里翁绘；潘丽珍译 .—— 南京：江苏凤凰文艺出版社，2023.9（2024.3 重印）
ISBN 978-7-5594-5998-5

Ⅰ.①悲… Ⅱ.①维…②古…③潘… Ⅲ.①长篇小说–法国–近代 Ⅳ.① I565.44

中国版本图书馆 CIP 数据核字 (2021) 第 100689 号

悲惨世界（插图珍藏版）（全5册）

[法] 维克多·雨果　著　　[法] 古斯塔夫·布里翁　绘　　潘丽珍　译

编辑统筹	尚　飞
责任编辑	曹　波
特约编辑	郝晨宇　沈凌波
装帧设计	墨白空间·Yichen
内文排版	龚毅骏
出版发行	江苏凤凰文艺出版社
	南京市中央路 165 号，邮编：210009
网　　址	http://www.jswenyi.com
印　　刷	北京盛通印刷股份有限公司
开　　本	880 毫米 ×1230 毫米　1/32
印　　张	56
字　　数	1401 千字
版　　次	2023 年 9 月第 1 版
印　　次	2024 年 3 月第 2 次印刷
书　　号	ISBN 978-7-5594-5998-5
定　　价	398.00 元（全 5 册）

江苏凤凰文艺版图书凡印刷、装订错误，可向出版社调换，联系电话 025 – 83280257

译者序

维克多·雨果（1802—1885）在法国文学史上占有举足轻重的地位，是法国最伟大的抒情诗人，十九世纪最杰出的小说家之一。他的一生几乎跨越了整个十九世纪，他以"生命和创作生涯之长、才华之横溢、作品之多样而统治着十九世纪"。雨果的声名响遍整个世界，正如波德莱尔所说的："维克多·雨果是一个无国界的天才。"

雨果于一八〇二年出生于贝桑松。父亲是拿破仑帝国的将军和伯爵，长期远离家人，征战南北。母亲是天主教徒和保王派，带着几个孩子生活在巴黎，对少年雨果影响很深。雨果从小爱好文学，中学时就开始写诗，十四岁立下宏志，要"成为夏多布里昂"。在漫长的一生中，雨果创作了大量的诗歌、小说、戏剧、文艺理论等，"不同的历史时期在他的文学活动中都打下了烙印，使他的整个作品构成了十九世纪法国政治和社会变化的一个侧影"。

雨果自己将其一生分为三个阶段：流亡前、流亡中和流亡后。我们不妨也照此将他的创作生涯划分为三个阶段。

第一阶段从青年时期到一八五一年十二月。由于受母亲的宗教信仰和政治观点的影响，雨果初期的创作明显带有保守倾向。一八四八年前，他一直在君主立宪制和共和政体之间摇摆不定，直到一八四八年二月，巴黎无产阶级革命推翻了七月王朝，他才坚定地站到共和立场上，完成了从保王派到共和派的过渡，并于一八五〇年坚定地转向民主主义，这使他成了众矢之的，被说成是"蛊惑人心的政客""赤色分子"。这一时期他出版的诗集有《短曲和民谣集》（1826）、《东方集》（1829）、《秋叶集》（1831）、《黄昏之歌》（1835）等；戏剧有《艾尼那》（1830）、《国王取乐》（1832）、《玛丽蓉·德·洛尔墨》（1833）等；小说有《死囚末日记》（1829）、《巴黎圣母院》（1831）等。尤其引人注目的，是在一八二七年，他借他的剧本《克伦威尔》出版之际，发表了举世闻名的《〈克伦威尔〉序》，提出了浪漫主义的文学主张，宣扬"庄严崇高和荒诞滑稽自然结合"的对照原则。这一《序言》成了反伪古典主义的经典檄文，标志着积极浪漫主义开始向戏剧舞台进军。这一浪漫主义的主张，不仅体现在他的诗歌和戏剧中，还用之于小说创作上，《巴黎圣母院》便是运用美与丑、善与恶这一浪漫主义对照原则的杰出范例。

一八四三年至一八五一年期间，雨果冷淡文学创作，将兴趣转向政治，先后成为法兰西封臣、制宪会议议员，积极支持路易·拿破仑竞选总统。可是，出于意识形态和个人方面的原因，他突然转向左派，揭露路易·拿破仑的野心和阴谋。一八五一年十二月二日，路易·拿破仑·波拿巴发动反革命政变，宣布恢复帝制，建立法兰西第二帝国，于是拿破仑三世登上了皇帝的宝座，雨果及其政派发表宣言，奋力抵制，最后雨果被驱逐出境，开始长达十九年的流亡生活（1851—1870），从而也开始了创作的第二阶段。

在流亡期间，雨果继续鞭挞拿破仑三世的独裁统治。同时，艰苦的流亡生活使他的才华更臻成熟，他的许多享誉世界的杰作都是在流亡时期创作和完成的。一八五二年，他发表了嘲讽拿破仑三世的小册子《小拿破仑》。一八五三年，出版了政治讽刺诗集《惩罚集》，以充满激情的嘲讽笔调，表达了对拿破仑三世的蔑视和仇恨、对自由的热爱和信念。在此期间，其他诗集也相继问世，如《静观集》（1856）、《咏史集》（1859）、《林陌集》（1865）等，以及长篇小说《悲惨世界》（1862）、《海上劳工》（1866）、《笑面人》（1869）。一八五九年，雨果拒绝接受拿破仑三世的大赦，直到一八七〇年普法战争爆发，拿破仑三世垮台，第三共和国成立，他才回到阔别十九年的祖国，巴黎人民纷纷拥到火车站，热烈欢迎他们喜爱的作家凯旋。

一八七〇年至一八八五年，为雨果生命和创作生涯的第三阶段。他热情投入反普鲁士的斗争中。巴黎公社成立时，他对公社的历史意义并不理解，但当公社惨遭镇压时，他却将自己在布鲁塞尔的住宅敞开大门，作为受迫害、遭流放的公社社员的避难所。在这生命的最后阶段，雨果创作并发表了多部诗集：《凶年集》（1872）、《怜孙集》（1877）、《灵台集》（1881）等。此外，长篇小说《九三年》也于一八七四年问世。在他最后的作品中，雨果一如既往，坚定地站在人民和进步力量一边，这就是为什么至今他的作品仍那样广为流传，那样深得民心。

《悲惨世界》是一部震撼人心的皇皇巨著。全书共分五部。第一部《芳蒂娜》，第二部《珂赛特》，第三部《马里尤斯》，第四部《普吕梅街田园诗，圣德尼街英雄史》，第五部《让·瓦让》。小说叙述了刑满释放犯让·瓦让的悲惨故事。一七九五年，修树工让·瓦让为饥饿所迫，偷了面包店一块面包，蹲了十九年苦役牢。一八一五年，让·瓦让刑满释放，投宿迪涅，遭众人拒绝，却受到迪涅主教热情接待，可他临走时偷了主教的银餐具而再次被捕。面对警察的调查，迪涅主教声称这银餐具是他赠与客人的，最后还把一对银烛台也送给了让·瓦让，以赎他的灵魂。

几年后，让·瓦让化名马德兰，成了小城滨海蒙特勒伊的市长。他开了一家玻璃饰物厂，发明了一项新工艺，大办慈善事业，促进了小城的繁荣。他厂里女工芳蒂娜因有个私生女而被解雇。芳蒂娜的女儿珂赛特寄养在蒙费梅的客店主泰纳迪埃家。为了付女儿的抚养费，芳蒂娜沦落为娼，又遭警探雅韦尔逮捕，后被马德兰先生解救，终因患重病而死在马德兰先生的医务所里，临终前将女儿托付给市长先生。雅韦尔怀疑马德兰是让·瓦让。这时，一个叫尚马蒂厄的老头被指控偷了一根苹果枝，并被认定就是让·瓦让。马德兰先生经过一夜激烈的思想斗争，前往法庭自首。于是，他又再次被捕，投入土伦苦役牢。一次，他冒险救了一位水手后乘机逃跑。人们以为他已淹死海中。逃出后（于是成了在逃犯），他去泰纳迪埃家寻找珂赛特。此时，珂赛特已八岁，受尽了泰纳迪埃太太的折磨。让·瓦让用重金向泰纳迪埃赎回珂赛特，把她带到巴黎，在偏僻的戈博旧宅租了个房间。后来，他怀疑自己受到雅韦尔警探的跟踪，并已被识破，便东逃西躲，情急之中躲进一家修道院，改名福施勒旺，当了园丁，在那里隐居下来，而珂赛特则进了修道院的寄宿学校读书。五年后，他们离开修道院，在普吕梅街租了座房子。这时，马里尤斯出现了。

马里尤斯的父亲在滑铁卢战场上曾被拿破仑册封为将军和男爵。马里尤斯从小同外祖父吉诺曼先生生活在一起。外祖父是个极端保王派，禁止他看望父亲蓬梅西男爵。受外祖父影响，马里尤斯也成了保王派。后来，他从一位教区财产管理员那里得知父亲很爱他，但为时已晚，父亲已经去世。于是，马里尤斯开始狂热崇拜拿破仑，并离家出走，与外祖父断绝了关系。他接触了ABC友社后，又转向共和派。

马里尤斯常去卢森堡公园散步，遇见了珂赛特，并爱上了她。

让·瓦让识破了马里尤斯的"阴谋",带着珂赛特搬了家。在泰纳迪埃的大女儿埃波妮的帮助下,马里尤斯找到了珂赛特的住址。于是一场热恋开始了。

由于害怕被警方发现,让·瓦让再次搬家。一本吸墨纸使他发现了珂赛特和马里尤斯的恋情,他痛苦万分,只想一死。马里尤斯那边也只求一死,因为外祖父拒绝了他和珂赛特的婚事。这时(一八三二年六月),酝酿已久的人民起义爆发了。马里尤斯随 ABC 友社的革命者参加了街垒战。让·瓦让看到马里尤斯写给珂赛特的诀别信,也去了街垒。密探雅韦尔为了侦察也去了那里。在街垒战中,ABC 友社的人全部壮烈牺牲。雅韦尔被起义者逮捕并判处死刑,由让·瓦让执行。让·瓦让出于人道将其释放。马里尤斯身负重伤,昏迷不醒,被让·瓦让从下水道里救出。一走出下水道,让·瓦让就被等在那里的雅韦尔抓住。雅韦尔满足让·瓦让的要求,将马里尤斯送回外祖父家里。雅韦尔被让·瓦让的人格力量所震撼,放了他一条生路,却又无法面对自己的职责,最终投塞纳河自尽。

六个月后,马里尤斯伤口痊愈,并与外祖父言归于好。在外祖父和让·瓦让的安排下,两位恋人终结连理。让·瓦让向马里尤斯坦白了自己的苦役犯身份,但遭到马里尤斯的误解。从此,让·瓦让失去了心爱的珂赛特,终日郁郁寡欢,日见衰弱。一八三五年六月,马里尤斯终于知道让·瓦让是自己的救命恩人,便偕同珂赛特前去看望,但见他已奄奄一息。让·瓦让在珂赛特怀里离开了黑暗的人间,孤独地躺在拉雪兹公墓一个偏僻的角落里,任"荒草掩埋,雨水刷尽"。

《悲惨世界》从十九世纪三十年代初开始酝酿到一八六二年问世,前后经历三十余年。这一时期正是法国的多事之秋,期间发生过多次革命,政权在王权制和共和制之间来回变动,雨果的思想也随时代的变动而发生了深刻的变化。因此，一八六二年出版的《悲惨世界》，与雨果酝酿这部小说的初衷有天壤之别。

早在一八三二年三月，雨果就与出版商朗杜埃尔和戈斯兰商谈出版一部两卷的小说，但没有明确书名。据说是一部"刑罚"小说，讲一个穷人犯了罪，受到法律的折磨，千方百计想摆脱法律的惩罚。这部小说尚未开始便"夭折"了，因为雨果意识到光谴责刑罚是不够的，还要知道一个人为什么会犯罪。于是，他开始研究这个问题，最终决定写一部社会小说。他一边呼吁要改革刑法，一边更自觉地观察人民的生存状况，"缓慢而坚持不懈地"搜集素材。从雨果的笔记中，可以看到关于苦役释放犯皮埃尔·莫兰的记载。这是一位穷苦农民，一八〇一年，因饥饿而从一家面包铺的橱窗里偷了一块面包，被判五年苦役，刑满释放后，受到迪涅主教米奥利斯的接待。这个皮埃尔·莫兰便成了让·瓦让的原型，而米奥利斯主教则为米里埃主教的塑造提供了素材。此外，在《见闻录》中，雨果在一八四二年一月九日记下了一个妓女被逮捕的细节，是他出面求情，才使妓女获释。这一细节也写进了小说，成为马德兰市长要求雅韦尔释放芳蒂娜的依据。他还做了许多调查研究：参观比塞特监狱、向法学家请教、了解土伦苦役牢的情况以及苦役犯的生活条件，等等。

一八四五年十一月，雨果动手写了。小说最初的名字是《让·特雷让》。一八四七年，他和那两位出版商将一八三二年签订的合同进行确认和修改，并首次用《贫困》命名小说。一切顺利，预计一八四八年初第一部将付梓。可这时他停笔了，因为他想参加巴黎议会关于监狱新条例的辩论，再则，一八四八年二月二十一日爆发了一场革命，推翻了路易-菲利普的统治。历史进入了新阶段，雨果的生活和思想也进入了新的阶段。他几乎停止一切文学创作而改为从政。这一搁置又是好几年。直到一八五四年（这时他已流亡国外）一部小册子的封面上宣布《悲惨世界》即将出版。从此,《贫困》易名为《悲惨世界》。可能是因为"《贫困》比较抽象,带点哲学或社会学的意味,而《悲惨世界》与人有更直接的关系"吧。应该说,小说名称的变化,反映了雨果对人的认识前进了一大步。他真正开始续写小说是在一八六〇年。雨果自己在同年四月二十四日庄严地宣布:"我花了七个月的时间,将在我头脑里写的作品反复思考,理出头绪,使得十二年前写的和我今天将要写的绝对统一……今天,我开始续写在一八四八年中断的作品。但愿能一写到底。"果然,雨果这次一写到底。一八六二年六月三十日,《悲惨世界》这部鸿篇巨制终于在比利时问世。

小说出版后,引起了强烈的反响。各种批评指责似排枪般射向雨果,有的说"这是部政治小说",还有的说"这是部流氓史诗",有的认为"书中描写的事已过时",还有的认为"雨果想创造一种只属于他自己的语言,二十年后不会再有人看懂",如此等等,不一而足。拿破仑三世的第二帝国无法阻止小说在国外出版,于是千方百计阻挠它在法国传播。更有甚者,《爱国者》杂志将《悲惨世界》说成是一部"危险之作",敦促政府禁止其"进入法国"。可是,这些都难以阻挡小说的成功,尤其是该书普及本问世后,受到小说的真正读者——人民大众的热烈欢迎,也只有他们才真正能读懂这部以人民为主角的小说。小说问世至今一百六十几年过去了,虽然开始时受到过一些磨难,在二十世纪也有过一段时间沉寂,但是,人们继续在读这部"法国文学史上最杰出的小说"。不仅是在法国本土,它的影响可以说遍及全球。就拿我国来说,自从一九五八年李丹的全译本问世至今,又有好几个译本相继问世。可见今天人们仍然爱读《悲惨世界》。

《悲惨世界》以浪漫主义和现实主义相结合的手法,塑造了一群受苦受难的底层人物。这部小说有两个目的:一是叙述让·瓦让的故事;

二是抨击社会。应该说这两个意图完成得很圆满。

雨果在一八五一年指出："一个不愿让人批评的社会，好比一位讳疾忌医的病人。"因此，让·瓦让的故事不可能仅仅是个人的故事，而是被压迫被践踏者的一种象征，是对不公正社会的无情鞭挞。雨果的这一思想在这部书的前言中得到了淋漓尽致的阐述：

"只要由法律和习俗造成的社会惩罚依然存在，在文明鼎盛时期人为地制造地狱，在神赋的命运之上人为地妄加厄运；只要本世纪的三大问题——男人因贫困而沉沦，女人因饥饿而堕落，儿童因无知而凋败——得不到解决；只要在有些地区，社会窒息的现象依然存在，换句话说，从更广义的角度看，只要地球上还存在着愚昧和贫困，像本书这一类作品就不会是无益的。"

这里，雨果深刻地揭露了他那个时代存在的社会问题：贫困使男人沦为罪犯，饥饿使女人沦落为娼，愚昧无知使儿童凋谢枯萎。他认为，贫困和愚昧无知是社会万恶之渊。他把社会底层比作"社会的第三台仓""藏污纳垢的大洞窟"，生活在那里的人因"愚昧和贫困"而变成"魔鬼"，在深渊里"吼叫着、寻觅着、摸索着、啃啮着"，"从受苦受难而走向犯罪"，干起"偷盗、卖淫、谋杀"的罪恶勾当，最终而成为"撒旦"。"在愚昧无知消灭之前，这个藏污纳垢的大洞窟就不会消失"。他在书中多次提到对儿童的教育问题，大声疾呼社会要重视全民教育，要用"光明"来医治社会"疾病"，用光明来"净化心灵""照亮心灵"，而"一切普照社会的光明，皆源自科学、文学、艺术、教育"。他要人们做出选择，"是要法兰西的儿女，还是巴黎的流浪儿，要光明中的烈焰，还是黑暗中的磷火"。虽然雨果提出的方法过于理想化，但在他那个时代应该说是一种进步的表现。

让·瓦让是小说的核心人物，整个故事围绕他而展开。他因贫困和饥饿偷了一块面包，又因这区区小罪判了五年苦役，多次越狱多次加刑，使他在狱中待了十九年，不公正的刑罚迫使他由好人变成一个仇视社会，出狱后只想报仇的坏人；主教的感化让他从坏人转变为一个善人和圣人；而珂赛特的出现好似太阳，温暖了这位老苦役犯的心，使他坚定地朝着光明前进。我们认为，让·瓦让这个人物从总体上看还是可信的，具有一种震撼人心的力量。

小说还塑造了其他许多有血有肉、栩栩如生的人物：米里埃主教、芳蒂娜、珂赛特、马里尤斯、加弗洛什、吉诺曼先生、马伯夫大爷、福施勒旺老爹等等，还有一群革命者，还有作为反衬的雅韦尔、泰纳迪埃夫妇。这些人物各具鲜明的个性。米里埃主教献身上帝和人类的精神可敬可佩；芳蒂娜的悲惨遭遇令人同情；加弗洛什的机智顽皮使人忍俊不禁，而他在街垒战中表现出的英雄主义精神又是多么可歌可泣（这里要提一笔的是，因为雨果成功塑造了流浪儿加弗洛什这个典型，**Gavroche** 这个专有名词已成为流浪巴黎街头顽童的代名词，并已转为普通名词，被收进了词典中）；珂赛特和马里尤斯的爱情感人肺腑，而后来对让·瓦让的忘恩负义虽情有可原，但更让人愤愤不平；吉诺曼先生、马伯夫大爷、福施勒旺老爹这些漫画式人物，让人觉得可亲可爱，又常常令人发噱；泰纳迪埃夫妇这对从资产者落入下层社会、干尽坏事的败类，让人可憎可恨；雅韦尔对让·瓦让一刻不停的迫害使人感到可恶可气，但另一方面，他的恪尽职守的职业道德有时也让人觉得可敬。所有这些林林总总大大小小的人物，无不充满了生命力。

小说的另一个特点，是在情节的展开中插进了许多冗长的介绍和议论。可以说，只要有机会，雨果便会停下叙述故事，用十几页乃至几十页的篇幅，论述一个历史事件，介绍一些专门知识，而这个事件，这些知识，有时与故事情节只有很少一点儿联系。例如，为了介绍马里尤斯的父亲如何被泰纳迪埃无意中救了一命，以便为以后的情节作铺垫，雨果详细叙述了滑铁卢战役；为把让·瓦让引进修道院，他又不胜其烦地介绍修道院的历史及其清规戒律；为让一群盗贼讲俚语，他可以说写了一篇关于俚语的论文；为使让·瓦让从下水道救出马里尤斯，他又琐屑地讲述了巴黎下水道的历史，如此等等。诚然，这些阐述不乏真实的一面，尤其是《滑铁卢》那一卷（为真实描绘一八一五年六月十八日滑铁卢战役的宏伟画面及拿破仑的这一灭顶之灾，雨果曾于一八六一年五月二十二日亲赴圣约翰高地作实地考察，并到比利时王家图书馆搜集资料），使我们在读这些章节时，也会增加一些历史知识。但是，总的看，这些介绍和议论过于繁杂，过于细碎。

为译这部鸿篇巨制，前后花了四年时间。原以为雨果的语言不如普鲁斯特晦涩，不如蒙田古老，译过了《追忆似水年华》和《蒙田随笔全集》，又译过雨果的《巴黎圣母院》，再译《悲惨世界》当不会太难。谁知《悲惨世界》真有不少让译者头痛得感到"悲惨"的地方。且不说译任何作品都会遇到的难懂和难译的句子和段落，需要一丝不苟地查阅法语词典，领会其含义，精确地翻译出来；且不说那些涉及历史、专门知识的章节，需要认认真真地查阅百科全书，做出准确的翻译和注释；且不说作者为逼真地描绘社会底层的生活而有意塞进作品中的俚语，给译者带来了难以逾越的困难；就连一些个别的词和词语也让人伤透了脑筋。

如小说开头第一个词，即第一部第一卷的标题《Un juste》，该译成什么，让我从开译到最后校订都处在举棋不定中。有的译本译成《一个正直的人》，还有的译成《义人》，但我觉得这里 un juste 的意思应该包含"正直的人"和"笃信宗教的人"双重意义，可又实在找不到一个词把这双重意思完美地表达出来。寄出清样后，我又写信给编辑定译成"善人"。可是，即使几经思考译成"善人"，我心中仍还忐忑不安。

又如，第三部第七卷中出现的 patron-minette。这个词属于俚语，小说中是黑道给一个四人强盗团伙起的绰号。有的译本译成"猫老板",还有的译成"咪老板",都把 patron 译成"老板"。其实,patron-minette 是 potron-minet 的讹音,也是 potron-jaquet,意思是"黎明""拂晓"。查《按字母顺序排列的法语类语词典》,发现 potron 源自拉丁语的 posterio,意为"屁股",而 minet 的意思是"猫",jaquet 是"松鼠"。若将 potron-minet(potron-jaquet)译成汉语,即是"当猫(松鼠)露出屁股的时候",法汉词典通常译成"黎明""拂晓"。根据词源,我们把 patron-minette 译成"猫露屁股",是为使译文带点俚语的味道。在第三部第七卷第三章中,有一段文字专门阐述了 patron-minette 的意思:"'猫露屁股'是黑道给这四人起的名字。在日渐消失的古老而荒诞的俗语中,'猫露屁股'即拂晓,正如'犬狼之间'即傍晚。'猫露屁股'的称呼,可能出自他们干坏事结束的时刻,因为黎明正是幽灵消失,强盗分手的时候……"

二十世纪七十年代中期,我从学校图书馆借来了法语原著 *Les Misérables*,花了半年多时间,才把雨果这部一千四百多页的皇皇巨著浏览了一遍,仅仅满足了解小说起伏跌宕、悲惨凄凉的故事情节,小说主人公 Jean Valjean 自我蜕变、弃恶从善的精神令我十分感动。

八十年代初,我从书店陆续购得翻译家李丹先生翻译的五部《悲惨世界》,兴致勃勃地从头至尾细细品读起来。我觉得李丹先生的译文优美而传神,还不时透着一种古雅的气息,让我佩服得五体投地。但我心里也有一个疑惑:为什么李丹将 Jean Valjean 译成"冉阿让",将 Jean 译成"冉",而不是"让",Valjean 译成"阿让",而不是"瓦尔让"或"瓦让"?我相信李丹先生这样做自有他的道理。后来我想明白,当年译界流行按中国姓在前、名在后的特点来翻译西方小说中的人名(这与西方名在前、姓在后的习惯截然相反),李丹是不是也想给 Jean

Valjean 找一个符合中国姓名传统的译名，让读者觉得好读好记，不易忘记？事实上，冉阿让的名字在中国早已家喻户晓，深深铭刻在《悲惨世界》读者的心中。

Jean Valjean 的译名始终是一个绕不开的难题：是照李丹先生的译名译成已然深入人心的"冉阿让"，还是按法语人名汉译的习惯译成"让·瓦让（或让·瓦尔让）"？这让我一直踌躇不决。

随着阅读和翻译的深入，我越来越感觉到，雨果将他心爱的《悲惨世界》的主人公起名 Jean，这并非随意之笔，而用 Valjean 这个姓也是深思熟虑之后的独创（在一九九六年版的涵盖九万条法语姓名的《法语姓名译名手册》上查无 Valjean 这个姓氏）。在《悲惨世界》第一部第二卷第六章开头，有这样一段叙述："Jean Valjean 出生在布里的一个贫苦农民家庭。幼时没念过书。成年后，他在法弗罗勒当修树工。他母亲叫 Jeanne Mathieu，父亲叫 Jean Valjean 或 Vlajean。这个姓可能是绰号，由 Voilà Jean（这是 Jean）缩合而成。"奇怪的是，儿子和父亲的名字都是 Jean，而母亲叫 Jeanne（Jean 的阴性形式），姓 Mathieu。更有意思的是，姐姐也叫 Jeanne。雨果用同一个名字命名小说的主人公及其父亲，并在他们的姓中复现 Jean，而且母亲和姐姐也都叫 Jeanne，这在法国小说中是鲜为人见的。我想，雨果做这样奇怪的安排并非无意之为，而是有其深刻的用意。Jean 和 Jeanne 是法语中最普通、最大众化的一个名字，作者把一个最大众化的名字赋予他笔下的人物，而且让他一家人共有一个名，这是不是想让他（她）们担负起代表悲惨世界的芸芸众生和受苦受难的人民大众之重任呢？此外，Jean 这个名字与法语中的一个普通名词 les gens 读音相同，而 les gens 的意思正是"人""人们"。每每想到这些，我总会产生联想：这会不会是作者有意而为的巧合呢？因为他在这部小说中最想表达的一个主题是"人""人民"，他大费笔墨描绘了他们的悲惨命运，并希望他们奋起而改变自己的命运。这就是我之所以把 Jean Valjean 译成让·瓦让的初衷。我想，无论如何，名和姓的两个 Jean 应该译成同一个汉字，要么两个"冉"，要么两个"让"。最后我遵从自己的意愿，按照法语姓名译名的习惯，将 Jean Valjean 译成让·瓦让。

还有一个细节也促使我下决心将小说主人公的名字译成让·瓦让。雨果是讲故事的行家里手。他在讲述主人公多舛命运的情节突变时，总会在前文就已设下伏笔，或是几段文字，抑或是几页乃至几十页的叙述。让·瓦让曾化名马德兰，隐姓埋名于滨海蒙特勒伊，还当上了该市的市长。几年后，他的命运再起波澜，他再次锒铛入狱而又成了苦役犯。起因是一个叫 Champmathieu 的老头因"偷"了人家酿酒的苹果而蒙冤入狱。作者巧妙地通过密探雅韦尔之口（详见第一部第六卷第二章），叙述了 Jean 是怎样变成 Champ 的。首先，Champmathieu 这个名字中含有 Mathieu，凑巧让·瓦让的母亲娘家姓 Mathieu（在第一部第二卷第六章中早有伏笔），这就让法官们认定，Jean Valjean 出狱后，用母亲的姓作掩护，改名为 Jean Mathieu（让·马蒂厄）。其次，又因不同地方发音不同，人们把 Jean 读成 Champ，久而久之，Jean Mathieu 就变成了 Champmathieu，这就为司法机构认定 Champmathieu 就是 Jean Valjean 提供了依据。最后，曾在一起服苦役的犯人们证明他就是在逃苦役犯 Jean Valjean。如此一来，Champmathieu（尚马蒂厄）便被认定为在逃苦役犯 Jean Valjean（让·瓦让），将在阿腊斯的重罪法庭审判。让·瓦让经过一夜"脑海里波涛汹涌"的激烈思想斗争后，决定前往法庭自首，供认自己是在逃苦役犯 Jean Valjean。这一义举不仅拯救了一个无辜者，也使自己的灵魂再次得到净化和升华。那么，如何译 Jean 和 Champ 呢？我想，也许 Jean 译成"让"，才能同 Champ 的汉译"尚"或"商"在发音上相近，前后相呼应，从而做到自圆其说。

话又说回来，李丹先生的译名冉阿让虽然不大符合雨果设定的情节，但已约定俗成，为广大读者铭记在心。我这里啰啰唆唆说了半天，无意改变什么，仅仅想说明 Jean Valjean 还可以有另一个也许更恰当的译法，那就是让·瓦让。

作者序

只要由法律和习俗造成的社会惩罚依然存在，在文明鼎盛时期人为地制造地狱，在神赋的命运之上人为地妄加厄运；只要本世纪的三大问题——男人因贫穷而沉沦，女人因饥饿而堕落，儿童因无知而凋败——得不到解决；只要在有些地区，社会窒息的现象依然存在，换句话说，从更广义的角度看，只要地球上还存在着愚昧和贫困，像本书这一类作品就不会是无益的。

一八六二年一月一日于奥特维尔

CONTENTS · 目录

第一部　芳蒂娜

第一卷　善　人
- 一　米里埃先生　3
- 二　米里埃先生变成比安维尼大人　8
- 三　好主教遇到穷教区　13
- 四　言行一致　16
- 五　比安维尼大人舍不得换新教袍　22
- 六　他让谁看守屋子　25
- 七　克拉瓦特　30
- 八　酒后谈哲学　33
- 九　妹妹谈哥哥　39
- 十　主教面对闻所未闻的思想　43
- 十一　一点保留意见　57
- 十二　比安维尼大人门庭冷落　61
- 十三　他的信仰　64
- 十四　他的思想　68

第二卷　坠　落
- 一　赶了一天路　71

二　聪明人要谨慎　87
　　三　唯命是从的英雄气概　90
　　四　蓬塔利埃的干酪制造业　96
　　五　心境恬然　99
　　六　让·瓦让　101
　　七　绝望背后　106
　　八　海涛与黑夜　113
　　九　新的创伤　117
　　十　那人醒了　118
　　十一　他做什么　120
　　十二　主教拯救灵魂　124
　　十三　小热尔韦　129

第三卷　一八一七年
　　一　一八一七年　139
　　二　两个四人组合　146
　　三　四对四　150
　　四　托洛米埃高兴得唱起了西班牙歌　155
　　五　在邦巴达小酒馆　158
　　六　爱情篇　162
　　七　托洛米埃妙语连珠　163
　　八　一匹马死了　171
　　九　一场欢乐，有始有终　175

第四卷　把孩子托付与人，有时等于断送孩子
　　一　一个母亲遇见另一个母亲　180
　　二　两个恶人的初步描绘　190
　　三　百灵鸟　193

第五卷　下　坡

　　一　黑玻璃业的发展史　198
　　二　马德兰　200
　　三　在拉斐特银行的存款　203
　　四　马德兰先生服丧　206
　　五　风雨欲来　208
　　六　福施勒旺大爷　213
　　七　福施勒旺成了巴黎的园丁　217
　　八　为维护道德，维蒂尼安太太花了三十五法郎　218
　　九　维蒂尼安太太的功劳　221
　　十　《功劳》续篇　223
　　十一　基督拯救我们　230
　　十二　游手好闲的巴马塔布瓦先生　231
　　十三　解决市警察局的几个问题　234

第六卷　雅韦尔

　　一　开始休养　247
　　二　"让"是怎么变成"尚"的　251

第七卷　尚马蒂厄疑案

　　一　辛普丽斯嬷嬷　260
　　二　敏锐的斯科弗莱师傅　264
　　三　脑海里波涛汹涌　269
　　四　痛苦在睡眠中的表现形式　287
　　五　路遇障碍　291
　　六　辛普丽斯嬷嬷经受考验　304
　　七　一到便为返回作准备　312
　　八　优待入场　316
　　九　罗织罪名的地方　319

十　否认的方式　325
十一　尚马蒂厄越来越惊讶　332

第八卷　余　波
一　马德兰先生用什么镜子照发　338
二　芳蒂娜幸福满怀　340
三　雅韦尔洋洋得意　344
四　司法机关重行司法权　347
五　合适的坟茔　352

第一部　芳蒂娜

第一卷　善　人

一　米里埃先生

一八一五年，夏尔－弗朗索瓦－比安维尼·米里埃先生在迪涅①任主教。这是个七十五岁的老人。自一八○六年起，他就是迪涅的主教了。

当他赴任迪涅主教时，社会上对他有一些传闻和议论。尽管这个细节与我们要叙述的故事并无实质的关系，但在这里有必要提一提，哪怕是为了精确和全面。但凡传闻，不管是真是假，不仅同被传者所做的事有关，而且常涉及他们的人生，尤其是他们的命运。米里埃先生的父亲是埃克斯②法院的参事，一位穿袍贵族。他父亲为让他继承父业，在他十八或二十岁那年，就早早给他娶了亲。这在穿袍贵族中是较为流行的做法。米里埃先生虽已成婚，据说仍不绝绯闻。他身材不高，却仪表堂堂，风度翩翩，幽默风趣。他的整个青年时代，都是在社交界蹉跎岁月，混迹于女人中间。大革命③爆发了，事态迅猛发展，穿袍贵族惨遭

---

① 迪涅，位于法国东南部，为上阿尔卑斯－普罗旺斯省的省会。
② 埃克斯市，位于法国南部。
③ 指一七八九年爆发的法国资产阶级革命。

杀戮，他们被逐出家园，走投无路，四下逃亡。革命一爆发，夏尔·米里埃先生便逃亡意大利。他妻子罹肺病已久，客死异国他乡。他们无儿无女。此后，米里埃先生的命运如何呢？法国旧制度分崩离析，他个人家破人亡，九三年悲剧①层出不穷，而这些可怕的悲剧，在流亡异国的法国人远远看来，更是面目狰狞，倍感恐怖：这一切是不是使他萌生了弃尘绝世的念头？国家的灾难可能影响到个人的生命和财产，但不会使人心灰意冷，可有时，某些神秘而可怕的打击，却会使人心力交瘁，万念俱灰；米里埃先生有生以来只有欢乐和温情，他是不是也遭到了这样的打击而变得心灰意冷了呢？关于这一切，谁也说不清楚。大家只知道，他从意大利回来时，就是神甫了。

一八〇四年，米里埃先生在B镇（布里尼奥尔镇）当本堂神甫。他年事已高，过着深居简出的生活。

就在拿破仑即将加冕前，米里埃先生为了教区的一件不知什么小事去了趟巴黎。他代表教民，去拜见一些达官贵人，其中有费什红衣主教②。一天令人尊敬的米里埃神甫在会客室里等待红衣主教接见，恰遇皇上来探望舅父。拿破仑见这位老人好奇地注视自己，便转过脸来，突然问道：

"盯着我看的这位老头是谁？"

"陛下，"米里埃先生说，"您在看一个老头，而我在看一个伟人。彼此都受益。"

当晚，皇帝向红衣主教问明神甫的姓名，不久，米里埃先生便被任命为迪涅的主教。他得此消息，深感惊讶。

再说，有关米里埃先生早年生活的传说，哪些是真，哪些是假，无人知晓。了解米里埃家大革命前情况的人家很少。

任何人初到一个人多口杂、缺乏头脑的小城，总会引来许多谣传。

---

① 一七九三年，法国革命党人实行恐怖政策，大量处死贵族。路易十六国王就是在那一年被处死的。
② 费什（1763—1839），法国红衣主教，拿破仑一世的舅父。

米里埃先生只得忍受那些飞短流长。他必须忍受，尽管他是主教，而且恰恰因为他是主教。说到底，关于他的那些闲话，也许仅仅是闲话而已，因为这些话不外乎是一些传闻、废话、闲言碎语，甚至连闲言碎语也算不上，照语汇丰富的南方人的说法，只是不经之谈罢了。

不管怎样，他在迪涅居住和任主教九个年头后，所有这些流言蜚语，这些始为小城百姓茶余饭后津津乐道的题材，已被人们彻底遗忘，无人再敢提起，甚至无人再敢想起。

米里埃先生来迪涅时，带来了一位老姑娘巴蒂斯蒂娜小姐。那是他的妹妹，比他小十岁。

他们只有一个女用人，马格卢瓦太太，与巴蒂斯蒂娜小姐同岁。马格卢瓦太太起初是"本堂神甫的女用人"，现在身兼二职：小姐的女仆和大人的管家。

巴蒂斯蒂娜小姐身材瘦长，面容苍白，性情温和。她是"可敬"二字的理想化身，但不能说可佩，因为一个女人可敬可佩，似乎必须先为人母。她从没漂亮过。她一生都替教会行善，最终连身体也披上了一层洁白和光辉，年迈时就有了一种所谓的"慈祥之美"。年轻时的清癯，到了中年，就成了清澈透明，使她看上去有如天使。与其说她是一个有躯体的处女，毋宁说是一个灵魂。她的躯体仿如影子，几乎一无女性的特征，仅有些许透着微光的物质，大眼睛总是低垂着，她不过是一个灵魂存在于人间的借口。

马格卢瓦太太是个又矮又白又胖的老妇人，成天忙忙碌碌，总是气喘吁吁，一则因为忙不及履，二则因为有哮喘病。

米里埃先生到任后，根据帝国法令，被恭恭敬敬地安顿在主教府内。因为法令规定，主教的待遇仅次于旅长。市长和法院院长对他进行了初次拜访，他也回拜了将军和省长。

安顿停当，全城拭目以待主教行动了。

二　米里埃先生变成比安维尼大人

　　迪涅的主教府与医院毗邻。这是座石头建筑，屋宇轩昂，美轮美奂，由亨利·皮热大人建于上世纪初。亨利·皮热是巴黎大学神学博士，西莫修道院院长，一七一二年，他是迪涅的主教。这是一座名副其实的领主宅第。那些套房、客厅和卧室，那个极其宽敞的院落以及供人散步的古佛罗伦萨风格的曲折拱廊，那些树木苍翠的花园，都显得无比气派。饭厅在楼下，朝向花园，是一间富丽堂皇的长廊。一七一四年七月二十九日，亨利·皮热主教大人在这里款宴过几位贵宾，他们是：安布伦亲王兼主教夏尔·布吕拉·德·让利大人、格拉斯的主教嘉布遣会修士安托万·德·梅格里尼大人、莱兰隐修院院长和法兰西隐修院院长菲利普·德·旺多姆大人、万斯男爵兼主教弗朗索瓦·德·贝通·德·克里翁大人、格朗代夫的主教塞扎尔·德·萨布兰·德·福卡基埃大人、御前日常讲道师祈祷室神甫塞内兹的主教让·索南大人。这七位德高望重人物的肖像给这个大厅锦上添花，而"一七一四年七月二十九日"这个值得纪念的日子，用金字镌刻在一张白大理石桌上。

　　医院是一座又窄又矮的两层楼房，有一个小花园。

　　到任三天后，米里埃主教参观了医院。参观结束，他把医院院长请到家里。

　　"院长先生，"他说，"现在贵院有多少病人？"

　　"二十六个，大人。"

　　"这正是我数到的。"主教说。

　　"床挨床，挤得很。"院长说。

　　"这正是我注意到的。"

　　"病房就像是卧室，空气很不流通。"

"这正是我感觉到的。"

"还有，花园太小，当有阳光时，容纳不了康复期的病人。"

"这正是我想到的。"

"瘟疫蔓延时，比如今年是斑疹伤寒，两年前是粟粒热，有时，病人多达百来个，遇到这种情况，就招架不住了。"

"这正是我考虑到的。"

"有什么办法呢，大人？"院长说，"只好将就了。"

这场谈话是在主教府楼下那间长廊式饭厅里进行的。主教沉默片刻，蓦然转向医院院长。

"先生，"他说，"您看，这间饭厅能放多少张床？"

"大人的饭厅？"院长瞠目结舌，大声说。

主教环视大厅，仿佛在用目光进行测量和计算。

"足可放二十张！"他像是自言自语。接着，他又提高嗓门："听我说，院长先生，我谈谈我的看法。这显然是个错误。你们有二十六个病人，却只有五六间小病房。我们只有三个人，却占了五六十人的地方。我告诉您，这是个错误。您到我这里来，我住到您那里去。把我的房子还给我。这里是您的医院。"

翌日，二十六个穷苦人便在主教府中安顿下来，主教则搬进了医院。

米里埃先生已然一无所有，他们家的财产被那场革命化为乌有。他妹妹领取五百法郎的终身年金，这刚够她在本堂神甫家里的个人开销。米里埃先生作为主教，从国家领取一万五千法郎的年薪。就在他迁居医院的那天，他对这笔钱做了一劳永逸的分配。我们把他亲拟的一张清单抄录如下：

家用支出清单

小修院	1500 利弗①
传教团	100 利弗
蒙迪迪埃遣使会	100 利弗
巴黎外国传教团修道班	200 利弗
圣灵会	150 利弗
圣地宗教团体	100 利弗
各慈母会	300 利弗
另：阿尔勒慈母会	50 利弗
改善监狱	400 利弗
慰抚和解救囚犯	500 利弗
解救负债入狱的家长	1000 利弗
补助本主教区贫苦教师的薪俸	2000 利弗
捐助上阿尔卑斯省义仓	100 利弗
迪涅、马诺斯克、锡斯特龙地区免费教育穷苦女孩子圣母会	1500 利弗
施舍穷人	6000 利弗
个人支出	1000 利弗
	共计：15000 利弗

米里埃先生任迪涅主教期间，几乎都是这样来安排收入的。如上所见，他把这称作"家用支出"。

对这样的安排，巴蒂斯蒂娜小姐绝对服从。对这位圣女而言，迪涅的主教先生既是兄长又是主教；从自然的角度说，他是她的朋友，按教会的角度讲，他是她的上司。很简单，她热爱他，崇拜他。他讲话时，她俯首恭听；他行动时，她涉足其间。只有女仆马格卢瓦太太偶尔嘀咕几句。刚才已看到，主教先生只留给自己一千利弗，加上巴蒂斯蒂

---

① 利弗，当时的一种货币，相当于一法郎。

娜小姐的年金，每年不过一千五百法郎。这两个老妇和一个老头就靠这一千五百法郎清苦度日。

而且，若有乡村本堂神甫来迪涅，主教先生还有办法招待他们。那是多亏了马格卢瓦太太省吃俭用和巴蒂斯蒂娜小姐精打细算。

一天，——他到迪涅快三个月了——主教说：

"就这点钱，太拮据了。"

"就是嘛！"马格卢瓦太太大声说，"大人在城里办事，到教区巡视，省里应给车马补贴，大人从没申请过。这在从前的主教可是惯例。"

"对，"主教说，"您言之有理，马格卢瓦太太。"

他提出了申请。

不久，省议会研究他的申请，投票通过每年给他补助三千法郎，立项为：主教先生马车、驿车和教区巡视补贴。

当地资产阶级对此议论纷纷。一位帝国元老院①议员，曾赞成雾月十八政变②，并在迪涅城郊领取优厚年俸的原五百人院③议员，给司祭比戈·德·普雷阿纳先生写了封措词激烈的密函。我们将原文节录如下：

"车马补贴？在一个不到四千人的城市里，要它干什么？驿车和巡视补贴？首先，有必要巡视吗？其次，山区如何跑驿车？连路都没有，只能骑马。阿努堡迪朗斯河上的那座桥，勉强能过牛车。这些神甫都是一路货，又贪又啬。这一个起初装得像个正人君子，现在和其他人没有两样了。他要马车，要驿车。他和从前的主教一样，要过奢侈的生活。啊！这帮狗神甫！伯爵先生，只有等皇上给我们肃清了这些狗神甫，事情才能做好。打倒教皇！（当时和罗马正在闹矛盾④。）至于我，我只拥

---

① 指拿破仑帝国的元老院，由二十四人组成。
② 法兰西共和国八年雾月十八日，即公元一七九九年十一月九日，拿破仑发动政变，开始了独裁统治。
③ 一七九五年十月，热月党人由资产阶级投票，选举成立了元老院和五百人院。
④ 一八〇四年，教皇庇护七世到巴黎给拿破仑加冕，一八〇九年被拿破仑逮捕拘禁在法国。

护皇帝一人……"

可是，这件事使马格卢瓦太太高兴不已。"这下好了，"她对巴蒂斯蒂娜说，"大人以前只为别人考虑。最后是该考虑一下自己了。该施舍的全施舍了。这三千利弗总算可以归我们了！"

当天晚上，主教写了张清单交给他妹妹。内容如下：

马车和教区巡视补贴

医院病人肉汤	1500 利弗
埃克斯慈母会	250 利弗
德拉基尼扬慈母会	250 利弗
弃儿	500 利弗
孤儿	500 利弗
	共计：3000 利弗

这就是米里埃先生给那笔钱做的预算。

至于主教不固定的额外收入：结婚公告、宽免费、简略洗礼费、布道费、教堂或小教堂祝圣费、婚礼费等，因为是用来施舍穷人的，主教便向富人狠狠收取。

不久，捐款接踵而来。有钱的和没钱的都来叩米里埃先生的门，前者来捐款，后者来寻求施舍。不到一年，主教便成了一切善行的司库和一切救济款的出纳。一笔笔巨款都由他经手，但这丝毫没能改变他的生活方式，只保证基本需要，从不增添多余东西。

不仅如此。因为底层的贫困总是多于上层的博爱，捐款尚未收进便已支出，不啻雨水落在旱地上；尽管他常有钱收进，却总是没有钱。于是，他就省吃俭用。

按照惯例，主教们在写训谕和书信时，总喜欢把自己的教名写在头上。因此，出于一种本能，当地的穷人在米里埃主教的一连串名字中，深情地选择了他们认为有意义的名字，只叫他比安维尼①大人。我们也一样，必要时也这样称呼他。况且，主教也很喜欢这个称呼。他说："我喜欢这个名字。'比安维尼'修正了'大人'。"

我们不敢说这里所作的描绘完全真实，只能说大致如此。

三　好主教遇到穷教区

主教先生的马车变成了施舍，但他对辖区的巡视并没减少。迪涅教区的工作是很艰苦的。平原少，山地多，几乎没有公路，这一点，刚才已提到了。三十二个本堂区，四十一个副本堂区，二百八十五个附属教堂。巡视起来绝非易事。主教先生却做到了。若在附近巡视，他就步行，平原上就坐马车，山区就骑驴子。那两个老妪陪他一同前往。如果路途过于艰难，他就一个人去。

一天，他骑着毛驴，来到塞内兹。这个城市，从前是主教府所在地。那时候，米里埃主教囊空如洗，除了驴子，不可能有别的装备。塞内兹市长来到主教府门口相迎，见他从驴背上下来，便用气愤的目光看着他。还有几个市民也围着他哄笑。"市长先生，"主教说，"各位市民先生，我知道你们为什么气愤。你们觉得，一个穷教士骑驴是出于自负，因为那是耶稣基督的坐骑。我向你们保证，我骑驴是迫不得已，并不是为图虚荣。"

在巡视中，他待人宽容而温和，很少说教，只是同人交谈。他从不

---

① 比安维尼是 Bienvenu 的音译，是"欢迎"的意思。

把任何品德放到不可攀登的高度,也从不舍近及远,去寻找论据和榜样。对一乡的人,常以他们的邻乡为榜样。有些地方对穷人漠不关心,他就说:"瞧人家布里昂松人!他们善待穷人和孤儿寡母,让他们比别人提前三天开镰刈草。那些人的房屋塌了,就无偿给他们重盖。因此,他们受到上帝的保佑。整整一个世纪,那里没有发生过一起凶杀案。"

有些村庄的人贪心不足,斤斤计较,他便说:"瞧人家昂布伦人!收获季节,谁家的儿子在军队服兵役,女儿在城里帮佣,父亲生病干不了活,本堂神甫就在布道时,托大家帮帮忙。星期天,做完弥撒,全村不分男女老少,都跑到田里,帮那可怜人收割,然后把麦粒和麦秸搬进他家的谷仓里。"遇到因金钱和遗产问题四分五裂的家庭,他说:"瞧瞧德沃尼的山民吧!那地方穷乡僻壤,五十年不闻莺声。可是,不管谁家死了父亲,男孩子们便出外谋生,把家产留给女孩子,好让她们能找到丈夫。"有些乡镇的人爱打官司,农民们为打官司倾家荡产,他便对他们说:"你们瞧瞧凯拉谷的农民!他们安分守己。三千人住在那山谷里。上帝!就像是一个小小的共和国。他们不知道什么法官,也不知道庭丁。镇长包办一切。他分摊捐税,抽税合情合理。他裁决纠纷、分配遗产和进行判决时,分文不取。大家对他服服帖帖,因为他公正无私,而他周围的农民忠厚老实。"若遇到没有教师的乡村,他仍举凯拉谷的人为例:"你们知道他们是怎么做的吗?"他说:"一个十二或十五户的小村一般供不起教师,便由乡里聘请一些教师供全乡使用。他们一个个村庄奔跑,这里八天,那里十天,巡回施教。这些教师去集市买东西,我在那里遇见过他们。他们帽子的饰带上插着鹅毛笔,一看便知是干什么的。教语文的只插一支,教语文和算术的插两支,既教语文和算术,还教拉丁语的插三支。那些人是大学问家。不识字太丢人了!学一学凯拉谷人的做法吧。"

他这样讲着,既严肃又慈祥,缺少实例时,就创造些比喻,言简意赅,形象丰富,开门见山。真可谓具有耶稣基督的口才,不仅自己确信无疑,而且令人心悦诚服。

四　言行一致

他的言谈亲切而愉快。他说的话,两位和他一起生活的老妇都能听懂。他笑的样子,就像个小学生。

马格卢瓦太太通常称他"大人"。一天,他从安乐椅上起来,到书架上去找一本书。那书放在上面一层搁板上。主教个子比较小,够不着。"马格卢瓦太太,"他说,"给我搬张椅子来。本大人够不着这块搁板。"

他有个远房亲戚德·洛伯爵夫人。这位夫人一有机会,便要如数家珍般地在他面前列举她三个儿子所谓"有希望继承的遗产"。她有几位尊亲,年事已高,行将就木,她的三个儿子顺理成章成了他们的继承人。最小的儿子可望从一位姨婆那里继承整整十万利弗的年金,老二被指定继承舅父的公爵头衔,老大则继承外祖父的贵族爵位。通常,主教总是静静地听她炫耀,做母亲的这种炫耀无伤大雅,也情有可原。可是,有一天,德·洛夫人又唠叨开了这些遗产和"希望",主教似乎比平时更加若有所思。她不耐烦地停住话头,问道:"上帝!您在想什么,我的表兄?"主教说:"我在想一句奇怪的话,我想是圣奥古斯丁说的:'把你的希望寄托在不可能继承的人身上。'"

还有一次,他收到当地一位贵族的讣告。看到长长一页纸上,除了写着死者的各种头衔外,还罗列了所有亲属的所有封号和爵位,便嚷了起来:"死人的脊背多么结实啊!让他轻松愉快地背那么多头衔!人真够聪明的,竟用坟墓来满足自己的虚荣心!"

遇到合适的机会，他会说一两句意味严肃的俏皮话。一次封斋节，有个年轻的副本堂神甫来到迪涅，在大教堂里布道。他颇有口才。他讲的主题是施舍。他劝说富人要接济穷人，以便将来不下地狱，而进天堂。他尽量把地狱说得可怕至极，将天堂描绘得妙不可言，令人神往。在听众中，有一个歇业的富商，有时放放高利贷。此人名叫热博朗先生，他做粗呢、哔叽、斜纹呢和加斯盖呢生意，赚了五十万。热博朗先生一辈子没施舍过一个穷人。那次布道后，人们发现，每个星期日，他都给在大教堂门口行乞的几个老妪一个铜钱。六个叫花子分一个铜钱。一天，主教见他在施舍，便笑着对他妹妹说："热博朗先生在买一个铜钱的天堂哩。"

只要是慈善方面的事，即便碰到钉子，他也不气馁，总能说出一些发人深省的话。一天，他在市里的一个贵族沙龙里为穷人募捐。在座的有尚泰西埃侯爵。此人年事已高，家财万贯，但十分吝啬。他本事很大，既是极端保王派，又是极端的伏尔泰信徒。这种人不是绝无仅有。主教走到他跟前，碰了碰他的胳膊说："侯爵先生，您得给我捐点什么吧。"侯爵转过脸，冷冰冰地回答："大人，我有我自己的穷人。"主教说："那就把他们捐给我吧。"

一天，他在大教堂布道时说：

"敬爱的弟兄们，善良的朋友们，在法国，有一百三十二万所农舍只开三个口，一百八十一万七千所开两个口，一个门，一扇窗，还有三十四万六千所棚屋只开一个口，那就是门。这都是所谓的门窗税造成的。让穷人、老妇和小孩住进这种陋屋，不发烧不生病才怪呢！唉！上帝把空气赐给每个人，法律却要让他们用钱买。我不指责法律，但我赞美上帝。在伊泽尔省、瓦尔省、上下阿尔卑斯省，农民连独轮车都没有，运肥靠人的肩膀。他们没有蜡烛，用松枝和蘸有树脂的绳子点火照明。在多菲内省的整个山区都是这样。他们做一次面包，吃六个月，是用干牛粪烤熟的。冬天，他们用斧子把面包劈开，在水中浸泡二十四小时后才能吃。兄弟们，发发慈悲吧！瞧瞧你们周围，多少人在遭罪！"

他是普罗旺斯人，毫不费力就学会了南部地区的各种方言。他学下朗格多克人说："Eh bé, moussu, sès sagé?"① 学下阿尔卑斯人说："Onté anaras passa?"② 学上多菲内人说："Puerte un bouen moutou embe un bouen froumage grase."③ 老百姓听了非常高兴，这为他接近各种人提供了方便。他走进茅屋，来到山区，就像到了自己家里。他善于用最粗俗的方言，讲最伟大的事。他讲各种方言的时候，也就进入了所有人的心灵。

此外，他对上流社会的人和平民百姓一视同仁。

他从不匆匆忙忙不顾实际情况地乱加批评。他常说："我们来看看问题出在哪里。"

正如他常常戏称的那样，他是一个"前罪人"，绝不唱严守清规的高调。他大声宣讲一种教义，但不像那些冷酷的卫道士们皱着眉头。他的教义大致可归结为：

"人的肉体既是重负，又是诱惑。人拖着它，屈服于它。"

"人应该监督、约束、抑制自己的肉体，不到最后关头决不服从。即使这样，人仍可能犯错误，但这种错误是可以宽恕的。这是一种失足，但这是跪着的，可用祈祷来赎罪。"

"做一个圣人，是例外；做一个善人，是规定。可以徘徊、失责、犯错误，但要做一个善人。"

"尽量少犯罪，这是人的戒律；绝对不犯罪，这是天使的梦想。尘世间的一切都有罪。罪恶好比是引力。"

当看到大家吵吵嚷嚷，怒形于色，他就笑吟吟地说："哟！哟！这

---

① "嘿，先生，变老实了？"
② "你去哪儿了？"
③ "我带来了肥羊和好奶酪。"

显然是人人都会犯的大罪。这种惊慌失措、急于抗议,恰恰是为了掩饰自己的伪善。"

他对妇女和穷人特别宽容,因为他们受到人类社会的压迫。他说:"妻子、孩子、仆人、弱者、穷人和无知者犯错误,是丈夫、父亲、主人、强者、富人和有学问的人造成的。"

他还说:"对于没有知识的人,你们应尽量教给他们知识。社会不办义务教育是有罪的。是社会制造了黑暗,它应对此负责。人的心灵充满黑暗就会犯罪。真正有罪的,并非是犯罪的人,而是造成他心灵黑暗的人。"

正如我们所见,主教判断事物的方式与众不同。我猜想,他是从福音书里学来的。

一天,在一家沙龙里,他听到人们议论一件刑事诉讼案。那案子正在调查中,不久就要对簿公堂。一个穷人,为了自己深爱的一个女人和他们的一个孩子,走投无路,铸造了假币。那时候,铸假币是死罪。那女人第一次使用,就被发现了。警方把她拘留了,但只掌握她的犯罪证据。只有她能够指控她的情人,她一招供,他就完了。她矢口否认。人们反复逼问。她依然矢口否认。检察官心生一计。他伪造了情夫不忠的证据,巧妙地出示了一些情书的片断,终于使那不幸的女人相信她有一个情敌,那个男人是个负心郎。于是,嫉妒激起了她无比的愤怒,她终于告发了情夫,供认了一切,证实了一切。那男人彻底完了。不久,他将和他的同谋一起在埃克斯市受审。大家议论着这件事,无不称赞法官聪明能干,说他善于利用嫉妒之心,以激起愤怒,查明真相,利用复仇情绪,来伸张正义。主教默默听完大家议论,便问:

"这一对男女在哪里受审?"

"在重罪法庭。"

他又问:"那么,检察官又在哪里受审呢?"

迪涅发生了一起惨案。一名男子因杀人被判死刑。那不幸的人并非真正的读书人，但也不是一点文化都没有。他曾在集市上卖卖艺，代人写写信。此案引起了全城的极大关注。行刑前一天，监狱的指导神甫病了。得有个神甫帮助受刑人度过最后时刻。人们去找本堂神甫。他拒绝了，好像还说："这不关我的事。我对这件苦差使和这个江湖骗子不屑一顾。我自己也病了。况且，这不是我管的事。"此话传到了主教耳朵里。主教说："本堂神甫先生说得对。这不是他管的事，而是我的事。"

他马上去监狱，来到"江湖骗子"的黑牢里。他喊他的名字，握住他的手，同他说话。他在犯人身边整整待了一天一夜，忘了吃饭和睡眠，替犯人的灵魂向上帝祈祷，恳求犯人为自己的灵魂祷告。他同他讲了许多最简单也是最正确的道理。他是父亲、兄长和朋友，只在祝圣时才是主教。他教育他，宽慰他，安抚他。那人就要绝望地死去。死对于他犹如万丈深渊。他站在阴森森的悬崖边，浑身颤抖，恐怖得直往后退。他还没无知到对死麻木不仁的程度。被判处死刑对他是强烈的震动，仿佛把他周围那堵将我们同神秘世界隔开的所谓生命之墙震得到处是缺口。他不停地从这些不祥的缺口里，瞧一眼人间外面的世界，看到的是无尽黑暗。现在，主教让他看到了一线光明。

翌日，人们来提犯人，主教仍在那里。他随犯人离开牢房。他身披紫斗篷，颈上挂着主教十字架，同那五花大绑的犯人并肩出现在人群面前。

他同犯人一起上了囚车，一起上了断头台。那受刑者昨天还愁眉苦脸，垂头丧气，现在却容光焕发，精神饱满。他感到自己的灵魂已获宽恕，他期待上帝的出现。主教拥抱他。当铡刀快要落下时，他对他说："被人杀死的，上帝会使他复活。被兄弟们赶走的，将回到上帝身边。祈祷吧，相信上帝吧！进入永生吧！上帝就在这里。"他走下断头台时，他的目光让民众望而肃立。最令人起敬的，不知道是他苍白的面容，还是安详的神态。他回到平日笑称为"他的宫殿"的陋居,对妹妹说:"刚才,我以主教身份举行了一场祈祷仪式。"

但凡最高尚的事,往往最难被人理解,因此,城里有人对主教的举动说三道四,说他是装模作样。不过,那仅是贵族沙龙里的闲言碎语。民众却感动不已,赞叹不绝。对于神圣的行为,人民向来不会从坏的方面去理解。

至于主教本人,他因为目睹了断头刑罚,受到深深的打击,心情久久不能平静。

的确,断头台,只要它矗立在那里,就会使人产生幻觉。尚未亲眼看见断头刑时,我们对死刑多少可以无动于衷,不置可否。但是,只要看见过一次,就会受到强烈的震撼,不得不作出决定,表示赞成或反对。有些人赞不绝口,如迈斯特尔[1],另一些人则厌恶之至,如贝卡里亚[2]。断头刑是法律的具体化,它叫"制裁",它不是中立的,也不让人中立。谁看见它,都会浑身颤栗。那是一种最神秘的颤栗。一切社会问题,都围绕那把铡刀提出疑问。断头台不是一个构架。断头台不是一部机器。断头台不是由木头、铁和绳索构成的无生命的机械。它似乎是一种有生命的东西,具有一种不可思议的创造性。这个构架好像看得见,这部机器好像听得见,这个机械似乎有意识,这些木头、铁和绳索仿佛有愿望。断头台的存在会使人噩梦丛生,它显得狰狞可怖,同它的所作所为混为一体。断头台是刽子手的同谋;它一口把人吞进;它食人肉,喝人血。断头台是法官和木匠制造的怪物,是靠制造死亡来维持自己可怕生命的幽灵。

因此,那次断头刑给主教的印象极其可怕而深刻,以至于行刑的第二天,乃至以后许多天,他看上去依然郁郁不乐。他在那一刻显示出来

---

[1] 迈斯特尔(1753—1821),法国神学家。
[2] 贝卡里亚(1738—1794),意大利法理学家,启蒙运动的代表人物。

的极其安详的神态，现已荡然无存，社会正义的幽灵对他纠缠不放。平时，他每次办完事回来，总是心满意足，神采飞扬，可这次，他似乎深感内疚。他常常自言自语，嘟囔着凄恻的独白。一天晚上，他妹妹听到他说了一段话，记录了下来："我没想到会如此可怕。我不该只埋头于神的法律，而不关心人的法律。人有什么权利过问未知世界呢？"

随着时间的推移，这些印象淡薄了，可能已然消失。可是人们发现，主教后来一直避而不从那刑场经过。

不管什么时候，都可以把米里埃先生叫到病人和临终者的床边。他知道这是他最崇高的责任和工作。孤儿寡母的家庭毋庸请他，他自己会去。他会坐在失去爱妻的丈夫、失去孩子的母亲身边，默默待上好几个小时。他知道什么时候应该沉默，也知道什么时候应该说话。啊！可敬的人，多么善解人意！他不想用忘却来消除痛苦，而是用希望来使痛苦变得高尚和神圣。他说："你转身去看死者时，要注意方式。不要去想他们会腐烂。而是要目光专注。你会看到，你死去的亲人正在天上发出生命之光。"他知道，信仰能使人身心健康。对于绝望的人，他总是设法给予劝告和安抚，让他们看安于命运的人，使他们把俯视墓穴的痛苦，变成仰望星辰的痛苦。

五　比安维尼大人舍不得换新教袍

米里埃先生的家庭生活和公众生活一样，都受同样的思想支配。有机会就近观察的人，看到迪涅的主教先生甘于清贫的生活，会感到那是庄严而动人的一幕。

同所有的老人及大部分思想家一样，他睡眠很少。时间虽少，却睡得很沉。早晨，他先默祷一小时，然后做弥撒，或在大教堂，或在自己的祈祷室里。做完弥撒，他就用早餐。一片蘸着牛奶的黑面包，奶是自家的牛产的。吃完就开始工作。

做主教的是个大忙人。每天都要接见主教区的教务秘书，通常是一个议事司铎，此外，几乎每天都要接见助理主教。他要监督修会，授予特权，审查一系列教会图书：祈祷书、教理问答、日课经等；还要写训谕，批准讲道申请，协调本堂神甫和镇长的关系，还要处理教务和行政方面的信函，一边是国家，一边是罗马教廷。总之，他日理万机，忙得不可开交。

在他日理万机，应付完祈祷和日课经之后，剩下的时间首先给予穷人、病人和痛苦的人。再有空闲，他就用来劳动。时而在园子里锄锄土，时而读一读，写一写。对于这两种劳动，他只用一个词来称呼，叫作"从事园艺"。"精神是一块园地。"他如是说。

十二点，他用午餐。午餐和早餐一样简单。

下午两点，如果天气好，便走出去散散步，或在乡间，或在城里，常常走进穷人的破屋里。只见他独自漫步，低头沉思，拄着长长的拐杖，身上穿着又软又暖的紫棉袍，脚上穿着紫色长袜和笨重的鞋子，头上戴着主教平顶帽，三只角上分别垂着一束菠菜籽形的金色流苏。

他在哪里出现，哪里就有欢乐，仿佛他经过时，带来了温暖和光明。孩童和老叟来到门口迎接他，有如在迎接太阳。他为大家祝福，大家也为他祝福。谁需要帮助，人们就给他指主教的住所。

他随处停留，同小男孩和小女孩交谈，向他们的母亲微笑。他有钱时，便去看望穷人，没钱时，就去拜访富人。

他的教袍总是穿了又穿，舍不得换新的，但又怕被人发现，每次外出，总要套上那件紫棉袍。这在夏天就够他受了。

晚上八点半，他和他妹妹共进晚餐，马格卢瓦太太站在后面侍候。

再没有比这顿饭更简单的了。不过,遇到主教请某个本堂神甫吃饭,马格卢瓦太太便乘机为主教大人做些美味可口的湖鱼或山里的野味。不管哪个本堂神甫,都是做好菜的借口,主教也不干涉。除此以外,他平时的晚饭,一般只有水煮蔬菜和素油汤。因此,城里有人说:"主教不吃本堂神甫菜的时候,吃得和苦修教士一样。"

晚饭后,他同巴蒂斯蒂娜小姐和马格卢瓦太太聊半小时,然后回房去写一写,有时写在活页纸上,有时则写在书的页边。他很有文学修养,学识相当渊博。他留下了五六部相当珍贵的手稿,其中有一篇论文,研究《创世记》第一章第二节中的一句话:"神的灵运行在水面上。"他比较了三种译文:阿拉伯文本是"上帝的风吹来",弗拉维尤斯·约瑟夫①写成"天上一阵风吹向大地",翁克洛斯的迦勒底译文是"来自上帝的一阵风在水面上吹过"。在另一篇论文中,他研究托勒密的主教雨果的神学著作,该雨果是本书作者的曾叔祖。米里埃先生的研究证实,上个世纪,不少以巴雷库的笔名出版的小册子,均出自雨果主教之手。

他在阅读的时候,不管读的是什么书,常常会突然陷入沉思,沉思完毕,总要在书的页边写几行字。他写的内容往往和那本书毫无关系。我们手头就有他写的一条注释,写在一部四开本书的页边,书名为《日耳曼勋爵和克林顿将军、科恩沃里斯将军及美洲驻地海军上将的书信集》,凡尔赛普安索出版社,巴黎奥古斯丁沿河马路皮索出版社。

其注如下:

"啊!永生的您啊!

"《传道书》称您为万能,《马加比传》称您为造物主,《以弗所书》称您为自由,《巴录书》称您为无限,《诗篇》称您为智慧和真理,《约

---

① 弗拉维尤斯·约瑟夫,一世纪末的犹太历史学家。

翰福音》称您为光明，《列王记》称您为天主，《出埃及记》叫您为天公，《利未记》叫您为神圣，《以斯帖记》叫您为正义，《创世记》称您为上帝，人类称您为天父，但是，所罗门①称您为慈悲，在您所有的名称中，这是最美的一个。"

将近晚上九点，两个女人上楼回她们各自的房间休息，让主教独自在楼下待到天明。

这里，我们有必要如实介绍一下迪涅主教先生的住所。

六　他让谁看守屋子

前面说过，主教的住宅分上下两层。楼上楼下各三间，还有一个顶楼。屋后有一个七公亩②左右大小的园子。两位老妇住楼上，主教住楼下。楼下第一间临街，用作饭厅，第二间为主教的卧室，还有一间是他的祈祷室。从祈祷室里出来，得经过卧室，而从卧室里出来，得经过饭厅。祈祷室靠里面的地方，有一个关闭的凹室，里面放着一张床，用来待客。乡下的本堂神甫因私事或堂区公事来迪涅，主教先生就让他们睡这张床。

原来医院的药房，是从正屋延伸到园子的一座小屋，现改成厨房和食物贮藏室。

此外，园子里有一个牛棚，从前是医院的厨房，主教在里面养了两头奶牛。不管产多少奶，每天早晨，都要分一半给医院的病人。他说："这是我缴的什一税。"

他的卧室很大，寒冬腊月很难烧暖和。迪涅的木材很贵，他便想了

---

① 所罗门（前972—前932），以色列最伟大的国王，以贤明著称。
② 一公亩等于一百平方米。

个主意，在牛棚里用板隔出一个小间，隆冬季节，他就在那里度过夜晚。他称之为"冬斋"。

这冬斋和饭厅一样，只有一张白木方桌和四张麦秸坐垫的椅子。但在饭厅里，还陈设着一个涂有淡红胶画颜料的旧碗柜。还有一个与这一模一样的碗柜，恰到好处地铺了块小桌布，再加了些假花边，主教把它放到祈祷室里当祭台用了。

前来忏悔的有钱妇女和迪涅的女圣徒，常常凑些钱，让主教大人在祈祷室里安一个漂亮的新祭台。他每次收下钱，全部送给了穷人。"最漂亮的祭台，莫过于因受安慰而感谢上帝的苦难灵魂。"主教如是说。

在祈祷室里，有两张麦秸垫的祷告椅，在卧室里，有一张也是麦秸坐垫的安乐椅。偶尔，主教同时要接待七八个客人，省长，或将军，或驻军参谋人员，或小修院的几个学生，就得把冬斋里的椅子、祈祷室里的祷告椅或卧室里的安乐椅拿过来。这样，最多可以收集到十一张椅子。每次有客人来，总要把一间屋子搬空。

有时来了十二个人。为掩饰窘境，若是冬天，主教就站在壁炉前，若是夏天，他就建议到园子里去转一转。

在关闭的凹室里，还有张椅子，但垫子的麦秸漏掉了一半，并且只有三条腿，靠着墙才能坐人。在巴蒂斯蒂娜小姐的房里也有一张木安乐椅，从前也曾涂着金漆，套着花缎，但这张椅子很大，楼梯又很窄，是从窗口弄上楼的，因此，它不能作为备用椅子。

巴蒂斯蒂娜曾有个奢望，想买一套客厅用的、乌德勒支黄蔷薇花丝绒面的、有着天鹅颈般细腿的桃花心木安乐椅，再配上一张长沙发。但至少要花五百法郎。她看到为买这套家具，五年才省下四十二法郎零十苏，最后只得放弃了。再说，谁又能实现自己的理想呢？

没有比主教的卧室更容易想象的了。一扇落地窗朝向园子，对着落地窗的是床。那是一张医院用的铁床，绿哔叽布作天盖。在床后的暗处，帘子后面，放着梳妆用具，从这些用品，可以看出一个曾是上流社会人士的高雅习惯。两扇门，一扇在壁炉旁，通往祈祷室，另一扇在书柜旁，通向饭厅。书柜是个大玻璃橱，里面装满了书。壁炉通常不生火，木框漆成大理石花纹，炉内有一对搁柴的铁架，铁架两头呈花瓶状，上面刻有花叶和细槽，从前画了银色晕线而银光闪闪，这是主教享有的奢侈品。壁炉上方通常放镜子的地方，挂着一个有耶稣受难像的银镀层已脱落的铜十字架，钉在一块破黑丝绒上，装在一个褪了色的镀金木框里。落地窗旁，放着一张大桌子，桌上有一个墨水瓶，堆着杂乱的纸张和厚厚的书。桌前放着那张麦秸坐垫的安乐椅。床前有张祷告椅，是从祈祷室里搬来的。

床两侧的墙上，挂着两幅画像，镶在椭圆形的镜框里。画像旁边，在灰白色的背景上，题有几个金色小字，表明画像是何人。其中一个是德·夏里奥修士，他是圣克洛德的主教，另一个是图尔托教士，他是阿格德的代主教，夏尔特尔教区西多修会格朗尚隐修院院长。米里埃主教继医院病人住进这房间时，看到这些画像，没有把它们摘下来。一则他们是神甫，二则这医院可能是他们捐赠的，这两个理由足以使他对他们不胜敬重。关于这两个人物，他只知道他们于同一天，即一七八五年四月二十七日，一个被国王册封为圣克洛德的主教，另一个被授予有俸禄的圣职。马格卢瓦太太把镜框摘下来掸灰尘，在格朗尚隐修院院长画像的背面，主教发现四个小面团粘着一张方纸，从这张年久发黄、墨迹很淡的纸上，他知道了他们的特殊身份。

在他的窗上，挂着粗毛呢的老式窗帘，破烂不堪。买新的要花钱，为了省下这笔开销，马格卢瓦太太只得在中间缝了缝，恰好缝成了十字架图形。主教常常指给人看。"这多好啊！"他说。

不管楼上还是楼下，所有房间，无一例外地用石灰浆刷成白色。这是兵营和医院流行的做法。

可是，最近几年，马格卢瓦太太在巴蒂斯蒂娜小姐的套间里，在刷了石灰浆的墙纸下，又发现了用作装饰的几幅画，这在后面还要谈到。这座房子成为医院之前，曾是市民接待室，所以装饰着这些画。各个房间都铺着红砖，每星期擦洗一遍。床前都放着草垫子。这房子有两个女人料理，从上到下窗明几净，纤尘不染。这是主教允许的唯一奢侈。他说："这对穷人的利益毫无损害。"

不过，我们得承认，他从前的财产至今还剩下六副银餐具和一个大汤勺，马格卢瓦太太每天看着它们在白桌布上闪闪发光，心里有说不出的高兴。既然我们在如实地描绘迪涅的主教，就应该提一提他不止一次说过的话："要我不用银餐具吃饭，恐怕很难做到。"

除了银餐具，还有一对实心的大银烛台，是一个姑婆遗下来的。银烛台上插着两支大蜡烛，通常放在主教卧室的壁炉上。每逢有人来吃晚饭，马格卢瓦太太便点亮蜡烛，把银烛台放到餐桌上。

在主教的卧室里，床头有一个小壁橱。每天晚上，马格卢瓦太太把六副银餐具和大汤勺塞进这壁橱里。要说明的是，壁橱的钥匙是从不拿走的。

我们谈到的建筑物丑陋不堪，这使园子的景色受到了破坏。园内四条小路构成一个十字，从一个污水槽向四周伸展。另一条小路沿白色围墙环绕园子。那几条小路把园子切成方方正正的四块，边沿上都种着黄杨树。在其中三块地里，马格卢瓦太太种了蔬菜，在第四块地里，主教种了花。园子里零零星星散布着几棵果树。

一次，马格卢瓦太太温和地打趣说："大人，您什么都充分利用，可这块地却没派用场。种些蔬菜也比种花好呀。"主教回答说："马格卢瓦太太，您错了。美丽和实用一样有用。"停了一会儿，他又说："也许更有用。"

那块四方形土地，有三四个花坛，主教先生为它们花费的时间几乎和看书一样多。他常常一待就是一两个钟头,修枝,锄草,刨出一个个小坑,放进一粒粒种子。他对虫子,不像园艺人那样仇视。此外,他丝毫也不奢望精通植物学。他不懂分类和固体病理学,根本不想在图尔讷福尔①和自然分类法之间作抉择,不以胞果说反对子叶说,以朱西厄②反对林奈③。他不研究植物,只是喜欢花而已。他非常敬重科学家,但更敬重没有知识的人,从不厚此薄彼。在夏天的傍晚,他总拿着一个绿漆白铁壶,给他的花坛浇水。

屋里所有的门都不上锁。前面说过,饭厅的门正对着大教堂的广场。从前,那门上装有铁锁和铁闩,就像牢门一样。主教把那些铁家伙统统拆了,从此,那扇门不分昼夜,只用一个碰锁关闭。不管是谁,也不论什么时候,一推便能进入。起初,那两个老妇见这门从不关闭,惶恐不安。但主教对她们说:"你们想闩门的话,可以在你们的房门上装门闩。"最后,她们也和他一样放心了,至少表面是这样。不过,马格卢瓦太太有时仍不免感到恐惧不安。至于主教,他曾在一本《圣经》的页边写过三行字,清楚地阐述了,或者说至少点明了他的想法:"医生的门绝不应该关闭,神甫的门应该永远敞开,这便是二者的差别。"

他还在另一本叫《医学的哲学》的书里写了另一段话:"我不和他们一样也是医生吗?我也有我的病人。首先,我有他们的病人,他们称之为病人。其次,我还有自己的病人,我称之为不幸人。"

在另一个地方,他写道:"有人向你求宿,绝不要问他的名字。需要求宿的人,最忌讳别人问名字。"

一天,一个令人尊敬的本堂神甫,忘了是库卢布鲁,还是蓬皮埃里,大概是受了马格卢瓦太太的怂恿,竟然问主教大人,让大门昼夜向任何

---

① 图尔讷福尔(1656—1708),法国植物学家。
② 朱西厄(1699—1777),法国博物学家。
③ 林奈(1707—1778),瑞典生物学家,是植物和动物分类学的鼻祖。

人敞开,是不是有失谨慎,他家里的防卫如此之差,怕不怕出什么事。主教严肃而温和地拍拍他的肩,对他说:"**如果上帝都不看守这房子,任何人看守都无济于事**①。"说完,他就把话题岔开了。

他常常说:"龙骑兵队长有龙骑兵队长的勇敢,神甫有神甫的勇敢。"接着又说:"只是,我们的勇敢应该是毫无杂念。"

七　克拉瓦特

这里,我们自然要说到一件事,因为它最清楚地说明迪涅的主教先生是怎样一个人。

加斯帕·贝这帮土匪曾在奥利乌尔峡谷横行霸道,为非作歹。他们被剿灭后,有个叫克拉瓦特的首领躲进了山里。他和土匪的残部在尼斯伯爵领地藏了一段时间后,转而到了意大利的皮埃蒙特,后又突然出现在法国的巴塞罗内特一带。有人先后在若齐埃和图伊尔见到过他。他躲在鹰轭山的岩洞里,他从那里下来,经过于贝和于贝特小山谷,对那一带的大小村庄进行骚扰。他甚至一直走到昂布伦,有天夜里闯入一个大教堂,将圣器室抢劫一空。他的土匪行径使乡民们惊恐不安。宪兵队跟踪追击,但一无所获。他次次都能逃之夭夭。有时,他还拼命抵抗。这是一个天不怕地不怕的歹徒。正当人心惶惶的时候,米里埃主教来到此地。他是到乡里来巡视的。在夏斯特拉,镇长来找他,劝他返回。克拉瓦特盘踞在山里,活动范围直至阿尔什,甚至更远的地方。哪怕派人护送,也十分危险。三四个宪兵肯定会白白送死。

---

① 原文为拉丁语。

"所以我打算一个人去,不要人护送。"他说。

"您真要去,大人?"镇长大声说。

"非常想,绝不带护卫,一个小时后就动身。"

"动身?"

"动身。"

"一个人?"

"一个人。"

"大人!可别这样。"

主教接着又说:

"那边山里有一个贫穷的小镇子,我有三年没去了。他们都是我的朋友。温和而正直的牧羊人。他们放羊,三十只中,只有一只属于他们自己。他们纺羊毛线,五颜六色,非常漂亮。他们用六孔小笛吹山歌。他们需要有人不时同他们谈谈慈悲的上帝。一个主教畏葸不前,他们会怎么说?我要是不去,他们会怎么说?"

"可是,大人,有强盗呀!遇到强盗怎么办!"

"对,"主教说,"我想到了。您说得对。我可以去会会他们。他们也需要有人同他们谈谈慈悲的上帝。"

"大人,可他们是一伙土匪!一群狼!"

"镇长先生,也许耶稣就是要我去放这群狼的。谁知道上帝的旨意呢?"

"大人,他们会抢劫您的。"

"我一无所有。"

"他们会杀死您的。"

"一个一路上喃喃自语、装腔作势的神甫老头?啊!有什么用?"

"啊!上帝!万一遇到他们怎么办!"

"我就要求他们给我的穷人们施舍!"

"大人,以上帝的名义,不要去那里了!会有生命危险的。"

"镇长先生,"主教说,"就这个?我在世上不是为了守着自己的生命,而是为了守着世人的灵魂。"

没有办法,只好让他去了。他走了,只有一个孩子做伴,是自告奋勇给他带路的。乡民们对他的固执议论纷纷,大家都吓坏了。

他不想带妹妹和马格卢瓦太太一起去。他骑着毛驴,翻山越岭,没有遇见一个人,安然无恙地到达了他那些"好朋友"牧羊人的住地。他待了半个月,讲道,行圣事,教育人,劝导人。就要离开的时候,他决定以主教的身份,主持唱感恩赞美诗仪式。他和那里的本堂神甫谈了此事。可是没有祭服,怎么做呢?可供他使用的是一个寒酸的乡村圣器室,只有几件破旧的缝着假饰绦的缎纹祭披。

"不管它了!"主教说,"本堂神甫先生,在主日讲道时,我们把这事宣布一下。总有办法解决的。"

人们又到附近的教堂里去找。即使把这些穷教区的所有华丽的祭披都拿来,也不够装备在大教堂里唱圣歌的人。

就在大家束手无策的时候,有两个骑马的陌生人,运来了一个大箱子,放在本堂神甫的家门口,说是交给主教先生,放下就走了。打开箱子,里面有一件金丝斗篷、一顶镶有钻石的主教帽、一个大主教十字架、一支华丽的权杖,一个月前,昂布伦圣母院圣器室被盗的法衣全部都在。箱内有一张字条,写着:克拉瓦特献给比安维尼大人。

"我说会解决的吧。"主教说。接着,他又笑着补充说:"有件祭师的白法衣我就满足了,上帝却送来了大主教的祭袍。"

"大人,"本堂神甫摇摇头,笑了笑,咕哝道,"上帝,或是魔鬼。"

主教凝视神甫,不由分说地说:"是上帝!"

当他回夏斯特拉镇去的时候,一路上,都有人好奇地跑来瞧他。他在这个镇子的本堂神甫家里,又见到了巴蒂斯蒂娜小姐和马格卢瓦太太,她们翘首盼他回来。他对妹妹说：

"你看，我没说错吧？穷教士两手空空到穷山民那里去，回来时双手满满。我去时，带着对上帝的信任，却带回来一个大教堂的珍宝。"

那天晚上，直到就寝前他还在说："决不要怕小偷和凶手。那是外部的危险，是小的危险。要怕就该怕自己。偏见便是小偷，恶习便是凶手。最大的危险在我们的内心。脑袋或钱包受到威胁有什么要紧！对我们心灵构成威胁的危险，才是我们要想的。"

他又转身对妹妹说："妹妹，做教士的不能有防人之心。他们所做的，是上帝允许的。认为有危险时，只要向上帝祈祷就行了。不是为自己祈祷，而是为我们的兄弟，希望他们不要因为我们而犯错误。"

况且，他一生中没做什么惊天动地的大事。我们把知道的事记述下来。但通常，他总是在同样的时刻，做同样的事。一年中的一个月，和他一天中的一个小时毫无二致。

至于昂布伦大教堂那些"财宝"的下落，若有人问起这个问题，我们就难以回答了。那是些很漂亮的东西，令人爱不释手，抢来用于穷人该是很不错的。再说，它们本来就被人抢走了。这件冒险的事已完成了一半，现在只须把盗窃的方向变一变，让它向穷人靠近一步。关于这个问题，我们不作断言。不过，有人在主教的纸堆里，发现了一条若明若暗的旁注，可能与这件事有关，内容如下："问题是要知道，这些东西应该还给大教堂，还是送给医院。"

八　酒后谈哲学

前面提到的那位元老院议员，是一个精明干练之人。他遵循自己的道路勇往直前，遇到诸如良心、信义、公正、义务之类障碍，从来无所顾忌。他朝着既定目标前进，在他升官发财的道路上，从未犹豫过一次。他当过检察官，功成名就后，为人也渐趋温和。他人并不坏，总是尽量给儿子、女婿、亲戚乃至朋友们帮些小忙，明智地抓住生活中的好时机、好机会和好运气。其余的事在他看来都是愚蠢的。他挺风趣，也有些学问，自以为是伊壁鸠鲁①的信徒，其实，充其量也不过是皮戈－勒布伦②的产物。对于无穷和永恒的事物，对于"主教老头子的废话"，他常常饶有风趣地冷嘲热讽。有时当着米里埃先生的面，他也和蔼而又傲慢地加以嘲笑，主教则洗耳恭听。

　　记不清是在哪次半官方的仪式上，某某伯爵（就是那位议员）和米里埃先生都到省长府上参加宴会。用甜食时，那位议员虽仍神态端庄，却微有醉意，大声说道：

　　"真的，主教先生，我们聊一聊吧。一个议员和一个主教四目对视，很难不眉来眼去。我们俩都能预卜未来。我要向你坦白一件事。我有我的哲学。"

　　"您说得对，"主教回答，"谈论哲学时，总是睡下来的。议员先生，那您现在躺在大红床上啰。"

　　议员受到激励，接着又说：

　　"让我们当个好好先生吧。"

　　"哪怕是好好魔鬼。"主教说。

　　"我告诉您，"议员继续说，"阿尔让侯爵、皮浪、霍布斯和内戎③先生都是有识之士。在我的书房里，我那些哲学家的书都有，切口全

---

① 伊壁鸠鲁（前341—前270），古希腊哲学家，认为人生在于享受，主张避免痛苦。
② 皮戈－勒布伦（1753—1835），法国喜剧和小说作家。
③ 阿尔让侯爵（1704—1771），法国冒险家和文人。皮浪（约前365—前275），古希腊怀疑主义哲学家。霍布斯（1588—1679），英国机械唯物主义哲学家。内戎（1738—1810），狄德罗的好友及其作品出版人。

是烫金的。"

"跟你一样，伯爵先生。"主教打断他说。

议员接着又说：

"我不喜欢狄德罗①。他是空想家、演说家和革命家，但骨子里却相信上帝。他比伏尔泰还要相信宗教。伏尔泰嘲讽尼达姆②，可他错了，因为尼达姆的鳗鱼发生论证明了上帝的无用。在一匙面糊里加一滴醋，便可代替上帝造出光明③。假如那滴醋更大一些，那匙面糊更多一些，就能造出世界了。人就是那鳗鱼。那么何必还要永恒的天主呢？主教先生，我对耶和华的假说感到厌烦。它只能产生空洞浅薄之人。打倒万物之主！它令我心烦。乌有万岁！它叫我心宁。我要对您推心置腹，好好向我的牧师忏悔，我向你承认，我是个通情达理的人。我对您的耶稣不感兴趣，他总是唠唠叨叨，劝人克己和牺牲。这是吝啬鬼对乞丐的劝告。克己！为什么要克己？牺牲！为谁牺牲？我从没见过一只狼会为另一只狼的幸福自我牺牲。还是自然一些好。我们身处顶峰，就要有高于一切的哲学。假如只看到别人的鼻子尖，身处顶峰有什么用？让我们快快乐乐地生活吧。生活就是一切。我绝不相信，在另一个地方，在天上，在那边，在某处，还有另一个未来。啊！假如我听信别人的劝告，具有克己和牺牲的精神，那我一举一动都得小心谨慎，就要绞尽脑汁，弄清楚是善还是恶，公正还是不公正，合法还是不合法。为什么呢？因为我将来必须汇报我的行为。什么时候？等我死后。多美的梦！我死后，谁能抓得住我？你让影子的手抓一把骨灰我看看。我们都是过来人，都撩起过伊希斯女神④的衬裙，说实话，世上无所谓善与恶，只生长着树木花草。还是寻求

---

① 狄德罗（1713—1784），法国杰出的哲学家、戏剧家、作家。无神论者，百科全书派领袖。
② 尼达姆（1713—1781），英国科学家，是自然发生学说和活力论的坚定拥护者。
③ 原文为拉丁语。
④ 伊希斯，古埃及著名的女神，司生命、婚姻和生育。

真实吧。深入挖掘,穷根究底。应该去发现真理,掘地三尺,抓住真理。那样,它会给你带来无上的快乐。那样,你会变成强者,会朗声大笑。我这人非常坦率。主教先生,说人能永生不死,那是无稽之谈。啊!多么动人的诺言!您要信就信吧!那是给亚当的空头支票!人是灵魂,将变成天使,肩胛骨上会长出两只蓝色的翅膀。那么,帮我个忙,德尔图良①是不是说过,享有真福的人会从一个星球到另一个星球?好吧。我们将成为天上的蚂蚱。我们会看见上帝。等等,等等。什么天堂!那是胡扯!什么上帝!那是莫大的谎言!这些话,我肯定不会在《箴言报》上谈的,当然!但在朋友之间我会嘀咕几句。**在朋友之间**②。为进天堂而牺牲地上的利益,那是弃物逐影。上无限的当!我才不么傻呢。我是虚无。我叫虚无伯爵先生,元老院的议员。我出世前存在吗?不。我死后存在吗?不。我是什么?我是一撮土,被某个有机体聚合在一起。我在尘世间要做什么?我可以选择。不是受苦就是享乐。痛苦把我引向哪里?引向虚无。那我就要受一辈子的苦。快乐把我引向哪里?也是虚无。可我能享一辈子的乐。我已作了选择。我选择了吃,不然就要被吃掉。与其做草,不如做牙齿。这正是我明智的地方。死了就听其自然,掘墓人在等着呢,那是我们大家的先贤祠,一切都掉进那个大坑里。死了。**完了**③。人一死万事皆完。那是一切化为乌有的地方。请相信我,人死了就不再存在。说什么那里有人要同我说事儿,我想起来就要发笑。这是奶妈们胡编的。用妖怪来吓唬孩子,用耶和华来吓唬大人。不,我们的明天是黑暗。坟墓的后面是虚无,对谁都一样。你生前是萨丹纳帕路斯④也罢,圣味增爵⑤也罢,一死就不存在了。这是真的。因此,首先要享受生活。当我们

---

① 德尔图良(约150—222),基督教著名的神学家、哲学家,最早期的基督教作家之一。
② 原文为拉丁语。
③ 原文为拉丁语。
④ 萨丹纳帕路斯(前668—前626在位),艺术作品中西亚古国亚述的国王。
⑤ 圣味增爵(1581—1660),法国天主教遣使会和仁爱会的创始人。

拥有自己时，就要充分利用。我告诉您，主教先生，我的确有我的哲学，我有我的哲学家。我不会受一些废话的迷惑。但是，那些下等人，那些叫花子、穷光蛋、可怜虫，他们确实需要一些东西。有人便造了些传说、鬼怪、灵魂、永生、天堂、星宿等无稽之谈，来让他们囫囵吞下。他们细细咀嚼，把它们涂在干面包上。一无所有的人有仁慈的上帝。聊胜于无吧。我丝毫也不反对，但我守着我的内戎先生。仁慈的上帝对老百姓是有用的。"

主教拍手叫好。

"高论！"他大声说。"您那套唯物主义真是好极了！妙极了！不是谁想要就要得来的。啊！谁有了它，就不会上当受骗了，就不会愚蠢地像小加图①那样遭到放逐，像埃蒂安纳②那样被石头砸死，像贞德③那样被活活烧死。一个人掌握了这个妙不可言的唯物主义，就可以高高兴兴地对自己的行为不负责任，可以无忧无虑地吞噬一切，地位、闲职、爵位、用正当或非正当手段获得的权力，可以为金钱而出尔反尔，为功利而背叛朋友，昧尽天良，还觉得其乐无穷，等这些都消化后，就进入坟墓。多么惬意！议员先生，我这些话不是冲着您来的。但我不能不祝贺您。你们这些贵族大老爷，正如您所说的，你们有自己的一套哲学，那样精美，那样可口，只有富人才能消受，可用来做成各种调味品，使人生的种种快乐变得更美味可口。这套哲学是由特殊的勘探家从很深的地底下挖掘出来的。好在你们挺宽宏大量，不认为平民百姓把信仰上帝当作自己的哲学是坏事情，认为穷人吃不起香菌烧火鸡，还可以吃栗子烧鹅。"

---

① 小加图（前95—前46），罗马共和国末期的政治家和演说家，是共和制度的积极护卫者，长期对抗恺撒，以诚实、坚忍闻名。
② 埃蒂安纳，基督教的一个殉道者，最后死在耶路撒冷。
③ 贞德（1412—1431），法英两国百年战争期间法国的民族女英雄，一四三一年被俘后被活活烧死。

九　妹妹谈哥哥

为使大家了解迪涅主教先生的家庭情况，了解那两位圣女如何自觉地、无须他开口地将自己的行为和思想，甚至女人易受惊吓的本能，屈从于主教的习惯和意志，最好是把巴蒂斯蒂娜写给儿时的朋友布瓦舍弗龙子爵夫人的信抄录下来。那封信就在我们手中。

　　仁慈的夫人，我们天天都在念叨您。这是我们的习惯，但还有另外一个理由。您想象一下，马格卢瓦太太在洗刷打扫天花板和墙壁时，发现了一些东西。现在，这两个糊着旧墙纸，刷过石灰水的房间，同您的城堡相比毫不逊色了。马格卢瓦太太把墙纸全撕掉了。在墙纸下面发现了一些东西。我的客厅里没有家具，我们用来晾衣服，它有十五尺①高，十八尺见方，天花板昔日涂了金色，和您家一样，也有搁栅。从前做医院时，天花板上蒙了层布。还有我们祖母时代流行的细木护壁板。但值得一看的是我的房间。马格卢瓦太太在至少有十层的墙纸下面发现了一些画，虽称不上好画，但还说得过去。画的是忒勒玛科斯被密涅瓦②封为骑士的场面。另一幅是他在花园里。花园的名字我记不清了。总之，那是罗马贵妇们只去一夜的地方。我该怎么对您说呢？那上面有罗马的俊男靓女（此处有个字看不清），及他们的随从。马格卢瓦太太把它们揩得干干净净，今年夏天，她还要把损坏的地方补一补，重新上上油漆，这样，

---

① 长度单位，1 尺约合 33.33 厘米。
② 忒勒玛科斯，希腊神话中的英雄奥德修斯之子。密涅瓦，罗马神话中的艺术和智慧女神，即希腊神话中的雅典娜。

我的房间将变成一个真正的博物馆了。她在顶楼的一个角落里，还发现了两张半边靠墙的古式蜗形腿木桌子。但重上一次金漆，要花十二利弗，还不如把这钱送给穷人。再说，样子也很难看，我宁愿要一张红木圆桌。

我一直都很快乐。我哥哥心地非常善良。他把一切都给了穷人和病人。我们过得很拮据。这里的冬天很难熬，确实应为缺衣少食的人做些事。我们还算有火，有灯。您看，这已够舒服的了。

我哥哥有他自己的习惯。他聊天时常说一个主教应该这样。您想想，家里的门从来不关。谁都可以进来，一进门，便是我哥哥的屋子。哪怕是夜里，他也不害怕。照他的说法，这是他的勇敢。

他不愿我和马格卢瓦太太为他担心。他随时都有危险，可他甚至不愿我们露出担忧的神色。我们得理解他。

他常常雨天出门，在雨水中行走，冬天还要东奔西走。他不怕走夜路，不怕路途危险，遇到坏人。

去年，他只身一人，去了一个盗贼出没的地方。他不愿带我们去。他去了半个月。大家以为他死了，可他安然无恙地回来了，什么事也没发生。他还说："你们瞧我是怎样被抢的！"他打开一只箱子，里面装满了昂布伦大教堂的宝物，是强盗们送给他的。

那次他回来时，我和他的几位朋友走出两里①路去迎接他，我禁不住数落了他几句。当然我很小心，等车子开动发出声音时才说的，生怕别人听见。

---

① 这里，两里指两法里。一法里约等于四公里。以后文中出现的"里"均指法里。

起初，我心里老想，任何危险都挡不住他，真让人受不了。现在，我已习以为常。马格卢瓦太太有时还要阻挠他，我就给她使眼色让她别管他。他想冒险，就让他去冒吧。我带着马格卢瓦太太回家，我回到我的房间，为他祷告，然后进入梦乡。我心里很平静，因为我知道，万一他遇到不测，我是不会活下去的。我将随我的哥哥和主教一起去见仁慈的上帝。马格卢瓦太太对他的冒险做法比我更难适应，她说他这样做太不谨慎。但现在她也习惯了。我们俩一起为他祈祷，一起提心吊胆，然后我们进入梦乡。魔鬼想进我们家，就让它进吧。再说，在我们家里有什么好怕的呢？有一个人总和我们在一起，他是世上最强的人。魔鬼可以进来，但仁慈的上帝住在这里。

对我来说，这就够了。现在，我哥哥甚至无须对我说一句话。他不说话，我都知道他的心思，我们把自己献给了上帝。

同一个胸怀坦荡的人在一起，就应该这样。

您打听福克斯家的情况，我问过我哥了。您知道，他什么都知道，什么都记得清清楚楚，因为他一直是忠实的保王派。的确，那是康城财政区的一个历史悠久的诺曼底世家。从拉乌尔·德·福克斯、让·德·福克斯、托马·德·福克斯到今天，已有五百年了。他们都是贵族，其中一个是罗什福尔的领主。最后一个是居伊-艾蒂安-亚历山大，当过骑兵团长，在布列塔尼的近卫骑兵队里也干过什么。他的女儿玛丽-路易丝嫁给了阿德里安-夏尔·德·格拉蒙，他是路易·德·格拉蒙公爵的儿子，那公爵是法兰西封臣，近卫军上校，陆军少将。福克斯也写作福克或富克。

仁慈的夫人，请代求贵戚红衣主教先生为我们祈祷。至于您亲爱的西尔瓦妮，她没给我写信是对的，她待在您身边的时间很短。希望她身体健康，按您的要求学习，永远爱我。您转达的问候我已知悉。我感到很高兴。我的身体不算太坏，但我一天比一天消瘦。再见，纸已写满，就此搁笔。祝万事如意。

巴蒂斯蒂娜

一八……年十二月十六日于迪涅

又及：您的小姑同她的新家仍住在此地。您的侄孙非常可爱。您知道吗？他快五岁了。昨天，他看见一匹马经过，腿上绑着护膝，他说："它膝盖上的是什么呀？"这孩子真讨人喜欢！他弟弟拖着破扫把，当作马车，在屋里走来走去，嘴里还吆喝着："驾！"

从信中可以看出，这两个女人懂得服从主教的生活方式；女人对男人的了解，胜过男人对自己的了解，这是女人特有的本领。迪涅的主教表面看来一向温和质朴，但常常做出一些伟大勇敢的惊人之举，却仿佛连他自己都没料到。她们胆战心惊，但任他去做。有时，马格卢瓦太太试图劝阻，但总是在他做之前，绝不在做的中间和做完之后。一件事开始做了，她们从不打扰他，连个手势也不会有。有时候，无须他开口，甚至连他自己——因为他非常纯朴——也许还没意识到，她们就会隐隐感到他在行主教之职。于是，她静静地待在家里，犹如两个影子。他让做什么，她们就做什么，如果消失即意味着服从，她们就会消失。凭着她们极其敏锐的本能，她们知道有时对他表示关切，可能会妨碍他的行动。她们了解他，不是说了解他的思想，而是他的性格，因此，明知他会有危险，也不再去管他。她们把他托付给了上帝。

况且，巴蒂斯蒂娜在她的信里说了，如果她哥哥死了，她会随他而去。马格卢瓦太太虽没这样说，但她知道也会这样做。

十　主教面对闻所未闻的思想

在巴蒂斯蒂娜小姐写那封信后不久，主教先生又做了一件事。照全城人的说法，这件事的危险甚于上次去强盗出没的山中。

在迪涅附近的乡下，有个离群索居的人。此人曾是——我们不回避刺耳的字眼——国民公会①议员。他姓 G。

在迪涅这个小世界里，谈起国民公会议员 G 来，总有点心惊肉跳。一个国民公会议员，能想象得出是什么样子吗？那是在以"你"和"公民"相称的年代。此人近乎妖魔鬼怪。他虽没投票处死国王，但也差不了多少。他是半个弑君者。那时候，他不可一世。合法王朝复辟②后，怎么没有把他送上重罪法庭？没砍他的头倒也罢了，处理从宽嘛，可也该让他终身流放呀。真是个教训！如此等等，不一而足。再说，他是个无神论者，那些人全这样——这都是蠢鹅对秃鹫的说长道短。

那么，G 究竟是不是秃鹫呢？他离群索居，看起来真有点野蛮的味道，据此判断，可以说他是个秃鹫。他对处死国王没投赞成票，因此没被列入流放的名册中，得以留在法国。

他住的地方非常偏僻，在一个荒凉的山沟里，离城三刻钟，周围没有一个村庄，没有一条道路。据说，他有一块地，一个洞，一个窝。没有邻居，甚至没有人路过。他住进那个山沟后，通往那里的小路便隐没在荒草中了。人们谈起那个地方，如同在谈刽子手的魔窟。

可主教却陷入沉思。他经常眺望天边的那个地方，一丛树木标志着那位老国民公会议员居住的山沟。他说："那里住着一个孤独的灵魂。"

---

① 国民公会成立于一七九二年九月二十一日，由人民大会选举产生。会议宣布废除王权，法兰西共和国成立，判处路易十六国王和玛丽－安托瓦内特王后断头刑。
② 一八一四年，拿破仑帝国灭亡，王室复辟，路易十八回国称王。

可他心里还补上一句:"我得去看看他。"

但老实说,这个念头初看合乎情理,可经过一番思考后,他又觉得它奇怪而荒谬,有点儿令人反感。因为他内心也赞成大家的看法,那位国民公会议员使他产生了一种近乎仇恨的感觉,用反感二字最恰如其分,虽说他自己若明若暗。

可是,羊身上有疥疮,牧羊人就应该望而却步吗?不能。可那又是怎样的一头羊啊!

善良的主教不知所措。有时,他朝那个方向走去,然后又转身回来了。

一天,一个牧童模样的男孩来找医生,他是在那破屋里侍候国民公会议员的,说那老坏蛋快死了,他已全身瘫痪,过不了夜了。这消息在城里不胫而走,有些人还说:"谢天谢地!"

主教拿起拐杖,披上棉袍便出发了。前面说过,他的教袍太旧,再者,天一黑就会起风。

主教走到那个遭人唾弃的地方时,太阳就要落山了。他看到那巢穴就在眼前,禁不住心怦怦直跳。他跨过一条水沟,越过一道篱笆,掀开一扇栅门,走进一个荒芜的小园子,大胆地朝前走了几步,突然,他在荒地的尽头,一片高大的荆棘丛后面,看见了那个巢穴。

这是一个低矮而简陋的小窝棚,却干干净净,正面钉着一个葡萄架。门前有张旧轮椅,一种农家用的扶手椅,坐着一位白发苍苍的老头,向着太阳微笑。

在老头身旁,站着一个小男孩,就是那位小牧童,正在把一罐牛奶递给他。

主教正在观望,忽听见那老头提高嗓门说:"谢谢,我什么都不需要了。"他边说,边把笑脸从太阳转向孩子。

主教向前走去。老头听到脚步声,转过头来,脸上顿时露出万分惊讶的神色。他把历尽一辈子沧桑后可能有的惊讶都凝聚在脸上了。

"我来这里后,"他说,"第一次有人上我的家。先生,您是谁?"

主教回答:

"我叫比安维尼·米里埃。"

"比安维尼·米里埃!听说过这个名字。您就是老百姓所叫的比安维尼主教大人吗?"

"是我。"

老头微笑着说:

"这么说,您也是我的主教了?"

"可以说吧。"

"请进,先生。"

国民公会议员向主教伸出手,但主教没同他握手,只是说:

"看来我受骗了,但我很高兴。看您的样子,您肯定没病。"

"先生,"老头说,"我会好的。"

他停了会儿,又说:

"过三个钟头,我就要死了。"

继而又说:

"我略懂医道。我知道临终是什么情形。昨天,我只是脚发冷,可今天已冷到膝盖了。现在,我感到我的腰部直发冷。冷到胸口就会死的。太阳很美,是不是?我让人把我推到外面,是想最后看一眼世界。您可以同我说话,这累不着我。您来看一个快死的人,这很好。这个时刻应该有人在场。谁都有怪癖,我想坚持到黎明。可我知道,我最多只有三个小时了。那时天就黑了。可这有什么关系!死是很简单的事。用不着早晨。好吧。我就在星光下死去吧。"

老头转向牧童。

"你去睡吧。昨天你一夜没睡。你累了。"

孩子进屋去了。

老头目送孩子进屋，又喃喃自语般地说：

"他睡觉的时候，我将死去。这两种睡眠，能友好相处。"

主教本该激动的，但他却没有。他不相信这样的死法有上帝的存在。我不想隐瞒，宽大的胸怀也会有细微的矛盾，也应加以指出：平时，遇到这种情况，有人称他为主教大人，他会付之一笑，可现在那人没称他主教大人，他却有点不舒服，差点想反过来喊他一声"公民"。他想带着气愤的心情坦率地同他谈一谈，那是医生和神甫惯常的心情，但这对他却是少有的。不管怎样，这个人，这个国民公会的议员，这个人民的代表，曾是个不可一世的人物。主教的心情骤然严肃起来，这在他也许是生平第一次。

可是，那位议员却谦和而友好地打量他。从这种神态中，可以分辨出即将化为灰烬的人特有的谦恭。

而主教呢，他平时力戒有好奇心，他认为对人好奇近似冒犯，可此刻却情不自禁地端详起这位议员来。他这样仔细打量，并非出自同情，如果面对另一个人，他也许会受到良心的谴责。但这是个国民公会议员，他感到，这样的人似乎已不受法律的保护，甚至也不值得同情。

G已是八十岁高龄，但神态镇静，声如洪钟，几乎腰不弯背不驼，生理学家见了，会惊讶不已。那场革命有过许多像这样与时代相称的人。我们感到，这个老人是个久经考验的人。尽管快要死了，仍保持着健康的一切特征。他目光炯炯，声调有力，肩膀的动作非常强健，这一切，会使死神望而却步。伊斯兰教中接引亡灵的天使阿兹拉埃尔见了会调头就走，以为走错了门。G似乎要死了，因为他很想死。他在临终时，仍很自主。只有两条腿不能动弹。黑暗抓住了他的腿。脚已经死了，凉了，但脑袋依然生机勃勃，思维依然清清楚楚。在这庄严的时刻，G就像东方神话中的那位国王，上半身是肉体，下半身是石躯。

一旁有块石头，主教坐了下来，突然开始了谈话。

"祝贺您，"他用谴责的语气说，"您总算没有投票处死国王。"

议员似乎没有注意到这"总算"二字隐含的讽刺意味。他作了回答。脸上的笑容已全部消失。

"不要太祝贺我，先生。我可是投了消灭暴君的票的。"

一个语气严厉，另一个语气严肃。

"您想说什么？"

"我想说，人类有一个暴君，那就是愚昧。对于这个暴君，我是赞成处以死刑的。这个暴君孕育了王权，是从错误中产生的权力，而知识的权力则是来自真理。人只应该接受知识的统治。"

"还有良心。"主教补充说。

"一回事。良心是我们身上与生俱在的知识。"

比安维尼大人听着，感到有点吃惊，这个说法对他来说太新鲜了。

议员继续说：

"至于处死路易十六，我没投赞成票。我认为我无权处死一个人，但我感到我有义务消灭罪恶。我投了赞成消灭暴君的票。也就是说，妇女要结束卖淫，男人要结束奴役，孩子要结束愚昧。我之所以投票赞成共和国，就是因为赞成这些。我赞成博爱、和谐、曙光！我为消灭偏见和谬误出了力。谬误和偏见的崩溃带来了光明。我们这些人推翻了旧世界。旧世界是装满贫困的罐子，一旦在人类身上推翻，就成了一个装满欢乐的坛子。"

"混杂的欢乐。"主教说。

"您也可以说成混乱的欢乐。可是今天，从那次灾难性的复辟，即所谓一八一四年的复辟以来，可以说连欢乐的影子都没了。可惜，这件事做得不彻底，这点我承认。我们摧毁了旧制度，但没能在思想上把它彻底消灭。仅仅革除流弊是不够的，还应该改变习俗。风车不在了，但风还在吹。"

"你们摧毁了。这也许是有用的,但这种摧毁夹杂着泄私愤,我不敢恭维。"

"主教先生,权利是会发怒的,权利的发怒是一种进步的因素。这没什么,不管怎么说,法国这场革命,是基督诞生以来人类向前迈进的最有力的一步。它是不彻底,但非常崇高。它让人看到了一切闻所未闻的社会现象。它使人变得温和。它给人以启迪,使人平静、安宁。它让文明的洪流席卷大地。这是一场有益的革命。法兰西革命是在给人类行加冕礼。"

主教情不自禁地嗫嚅道:

"是吗?九三年①?"

议员在椅子上直起身子,庄严的神情中略带悲伤,他拼足临终者的全部力气,大声说:

"啊!您终于说了!九三年!我一直等着您说呢。一千五百年中积起了一片乌云。过了十五个世纪,才云开雾散。您却谴责那声惊雷。"

主教感到他心中有种东西熄灭了,尽管他不一定承认。不过他仍保持镇定。他回答说:

"法官代表正义说话,主教代表慈悲说话,而慈悲是更高尚的正义。雷霆不应该击错目标。"

他眼睛紧盯着议员,又说:

"那么路易十七②呢?"

议员伸出手,抓住主教的胳膊:

"路易十七!哈!您在为谁哭泣?为那无辜的孩子?那您就哭泣吧。我和您一起哭泣。是为王子?我就要考虑考虑了。依我看,路易十五的

---

① 指一七九三年,是革命进入高潮、处死路易十六的那年。
② 路易十七,路易十六的儿子,一七九五年他十岁时死在监狱。

这个孙子,这个无辜的孩子,只因他是路易十五的孙子这条唯一的罪名,而在圣殿骑士寺院里备受折磨,他这个痛苦,与卡图什①的弟弟所受的痛苦相比,并不更痛苦;卡图什的弟弟,同样是无辜的孩子,只因他是卡图什的弟弟,却被吊死在河滩广场上。"

"先生,"主教说,"我不喜欢用人的名字作比较。"

"卡图什?路易十五?这两个人中,您替谁鸣冤?"

这时出现了沉默。主教真有些后悔来这里了。然而,他隐隐感到自己受到了一种奇妙的震动。

议员接着又说:

"嗳!神甫先生,您不喜欢赤裸裸的事实。基督却喜欢。他拿起一根荆条,给圣殿清除灰尘。他的鞭子电光四射,赤裸裸地道明了真理。当他大声喊'**让小孩子到我这里来**②'时,他并没对孩子厚此薄彼。他会乐意将巴拉巴③的儿子和希律④的儿子一视同仁。先生,无辜本身便是冠冕。不是非得殿下才无辜。不管是衣衫褴褛的穷人,还是法国王室的子孙,他们的无辜都不可辱没。"

"这倒是真的。"主教低声说。

"我坚持我的看法。"G议员继续说。"您提到了路易十七。让我们统一一下看法。我们是不是要为所有的无辜者、所有的殉难者、所有的孩子、所有上层的和下层的人哭泣?这我同意。但是,我同您说过了,应该追溯到九三年以前。在路易十七之前,我们就应该流泪了。我和您一起为国王的孩子们哭泣,只要您同我一起为老百姓的孩子们流泪。"

"我为所有的孩子流泪。"

---

① 卡图什(1693—1721),人民武装起义的领袖,一七二一年被捕,被判死刑。
② 原文为拉丁语。这是耶稣对那些不准孩子听道的教徒说的话。
③ 据《圣经》记载,巴拉巴是名囚犯,因偷窃被判死刑。耶稣受审时,他正待处决。总督彼拉多每逢逾越节要释放一名囚犯,祭司和长老便挑唆众人,要求释放巴拉巴,处死耶稣。于是他被释放了。
④ 希律,公元前的犹太国王。

"不分轻重！"G嚷了起来。"如果天平要倾斜的话，也要倾向人民一边。他们受苦的时间更久。"

又是一阵沉默。还是议员先开口。他用一只胳膊支着轮椅，直起身子，用大拇指和弯曲的食指捏住脸颊，就像人们在审问和审判时下意识做的那样，并用凝聚着临终全部力量的目光紧逼主教，向他提出质问。这几乎是一场爆发。

"是的，先生，人民受苦的时间已经很久了。再说，喂，问题还不止这些，您为什么来这里，向我问这问那，同我谈路易十七？我又不认识您。我来到这个地方后，一直孤独地生活在这围墙里，从来足不出户，除了这个照顾我的孩子，我看不见任何人。您的名字，我的确隐隐约约听说过，应该说名声还不错。可是这不说明问题。精明的人有的是办法让老实的民众上当受骗。对了，我没听到您车子的声音，您把它停在那边路口的树丛后面了吧。我跟您说，我不认识您。刚才您说您是主教，可这丝毫也不能向我说明您的人格。总之，我要再问您一遍。您是谁？您是一个主教，也就是教会的要人，像您这样的人，穿金戴银，饰纹章，拿年金，受俸禄——迪涅的主教，一万五千法郎的固定收入，一万法郎的额外收入，一共有两万五千法郎——有厨师，有仆役，有佳肴美酒，星期五吃黑水鸡，外出坐华丽的马车，前呼后拥，趾高气扬，您有豪华的住宅，借着基督的名义乘坐四轮马车，可耶稣自己却光着脚走路！您是一个高级教士，年金、官邸、骏马、侍从、佳肴，人生的一切享受，您应有尽有，和别人没有两样。您像别人那样享受这一切，这很好，不过，这很说明问题，或者说还不够说明问题。这还不足以使我了解您内在的和主要的品质。您来这里，大概是为了开导我。我在同谁讲话？您是谁？"

主教低下头，答道："**我是一条蚯蚓。**①"

"一条坐四轮马车的蚯蚓！"议员咕哝了一句。

现在轮到议员变得仁慈，主教变得谦恭了。

主教和气地继续说：

"就算是吧，先生。不过，您给我解释一下，我那辆停在树丛后面的马车，我的美味佳肴和星期五吃的黑水鸡，我的两万五千法郎的年金，我的官邸和仆役，这些怎能证明仁慈不是美德，宽容不是义务，九三年不是冷酷无情呢？"

议员把手放到额头上，仿佛要驱走一块阴影。

"在回答您之前，"他说，"我先要请求您原谅。刚才我不该那样，先生。您来我家，您是我的客人。我应该以礼相待。您对我的看法提出异议，我只应该反驳您的论据。您的财富和享受，是我在辩论中可用来反驳您的有利条件，可是，高雅的做法是弃之不用。我向您保证不再提那些事了。"

"谢谢您。"主教说。

G 接着又说：

"您刚才要我作解释，那就来解释吧。我们谈到哪里了？您刚才说什么了？您说九三年冷酷无情，是不是？"

"对，冷酷无情。"主教说。"马拉②为断头台拍手叫好，您怎么看？"

"龙骑兵迫害新教徒时，波舒埃③高唱赞歌，那您又怎么看？"

回答毫不留情，有如一把钢刀直插目标。主教为之一震。他没有反击，但 G 以这种方式提到波舒埃，使他很不舒服。最优秀的人也有崇拜的偶像，有时，当看到自己偶像做出不合逻辑的事时，会隐隐感到受

---

① 原文为拉丁语。
② 马拉（1743—1793），法国政治家，雅各宾派领袖之一，被群众誉为"人民之友"。
③ 贝尼涅·波舒埃（1627—1704），法国神学家和作家，天主教的护卫者。

了伤害。

议员开始喘气了。他已奄奄一息,临终的呼吸不畅使他说话断断续续。可从他的眼睛看,他的神志依然很清醒。他继续说:

"再随便扯扯吧,我很想聊一聊。那场革命,从总体上说,是对人类的极大肯定,可惜九三年后退了。您认为那一年冷酷无情,那整个君主制度呢,先生?不也一样吗?卡里埃①是强盗,那您怎么称呼蒙特韦尔②呢?富基埃-坦维尔③是无赖,那您又怎么看拉穆瓦尼翁-巴维尔④呢?马亚尔⑤可恶之极,可是请问索尔-塔瓦纳⑥呢?迪歇纳老头⑦残暴凶狠,那么,您怎么形容勒泰利耶神甫⑧?屠夫儒尔丹⑨是个魔鬼,那卢瓦侯爵⑩也不比他逊色呀?先生,先生,我对玛丽-安托瓦内特公主和王后深表同情,但我对那位胡格诺派的可怜女人也很同情。先生,那位妇女有一个吃奶的孩子,一六八五年,在路易十四的统治下,她被绑在一根柱子上,上身一丝不挂,孩子丢在一旁。她的乳房胀满乳汁,她的心里充满忧虑。孩子饿得脸色苍白,看见母亲的乳房,喘息着,啼哭着。刽子手要那位既是母亲又是乳娘的妇女发誓放弃新教,让她在放弃孩子和放弃信仰中作选择。用惩罚坦塔罗斯⑪的手段来对付一位母亲,您对

---

① 卡里埃(1756—1794),国民公会代表,一七九四年被送上断头台。
② 蒙特韦尔,十七世纪末法国朗格多克地区新教徒的迫害者。
③ 富基埃-坦维尔,十八世纪末革命法庭的起诉人。
④ 拉穆瓦尼翁-巴维尔(1648—1724),法国朗格多克地区总督,血腥镇压新教徒。
⑤ 马亚尔,一七九二年九月大屠杀的执行者。
⑥ 索尔-塔瓦纳,一五七二年圣巴托罗缪屠杀案的主谋之一。
⑦ 迪歇纳老头,原是笑剧中的一个普通人形象,后来成了平民的通称。
⑧ 勒泰利耶神甫(1643—1719),路易十四的忏悔神甫,曾怂恿路易十四对新教教派和冉森教派采取严厉措施。
⑨ 屠夫儒尔丹,原名马蒂厄·儒弗(1749—1794),一七九一年法国阿维尼翁大屠杀主犯,后被人叫作屠夫儒尔丹。
⑩ 卢瓦(1641—1691),路易十四的军事大臣。
⑪ 坦塔罗斯,希腊神话中的吕狄亚王。因把自己的儿子剁碎了给神吃,触怒主神宙斯,罚他永世站在水中。想喝水时水退下,想吃果子时,头上那棵果树的树枝便升高。

此有何感想？先生，请记住：法国革命自有它的道理。它的愤怒，将来会得到宽恕的。它的成果是创造了一个最美好的世界。在它最可怕的鞭挞中，包含着对人类的爱抚。我简要说一说。我不继续了，我的道理很充分。再说，我就要死了。"

议员将目光离开主教，用几句心平气和的话来结束他的想法：

"是的，进步的暴行叫作革命。暴行结束后，人们会承认，人类受到了粗暴的对待，可是却前进了。"

议员全然不知，他刚才的一席话已把主教心中的堡垒——冲破了。然而还剩下一个，这个堡垒是比安维尼大人进行抵抗的最后一招，他坚守这块阵地，又像开始时那样生硬地说：

"进步必须信仰上帝。善事不能由不信教的人来侍奉。无神论者只会将人类引入歧途。"

老议员没作回答。他打了个颤。他望望天空，眼中慢慢生出泪水。当泪水蓄满眼眶时，就沿着苍白的脸颊往下流，茫然的目光望着深不可测的天穹，他几乎是语不成声地喃喃自语道：

"你啊！理想！只有你才存在！"

主教受到了一种难以言喻的震动。

一阵静默后，老人向天边伸出一根指头，说：

"无限是存在的。它就在那里。假如无限中没有我，那我就是它的界石，它就不再是无限了。换句话说，它就不再存在。然而它却是存在的。因此，它之中就有我。无限中的这个我，便是上帝。"

那临终的人说这最后几句话时，声音非常洪亮，还有一种心醉神迷的颤动，仿佛看见了什么人似的。说完，他闭上了眼睛。因为说话太用劲，耗尽了他的力气。显然，他所剩下的几个钟头的生命，就在那顷刻之间消耗殆尽。他刚才说的那几句话，缩短了他同就要去会合的那个人的距离。最后的时刻到了。

主教意识到了，时间紧迫，他是以神甫的身份来的，从最初的极端冷淡，渐渐变得激动不已。他凝视那双紧闭的眼睛，拿起那只枯皱冰冷的手，向临终的人俯下身子：

"这一时刻是上帝的。如果我们这次见面一无所获，您不觉得遗憾吗？"

议员睁开眼睛。脸上露出严肃而忧郁的神情。

"主教先生，"他缓慢地说，与其说是因为衰弱，不如说为了保持尊严，"我的一生都是在研究、思索和冥想中度过的。六十岁时，祖国向我发出召唤，命令我参与国家事务。我服从了。有陋习，我斗争过；有暴政，我摧毁过；有权利和原则，我宣布和承认。国土遭受侵犯时，我保卫过；法兰西遭到威胁时，我挺身而出过。我过去不富，现在很穷。我曾是国家的主宰之一，国库里堆满了金子和银子，满得都快把墙都挤塌了，只好用支柱来撑住，可我却在枯树街上吃饭，每餐二十二苏。我帮助过受压迫的人，安慰受苦的人。我撕毁过祭坛上的桌布，这是事实，但那是为了替祖国包扎伤口。我从来都支持人类向光明前进，有时我也抵制过无情的进步。必要时，我也保护过我的对手——你们这些人。在弗兰德的彼得热姆，就在墨洛温王朝夏宫的旧址上，有一个都市派的修道院，名叫圣克莱尔-昂-博利厄修道院，一七九三年，我就拯救过它。我尽全力做了我应该做的事，尽我所能做了善事。后来，我遭到驱逐、围捕、追赶，受到迫害、诽谤、嘲笑，我被人起哄，被人诅咒，被剥夺了人权。我白发苍苍，多少年来，我感到许多人认为有权蔑视我，在无知的可怜的群众看来，我是个该下地狱的罪人。我不恨任何人，但是，既然人们恨我，我就离群索居。现在我八十六岁了，就要死了。您来要我做什么？"

"为您祝福。"主教说。

说完，他跪了下来。

当主教抬起头时，议员的脸已变得异常庄严。他刚刚停止了呼吸。

主教回到家里，陷入难以名状的思绪中。他祈祷了一整夜。第二天，有几个正直而好奇的人想同他讲讲 G 议员，他只是指了指天空。从此，他对弱小和受苦的人更加亲切和慈爱。

只要有人影射那位"姓 G 的老恶棍"，他都会感到异常不安。谁能说得清楚，那位老人在他面前坦露的思想，那崇高的意识在他的意识中引起的反应，对他的自我完善会不会起到一些作用。

主教的这次"走访"自然在当地的小圈子里引起了议论：

"这样一个临终者的床前，也是主教该去的地方？让他皈依宗教怎么可能呢？所有的革命党都是死不悔改的。去那里干什么？有什么好看的？他对被魔鬼摄走灵魂的人就那么好奇？"

一天，一位自以为幽默的老太太，冒冒失失地同他开了个玩笑："大人，有人问主教阁下什么时候戴红帽子。"主教回答："啊！啊！这可是一种强烈的颜色。幸亏鄙视红帽子的人倒还崇拜红法冠。"

十一　一点保留意见

若凭以上所述，就断定比安维尼主教大人是个"对哲学感兴趣的主教"或是"拥护革命的神甫"，那就错了。他同 G 议员的会面，或称作同 G 的会合，不过给他带来了一种惊讶，使他变得更加和蔼可亲罢了。

比安维尼大人绝不是政治家，但在此有必要简单说一说他在重大事件上的态度——假如他想过要有态度的话。

让我们回忆一下几年前的事。

米里埃先生升任主教后不久，拿破仑皇帝封他为男爵，同时受封的还有另外几个主教。大家知道，教皇于一八〇九年七月五日夜里被捕，因此，米里埃先生被拿破仑召来巴黎，参加法意两国的主教会议。会议在巴黎圣母院举行，一八一一年六月十五日召开第一次会议，由费什红衣主教主持。到会的有九十五位主教，米里埃先生是其中之一。但他只参加了一次大会和三四次特别会议。他是一位山区的主教，生活在大自然中，过惯了粗犷和贫困的生活，在那些显贵中间，他发表的见解似乎与大会的气氛不相融合。他很快就回到了迪涅。有人问他为何如此快就回来，他回答说："我在那里碍手碍脚。我把外面的空气带给了他们。他们感到我是一扇敞开的门。"

还有一次，他说："叫我怎么办？那些主教都是王公贵族，而我不过是一个可怜的农民主教。"

事实上，他不讨那些人喜欢。他说了许多让人不可理解的话。一天晚上，他在一位最有地位的同仁家里，突然冒出这样几句话："漂亮的挂钟！漂亮的地毯！仆人们穿如此漂亮的制服！不嫌麻烦吗？啊！我真不想听这些无用的东西在我耳边不停叫喊：有人在挨饿！有人在受冻！还有穷人！还有穷人！"

附带说一下，仇视奢华不一定明智。这可能会导致对艺术的仇视。不过，在教士们看来，豪华是一种罪过，除非要显示身份和参加宗教仪式。习惯用豪华的东西，会使人感到没有真正的爱德。神甫富有是不合情理的。神甫应接触穷人。他成天和各种不幸、厄运、贫苦打交道，身上能不留一点清贫的痕迹，正如劳动能不沾上一点尘土吗？怎能想象，一个人站在火盆旁能不感到暖和；一个工人一直在炉边干活，能不烧焦一根头发，不熏黑一个指头，不流一滴汗，不落一粒灰尘在脸上。作为神甫，尤其是主教，有无爱德的第一个标志，便是贫苦。

这大概就是迪涅主教的想法。

此外不要相信，在某些敏感的问题上他会迎合所谓的"当代思潮"。

他很少参与当时的神学争论,凡是牵涉教会和国家的问题,他总是保持沉默;如果一定要他表态,人们会发现,他似乎更倾向教皇极权主义,而不是法国教会自主。既然在给他画像,再说我们不想隐瞒,因而不得不补充一点:他对日渐衰落的拿破仑态度冷漠。从一八一三年起,他对反对拿破仑的一切活动都持赞同或欢迎态度。拿破仑从厄尔巴岛回国时,他没去路旁迎接。在"百日帝政①"期间,他没有命令本教区的信徒为皇帝祈祷。

除了妹妹巴蒂斯蒂娜小姐外,他还有两个兄弟,一个是将军,另一个是省长。他常给他们写信。有段时间,他同第一个关系很僵,因为他那位兄弟在普罗旺斯省当驻军司令的时候,拿破仑在戛纳登陆,他率领一千二百人追捕皇帝,却似乎有意让其逃走了。他写给另一个兄弟的信更是充满深情。这位前省长,是个正直高尚的人,他隐居在巴黎,住在加塞特街。

因此,比安维尼大人也有偏见、痛苦和忧愁的时候。时代的偏见,也曾把阴影投入到他那专注于上帝的温和而博大的胸怀中。诚然,这样一个人是不该有政治观点的。请不要误解我们的想法,我们丝毫也没把所谓的"政治观点",同对进步的热望混为一谈,也没有同那些爱国的、民主的和人道的崇高信仰混为一谈;在今天,这些信仰是任何理解和宽容的基础。有些问题同本书的内容只有间接的联系,我们不去深谈,只简单提一点:假如比安维尼主教大人不是保王派,假如他的目光始终安详地凝视上帝,超越动荡不安的人世之外,能够清楚地看到真理、正义和仁慈这三道纯洁的光辉,这该有多好啊!

即使我们承认,上帝创造比安维尼大人,绝不是为了让他担任政治公职,但是,他在拿破仑处于权力的巅峰时,若能以权利和自由的名

---

① 拿破仑于一八一五年三月一日在戛纳登陆,三月二十日抵达巴黎,作为法国大革命精神的化身重新上台,但在同年六月十八日惨败滑铁卢,四天后被迫退位。这一时期称作"百日帝政"。

义，对他提出抗议，高傲地表示反对，为了正义甘冒危险进行抵抗，我们也许会表示谅解和钦佩。可是，反对一个失势的人，终究不如反对一个得势的人更得人心。我们只喜欢有风险的战斗。在任何情况下，只有最先参加战斗的人，才有权在最后时刻消灭敌人。在昌盛时期没有顽强谴责，在垮台时期，就应闭口不语。获得胜利的人，才有权审判失败的人。至于我们，当上帝采取行动，给予打击时，我们就听其自然。一八一二年使我们平静下来。一八一三年，那个素来沉默不语的立法机构，在国难当头时，居然鼓起勇气，打破沉默，这只能使人愤慨，叫人如何拍手欢迎？一八一四年，面对背叛的元帅，面对先是奉若神明，继又大加侮辱，从一个泥坑陷入另一个泥坑的元老院，面对先是无限崇拜，后又畏缩退避，向偶像吐唾沫的人，我们应该别转脑袋，不予理睬。一八一五年，灭顶之灾已不可避免，法国因灾难临头而浑身战栗，人们隐约看到滑铁卢已向拿破仑打开大门，在这种情况下，军队和人民向那个背运的人致以壮烈的欢迎，是没有什么可笑的，即使对那位暴君持有保留看法，可是，在国家濒于灭亡之际，一个伟大的民族和一个伟大的人物互相拥抱，紧密团结，自有其庄严和动人之处，像迪涅主教那样心肠的人，恐怕不应该持否定态度吧。

除了这点，他对任何事从来都是正确、真实、公正、机智、谦逊和自重的。他乐善好施，慈悲为怀，这是另一种仁德。他是一位神甫，一个贤明之士，一个真正的人。尽管我们刚才批评了他的政治观点，并且随时准备进行严肃的评论，但是应该说，他仍然是一个宽容和随和的人，也许比我们这些在这里说长道短的人做得更好——迪涅市政府的看门人是拿破仑皇帝安置的，原是王宫卫队的一名下级军官，获得过奥斯特里茨荣誉勋章，是一个强硬的波拿巴分子。这个可怜虫，一有机会，就要说一些未经思考的话，那是被当时的法律视为"煽动性言论"的。自从皇帝的侧面像从荣誉勋章上消失后，照他的说法，他就再也不穿

"制服"，以免挂上那枚十字勋章。他亲手虔敬地把皇帝的人头像从拿破仑颁给他的那枚十字勋章上取下来，宁可留下一个洞，也决不用其他东西替代。他说："我宁死也不在我胸口挂上那三个癞蛤蟆！"他常常大声嘲讽路易十八。他说："套英国护膝的老痛风病鬼！快拖着辫子滚到普鲁士去吧！"他非常得意，因为他把最憎恨的两样东西——普鲁士和英国——用进同一句诅咒中了。他因为骂得太多，最后丢了差事。他家里没有吃的，只好带着妻儿流落街头。主教把他叫来，温和地说了他几句，派他去当了大教堂的侍卫。

在迪涅教区，米里埃先生是名副其实的牧师，大家的朋友。

九年中，比安维尼大人坚持行为圣洁，态度和蔼，因此，迪涅城上上下下对他就像对父亲那样崇敬而亲切。连他对拿破仑的态度也被人民接受和心照不宣地原谅了。他们是善良而懦弱的羔羊，他们崇拜他们的皇帝，但也热爱他们的主教。

十二　比安维尼大人门庭冷落

大凡主教，周围总有一帮小教士，就像将军身旁总有一群年轻军官一样。那位可爱的圣弗朗西斯·德·塞尔斯①在什么地方说过，他们是一群"毛头神甫"。任何行业的成功者都有一群追随者。没有一个有权势的人没有亲信，没有一笔财富没有人追求。谋求前程的人，围着已飞黄腾达的人转悠。任何一个大主教都有自己的幕僚。任何一个有点影响的主教，身边总有一帮学生充当天使，在主教身边转来转去维持秩序，

---

① 圣弗朗西斯·德·塞尔斯（1567—1622），法国天主教教士、日内瓦主教。一九二三年，被教皇庇护十一世宣布为作家的主保圣人。

为笑容满面的主教大人站岗放哨。得到主教的赏识，当副助祭便成功在望。得步步高升嘛。要当上帝的使徒，先得当议事司铎。

世上有权贵，教会有显贵。他们是受宠的主教，金玉满堂，坐收年息，精明强干，深得上层社会的欢心。当然他们很会祈祷，但也善于乞求，很不谨慎地让整个教区的人登门求见。他们是教堂和外交界的联系纽带，与其说是神甫，不如说是教士，与其说是主教，不如说是高级教士。接近他们的人鸿运高照！他们是颇有信誉的人，在等待升任显职的过程中，他们把有油水的堂区、教士的职位、代主教的头衔、牧师的职位和大教堂的差事，雨滴般地撒给周围那些献殷勤和受宠爱的人，也就是善于讨好奉承的年轻人。他们前进，他们的附庸也跟着前进；那完全是一个运行的太阳系。他们的光辉将他们的随从也染上了红色。他们飞黄腾达了，他们身后的人也得到升迁。保护者的教区越大，宠儿的堂区也越大。最终的目标是罗马。他们从主教变成大主教，再变成红衣主教，他们带着你去参加教皇的选举，你进入教会最高法院，你有白羊毛披带，你成了红衣主教的门徒和侍从，你成了主教大人，从主教大人到红衣主教阁下只差一步，在红衣主教阁下到教皇陛下之间只隔着一场选举。任何一个戴小圆帽的教士，都可梦想成为戴三重冠的教皇。今天，唯有教士能够一步一步变成国王。那是怎样的国王啊！那是至高无上的国王。因此，修道院是一个培养野心的场所！多少羞怯的唱诗童子，多少年轻的教士，都在头上顶了一个佩蕾特的奶罐子①！野心太容易自诩为神的召唤，谁知道呢，也许是诚心诚意的，可它傻呵呵的，也会自欺欺人。

米里埃大人卑微，清贫，与众不同，不在主教显贵之列。他身边没有一个年轻的教士，这就很说明问题了。我们说过，他在巴黎"一无成

---

① 佩蕾特，拉封丹一则寓言中的送奶姑娘。她头顶奶罐去卖牛奶，梦想卖了牛奶买鸡蛋，鸡蛋孵出小鸡，等鸡长大换成猪，等猪长大换成牛，牛又生出小牛。这一憧憬使她高兴得跳起来，牛奶罐摔到了地上，结果是一场空欢喜。

就"。没有一个青年愿把自己的前程嫁接到这个孤独的老人身上。没有一株野心勃勃的树苗愿在他的庇护下长出绿叶。他的司铎，他的代理主教，都是善良的老头，和他一样有点像平民百姓，守着这个出不了红衣主教的教区，他们和主教十分相像，唯一不同的是他们的前途已经结束，而他的前途已经完成。年轻人感到在米里埃大人身边难以成长，他们刚离开神学院，被主教授予神职后，便设法让人推荐到埃克斯或奥什的大主教那里去，很快就离开了他。因为，我们再说一遍，谁都想有人在后面推一把。与一个过于忘我的圣人为邻，那是危险的；他可能把无可救药的贫穷传染给你，你的关节就会僵硬，无法再往上爬；总之，你即使不愿意，也得克己忘我；对于这样的德行，人们就像躲避疥疮那样躲得远远的。这就是米里埃大人门庭冷清之缘由。我们生活在一个阴暗的社会中。腐败的社会从上到下一点一滴对人的教育便是要获得成功。

顺便说一下，成功是一件相当丑恶的东西。它形似功绩，这一假象使人受到迷惑。在民众眼里，成功差不多意味着最高权力。成功这一貌似才华的东西，历史也受到了它的欺骗。只有尤维纳利斯[①]和塔西佗[②]对它低声抱怨过。当今，有一种几乎是官方的哲学进入到成功的家里，穿上制服，给它当起了奴仆，在候见厅里为它效劳。成功吧，这是理论。飞黄腾达必须要有才华。你中了头彩，就是一个能干的人。谁获得胜利，谁就受人尊敬。你生来走运，就会有一切。你有运气，就会有其他。你事事如意，别人就认为你伟大。当代的许多赞扬都是鼠目寸光，只有五六个例外，他们是世纪的辉煌。镀了金的，便是金子。你是谁，这无关紧要，只要你是成功者。民众是上了年岁的那喀索斯[③]，只会顾影自怜，赞赏庸俗。不管你是谁，也不管你在哪方面获得成功，民众便会齐声喝

[①] 尤维纳利斯（约60—140），罗马讽刺诗人。
[②] 塔西佗（约55—120），罗马历史学家。
[③] 那喀索斯，希腊神话中的美少年，爱怜自己的水中倒影，最后憔悴而死。

彩，一上来就说你是奇才，把你比作摩西、埃斯库罗斯、但丁、米开朗琪罗或拿破仑。一个公证人变成议员，一个冒牌高乃依写了一部《梯里达底二世》，一个太监嫔妃成群，一个当兵的普律多姆①侥幸打赢了决定时代命运的一仗，一个药剂师发明了纸板鞋垫，冒充皮鞋垫，卖给桑布尔-默兹的驻军，获得四十万利弗的年金，一个流动小贩娶了高利贷，前者为父亲，后者为母亲，生出七八百万不义之财，一个传道士因为说话带鼻音，当上了主教，一个名门的管家，离任时成了富翁，被任命为财政大臣：凡此种种，都被称作天才，正如把穆斯克通②的嘴脸称作美，把克洛狄乌斯③的仪态称作威严一样。他们把鸭掌在烂泥里踩出的印迹，同天上的星星混为一谈。

十三　他的信仰

　　迪涅的主教是不是正统派教徒，无须进行考查。面对这样一颗心，我们只有敬佩。对于一个心地正直的人，听其言，就应信其心。而且，他对宗教的信仰是那样虔诚，那样不同于我们，只要知道了他的某些品德，就可承认，人类的一切美德都可在他身上发展。

　　对于这个教理，那个奥义，他是如何看的？这些内心深处的秘密，只有坟墓才知道，因为灵魂是赤裸裸地进入坟墓的。但有一点可以肯定，他决不会用虚伪的态度，来解决信仰上的难题。钻石是不可能腐蚀的。他尽心尽力地相信上帝。他常常大声说：**"要相信上帝！"**④再说，他在

---
① 普律多姆，法国作家莫尼埃小说中的人物，平庸而自负，好用教训人的口吻说些蠢话。
② 穆斯克通，大仲马小说《二十年后》中的人物，一位好吃懒做的仆人。
③ 克洛狄乌斯（前10—54），罗马皇帝，历史学家。相貌平庸，举止笨拙，趣味粗俗。
④ 原文是拉丁语。

行善中得到了极大的满足,他感到于心无愧,并听到一个低低的声音在说:你和上帝在一起。

应该指出的是,可以说,在信仰之外,和在信仰之上,主教有一种过分的仁爱。正由于这种**过分的仁爱**①,他被那些"严肃的人""认真的人"和"理智的人"认为是有缺陷的。这几个字眼,是最受我们这个悲惨世界宠爱的,在这个世界里,自私自利反倒被那些卖弄学问的人推崇备至。这过分的仁爱究竟是什么呢?是一种安详的仁慈,前面说过,它超越人的范畴,有时延伸到物。他对什么都不蔑视。只要是上帝创造的,他都宽大为怀。任何人,即使是最优秀的人,对动物都会情不自禁地表现出冷酷无情。这是许多神甫的习性,但迪涅的主教却绝不这样。当然,他还没达到婆罗门教的那般境界,但似乎对《传道书》中的一句话深思熟虑过:"我们知道动物魂归哪里吗?"看到丑陋的外形和丑恶的天性,他从不慌乱和气愤。相反,他会激动,甚至可以说感动。他会陷入沉思,仿佛要在生命的表象之外,寻找如此丑陋的原因、缘由和理由。有时,他似乎请求上帝加以替代。对于大自然中还存在的许多混乱现象,他不气不恼地进行观察,就像一个语言学家在辨读隐迹书稿。他会陷入沉思,有时冒出一句奇怪的话。一天早晨,他在园子里,以为旁边没有人,其实他妹妹跟在他后面,他没看见。突然,他停下来,望着地上的一样东西。这是一个大蜘蛛,黑乎乎,毛茸茸,样子委实可怕。他妹妹听见他说:"可怜的东西!这不是它的错。"

这种出自仁慈之心的近乎神圣的孩子气的话,为什么不能说呢?就算是幼稚吧,可这种崇高的幼稚,正是阿西西的圣方济各②和马可·奥勒利乌斯③曾经有过的。一天,为了不踩着一只蚂蚁,竟把脚给扭了。

---
① 原文为拉丁语。
② 阿西西的圣方济各(1181—1226),天主教方济各会方济各女修会的创始人,意大利主保圣人。
③ 马可·奥勒利乌斯(121—180),罗马皇帝和哲学家。

这个善人就是这样生活的。有时,他在园子里睡着了,没有比这最令人肃然起敬的了。

据传,比安维尼大人年轻时,甚至在壮年时期,曾是一个非常冲动,甚至有点粗暴的人。他这种对一切都宽容温和的品质,与其说与生俱来,毋宁说是在人生道路上,渐渐被一种伟大的信念渗透心田,一点一滴积累的结果。因为人的性格也和岩石一样,可以被水滴穿成一个个窟窿。这些窟窿是不可磨灭的,这些积累是不可摧毁的。

一八一五年,前面好像说过,他七十五岁,但看上去不到六十。他个儿不高,有点发福。为了避免发胖,他经常走很多路。他步履矫健,背几乎没有驼,我们不想对此说什么结论性的话;格列高利十六世①到了八十岁,仍然腰背笔直,满脸堆笑,照样是一个坏主教。比安维尼大人被民众称为长着一副"漂亮面孔",但他和蔼可亲,以至于人们忘记了他长得漂亮。

他这种孩童般的快乐,是他的一种魅力,这在前面说过了。当他像这样愉快地与人交谈时,身旁听他说话的人丝毫也不感到拘束,仿佛他整个人都散发出快乐。他肤色红润,笑时露出一口皓齿,这使他平添几分开朗随和的神态;这种神态,若是在一个成年人身上,会被称作"老好人",若是一个老者,会被叫作"好老头"。大家记得,他给拿破仑留下的就是这个印象。的确,初次看到他,第一个印象便觉得他是个慈眉善目的老头。但是,只要在他身边待上几小时,看到他沉思的样子,他的形象就会渐渐改变,让人感到有一种难以名状的威严。他那严肃的宽额头,由于满头银发而令人敬畏,现在,因沉思的神态而更让人肃然起敬。仁慈之中显出威严,但仁慈依然光彩不减。你会感到激动,就好像见到了笑容满面的天使,缓缓舒展双翅,一面不停地向你发出微

---

① 格列高利十六世(1765—1846),1831年至1846年任罗马教皇。

笑。你会油然而生敬意,那是不可言喻的崇敬之情,你会感到站在你面前的,是一个百折不挠、饱经沧桑、宽容仁慈的人,他的思想是那样博大,除了温良和善,就不会有别的了。

我们看到,他一天到晚忙忙碌碌,祈祷,举行仪式,进行施舍,安慰悲痛的人,在园子里种菜,博爱,节俭,待客,克己,信任,学习,工作,这一切,充满了他的每一天。"充满"一词用得恰如其分,可以肯定,主教的一天,充满了善良的思想、善良的话语、善良的行动,满得都要溢出来了。但是,晚上,当那两个女人回房休息后,如果因为天冷或下雨,他睡前不能再到园子里去待上一两个小时,那这一天就不能算是完整的。对他来说,睡觉前,面对夜空的庄丽景色进行默想,这似乎成了一种宗教礼仪。有时,夜已很深,如果两位老姑娘尚未入睡,会听到他在园中的小径上走来走去。他独自一人,沉思默想,心平如镜,怀着崇敬的心情,将自己内心的宁静同太空的宁静进行比较,在黑暗中,他看到星斗有形的光辉,也感受到上帝无形的光辉,内心无比激动,向着来自未知世界的思想敞开自己的心扉。这时候,花儿向夜色献出芬芳,而他献出自己的心;他那颗心,犹如点燃的一盏灯,在满天星斗的黑夜中发出光芒,天地万物光辉灿烂,他身临其间,不觉悠然神往,此时此刻,连他自己也未必说得清楚内心的想法;他感到有一些东西从他身上飞走,还有一些东西来到他的身上。深邃的灵魂在同深邃的宇宙进行神秘的交流!

他想到上帝的伟大和存在。想到未来的无限,觉得神秘莫测;想起已逝的无限,更觉深不可测。他想起了在他眼下向四面八方延伸的种种无限;他并不想了解不可了解的东西,而是用眼睛默默注视。他不研究上帝,只为之目眩神迷。他思考着原子的奇妙结合;原子的结合,产生出形形色色的物质,在确定物质的形态中显示出力量,在整体中创造出个体,在空间创造出匀称,在无限中创造出无数,通过光产生美。原子不停地结合和分离，也就有了生命和死亡。

他背靠残败的葡萄架，坐在一张木凳上，透过那些果树孱弱伛偻的身影，凝视满天星斗。这几亩园地，尽管树木稀疏，拥挤着残棚破屋，但他珍爱备至，有它足矣！

这位老人很少有空闲的时间，就在那一点点的空闲中，白天要照管园地，晚上要沉思默想，他还希求别的什么呢？在这块天空作盖的狭窄园地上，他不是可以轮流在上帝最优美的作品和最崇高的作品中崇拜上帝吗？这难道还不够吗？还奢求什么呢？小小的园地供他散步，无限的穹苍供他遐想。脚下可供耕种和采摘，头上可供研究和思索。地上有几朵花儿，天上有无数星星。

十四　他的思想

最后再啰唆几句。

我们要讲的这个细节，尤其在我们这个时代，用现在时髦的话来说，可能会赋予迪涅的主教一副"泛神论者"的面孔，不管是贬是褒，会使人相信他有一套特别的人生哲学，那是本世纪特有的人生哲学之一，那些思想时常会在孤独的人身上萌芽、形成和发展，直至取代宗教，因此，我们要强调一点：凡是认识比安维尼主教的人，都认为不能允许自己有这样的想法。给这个人引路的，是他的心。他的智慧是从他心中发出的光辉。

他没有理论，但有许多善行。深奥的思辨使人晕头转向；毫无迹象表明他涉猎过有关来世论的作品。基督的使徒可以无所畏惧，主教却应小心翼翼。他大概有所顾忌，不敢过分探究本该由大智大慧的人研究的问题。玄学的大门可怕而神圣，幽暗的洞口张着大嘴，但有个声音在对你这个人生旅途的过客说："不要进去。"谁进去，谁就会遭殃！那些天才在高深莫测的抽象和纯理论的研究中，可以说站在教条之上，向上帝提出自己的想法。他们祈祷时敢于和上帝争论。他们对上帝的崇拜带着疑问。这是直接与上帝对话的宗教，对于企图攀登的人来说，充满了忧虑和责任。

人的思考永无止境。人在思考时，冒着风险分析和钻研自己所赞叹的东西。几乎可以说，由于一种绝妙的反作用，人的思考令大自然也眼花目眩。我们周围神秘的世界，能吐其所纳，瞻望者很可能也被瞻望。不管怎样，尘世间有些人——是普通的人吗？——在梦幻的尽头清楚地望见了绝对的巅峰，看见了连绵不断、惊心动魄的山峦。比安维尼大人绝对不是这样的人。比安维尼大人不是天才。他对这些超凡的思想可能望而生畏，有一些甚至像斯维登堡和帕斯卡尔①这样伟大的人，都因为沉湎于这些思想而精神失常。当然，这些威力无比的空想对人的道德自有好处，通过这些险峻的道路，人们越来越臻于完美。可比安维尼大人选择了一条捷径：《福音书》。

他丝毫不想让他的祭披打上以利亚②法衣的褶皱。他对变化莫测的世事不做任何预测。他不想将星星点点的微光凝聚成火焰。他丝毫不是先知和星相家。这个卑微的人有一颗爱心，仅此而已。

他把祈祷扩大到想使自己成为超凡脱俗的人，这是可能的。但是，怎么祈祷都不会过分，正如怎么爱不会过分一样；如果说祈祷的内容超出经文便是异端邪说，那么，圣德肋撒和圣哲罗姆不就成了异端分子了吗？

他对痛苦的人和临终的人关怀备至。在他看来世界是一种广泛的疾

---

① 斯维登堡（1688—1772），瑞典著名科学家、神秘主义者、哲学家和神学家。帕斯卡尔（1623—1662），法国数学家、物理学家、哲学家和作家。
② 据《圣经》记载，以利亚为犹太先知。

病。他觉得到处在发烧，他四处诊察病痛，但不想识破谜底，而是尽力包扎伤口。人世间的景象惨不忍睹，他心中充满了同情。他一心想为自己也为别人找到一个同情和安慰人的最好方式。在这个善良和非凡的神甫看来，世界是一个悲惨的寻求安慰的永恒主题。

有些人致力于开采金矿，他则致力于发掘同情。悲惨的世界便是他的矿藏。遍地存在的痛苦，不过是他行善的好机会。"你们要互相热爱"。他宣称，这"互爱"概括了一切，无须再有别的。这就是他的全部教义。一天，那个自以为是"哲学家"的人，前面提到过的那位元老院议员，对迪涅的主教说："你瞧一瞧这个世界吧，你争我夺，尔虞我诈，最强者最有头脑。您那个'互爱'是蠢话。"比安维尼大人不作争辩，只是回答："好吧，如果说这是蠢话，灵魂就应藏于其中，正如珍珠藏于蚌壳里一样。"因此，他藏在"互爱"中，生活在里面，绝对心满意足，将那些既诱人又吓人的奇妙问题撇之一旁，例如，抽象观念不可预测的前景，形而上学的危险，所有这些将使徒引向上帝、无神论者引向虚无的深奥理论：命运、善恶、人与人的争斗、人的良知、动物的梦游症、人死后的转化、坟墓对生命的概括、前世的爱情不可理解地转到后世的"我"身上、本质、实体、虚无和存在、灵魂、自然、自由、必需。那都是莫测高深的问题，人类思想的巨神们在潜心研究；那是个无底深渊，卢克莱修、摩奴、圣保罗①和但丁②曾以炯炯的目光凝视过，那透亮的目光，注视着无限，仿佛迸发出许多星星。

比安维尼大人只是一个普普通通的人，他从外面观察到了这些神秘的问题，但不探索，不讨论，也不扰乱自己的思想。但在他的心中，却对幽冥非常敬畏。

---

① 卢克莱修（前98—前55），罗马诗人，唯物主义者，无神论者。摩奴，印度神话中人类的祖始。圣保罗，上帝的使徒，活动期为一世纪。
② 但丁（1265—1321），意大利诗人。

第二卷 坠 落

一 赶了一天路

一八一五年十月初的一天，太阳落山前一小时，一个步行的旅客来到了迪涅这个小城。此刻，只有少数几个市民站在门口或窗前，不安地看着这个人经过。像这样衣衫褴褛的行人实在少见。他中等身材，健壮结实，正值盛年。他可能有四十六七岁。一顶皮鸭舌帽压得低低的，遮住了半个脸；这张因风吹日晒而变得黝黑的脸上淌满了汗水。他穿着黄粗布衬衫，领子上系一个小银锚，露出了毛茸茸的胸部；领带扭得像根绳子，蓝斜纹布的裤子已经磨损，一个膝头已发白，另一个已有破洞，灰色的工装破烂不堪，一只胳膊肘上用麻线缝了块绿呢；他背了个簇新的军用包，鼓鼓囊囊，并且扣得紧紧的，手里拿了根疙里疙瘩的粗棍子，光着脚穿了双钉了钉的鞋子，头发很短，胡须很长。

汗水、炎热、步行、尘土，给这破烂的一身增添了一种难以名状的肮脏。

头发虽然很短，但根根竖着，因为剃光的头发重新长了出来，似乎有一些时候没有理了。

没有人认识他。显然只是个过路客。他从哪里来？从南方。可能是从海边。因为他进入迪涅时，和七个月前拿破仑皇帝从戛纳去巴黎走的是同一条街。他想必赶了一整天路，看上去疲惫不堪。在城郊的老镇上，有几个妇女见他在加桑迪大马路的树荫下歇了歇，又在街尽头的水池里喝了点水。他一定渴极了，因为跟在他后面的几个孩子，见他走了二百步，在集市广场的水池旁又停下来喝了水。

到了普瓦施韦街拐角处，他向左拐，径直朝市政府走去。他走进市政府，一刻钟后从里面出来。一个宪兵坐在门口的长石凳上；三月四日，德鲁奥将军^①曾站在这个长凳上向惊慌失措的迪涅市民宣读过茹安湾宣言^②。那人经过时，脱下帽子，恭敬地向宪兵行了个礼。

宪兵没有理他，只是仔细地将他打量了一番，又用目光送了他一程，然后进市政府里面去了。

那时候，迪涅有一家豪华旅馆，名叫科尔巴十字架。旅馆老板叫雅甘·拉巴尔，迪涅市的人都说他是另一个拉巴尔的亲戚。那另一个拉巴尔曾是拿破仑的近卫骑兵，在格勒诺布尔开了一家三太子旅馆。拿破仑登陆时，当地对这家三太子旅馆曾有许多传闻。人们传说，那年一月，贝特朗将军曾乔装车夫，多次来这家旅馆，给一些士兵颁发十字勋章，向一些市民们散发拿破仑金币。事实上，拿破仑来到格勒诺布尔后，坚持不下榻在省政府大厦；他谢过市长，说是去他认识的一个正直人那里，结果去了三太子旅馆。三太子旅馆的拉巴尔真是蓬荜生辉，他那份殊荣反射到百公里外的科尔巴十字架旅馆的拉巴尔。迪涅城里有人说，他是格勒诺布尔那位拉巴尔的表兄弟。

那人向这家旅馆走去，那是当地最好的旅馆。他走进厨房，厨房的门正好临街。所有的炉灶都生了火，壁炉里大火熊熊，烧得很欢。店主

---

① 德鲁奥（1774—1847），法国将军。曾陪拿破仑流放到厄尔巴岛。
② 茹安湾，位于戛纳附近。拿破仑登陆时，在此发表了宣言。

同时也是领班，忙得不亦乐乎，既要照管壁炉，又要照应烧菜，正在为运货马车夫们准备一顿丰盛的晚餐。车夫们喧闹的说笑声从隔壁屋里传进厨房里。旅行过的人都知道，谁也没有运货马车夫吃得好。一只肥肥的旱獭，夹在一串白鹇鸪和松鸡中间，穿在一根铁扦上，在壁炉的柴火上转动。炉子上正在烧着两条洛泽湖的大鲤鱼和一条阿洛兹湖的鳟鱼。

店主听见门打开，又来了一位客人，头也没抬地问道：

"先生要来点什么？"

"吃饭和过夜。"那人说。

"再容易不过了。"店主回答。这时，他才回过头，将来人从头到脚打量了一番，又加了一句："……要付钱。"

那人从工装口袋里掏出一只很大的皮钱包，回答说：

"我有钱。"

"那好，请稍候。"店主说。

那人把钱包放回口袋，取下背包，放在门边的地上，手里仍拿着那根棍子，去坐到壁炉旁的一张小矮凳上。迪涅是山区。十月的夜晚非常寒冷。

然而，店主走来走去，眼睛却在审视这位客人。

"就好了吗？"那人问。

"就好了。"店主说。

新来的客人背对着店主在烤火，可敬的店主雅甘·拉巴尔从口袋里掏出一支铅笔，从窗旁的小桌子上拿起一张旧报纸，撕下一个角，在页边的空白处写了一两行字，折起来，但没封口，然后把这张破纸交给一个孩子，看来是店里的学徒和小伙计。店主在孩子的耳边嘀咕了一句，那孩子就一溜烟朝市政府跑去了。

这一切，那旅客全没看见。

他又问了一遍："就好了吗？"

"就好了。"店主说。

孩子回来了。他带回了那张字条。店主急忙打开，就像在等待答复一样。他似乎很用心地读了字条，然后摇了摇头，沉思片刻。最后，他向旅客走了一步，那旅客似乎在沉思默想，有些心神不宁。

"先生，我不能留您住宿。"店主说。

那人微微直起身子。

"怎么！怕我不付钱？要不要先付？我有钱，我跟您说。"

"不是这个。"

"那么是什么？"

"您有钱……"

"是的。"那人说。

"可我没有房间。"店主说。

那人心平气和地说："让我住马厩好了。"

"不行。"

"为什么？"

"地方全给马占了。"

"阁楼上有个角落也行，"那人又说，"给我一捆麦秸。吃完晚饭再说吧。"

"我不能给您吃的。"

他说这话的语气挺有分寸，但很坚决，外乡人感到问题严重了。他站了起来。

"啊！我都快饿死了，我。天一亮我就上路了。走了十二里。我付钱嘛。我要吃饭。"

"我什么也没有。"店主说。

那人哈哈大笑，把身子转向炉灶。

"什么也没有！这是什么？"

"这都是有人订的。"

"谁?"

"赶大车的先生们。"

"多少人?"

"十二个。"

"这都够二十个人吃。"

"他们全包了,钱也付过了。"

那人又重新坐下,仍然低声地说:

"我是在旅馆里,我饿了,我不走。"

这时,店主俯身凑到他耳边说:"离开这里!"那语气使他打了个寒战。

旅客此刻正弯着腰,用一头包了铁皮的棍子拨弄着几根火炭。他蓦地转过脸,正要张口反驳,那店主眼睛看着他,依然低声地对他说:"听着,别啰唆了。您要我说出您的名字吗?您叫让·瓦让。现在,您要我说出您是谁吗?看见您进来,我就有些怀疑了,我叫人去了市政府,这就是人家给我的答复。您认不认得字?"

说着,他把那张已经打开的从旅馆到市政府来回转了一圈的字条递过去。那人瞟了一眼。店主停了会儿又说:

"我向来以礼待人。离开这里!"

那人低下头,捡起他放在地上的背包,离开了旅馆。

他上了大街,沿着房屋,漫无目的地朝前走去,就像受了侮辱的人,神情非常忧郁。他一次头也没有回。假如他回头的话,就会看见科尔巴十字架旅馆的老板站在门口,正用指头指着他,激动地说着话,旅馆里的所有客人和街上的所有行人都围在老板身边。他如果看到那群人不信任和慌张的目光,就会猜到,他的到来马上会在迪涅传得满城风雨。

这一切,他什么也没看见。心中忧郁的人是不会朝后看的。他们深深知道，厄运总跟在他们后面。

他像这样走了一阵，一次也没停下，漫无目的地穿过一条条陌生的街道，忘记了疲倦，人悲伤时常常会这样。突然，他感到饥饿难忍。黑夜正在降临。他四下张望，看看有没有地方可以过夜。

漂亮的旅馆已向他关上大门。他想找一家简陋的酒店，一家寒碜的咖啡馆。

恰好街尽头亮起了灯光。一根松枝，挂在一个直角铁架上，显露在黄昏灰蒙蒙的天空中。他向那里走去。

果然是家小酒店。在夏福街上。

旅客停了一会儿，从玻璃窗往里面张望。酒店的大厅又低又矮，一张桌子上放着一盏灯，壁炉里大火熊熊，灯光和火光照亮了屋子。有几个顾客在喝酒。店主在烤火。一只铁锅挂在一个吊钩上，大火烧得它吱吱响。

这家酒店似乎也是客栈，可从两个门进去。一个门临街，另一个通往一个小院子，院子里到处是粪。那旅客不敢从临街的门进去。他溜进院子，又停了停，然后怯生生地提起碰锁，把门推开。

"谁？"店主问。

"一个想吃饭和住宿的人。"

"很好。这里可以吃饭和睡觉。"

他走进酒店。正在喝酒的顾客都回过头来。一边是灯光，另一边是火光，把他照得清清楚楚。趁他解包的时候，大家把他打量了一番。

店主对他说："这里有火。晚饭正在锅里煮着呢。过来暖暖身子吧，老兄。"

他走过去坐到炉子边。他把两只累坏了的脚伸到火前。一股香味从锅子里溢出。他的鸭舌帽压得很低，从他露出的那部分脸上，隐约可见一种惬意的神情，同那因饱经风霜而形成的令人心碎的神情混合在一起。

此外，这张脸显得坚强刚毅，但郁郁不乐。这是一种复杂而奇特的神情，乍一看觉得挺谦卑，最后又觉得很严肃。眼睛在眉毛下炯炯发光，犹如一堆火光在荆棘丛中闪烁。

可是，喝酒的人中有一个鱼贩子，他在进夏福街的这家酒店之前，先去把马寄存在拉巴尔旅馆的马厩里了。碰巧，那天早晨，他遇见过这个满面倦容的外乡人，那是在从阿斯湾到……（我忘记是哪里了，可能是埃斯库布隆）的路上。他们相遇的时候，那外乡人似乎疲惫不堪，要求搭一段车。可鱼贩子没予理睬，反而加快了步伐。半小时前，他也是围在雅甘·拉巴尔身边的那些人中的一个，他还把上午这场不愉快的相遇，向科尔巴十字架旅馆的那些人作了叙述。这时，他从座位上向酒店老板做了个难以觉察的手势。老板走到他跟前。他们低声交谈了几句。那外乡人早已陷入了沉思。

店主回到壁炉旁，粗暴地拍了拍他的肩，对他说：

"你得离开这里。"

外乡人转过脸，和气地问道：

"哦！您知道了？……"

"对。"

"那家旅馆把我撵出来了。"

"这里也要把你撵出去。"

"您要我去哪里？"

"别的地方。"

那人拿起棍子和背包，离开了酒店。

他出去的时候，有几个孩子向他扔石头，他们是从科尔巴旅馆跟过来的，好像在等他出来。他生气地回过头，举起棍子吓唬他们。孩子们小鸟般地四散了。

他从监牢前面走过。门口挂着一根铁链，下面系着一口钟。他敲钟。

门上的一扇小窗打开了。

"狱卒先生，"他恭恭敬敬地摘下帽子，说道，"您能给我打开门，让我住一夜吗？"

一个声音回答：

"监牢不是旅馆。让人把您抓住，我就给您开门。"

小窗又合上了。

他走进一条小街，那里有许多花园。有几个花园只用绿篱围着，使这条街显得生气勃勃。在这些花园和绿篱中间，他看见一座二层小楼房，窗口亮着灯光。他像在那家小酒店里那样，从窗口向里面望了望。这是一间粉刷得雪白的大卧室，一张床上铺着一块印花布床单，一个角落里放着一只摇篮，几张木椅，墙上挂着一支双响猎枪。房间中央有一张桌子，桌上摆着饭菜。一盏铜灯照亮了粗布做的台布，锡酒壶闪着银光，里面装满了酒，褐色的汤罐冒着热气。桌旁坐着一个四十来岁的男子，有一张快乐和开朗的脸，一个孩子在他膝上蹦跳。他身边有位少妇，在给另一个孩子喂奶。父亲在大笑，孩子在大笑，母亲在微笑。

看着这温馨祥和的情景，外乡人出了一会儿神。他心里闪过什么念头？只有他自己才知道。也许他在想这个快乐的家庭可能会接待他，在这洋溢着幸福的地方，也许能找到一点儿同情。

他轻轻叩了叩窗玻璃。

没人听见。

他又叩了一下。

他听见那少妇说："老公，好像有人敲门。"

"没有。"丈夫回答。

他又叩了第三下。

丈夫站起来，拿起灯，走到门口，把门打开。

此人高头大马，既是农民，又是手艺人。他围着宽大的皮围裙，一直围到左肩膀,围裙下端撩起,用腰带束着,就像是一个口袋,里面鼓鼓囊囊,放着各式各样的东西:一把铁锤、一块红手帕、一个火药壶。他仰着头,翻领衬衣敞开着,露出了白净光滑、如公牛般粗壮的脖子。他长着浓浓的眉毛,蓄着黑黑的络腮胡子,眼珠凸出,口鼻活像野兽的吻部,脸上露出一种难以言表的称心如意的神态。

"先生,"那过路人说,"对不起。您能给我一盆汤,让我在花园那边的棚子里过一夜吗?我付钱。您说行不行?我付钱,行不行?"

"您是谁?"主人问。

那人回答:"我从皮伊-穆瓦松来。我走了整整一天。走了十二里。行不行?我付钱,行不行?"

"我不会拒绝留宿一个肯付钱的规矩人。"那农民说。"不过,您为什么不去客店呢?"

"都客满了。"

"算了!怎么可能?今天又不是赶集,也没有庙会。您去过拉巴尔那里了吗?"

"去过。"

"怎么样?"

旅客尴尬地回答:

"不知道,他没让我住。"

"没去夏福街的那家什么酒店?"

外乡人更尴尬了。他结结巴巴说:

"也没让我住。"

农民的脸上出现了不信任的神态。他从头到脚把那人打量了一遍,突然,他战栗着喊道:

"您就是那个人?"

他又看了一下外乡人,后退三步,把灯放在桌上,从墙上取下猎枪。

他刚说完"您就是那个人",他妻子就站了起来,把两个孩子搂在怀里,赶紧躲到丈夫的身后,惊恐地看着外乡人,露着胸脯,睁大着惊慌的眼睛,喃喃地说:"Tso-maraude。[①]"

这不过是一瞬间的事。屋主人像审视毒蛇一般将那人打量了一会儿,然后又回到门口,对他说:

"快滚!"

"行行好,给我一杯水。"那人又说。

"给你一枪!"那农民说。

接着,他砰地关上门,外乡人听到他插上了两重门闩。过了一会儿,百叶窗也关上了,还听见用铁杆加固的声音。

天越来越黑。阿尔卑斯山的寒风呼呼地刮着。在暮色中,外乡人依稀看见街边的一个花园里有一间茅屋,像是用草皮块垒成的。他毅然跨过木栅栏,进了花园里。他走近茅屋。门又矮又窄,很像养路工人在路边建造的小棚屋。他可能真以为是某个养路工人的住处。他又冷又饿。肚子饿就不去管它了,但至少可以在里面避风寒。这种棚子一般晚上是没有人的。他趴下来,爬进屋子。里面挺暖和,还有一张相当不错的麦秸床。他在这床上躺了一会儿,动也动不了,因为太疲倦了。但他还背着背包,躺着不舒服,再说,这是一个现成的枕头,他就开始解下一条背带。这时,他听到一声凶恶的吼叫。他抬起头,一只大狗的脑袋出现在昏暗的门口。

原来这是狗窝。

他本来就身强力壮,令人望而生畏,这时他抢起棍子当武器,把背包当盾牌,好歹离开了狗窝。他那身破衣服撕得更破了。

他走出花园,是倒退着出去的。为了吓唬那只狗,他不得不挥动木棍,剑术教练们把这种棍术称作"隐蔽的玫瑰"。

[①] 阿尔卑斯山区方言,意为"野猫"。——原注

他好不容易跨过栅栏,回到街上,举目无亲,没有住处,无家可归,无地藏身,连那张麦秸床和那个可怜的狗窝也不容他栖身。他坐到——不如说跌到———块石头上,有个行人好像听见他喊了一句:"我连一条狗都不如!"

他很快又站起来,继续往前走。他出了城,希望能在田野里找到一棵树或一个草垛,好在那里避避风寒。

他这样慢慢地走了一阵,始终没有抬头。当他感到已远离人的住所,才抬起头来,四下张望。他已在一块田里。前面是一个布满麦茬的低丘。庄稼收割完后,那山丘就像剃光头发的脑袋。

天边黑沉沉的;那不只是天色,还有一团团低云,仿佛贴在山丘上,冉冉上升,渐渐布满天空。但是,因为月亮即将升起,而且,天穹上还残留着黄昏的余晖,这些云团在上空形成白蒙蒙的拱穹,向大地投下一片微光。

因此,地上比天空更亮一些,造成一种特别阴森可怖的效果,而那荒凉贫瘠的山丘,白蒙蒙一团,呈现在黑暗的天际。这一切是那样丑恶、渺小、凄凉和狭隘。田野里,山丘上,只有一棵歪歪扭扭、丑陋不堪的孤树,在离旅客几步路的地方索索发抖。

这个人显然不会有细腻的智力和思想,不会像别人那样对事物神秘的外表产生感觉,可是,这天空,这山丘,这平原,这孤树,是那样荒凉凄惨,那人伫立沉思一会儿后,就突然往回走了。有时候大自然似乎也会充满敌意。

他从原路返回。迪涅的城门全都关闭了。迪涅在宗教战争中受过多次围困,到了一八一五年仍围着旧城墙,侧翼有方形箭楼,但后来全都拆毁了。他从一个缺口进了城。

那时可能是晚上八点钟。因为他不认识街道,便又开始漫无目的地转悠。

他这样转到了省政府公署,而后来到了神学院。经过大教堂广场时,他向教堂扬了扬拳头。

在这广场的角上,有一个印刷厂。当年,拿破仑皇帝和帝国近卫军致军队的宣言书,就是在这家印刷厂首次排印的。那些宣言书是由皇帝亲授,从厄尔巴岛带到迪涅的。

他已精疲力竭,也不再抱任何希望,就躺在印刷厂门口的长石凳上。

这时,一个老太太从教堂里出来。她见这个人躺在黑暗中,便问道:"您在这里干什么,朋友?"

他粗暴而怒气冲冲地回答:"您没看见吗,老太太?我在睡觉。"

这个名副其实的老太太,是R侯爵夫人。

"在这石凳上?"

"我睡了十九年木板床,"那人说,"今天要睡一睡石板床。"

"您当过兵?"

"是的,老太太。当过兵。"

"为什么不去住客店?"

"没钱。"

"唉!"R夫人说,"我钱包里只有四个苏。"

"四个苏也好啊。"

那人接过钱。R夫人又说:

"这几个钱是不够您住店的。您总试过了吧?您在这里过夜是不行的。您现在肯定又冷又饿。就没有人出于怜悯让您住一夜?"

"我敲遍了所有的门。"

"怎么样?"

"到处碰壁。"

那"老太太"碰了碰那人的胳膊,指了指广场对面主教府旁边的那座小楼。

"所有的门您都敲了？"她说。

"是的。"

"那个门敲了吗？"

"没有。"

"那就去敲吧。"

二　聪明人要谨慎

那天晚上，迪涅的主教先生在城里散完步后，就把自己关在房里，一直到很晚。他正在写一部关于"义务"的巨著，遗憾的是这本书没有完成。他把神甫和圣师们关于这个严肃问题的论述仔细地研读。他的书分两部分，第一部分是人人应尽的义务，第二部分是每个人根据自己所属的阶层应尽的义务。人人应尽的义务是最重要的义务。共有四种。圣马太指出，一是对上帝的义务（《马太福音》第六章），二是对自己的义务（《马太福音》第五章第二十九和三十节），三是对同胞的义务（《马太福音》第七章第十二节），四是对创造物的义务（《马太福音》第六章第二十和二十五节）。至于其他义务，主教在别的著作中发现有阐述和规定：君王和臣民的义务，在《罗马人书》里；法官、妻子、母亲和青年男子的义务，在圣保罗的著作中；丈夫、父亲、子女和奴仆的义务，在《以弗所书》中；信徒的义务，在《希伯来书》中；处女的义务，在《哥林多书》中。他煞费苦心，想把这些规定编成一个和谐的整体，介绍给世人。

八点钟他还在工作，膝头摊着一本厚书，很不舒服地在一些小方纸上写着什么。这时，马格卢瓦太太进来了，按照她的习惯，将放在床边壁橱里的银餐具拿走。过了一会儿，他感到餐具已摆好，他妹妹可能在等他了，便合上书，起身去饭厅。

饭厅是个长方形的屋子，内有壁炉，门临街（这在前面说过了），窗向着园子。

果然，马格卢瓦太太就快摆好餐具了。

她边忙着开饭，边同巴蒂斯蒂娜小姐聊天。

壁炉旁有张桌子，桌上放着一盏灯。壁炉里火烧得很旺。

这两个女人都已年逾六十，不难想象她们的模样：马格卢瓦太太又矮又胖，性情急躁；巴蒂斯蒂娜小姐温和瘦弱，比她的兄弟稍高一点，穿着一条褐色的丝裙，那是一八〇六年的流行色，还是在巴黎买的，一直穿到现在。让我们借用通俗的字眼来对她们作一概括：马格卢瓦太太像"农妇"，巴蒂斯蒂娜小姐像"贵妇"；这两个表达方式言简意赅地说出了要用一页纸才能表达的思想。马格卢瓦太太头戴一顶白礼帽，脖子上挂着金十字架——主教家里唯一的首饰，穿一身黑粗呢连衣裙，袖子又宽又短，领口露出雪白的围巾，围一条红绿方格棉布围裙，腰间系一根绿带子，另外还有一块相同布料的胸巾，两枚别针别住上面的两个角，脚上穿着马赛妇女常穿的大鞋和黄袜子。巴蒂斯蒂娜小姐的连衣裙是照一八〇六年的图样裁剪的，上身短短的，腰围紧紧的，垫肩厚厚的，纽扣用狭带扣住。她戴着孩童式卷发套，以遮住她的灰发。马格卢瓦太太看上去聪明、急躁和善良；两个嘴角一高一低，上唇比下唇厚，这使她显得急躁而容易冲动。只要主教大人不说话，她就讲个不停，既毕恭毕敬，又无拘无束；但只要主教一说话，正如大家看到的，她就和那老小姐一样，立即变得唯命是从。至于巴蒂斯蒂娜小姐，她什么话也不说，只满足于服从和迎合她的兄长。她年轻时也不漂亮。她有一双鼓鼓的蓝眼睛，一副长长的鹰钩鼻；但是，她的整个脸，整个人，我们在一开始说过了，散发着一种难以名状的善良。她生来就温和善良，但信仰、慈悲、希望这温暖人心的三大美德，渐渐把她的善良升到圣洁的高度。造化使她成为一头绵羊，而宗教把她变成了天使。可怜的圣女！一去不再复返的美好回忆！

那天晚上发生在主教府的事，巴蒂斯蒂娜小姐后来无数次讲起过，有几个人现在还活着，对那件事的细枝末节仍记忆犹新。

主教先生进入饭厅时，马格卢瓦太太正讲得起劲。她所谈的事，"小姐"早已听惯了，主教也听得耳朵生茧了。那就是大门上的碰锁。

看来，马格卢瓦太太去买晚餐的食物时，在好几个地方听到了议论。说是一个外表像坏蛋的人在城里逛游，一个形迹可疑的流浪汉来到了迪涅，现在大概在城里的某个地方，今天夜里有人想晚回家，可能会倒霉。还说现在的治安很不好，因为省长和市长不和，都想弄出点事来损害对方。因此，聪明人必须自己搞好治安，自己保护自己，要小心谨慎，关好门窗，上好锁，插好闩，"紧闭门户"。

马格卢瓦太太特别强调最后一句话。但主教是从房间里来，身上有点冷，便坐到壁炉跟前烤起火来，心里在想别的事。马格卢瓦太太说那句话是想引起主教的重视，但主教却没有反应。她又重复了一遍。这时，巴蒂斯蒂娜小姐既想使马格卢瓦太太高兴，又不想得罪她的兄长，便怯生生地试探性地说：

"哥哥，您听见马格卢瓦太太说的话吗？"

"模模糊糊听到一点。"主教回答。

说完，他把椅子转过来一些，两只手放在膝盖上，抬头看着老女仆，下面的炉火照亮了他那张友善而快乐的面孔："好吧。怎么啦？出什么事了？我们有什么大的危险了？"

于是，马格卢瓦太太又把那故事从头到尾讲了一遍，无意中又添了些油加了些醋。据说有一个波希米亚人，一个流浪汉，一个危险的叫花子，现在正在城里游荡。他到雅甘·拉巴尔的客店投宿，拉巴尔没让他住。有人看见他是从加桑迪林荫大道过来的,傍晚时分,他在城里转悠。一个面目狰狞、作恶多端的坏蛋。"

"真的吗?"

主教这么一问,马格卢瓦太太便来了劲;她觉得这表明主教也有点紧张了,于是得意地继续说:

"是的,大人。这是真的。今天夜里,城里会出事的。大家都这么说。还有,现在治安很不好(重复这点很重要)。住在一个山区,夜里连路灯都没有!晚上怎么出门?黑洞洞的,像在烘炉里。我这样说,大人,小姐也这样说……"

"我,"妹妹打断她说,"我什么也没说。我哥哥做什么都是对的。"

马格卢瓦太太就像没听见抗议似的继续往下说。

"我们说,我们的屋子很不安全。大人同意的话,我去把锁匠保兰·米兹布瓦找来,让他把原来的门闩重新装上去。那些东西都在,一会儿就好了。我说得要有门闩,大人,哪怕就今天一夜;因为,我说,大门只用碰锁,外面来的人一推就开,没有比这更可怕的了。而且,大人总习惯说'进来',哪怕是深更半夜,啊!上帝!不用征得同意……"

这时,有人用力敲了一下门。

"进来。"主教说。

三　唯命是从的英雄气概

门开了。

门开得很猛,很大,似乎推门的人使了很大的劲儿,下了很大的决心。

一个人走了进来。

这个人，我们已认识了。就是刚才那位到处求宿的外乡人。

他进来后，向前走了一步就又停下了，让他身后的门敞开着。他肩上背着背包，手里拿着棍子，眼里露出粗鲁、坚定、疲倦和暴躁的神态。壁炉里的火照着他。他面目可憎。他的出现是个不祥之兆。

马格卢瓦太太连喊的力气都没了。她愣在那里，浑身颤抖。

巴蒂斯蒂娜小姐转过头，看见那人进来，吓得差点站起来，然后，她又慢慢地将脑袋转向壁炉，开始看她的哥哥，她的脸又变得异常平静而安详了。

主教用平静的目光看着那个人。

他正要开口，可能想问来人需要什么，那人却双手按在棍子上，挨个看了看主教和两个女人，不等主教说话，便大声说：

"听着。我叫让·瓦让。我是苦役犯。我在苦役牢里待了十九年。四天前刚释放，我要去蓬塔利埃，那是我的目的地。我从土伦来，走了四天了。今天走了十二里。傍晚来到这里，我去过一个客栈，被赶了出来，因为我向市政府出示了我的黄通行证。我是照章办事。我又去了另一个客栈。人家对我说：'滚开！'两家都一样，谁都不让我住。我去过监狱，狱卒没有开门。我到过狗窝。那条狗咬了我，把我赶了出来，就像是人似的。好像它知道我是谁。我又跑到田野里，打算露宿一夜。但天上没有星星。我想要下雨了，又没有仁慈的上帝来阻止下雨。我回到城里，想找个门洞过夜。我到了那个广场上，正想睡到一块石头上。一个老太太给我指了您的房子，对我说：'去敲那家的门。'于是我就敲了门。这是什么地方？是旅馆吗？我有钱，我积存的钱。一百零九法郎十五苏，是我在苦役牢里干了十九年苦活挣的。我会付钱的。这有什么？我有钱。我累极了，走了十二里，我饿坏了。您让我留下吗？"

"马格卢瓦太太，"主教说，"再放一副餐具。"

那人向前走了三步，走到桌上的灯旁边。

"听着,"他像没听懂主教的话似的说道,"不要这样。您没听见吗?我是坐过牢的,是个苦役犯。我是从苦役牢里来的。"

他从口袋里掏出一张黄纸,把它打开。

"这是我的通行证。您看到了,是黄的。这让我到哪里都会被人赶走。您要看看吗?我认得字,我。我是在牢里学会的。那里有所学校,谁愿意去就可以去。听着,这就是通行证上写的:'让·瓦让,刑满释放犯,原籍……'这同您没关系……'服了十九年苦役。破门盗窃,五年。四次企图越狱,十四年。此人十分危险。'这就是上面写的。大家都把我赶了出来。您愿意接待我吗,您?这里是旅馆吗?您愿意给我吃和住吗?您有马厩吗?"

"马格卢瓦太太,"主教说,"给凹室的床铺上白被单。"

前面说了,这两个女人的服从已到了盲目的程度。

马格卢瓦太太出去执行命令了。

主教向那人转过身。

"先生,坐下来暖暖身子。一会儿就开饭,您吃饭时,就给您铺床。"

这时,那人全都明白了。他的脸,一直是那样阴沉和严肃,此刻露出了满意、怀疑和快乐的神色,变得非常奇特。他就像一个精神失常的人,喃喃自语:

"真的吗?什么!您留我下来?您不赶我走?一个苦役犯!您叫我先生!您不用'你'称呼我!别人总对我说:'滚开,你这条狗!'我原以为您会赶我走的。因此,我一上来就说明我是谁。呵!真是个好女人!是她给我指了这里!我有晚饭吃了!我有一张床了!一张有褥子、有被单的床!和大家一样!我有十九年没睡过床了!您真的不赶我走吗?你们一家都是好人!再说我有钱。我一定会付钱的。对不起,店主先生,您贵姓?您要多少,我就付多少。您是个好人。您是店主,是不是?"

"我是这里的神甫。"主教说。

"神甫！"那人又说。"呵！您是一个好神甫！那么，您不要我付钱了？是本堂神甫，对不对？这个大教堂的神甫？嘿！真的，您看我多笨！我没看见您头上的教士帽！"

他边说边把背包和棍子放到一个角落里，然后把通行证放进口袋，坐了下来。巴蒂斯蒂娜小姐温和地看着他。他又说：

"本堂神甫先生，您很人道。您不歧视人。一个善良的神甫，实在难得。那么，您不要我付钱了？"

"不要，"主教说，"留着您花吧。您有多少？您不是对我说有一百零九个法郎吗？"

"再加十五苏。"那人补充说。

"一百零九法郎十五苏。用了多少时间挣来的？"

"十九年。"

"十九年！"

主教深深叹了口气。

那人接着又说："这些钱我都还没动呢。四天来，我只花了二十五苏，那是我在格拉斯帮人卸车挣的。既然您是神甫，我就告诉您，我们牢里有一个指导神甫。有一天，我还见过一个主教。大家都叫他'大人'。那是马赛马若尔教堂的主教，是领导神甫的神甫。您知道，对不起，我说的话不好听，可是，对我来说，离我实在太远了。——您明白，我们这些人！——他在监牢中央的一个祭坛上做弥撒，头上戴着个尖尖的玩意儿，是金的。那东西在中午的太阳底下闪闪发光。我们排着队，三面有大炮瞄着我们，引火绳也点着了。我们看不清楚。他对我们讲话，但他站得太靠里，我们听不见。这就是主教。"

在他讲话的时候，主教去把大门关上了，因为它一直开着。

马格卢瓦太太又进来了。她拿来一副餐具，放在桌上。

"马格卢瓦太太，"主教说，"把这副餐具放到最靠近火的地方。"接着，他又转身对那人说："阿尔卑斯山区夜里风很大。您大概冷了吧，先生。"

每当主教用温和而低沉的声音，彬彬有礼地喊"先生"时，那人的面孔就会一亮。称一个苦役犯为"先生"，不啻赐给墨杜莎号[①]的遇难者一杯水。人在耻辱中渴望尊重。

"这盏灯不大亮。"主教说。

马格卢瓦太太心领神会，就去主教大人的卧室里取来了那副银烛台，点着后放在桌子上。

"本堂神甫先生，"那人说，"您是个好人。您不鄙视我。您让我住在您家里。您为我点蜡烛。而我明确告诉了您我从哪里来，我是个不受欢迎的人。"

主教坐在他身旁，轻轻拍了拍他的手。"您本可以不对我说您是谁的。这不是我的家，这是耶稣基督的家。这个门不问进来的人有没有名字，而是问他有没有痛苦。您有痛苦，您又饿又渴，您就是受欢迎的人。不用感谢我，不要对我说我让您住在我家里。在这里，除了需要庇护的人，谁都不是在自己家里。您来这里，我要对您说，您在这里比我更是在自己的家里。这里的一切都是您的。我有什么必要知道您的名字呢？再说，在您告诉我您的名字之前，我就知道您的一个名字了。"

那人惊讶得睁大了眼睛。

"真的？您知道我叫什么？"

"是的，"主教回答，"您叫我的兄弟。"

"瞧，本堂神甫先生！"那人大声说，"我进来时饿极了，可是，您对我那么好，我现在都不饿了，全都过去了。"

"您吃了很多苦吧？"

[①] 墨杜莎号，船名，一八一六年七月，在距非洲西岸四十海里的地方遇险沉没。

"呵！穿着红号衣，脚上拖着铁球，睡觉只有一块板，挨热挨冷，受苦受累，囚徒，棍棒！动不动就给你套上双重锁链。一句话说得不对，就要关黑牢。即使卧床不起，也要套上锁链。连狗都比我快乐！十九年！我都四十六岁了。现在还背着黄通行证！就这样。"

"是的，"主教说，"您出来的地方的确很悲惨。听我说。在天上，一个满面是泪、悔过自新的罪人，要比一百个穿白袍的义人还要快乐。如果您带着对人类的仇恨和愤怒走出那个痛苦的地方，那您值得可怜；若是怀着仁慈、愉快、平和的想法出来，那您比我们任何人更可贵。"

马格卢瓦太太已摆好晚饭了。一盆用水、食油、面包和盐煮成的清汤，一点儿肥肉，一块羊肉，几只无花果，一块新鲜的奶酪和一大块黑麦面包。她还自作主张，在主教先生的日常饭菜之外，加了一瓶莫夫陈酒。

主教突然喜形于色，那是好客的人特有的神态。他高兴地说："开饭！"每当有外人来吃饭，他总让客人坐在他右边，这次仍然这样。巴蒂斯蒂娜小姐平静而自然地坐到他的左边。

主教先做祷告，然后，按习惯亲自给大家盛汤。那人狼吞虎咽地吃了起来。

突然，主教说："我觉得桌上还少点什么。"

的确，马格卢瓦太太只放了三副必须用的餐具。但是，主教留客吃饭时，总习惯在桌布上面摆六副银餐具，这是无辜的摆阔。在这个把清苦升华到神圣的温馨而严肃的家里，这种优雅的摆阔，是一种不无魅力的孩子气。

马格卢瓦太太心知其意，一句话也没说就出去了。不一会儿，主教要的另外三副银餐具已对称地摆到三位就餐者面前，在桌布上闪闪发光了。

四　蓬塔利埃的干酪制造业

为使大家对餐桌上发生的事有所了解,最好还是转录一段巴蒂斯蒂娜小姐写给德·布瓦舍弗龙夫人的信,它朴实而详细地叙述了苦役犯和主教之间的谈话:

……那人旁若无人,狼吞虎咽地吃着。可他喝完汤后却说:
"仁慈上帝的神甫先生,这一切对我来说真是太好了,但我得说,那些不愿让我同他们一起吃饭的马车夫吃得可比您好。"
私下里说说,这句话我听了有点不舒服。我哥哥回答说:
"他们比我辛苦。"
"不,"那人又说,"他们比您有钱。您很穷,我看得出来。您大概连本堂神甫都不是。您是本堂神甫吗?啊!假如仁慈的上帝公正的话,您应该是本堂神甫。"
"仁慈的上帝何止公正。"我哥哥说。
过了一会儿,他又说:
"让·瓦让先生,您去蓬塔利埃,是不是?"
"那是规定的路线。"
我相信那人是这样说的。接着他又说:
"明天天不亮我就要上路。旅途很艰难。夜里很冷,白天却很热。"
"您去的地方很不错。"我哥哥说,"大革命时期,我家毁了,我先逃到了弗朗什-孔泰,在那里待了一段时间,靠双手劳动过日子。那时我很有毅力。我找到了活干。活儿很多,有造纸厂、制革厂、酒厂、油厂、大钟表厂、炼钢厂、炼铜厂,炼铁厂就至少有二十个,其中四个分别在洛德、夏蒂永、奥丹库和伯尔,规模都很大……"

我想我没说错,这正是我哥哥提到的名字。接着,他停住话头,对我说:

"亲爱的妹妹,那里不是有我们的亲戚吗?"

我回答说:

"以前是有的。有一个德·吕斯内先生,革命前,他是蓬塔利埃的守将。"

"不错,"我哥哥说,"但到了九三年,什么亲戚也没了,只剩下自己的双手。我做过工。在蓬塔利埃,就是您要去的地方,让·瓦让先生,有一种非常古朴、非常迷人的工业,我的妹妹。那就是干酪工场,那里的人称作 fruitière。①"

于是,我哥哥边叫那人吃,边向他详细介绍蓬塔利埃的干酪工场。"有两种。一种叫大仓,那是富人的工场,有四五十头奶牛,一夏天能产七八千块奶酪。还有一种叫奶酪合作工场,那是穷人的工场,住在半山腰的农民把他们的奶牛集中起来,共同分享产品;他们雇用一个制奶酪的人,叫作'格吕兰';格吕兰每天向合作社员收三次奶,把数量记在一块双面木板上;四月底开始制造奶酪,六月中旬制奶酪的人把他们的奶牛牵进山里。"

那人吃着吃着恢复了精神。我哥哥让他喝了点莫夫酒,他自己从来不喝,说那酒太贵。我哥哥以您所熟悉的轻松愉快的神情向他作了详细介绍,言谈间透着在我看来和蔼可亲的礼貌。他多次提到了"格吕兰"的优越地位,仿佛想让那人明白

---

① 法国邻近瑞士的地区把 fromagerie(干酪工场)叫作 fruitière。

这是他的一个归宿，但又不直截了当地劝他这样做。有件事使我很吃惊。那人的身份我对您说过了。可我哥哥只是在他进来时提到过耶稣，在吃晚饭的整个过程中，在整个晚上，他一句话也没影射那人的身份，也没告诉他自己是谁。这显然是说教的好机会，拿主教的威风来压一压苦役犯，给他留下深刻的印象。换了别人，既然这个可怜人落到你的手上，就会逮住机会，在为他的身体提供食粮的同时，也为他的心灵提供养分，对他进行一些训诫和劝导，或者怜悯同情一番，勉励他今后好好做人。我哥哥甚至没问他的籍贯和身世。因为在他的经历中，必定犯过错误，我哥哥似乎尽量避免使他回忆过去。因此，当我哥谈到蓬塔利埃的山民离上天如何近，工作如何愉快，还说他们如何幸福，因为他们清白纯洁，说到这里，他突然停了下来，担心他脱口而出的这句话会伤害那个人。我反复思考，终于明白了我哥哥的心思。他心里可能想，那个叫让·瓦让的人，心里只有痛苦，最好给他排忧解愁，使他相信——哪怕是暂时的——他和别人是一样的人，在他眼里是普通人。这难道不是慈悲心肠吗？仁慈的夫人，他这样体贴入微，坚持不说教，不训诫，不含沙射影，这里面难道没有真正福音的意味吗？当一个人内心有痛苦，最完美的同情，难道不是不去触及他的痛处吗？我觉得，这就是我哥哥内心的想法。不管怎样，我可以说的是，就算他有这些想法，他也丝毫没有流露出来，哪怕是对我。那天晚上，他自始至终跟平时没有两样，他和这个让·瓦让共进晚餐时，他的神态和举止，同他和热代翁院长先生或本堂神甫先生共进晚餐时完全一样。

晚餐快结束时，大家正吃着无花果，有人叩门了。是热博大婶，怀里抱着她的孩子。我哥哥吻了吻孩子的额头，又向我借了十五苏给热博大婶。那人没大注意。他不再说话,看上去十分疲倦。可怜的热博大婶走后,我兄弟念了饭后经,然后转身对那人说:"您大概很想睡觉了。"马格卢瓦太太很快撤掉餐具。我明白我们应该离开,好让那旅客睡觉,于是,我和马格卢瓦太太上楼去了。过了一会儿,我又让马格卢瓦太太把我房里那张黑森林的狍子皮给那人送去。夜里很冷,这张狍子皮能御寒。可惜已旧了,毛全脱光了。这还是我哥哥在德国的图特林根买的,那里离多瑙河的发源地很近。我吃饭时用的那把象牙柄小刀,也是在那里买的。

马格卢瓦太太差不多立刻就回来了,我们在晾衣服的屋子里做了祷告,然后没有说什么,各自回房里去了。

五　心境恬然

和妹妹道过晚安后,比安维尼大人从桌上拿起一个银烛台,把另一个递给他的客人,对他说:

"先生,我领您去房间。"

那人跟在他后面。

前面曾讲过房子的布局,去那间有凹室的祈祷室,或从里面出来,必须经过主教的卧室。

他们经过这个房间时,马格卢瓦太太正在把银餐具塞进床头的壁橱里。这是她每天就寝前留心做的最后一件事。

主教把客人安顿在凹室里。一张洁白干净的床已铺好。那人把烛台放到小桌子上。

"行了,"主教说,"好好睡一觉。明天早晨动身前,喝一杯我们家自产的热牛奶。"

"谢谢,神甫先生。"那人说。

他刚说完这句非常平和的话,却突然而毫无过渡地做了个奇怪的动作,那两个圣女在场的话,一定会吓得魄散魂飞。即使是今天,我们也很难理解他当时为什么这样。是想警告还是威胁?或者仅仅出于一种本能的连他自己也若明若暗的冲动?他突然转向老人,交叉双臂,粗野的目光盯着他的房东,嘶哑着嗓门喊道:

"嗳!真的!您让我住在您家,像这样,离您那么近!"

他停了停,令人毛骨悚然地哈哈大笑,继而又说:

"您想清楚了吗?谁对您说我没杀过人?"

主教抬头望望天花板,回答道:

"那是上帝的事。"

然后,他庄严地翕动着嘴唇,像是在祈祷,又像是自言自语,伸出右手的两个指头为那人祝福,可那人头也不低。接着,他回自己的房里去了,没有回头,没有朝后看一眼。

当凹室有人住时,就把哗叽布料的大帷幔拉上,遮住祭坛。主教经过帷幔前面时,跪下来做了个简短的祷告。

过了一会儿,他来到园子里。他散着步,遐想着,沉思着,他的心灵和思想完全沉浸在上帝专为黑夜中醒着的人展示的伟大而神秘的世界里。

至于那人,他实在累极了,甚至连洁白舒服的被单都没用上。他用鼻孔吹灭灯(这是囚犯们的习惯),和衣倒在床上,立即就呼呼睡着了。

主教从园子回屋时,已是半夜。

几分钟后,小楼里的一切都熟睡了。

六　让·瓦让

快到半夜时，让·瓦让醒了。

让·瓦让出生在布里的一个贫苦农民家庭。幼时没念过书。成年后，他在法弗罗勒当修树工。他母亲叫让娜·马蒂厄，父亲叫让·瓦让或弗拉让。可能由 Voilà Jean① 缩合而成。

让·瓦让生来喜欢沉思，但并不忧郁，这大概是感情丰富的人特有的性格。然而，让·瓦让多少有点无精打采、无所作为的样子，至少表面如此。他从小父母双亡。母亲因产褥期发烧，没得到很好治疗而撒手人世。父亲也是修树工人，是从树上掉下来摔死的。让·瓦让只剩下一个姐姐，是个寡妇，带着七个孩子，有男孩也有女孩。让·瓦让是姐姐养大的，姐夫活着时，他吃住都在姐姐家。后来姐夫去世了。七个孩子中，老大八岁，最小的一岁。那时，让·瓦让刚满二十五岁。他代行父职，扶持姐姐，以报抚育之恩。这是很自然的事，就像是一种义务，但让·瓦让多少有点抱怨的情绪。就这样，他在艰苦而报酬微薄的劳动中消磨着自己的青春。他家乡的人从没见过他有"女朋友"。他没时间谈情说爱。

晚上，他拖着疲惫的身子回到家里，闷头吃饭，一声不吭。他吃饭时，姐姐让娜大婶常常把他汤里最好的东西，如瘦肉、肥肉、菜心等捞出来给她的一个孩子吃。他任其这样做，只当什么也没看见，头也不抬地吃着，脑袋几乎埋在汤里，长长的头发遮住了他的眼睛，散落在汤盆周围。在法弗罗勒，街对面离瓦让家的茅屋不远的地方，有个叫玛丽-克洛德的农妇，瓦让家的孩子常常挨饿，有时会以母亲的名义，去向玛丽-克洛德借一升牛奶，躲到某个篱笆后面或路角上，你争我夺地喝起

---

① Voilà Jean 为法语，意为"这是让"，缩合而成 Valjean，译成"瓦让"。这个姓在法语中并不存在，而是作者出于故事情节的需要而创造的。

来,喝得匆匆忙忙,弄得小女孩们的围裙和脖子上都是奶。母亲若知道了这种欺骗行为,势必会狠狠惩罚他们。让·瓦让尽管性情粗暴,喜欢咕哝,但他还是瞒着姐姐,将奶钱付给玛丽-克洛德,孩子们也就免挨一顿惩罚。

在修树的季节里,他一天可挣十八苏,在其他时候,他就给人收割,做小工,放牛,干苦力活。他尽自己所能。他姐姐也干活,带着七个孩子,有什么办法呢?这是悲惨的一家,被贫困包围,越包越紧。有年冬天非常难熬。让·瓦让找不到活干。家里断了粮。没有面包。一点也没有。可有七个孩子哪!

一个星期日的晚上,在法弗罗勒的教堂广场,面包铺老板莫贝·伊扎博正要睡觉,忽听得装了铁栅的玻璃橱窗发出一声巨响。他及时赶到,只见玻璃橱窗被拳头敲出一个窟窿,一只手从窟窿里伸进来。那只手抓起一块面包就跑。伊扎博连忙追出去,小偷拼命逃跑,伊扎博紧追不放,终于逮住了他。小偷已扔掉面包,但他的胳膊还在流血。这就是让·瓦让。

这事发生在一七九五年。让·瓦让因"夜间破门盗窃民居"罪,被送上当时的法庭。他有一支枪,枪法赛过世上任何枪手,多少也是个偷猎者,这些都对他很不利。人们对偷猎者抱有成见,这也是合情合理的。偷猎者和走私者一样,同强盗相差无几。不过,顺便说一句,这些人和城里凶恶的杀人犯相比,还是有根本区别的。偷猎者生活在森林里,走私者生活在山里或海上。城市造就腐败的人,也就生了凶恶的人。高山、大海、森林造就野蛮的人。它们助长人的野性,但常常不毁灭人性。

让·瓦让被宣判有罪。法律的条文是很明确的。在我们的文明中,有一些极其可怕的时刻;那是刑法宣告罪犯毁灭的时刻。一个有思想的生灵,遭到社会无可弥补的彻底抛弃,这是多么悲伤的时刻啊!让·瓦让被判五年苦役。

一七九六年四月二十二日,巴黎全城欢呼意大利方面军总指挥在蒙特诺特①大获胜利,共和四年花月二日,督政府在致五百人院的咨文中,把那位总指挥的名字写成了布奥拿-巴②。就在同一天,在比塞特监狱,一批犯人被铐上了一条长铁链。让·瓦让就在这条铁链上。当时的一位狱卒,现已年近九旬,仍清楚地记得这个不幸的人,他被铐在大院北角第四条链子的末端。他和其他囚犯一样坐在地上。他对自己的处境一无所知,只知道非常可怕。在这对一切懵然无知的可怜人的思想上,可能也朦胧感到有过火的东西。当有人给他套上枷锁,用锤子在他脑后梆梆地敲钉子时,他哭了,哭得透不过气,说不出话,只是不时地重复:"我是法弗罗勒的修树工。"然后,他一面呜呜咽咽,一面伸出右手,逐次降低地按七次,仿佛在触摸七个高矮不一的脑袋。这个动作似乎告诉人们,他做的任何事情,都是为了养活那七个孩子。

他被押往土伦。他脖子上套着铁链,坐着一辆大车,行走了二十七天。在土伦,他穿上了红囚衣。他生命里有过的一切都消失了,甚至连姓名也没有了。他不再是让·瓦让,而成了24601号。他姐姐怎样了呢?七个孩子怎样了呢?谁会管这些事呢?幼树齐根锯掉,它那撮嫩叶会变成什么呢?

千篇一律的故事。这些可怜的生灵,上帝的创造物,从此无依无靠,无人引导,无处栖身,听凭命运的摆布。谁知道呢?也许各自随处漂泊,渐渐陷入寒冷的迷雾中,孤独的命运被迷雾吞噬,在人类悲惨的道路上,像所有不幸的人那样,渐渐消失在凄凉的黑暗中。他们离乡背井。家乡的钟楼已把他们遗忘。地边的界石已把他们遗忘。在苦役牢里待了几年后,让·瓦让自己也把他们忘了。这颗心里曾有过伤口,现在有一个伤疤。

---

① 蒙特诺特,意大利的一个村镇。当时欧洲联盟军从意大利和莱茵河两方面进攻法国,拿破仑从意大利出击,在意大利境内击溃奥地利军队后,直逼维也纳,用一年时间,迫使奥地利求和。
② 指拿破仑。拿破仑是科西嘉岛人,他的姓Bonaparte(波拿巴),在科西嘉写作Buonaparte(布奥拿巴)。当时拿破仑还不很有名,所以他的姓写错了。

如此而已。他在土伦服刑的过程中，只有一次听人提起过他的姐姐。我想，那是在他囚禁第四年的年底。我已记不清他是通过什么途径得到消息的。他家有个熟人见到过他姐姐。她在巴黎，住在圣苏皮斯教堂附近的一条穷街上，叫然德尔街。她身边只有一个孩子，一个小男孩，最小的。其他六个在哪里？她自己也未必知道。每天清晨，她去木鞋街3号的一个印刷厂，她在那里当折页工和装订工。早晨六点就得到达厂里，冬天时，天还没有亮。印刷厂里有所学校，她把七岁的小男孩先送到学校。只是她六点要到厂里，学校七点才开门，那孩子要在院子里等一个小时；要是冬天，黑咕隆咚的，在外面，待一个小时！孩子不让带进厂里，说是会碍手碍脚。工人们早晨经过，看见一个可怜的孩子坐在石板地上，困得东倒西歪，常常在黑暗中趴在书篮上睡着了。遇到下雨天，门房老太太可怜他，就把他叫进她的陋室，里面只有一张破床、一个纺车和两张木椅，孩子便在一个角落里睡觉，怀里搂着猫，这样可以暖和一些。七点钟，学校开门，他就进去。这便是让·瓦让听到的关于他姐姐的事。一天，有人同他谈了这些事，这不啻一道亮光，就像一扇窗户突然打开，他看到了他爱过的亲人的命运，但随即又合上了；从此再没听人谈起过，那一次就成了永远。他再也没有他们的消息，再也没有看见过他们，再也没有遇见过他们。在这令人肝肠寸断的故事里，我们也不会再看见他们了。

在这第四个年头快结束时，轮到让·瓦让越狱了。他的牢友们帮助他逃走，在这悲惨的地方这是常有的事。他逃了出去，在田野里自由地游荡了两天。可那是怎样的自由啊！后面有人追捕，一步一回头，稍有动静便浑身颤抖，整日提心吊胆，怕看到冒烟的屋顶、过路的行人，怕听见狗吠声、马蹄声、钟鸣声；怕天亮，因为看得见，怕黑夜，因为看不见；怕大路、小道、树丛、睡眠。第二天晚上，他又被抓获。他已三十六个小时没吃没睡了。港口法庭因越狱罪加判他三年徒刑，前后加起来就成了八年。到了第六年,又轮到他越狱了。他仍利用了,但没成功。晚点名时他不在。人们鸣炮示警,夜巡队在一条正在建造的大船的龙骨里找到了他。他奋力抵抗,但最终还是被苦役牢的看守们抓住了。越狱加拒捕。根据特别法的规定,他又被加刑五年,其中两年要戴双重铁链。十三年。第十年,又轮到他越狱,他又一次利用,又没有成功。这一回又加刑三年。十六年。最后,我想是他入狱后的第十三年,他试了最后一次,四小时后就又被逮住了。这四个小时,使他又加刑三年。十九年。一八一五年十月,他刑满释放。他是一七九六年因敲碎一块玻璃拿走一块面包而锒铛入狱的。

这里插一段题外话。本书作者研究过刑法以及法律如何将人罚入地狱的问题,在研究中,曾两次碰到过因偷一块面包而造成终身悲剧的案情。克洛德·格[①]偷了一块面包;让·瓦让偷了一块面包。据英国的一份统计,在伦敦,五次偷窃中,有四次是因饥饿直接引起的。

让·瓦让入狱时哭泣颤抖,出狱时无动于衷。进去时悲痛绝望,出狱时忧郁阴沉。

在这个人的心灵中有什么变化呢?

七 绝望背后

我们试图作一剖析。

社会既然造成了这些问题,就应该加以正视。

我们前面说过,让·瓦让没有知识,但并不愚笨。他的思想天生也

[①] 克洛德·格,雨果一八三四年出版的小说《克洛德·格》中的主人公。

被智慧的光辉照亮。厄运也会放出光芒，使他思想的微光变得更亮。在棍棒下，在铁链下，在黑牢里，在疲劳时，在苦役场的烈日晒烤下，躺在囚犯的木板床上，他沉思默想，反省自己。

他自己组成了法庭。

他首先审判的是自己。

他承认，他并非无罪，并没受到不公正的惩罚。他承认自己做得太过分，应该受到谴责；假如他向人家要一块面包，人家不一定会拒绝；无论如何，他应该等待，或求得怜悯，或找一份工作；以"肚子饿了能等吗？"为理由，是站不住脚的；首先，真正饿死的人是很少的；其次，不幸也罢，快乐也罢，人生来就有顽强的忍受力，可以长期忍受精神和肉体上的痛苦却不会死亡；因此他应该耐心等待，哪怕是为了那几个可怜的孩子；像他这样一个微不足道的可怜人，去和整个社会搏斗，以为去抢去偷便可摆脱贫困，无疑是一种失去理智的行为；无论如何，通往罪恶的大门，是摆脱贫困的危险之门；总而言之，他错了。

接着他又想：

在他不幸的遭遇中，有错的难道就他自己？首先，他很勤劳，却没有工作，他很勤快，却没有面包，这难道还不严重？其次，自己虽然做错了事，且供认不讳，但惩罚是不是太残忍，太过分了？法律判刑的过分，比起罪犯犯罪的过分来，是不是有过之而无不及？在天平的秤盘上，刑罚这一端的砝码是不是太重了？判刑过重，不就等于抵销了罪行，使情况转了个向，惩罚者的错误取代了犯罪者的错误，犯罪的人成了受害的人，债务人成了债权人，侵犯权利的人反而有了权利？因为一次次越狱，刑罚就一次次加重，最终会不会成为一种最强者对最弱者的谋杀，一种社会对个人的罪行，一种每天周而复始的罪行，一种延续十九年的罪行？

他思量，人类社会难道有权使它的成员一方面要忍受它的毫无远见，另一方面又要忍受它的太有远见,让一个穷人永远处于缺乏和过分之中,要么缺乏工作,要么过分惩罚?财富的分配全凭偶然,社会如此对待得到的最少,因而也最应该照顾的成员,是不是有失偏颇?

当他提出并解决了这些问题后,便对社会进行了判决。

他判决社会应该承受他的仇恨。

他把自己遭受的命运归于社会。他暗暗思忖,有朝一日,他会毫不犹豫地找它算账。他对自己说,他造成的损失,同他遭受的损失相比,两者之间是不平衡的。他得出结论,他受的惩罚事实上不是不公平,而是极不公正。

人可以毫无道理地发怒;人可以毫无情由地生气;但是,人若无理由,是不会愤慨的。让·瓦让感到愤慨。

况且,人类社会从来只会伤害他。它从来只让他看到发怒的面孔,即所谓的正义,它总向打击的对象出示这副面孔。人们同他接触,只是为了伤害他。他同人的每次接触,对他都是打击。从他孩提时代起,从他失去母亲和姐姐以来,他从没听到过一句友好的话,也没遇到过一个仁慈的目光。经过一次次痛苦,他渐渐确信生活是一场战争,在这场战争中,他惨遭失败。他只剩下仇恨这个武器了。他决定在苦役牢里把这武器磨得又尖又快,出狱时一起带走。

无知兄弟会①在土伦为苦役犯办了一所学校,向那些有志学习的不幸人教授最必须的课程。让·瓦让是那些有志者中的一个。他上学时四十岁,他学习读、写、算。他感到,智慧增加了,仇恨也增加了。在某些情况下,教育和智慧可为恶推波助澜。

还有一件令人悲伤的事:他审判了给他造成不幸的社会之后,又开始审判上帝,因为是上帝创造了社会。

---

① 无知兄弟会产生于一六八〇年,为法国一天主教团体的绰号。

他也对上帝进行了判决。

就这样,在十九年的折磨和奴役中,他的灵魂在升华的同时,也堕落了。一边进入的是光明,另一边进入的是黑暗。

我们已看到了,让·瓦让并非生来就是恶人。初进苦役牢时,他还是善良的。他在判决社会时,感到自己变凶恶了;在判决上帝时,感到自己已不再相信宗教了。

这里,我们很难不好好思考一下。

人的本性能像这样彻头彻尾地改变吗?上帝创造的性本善良的人,能被人变成恶人吗?人的灵魂可能被命运彻底改变,命运不好灵魂也会变坏吗?人的心灵可能被巨大的不幸压得蜷曲萎缩而变得丑陋无比,正如在低矮的拱门下脊椎会变畸形一样吗?在人的心灵中,尤其是在让·瓦让的心灵中,有没有一点基本的火星,一种神圣的成分,在人间不怕腐蚀,在另一个世界永生不灭,善可以使它发育成长,把它点燃,使它熊熊燃烧,发出灿烂的光辉,但恶决不能把它完全扑灭?

这是些严肃而深奥的问题。对这最后一个问题,任何一个生理学家,只要在土伦见过让·瓦让休息时的神情,都会毫不犹豫地作出否定的回答;对让·瓦让来说,休息的时间,也就是沉思默想的时间,他双手交叉在胸口,坐在绞盘的横杆上,铁链的末端放在衣袋里以免拖在地上,这个忧郁严肃、沉默寡言、沉思默想的苦役犯,这个被法律遗弃的人,用愤怒的目光看着人类,这个被人类文明罚入地狱的人,以严厉的目光看着上天。

当然,而且我们也不想隐瞒,这个去土伦观察的生理学家,可能会看到一种不可救药的痛苦,也许会为这个受法律伤害的人鸣冤叫屈,但他绝不会试一试医治的办法;他可能会看到那人的心灵上有伤口,但他会掉过头去,不予理睬;他会像地狱门口的但丁,尽管上帝在每个人的脑门上写着"希望"二字,他会把这两个字从这个人的生命中抹去。

刚才，我们试图剖析了让·瓦让的心态，以便使我们的读者有所了解，可是，让·瓦让自己是否也和我们一样清楚呢？构成他内心痛苦的种种因素，在它们形成之后以及形成的过程中，他是否看得一清二楚呢？他的思想是一步步发展的，他随着思想的变化时起时伏，渐渐变得心绪郁结，多少年来，他的内心世界一直处于这种郁闷的状态中，这个粗野而没文化的人，是否明确知道自己思想的这种演变呢？是否清楚意识到他内心曾有的变化以及现在所有的骚动呢？对此，我们不敢肯定，甚至认为是不可能的。让·瓦让太愚昧无知了，即使经历了那么多苦难，他对许多事依然稀里糊涂。有时候，他甚至不知道他有什么感觉。让·瓦让处在深深的黑暗中，他在黑暗中痛苦，他在黑暗中仇恨，可以说，他仇恨面前的一切。他习惯生活在这种黑暗中，像瞎子和梦游者那样在黑暗中摸索。不过，他有时会因自身或外界的缘故，而突然怒火冲天，或痛不欲生，一道惨淡的光线一闪而过，刹那间照亮了他的整个心灵，他在一种可怖而凄然的光线下，看到了他的周围，他的前后左右，看到他的命运布满了险恶的深渊，前途一片漆黑。

那道光闪过后，他又沉入了黑暗，他在哪里？他又全然不知了。

这样的刑罚，起支配作用的是冷酷无情，会使人变得粗野，使人发生令人瞠目结舌的变化，渐渐变成一头野兽。有时会变成一头猛兽。让·瓦让执拗地几次三番企图越狱，就足以证明法律对于人的心灵产生的这种奇特的作用。让·瓦让一而再，再而三地越狱，那样毫无用处，那样缺乏理智，可只要有机会，他就逃跑，全然不顾及后果，不考虑以前失败的教训。犹如一头狼，发现笼子开着，就难以抑制地冲出去。他的本能对他说："快逃出去！"可理智会对他说："不要逃跑！"可逃跑的欲望不可抗拒，理智已不存在，只剩下本能，只剩下兽性起作用了。一旦又被抓住，他所遭受的新的严厉的惩罚，只会使他更加惊恐不安。

有一个细节不应漏掉，那就是他力大无比，苦役牢里无人比得上他。

干苦活累活时，比如放缆绳，卷绞盘，让·瓦让一个顶四个。他的背可以扛起和顶起很重的东西，必要时可以代替千斤顶，那工具从前被称为"骄子"。顺便说一下，巴黎菜市场附近有条骄子山街，就源于这个工具的名称。牢友们给他起了个绰号，叫他"千斤让"。有一次，土伦市政府的阳台正在维修，支撑这个阳台的令人叹为观止的女像柱出自皮热①之手，可是其中一根脱了开来，快要掉下来了。让·瓦让碰巧在那里，他用肩膀顶住那根柱子，使工人有时间赶来修理。

他不仅力大无穷，更是身手敏捷。有些苦役犯日夜梦想越狱逃跑，最终把力量和灵巧结合在一起，形成了一门真正的学问。这是肌肉的学问。那些羡慕飞虫飞鸟的囚犯们，每天都在练习这种神秘的静力学技能。爬垂直的墙壁，在常人几乎看不见凹凸的地方找到支点，这是让·瓦让的拿手好戏。在一个墙角处，他利用背力和腿力，胳膊肘和脚后跟紧贴着石头的凹凸处，令人不可思议地一直爬到四楼。有时，他像这样一直爬到监牢的屋顶上。

他很少说话，也很少笑。一年中他只笑一两次，那也必须有特别激动的事；那是苦役犯凄惨的笑声，犹如魔鬼大笑时的回声。看他笑的神情，会以为他正在全神贯注地凝望一个可怕的东西。

他的确全神贯注。

他的性格残缺不全，他的智力受到压抑，通过这病态的理解力，他依稀感到有一种可怕的东西压在他的身上。他在有点儿惨淡光线的半明半暗中匍匐前进，每每转动脖子，尽量抬起头时，总是恐怖而又愤怒地看到，在他的头顶上方，压着许多可怕的东西，法律、偏见、人和事，那是些崇山峻岭，层层叠叠，无边无际，分不清它们的轮廓，黑压压的一堆使他望而心悸；那不是别的，而是被我们叫作奇妙的金字塔的人类

---

① 皮热（1620—1694），法国最有特色的巴罗克雕刻家、画家和建筑师。

文明。在这乌七八糟、丑陋无比的一堆东西中，在一些高不可攀的高原上，这里那里，忽近忽远，他辨出了个别的人群，个别的细节，被强烈的光线照亮，这儿是狱卒及其棍棒、宪兵及其屠刀，那边是戴主教冠冕的大主教，最高处，在类似太阳的东西中间，是头戴冠冕、令人眼花目眩的皇帝。他感到，这些遥远的光辉，不仅不能驱散他的黑夜，反而使黑夜更加阴沉，黑上加黑。所有这些，法律、偏见、一件件事、一个个人、一样样东西，按照上帝赋予人类文明的复杂而神秘的运动方式，在他头顶上走来走去，把他践踏、压扁，残酷中带着说不出的安详，冷漠中带着说不出的无情。那些被法律摈弃的人，所有落入厄运深渊、打入十八层地狱、无人关心的可怜人，无不感到人类社会的全部重力压在他们头上；这个社会，在地狱外面的人看来，是多么美好，但在底层的人看来，却是多么可怕。

让·瓦让在这种境况下思索，那会是一种什么性质的思索呢？

假如磨盘下的谷粒有思想的话，那它想的也许正是让·瓦让所想的。

凡此种种，充满鬼怪的现实，充满现实的幻景，最终为他创造了一种难以言表的内心世界。

他在做苦役时，常常会停下来。他开始沉思。他的理智比从前更成熟，但也更混乱，常常会产生反抗情绪。他感到，他所发生的一切是多么荒唐，他周围的一切是多么怪诞。他常对自己说，这是一场梦。他望着站在几步路以外的狱卒，觉得那狱卒就像个幽灵，突然，那幽灵给了他一棍子。

眼前的大自然对他来说几乎不存在。可以说，对让·瓦让而言，无所谓太阳、晴朗的夏日、灿烂的天空，无所谓四月凉爽的拂晓。他心灵的一点光，通常不知是从哪里照进来的。

最后，假如把刚才所谈的事情中可作概括的进行概括，作出肯定的结论的话，那么我们只能指出，让·瓦让，法弗罗勒的从不伤人的修树工，土伦的令人恐惧的苦役犯，经过十九年苦役生活的造就，具备了做两种坏事的本领：第一种坏事是快速的、不假思索的、糊里糊涂的，完全是本能的反应，是对所受苦难的报复；第二种坏事是认真的、严肃的，是在良心上经过反复挣扎，并用苦难造成的错误观点深思熟虑过的。他预谋干坏事时，要连续经过说理、下决心和坚持三个阶段，只有性格刚毅的人才能走完这三个阶段。他的动力是长期积累的愤愤不平，心灵的郁郁不乐，对不公正待遇的耿耿于怀，对他人，甚至对善良的、无辜的和正直的人所抱的对抗情绪，如果真有这种人的话。他思想的出发点和归宿，是对人类法律的仇恨。这种仇恨，如果没有神意加以阻止，到一定时候会发展成对社会的仇恨，继而是对人类的仇恨，再变成对天地万物的仇恨，表现为一种朦胧的、延绵的、野兽般的危害欲，不问是谁，见到人就要危害。——正如我们看到的，那张通行证上说让·瓦让是"非常危险的人"，不是没有道理的。

年复一年，让·瓦让的心渐渐地，却又是不可避免地变得越来越干涸。心一干涸，眼睛也随着干涸。他出狱时，已有十九年没掉过一滴泪了。

八　海涛与黑夜

有人掉进海里了！

这有什么！船是不会停的。风在呼啸，这黑蒙蒙的船有一条航道，它不得不按既定方向继续前进。它驶走了。

那人时隐时现，时沉时浮，他呼叫着，他伸出胳膊，人们却听不见；船在专心操作，在暴风雨中颠簸前进，水手和乘客已不再看见那落水的人；在茫茫无际的波涛中，那人的头不过是一个黑点。

他在深渊发出绝望的呼叫。那驶去的帆船，多么像幽灵！他望着它，发疯似的望着它。它驶远了，越来越淡，越来越小。刚才他还在船上，他是其中的一个船员，他和其他船员一起，在甲板上走来走去，他有他的一份空气和阳光，他活着。可是，发生什么事了？他滑了一下，跌入海里，于是就完了。

他在汹涌的海水中。他脚下的一切都在躲避和崩裂。海涛被大风撕碎撕裂，可怕地将他团团包围，把他卷进深渊，海水犹如褴褛的衣衫，在他头上波动，波涛犹如低贱的民众，向他口吐唾沫，黑乎乎的巨洞就要把他吞没。每次下沉，他都隐约看见黑沉沉的深渊；一些见所未见的可怕植物抓住他，缠住他的脚，把他拉过去；他感到自己变成了深渊，变成了浪花，浪头把他抛来掷去，他喝着苦涩的海水，卑劣的海洋定要把他淹没，庞然大物在拿他垂危的生命寻开心。他觉得，这整个大海便是仇恨。

然而，他奋力搏击，他试图自卫，他试图挺住，他竭尽全力，他划动着双臂。他很快就精疲力竭，但仍和永不疲劳的大海进行搏斗。

那条船在哪里？在那里。在灰暗的天际，依稀可辨它的影子。

狂风在呼啸，浪花一股脑儿压到他身上。他抬起头，只见灰蒙蒙的云层。他奄奄一息，望着发疯的大海。他已被疯狂的大海置于死地。他听到人类闻所未闻的声音，仿佛来自尘世之外，来自不知什么可怕的地方。

云层中有鸟儿，正如苦难人生的上空有天使，可它们又能为他做什么？它们飞着，唱着，翱翔着，可他却在发出垂死的喘息。

他感到他被两个无限埋葬，一个是海洋，一个是天空，海洋是坟墓，天空是裹尸布。

夜幕降临。他已游了好几个小时了，他已精疲力竭；那条船，那远处的载着人的东西，已消失得无影无踪。他独自一人在黄昏可怕的深渊

中，他在往下沉，他越来越僵硬，他扭动着，他依稀感到他身底下是冥冥世界中的妖魔鬼怪，他大声呼叫。

没有人了。上帝在哪里？

他呼叫着。来人哪！来人哪！他不停地呼叫。天边什么也没有。天上什么也没有。

他向空间、波涛、海藻、暗礁发出哀求；但它们是聋子。他向暴风雨发出哀求；但暴风雨沉着坚定，只服从无限的指挥。

在他周围，是黑暗、轻雾、孤独，是无知无觉的狂风暴雨的喧嚣，是无边无际的汹涌澎湃的波涛。在他心中，是恐怖和疲劳。在他脚下，是坠落。没有支点。他想象着尸体在漫无边际冥府中的种种神秘的历险。无尽的寒冷冻得他不能动弹。他的手痉挛着，紧紧握住，但握住的是虚无。狂风、乌云、旋涡、气流、无用的星星！怎么办？绝望的人会自暴自弃，万念俱灰的人会决心一死，心灰意冷，不再反抗，听凭命运的摆布，从此沉入凄恻的深渊，被大海吞噬。

啊，永不改变行程的人类社会！它在行进中，抛下多少生命和灵魂！那是怎样的海洋啊，多少被法律抛弃的人坠入其中！那里阴森可怖，毫无救助！啊，道义的沦丧！

大海是社会法律抛掷受苦人的冷酷无情的黑夜。大海是无尽无止的苦难。

灵魂在这深渊中漂泊，会变成一具僵尸。谁来使他起死回生呢？

九 新的创伤

让·瓦让出狱的时刻到了，他耳朵听到一句奇怪的话："你自由了。"这一时刻真是异乎寻常，难以置信，一道强烈的光线，一道活人世界真正的光线，突然射进他的心里。可这道光很快就暗淡了。让·瓦让想到自由，不禁目眩神迷。他以为将会有新的生命。但他很快就明白拿一张黄通行证的自由意味着什么。

在获得自由这件事上，他遇到了许多辛酸事。他计算过，他在苦役牢里的积存金，总数可达一百七十一法郎。应该指出的是，他忘了把节假日休息扣除了，十九年，共要扣除二十四法郎。总而言之，这笔钱七扣八扣，最后只剩下一百零九法郎十五苏，这就是他出狱时拿到的钱。

他什么也不明白，以为吃了亏。说得明白些，他有被抢的感觉。

出狱的第二天，在格拉斯，他看见一家橙花精厂门口有人在卸货。他提出帮忙。这活很急，人家同意了。他干了起来。他聪明、强壮、灵活，他尽量把活干好，老板似乎很满意。他正干得起劲，一个宪兵经过，见他面生，问他要证件。他只好出示黄通行证。接着，让·瓦让又继续干活了。在这之前，他问过一位工人，干这活一天挣多少。那人回答："三十苏。"因为第二天一大早还得赶路，那天晚上，他去找橙花精厂老板要工钱。老板没有说话，给了他二十五苏。他提出抗议。老板回答："给你这么多够好的了。"他坚持。老板看着他，对他说："当心班房！"

他又一次感到受到了抢劫。

社会和国家克扣他的积存金，将他大偷大抢了一次。现在，轮到个人来对他小偷小抢了。

释放不等于解脱。他走出了监狱，但并没有走出判决。

这就是他在格拉斯的遭遇。他在迪涅的遭遇，我们已经知道了。

十　那人醒了

大教堂的时钟敲响半夜两点时，让·瓦让醒了。

他这么早醒来，是因为床太舒服了。他快二十年没睡床了，虽然没脱衣服，但他的感觉实在太新鲜，不可能不影响他的睡眠。

他睡了四个多小时，疲劳已经消除。他已养成习惯，睡觉时间不长。

他睁开眼，在黑暗中看了看四周，然后又合上眼想再睡一会儿。

人在白天受了太多的刺激，那些事扰得你心绪不宁，你可以睡着，但醒后就不容易再睡着了。睡意来过一次，很难来第二次。这正是让·瓦让所处的情况。他再也睡不着了，于是开始胡思乱想。

他的思绪正是混乱的时候。一堆模糊不清的东西在他脑海里翻腾。往事新事浮上心头，杂乱无章，毫无条理，它们不再有形状，无限膨胀，继而仿佛突然消失在汹涌的浊水中。他想起了许多事，但有一件事反复出现，将其他事赶跑。这件事，我们现在就作交待：他注意到了马格卢瓦太太放在桌上的六副银餐具和那个大汤勺。

那六副银餐具萦绕在他心头——它们就在那里——近在咫尺——他穿过隔壁的房间，到这间屋里来睡觉时，老女仆正在把它们放进床头的小壁橱里——他注意到了这个壁橱——从饭厅进来，就在右边——它们是实心的——是旧银器——加上那把大汤勺，至少可卖二百法郎——是他在牢里十九年所挣的两倍——说实话，假如"官府"没有"抢"他的话，他还可以多挣些。

他脑海里犹豫着，斗争着，折腾了足足一小时。三点钟敲响了。他又睁开眼睛，猛地坐起来，伸手摸了摸扔在凹室角落里的背包，然后垂下双腿，脚踩在地上，不知怎么，就坐在了床边上。

他这样坐着沉思了好一会儿；如果有人看见他像这样呆坐在黑暗中，

沉睡的屋子里只有他一人醒着，会感到有种不祥的味道。突然，他弯下腰，脱掉鞋，轻轻放在床前的草垫上，接着又陷入了沉思，坐着一动也不动。

在这丑恶的沉思中，刚才提到的那些念头，在他的脑海里不停地翻腾，进进出出，出出进进，对他施加着压力。不知怎么的，就像人们在遐想时会机械而顽固地出现同一个想法那样，他也想到了在牢里认识的一个名叫布勒韦的苦役犯，那人的裤子只用一根针织棉背带吊着。背带的格子图案不断地浮现在他的脑海里。

他就这样坐着想着，要不是时钟敲了一下，报告一刻或半点钟，他也许会像这样坐到天明。这钟声仿佛在对他说："行动吧！"

他站起来，又犹豫了一会儿，竖起耳朵听了听。屋里毫无动静。于是，他慢步径直朝依稀可辨的窗口走去。夜色并不很黑，天上有一轮圆圆的月亮，风儿驱赶着大片乌云从月亮上奔跑而过。因此，屋外，月亮时隐时现，时暗时明，屋内，笼罩着薄暮般的微光。这昏暗的亮光，足以使人在里面辨清方向。由于月亮不时被乌云遮蔽，那微光忽强忽弱，就像从气窗里射进地窖里的光线，因为气窗前不断有行人来来往往，地窖里的暗淡光线也断断续续。让·瓦让走到窗边，把窗子仔细看了看。窗外是园子，窗上没有铁条，按照当地的习惯，只用一个插销扣住。他打开窗，一股寒风夺窗而进，他马上又把窗关上了。他凝视园子，那目光与其说在凝视，不如说在研究。园子围着白墙，墙很低，很容易翻过去。园子尽头，围墙外面，依稀可见几个树梢，间距相等，这说明园子外面是一条林荫大道，或是一条种着树的小街。

观察完毕，他做了个动作，表示决心已定，回到床边，拿起背包，把它打开，在里面摸了摸，掏出一样东西，把它放在床上，又把鞋子塞进一只衣袋里，扣好背包，背在肩上，戴上帽子，把帽舌压到眼睛上，伸手摸他的棍子，把它放到窗角上，然后又回到床边，坚定地抓住刚才放在床上的东西。好像是一根短铁棒,像长矛那样一端磨得很尖。

黑暗中,很难看清这铁棒是用来干什么的。是一根撬棒?或是大头棒?

若是白天,就能认出这其实是矿工用的烛台。那时候,苦役犯常被派去开采土伦周围山上的岩石,使用采矿工具屡见不鲜。矿工的烛台是铁制的,下端是尖的,以便能插进岩石里。

他用右手拿着烛台,屏气息声,蹑手蹑脚,向隔壁的房间走去。我们知道,那是主教的卧室。走到门口,他发现门半掩着。主教根本就没关门。

十一　他做什么

让·瓦让侧耳细听。没有一点动静。

他推门。

他用手指轻轻推了推,就像想进门的猫儿那样,鬼鬼祟祟,提心吊胆。

门在推力下,微微地无声地动了动,门缝也就扩大了一点。

他等了等,接着又推了推,这次胆子更大了些。

门继续打开,不发出一点声音。现在,门缝已大到可以过人了。可是门边有一张小桌子,与门形成一个角度,妨碍他过去。

让·瓦让意识到这个问题。得用力把门开得再大些。

他打定主意,又推了一下,比前两次用的力气更大。这一次,一个不够润滑的铰链在黑暗中突然发出长长的嘶哑的叫声。

让·瓦让吓了一跳。这铰链的声音传进他的耳朵,那样洪亮,那样巨大,不啻向他吹起了最后审判的号声。

最初，那声音被无限夸大，他差点以为那铰链活了，突然获得了异乎寻常的生命，像狗一样狂吠起来，向大家发出警告，想把熟睡的人唤醒。

他停下来，浑身发抖，惊慌失措，原先踮着脚尖，现在脚跟着了地。他听见太阳穴里像有两把铁锤在砰砰地敲打，他感到胸腔里呼出的气息声，就像岩洞里冲出的风声那样呼呼作响。他觉得，这怒气冲冲的铰链发出的可怕吼声，犹如地震，会把全屋子的人震醒；门被他推开后，惊慌失措，连呼救命；那老头就要醒来，两位老妇就要大呼大叫，左邻右舍就会来救助；不到一刻钟，消息会传遍全城，宪兵队就会出动。有那么一会儿，他真以为自己完蛋了。

他呆若木鸡，不知所措，不敢移动脚步。几分钟过去了。门开得很大。他壮胆看了看房间。一切如旧。他侧耳谛听。屋里毫无动静。锈铰链发出的声音没有把任何人惊醒。

第一个危险过去了，但他依然心慌意乱。不过他没有后退。就在他以为自己完蛋时，他也没有后退。他只想赶快完事。他迈前一步，走进了房间。

房里寂然无声。这里那里，可以辨出一团团模糊不清的东西，若在白天，就可看到，那是散乱在一张桌上的纸张、几部打开的书、堆在一张小板凳上的几本书、放在一张安乐椅上的衣服、一张祷告用的跪凳，可那些东西此时此刻就成了一个个幽暗的角落和惨白的空间。让·瓦让小心翼翼地向前走去，以免碰到家具。他听见房间深处，传来熟睡的主教均匀而安详的呼吸声。

他戛然止步。他已来到床边。没想到这样快就到了。

有时候，大自然会巧妙而阴沉地、恰到时候地用其效果和景致来干预我们的行动，仿佛要我们多加思考。半个小时来，大片乌云遮住了天空。可是，当让·瓦让走到主教床前时，那片乌云仿佛故意撕裂，一道月光透过长窗，蓦然照亮了主教苍白的脸。他睡得非常安详。下阿尔卑斯山一带夜间非常寒冷，主教躺在床上，似穿非穿着一件棕色羊毛衣，从肩上一直盖到手腕上。他脑袋仰卧在枕头上，一副沉睡的样子。一只手垂在床边，这只戴着主教戒指的手做过多少善事和圣事。他脸上闪耀着满足、希望和快乐的神情。那不只是微笑，而是一种光辉。一种看不见的光照在他额头上，发出难以言表的反光。善人睡觉时，心灵在瞻望神秘的天空。

那神秘的天空在主教脸上有一道反光。

主教同时也像光一样透明，因为那天空就在他心里。那天空，就是他的信仰。

当月光与这内心的光辉可以说重叠的时候，熟睡的主教仿佛被一圈光包围。然而，这圈光非常柔和，朦朦胧胧，难以形容。这天上的月亮，这似睡非睡的大地，这静谧的园子，这宁静的屋子，这一时间，这一时刻，这寂静，都给这智者令人肃然起敬的睡眠，增添了一种庄严而难以言喻的东西，使他银白的发、紧闭的双眼、充满希望和信任的面孔、老人的脑袋和孩子的睡容，笼罩在壮丽而宁静的光环中。

他这种无意展示的庄严神态，几乎可与神灵争艳斗丽。

让·瓦让在黑暗中，手里拿着铁烛台，呆呆地站着，被这灿烂的老人吓得不敢动弹。他从没见过这样的情景。老人的信任使他惊恐万分。一个意识混乱、心绪郁结、处在作恶边缘的人，瞻望一个善人睡眠，这壮丽的情景，是精神世界从未见过的。

主教一个人睡在房里，有这样一个人为邻，却睡得如此深沉，这里面有一种崇高的东西，让·瓦让也模模糊糊地，却又是不可抗拒地感觉到了。

谁也说不清楚他内心的想法，恐怕连他自己也未必知道。要了解他此刻在想什么，就必须想象一下最狂暴的人遇到最温和的人时会怎样想。

就是从他的脸上，也很难明确地看出什么。那是一种惊讶愕然的神色。他只是望着。仅此而已。至于他在想什么，是不可能猜到的。但有一点很清楚，他很激动，很震惊。但这是什么性质的激动呢？

他目不转睛地看着老人。从他的面部表情和神态唯一可以看到的，是一种令人费解的犹豫不决。似乎他在两个深渊之间踌躇不定，一个是自绝，一个是自救。他好像已做好准备，要么敲碎主教的脑袋，要么吻主教的手。

过了一会儿，他左手慢慢举起，脱掉帽子，又慢慢放下。他左手拿着帽子，右手拿着铁烛台，粗野的脑袋上竖着乱蓬蓬的头发，他又陷入了沉思。

在这可怕的目光注视下，主教依然睡得很安详。

壁炉上方有一个耶稣受难十字架，在月光照映下依稀可辨，受难的耶稣仿佛向他们张开双臂，为一个人祝福，为另一个人赦罪。

突然，让·瓦让重新戴上帽子，不再看主教一眼，沿着床快步朝床头旁的模糊可见的壁橱走去。他举起铁烛台，好像要撬锁。钥匙就在锁上。他打开锁，首先映入眼帘的是放银餐具的篮子。他拿起篮子，大步穿过房间，不再小心翼翼，也顾不得会弄出声音。他到了门口，走进祈祷室，打开窗子，拿起棍子，跨过楼下的窗台，把银餐具放进背包里，扔掉篮子，穿过园子，猛虎似的越墙逃跑了。

十二　主教拯救灵魂

翌日，比安维尼大人迎着初升的太阳，在园子里散步。马格卢瓦太太慌里慌张地向他跑来。"大人，大人，"她喊道，"大人知道银餐具的篮子到哪里去了吗？""知道呀。"主教说。"谢天谢地！"她说。"我还以为丢了。"主教刚在一个花坛上捡到了篮子。他把它交给马格卢瓦太太。"喏！""怎么？"她说，"空的！银餐具呢？""啊！"主教又说，"原来您问的是银餐具？我不知道它们在哪里。""仁慈的上帝！被人偷走了！是昨晚的那个人偷的。"

说完，她用一个惊慌的老人可能有的敏捷，一转眼跑到祈祷室，跑进凹室，又跑了回来。主教已弯下腰，心疼地察看一棵辣根菜，那篮子掉到花坛上时，把它压断了。听到马格卢瓦太太大叫大嚷，他又站了起来。

"大人，那人走了！把银餐具偷走了！"

她叫嚷着，视线落到园子的一个角上，那里有越墙的痕迹。墙头的人字架拉掉了。

"瞧！他是从那里跑掉的。他翻过墙到了科什菲莱街！啊！真该死！他偷走了我们的银餐具！"

主教没有吭气，过了一会儿，他抬起严肃的眼睛，和颜悦色地对马格卢瓦太太说：

"首先，这银餐具是我们的吗？"

马格卢瓦太太瞠目结舌。又是一阵沉默，接着，主教继续说：

"马格卢瓦太太，这银餐具被我长期占有，这是不对的。它们属于穷人。那人是谁？显然是穷人。"

"耶稣！"马格卢瓦太太当即反驳，"又不是为了我和小姐。我们无所谓。是为了大人。现在大人用什么吃饭呢？"

主教惊讶地瞧着她。

"这有什么？不是还有锡餐具吗？"

马格卢瓦太太耸了耸肩。

"锡有股臭味。"

"那就用铁的。"

马格卢瓦太太做了一个意味深长的鬼脸。

"铁有股怪味。"

"那好,"主教说,"就用木头的。"

过了一会儿,主教在让·瓦让昨夜吃饭的桌子上用早餐。他妹妹一言不发,马格卢瓦太太低声嘀咕,比安维尼大人边吃,边乐呵呵地对她们说,面包蘸牛奶,连木勺和木叉都用不着。

"不知是怎么想的!"马格卢瓦太太一边来回忙着,一边喃喃自语,"招待这样一个人!还让他睡在自己身旁!幸亏只偷了些东西!啊,上帝!想起来都后怕!"

兄妹二人正要离开餐桌,突然听到有人敲门。

"请进。"主教说。

门打开了。一群奇怪而粗暴的人出现在门口。其中三个人揪着第四个人的衣领。那三个人是宪兵,另一个是让·瓦让。

门外还有个宪兵班长,可能是带队的。他进了屋,走到主教跟前,行了个军礼。

"主教大人……"他说。

让·瓦让神情忧郁,显得垂头丧气,一听到这个称呼,大吃一惊,便抬起头。

"主教大人?"他喃喃地说,"这么说,他不是本堂神甫……"

"不准说话!"一个宪兵说,"这是主教大人。"

这时,比安维尼大人以他这样岁数的人可能有的最快速度,赶紧迎上去。

"啊!是您!"他看着让·瓦让,大声说,"看到您很高兴。怎么!那对烛台我不是也送给您了吗,也是银的,可以卖二百法郎哪。您怎么没同餐具一起拿走?"

让·瓦让张大眼睛,看着年高德劭的主教,那神情是任何人类语言都难以描绘的。

"主教大人,"宪兵班长说,"这人说的是实话吗?我们遇到了他。他就像在逃跑似的。我们拦住他检查了。发现了这套银餐具……"

主教微笑着打断他说:

"他没给你们说,这是一个神甫老头送给他的吗?他还在他家里过了一夜。我明白是怎么回事。你们把他带回来了?这是个误会。"

"既然这样,"班长又说,"我们可以放他走了吧?"

"当然。"主教回答。

宪兵们放了让·瓦让,可他却往后退。

"真的放我走了吗?"他说,声音含糊不清,仿佛在说梦话。

"是的,放你走了,你没听见?"一个宪兵说。

"我的朋友,"主教又说,"走之前,别忘了您的烛台。拿上吧。"

他走到壁炉跟前,拿起那对银烛台,交给让·瓦让。那两个妇人看着他,不说一句话,不做一个手势,也不用眼色打扰主教。

让·瓦让浑身颤抖。他神态迷惘,机械地接过那对银烛台。

"现在,您放心走吧。"主教说,"对了,朋友,以后再来时,不必从园子里进来。您随时可以从街上的那个门进出。它白天黑夜都只用碰锁关着。"

他又转身对宪兵们说:

"诸位也可以走了。"

宪兵们走远了。

让·瓦让好像要昏过去了。

主教走到他跟前,低声对他说:

"您答应过我,您要用这钱使自己变成一个诚实的人,可不要忘了啊,千万不要忘了啊。"

让·瓦让想不起来有过什么承诺,一下愣住了。主教说这些话时,加重了语气。接着,他又郑重地说:

"让·瓦让,我的兄弟,从今往后,您不再属于恶,而是属于善了。我是在赎您的灵魂,我把它从阴暗而堕落的思想里赎回来,交还给上帝。"

十三　小热尔韦

让·瓦让逃跑似的出了城。他在田野里匆匆走着,不问大路小路,遇到路就走,也没察觉走来走去却在走回头路。他这样游荡了一上午,没有吃饭,也不觉饥饿。许多新的感受折磨着他。他感到有点生气,却不知道在同谁生气。他说不清楚是受到了感动,还是遭到了侮辱。他不时感到有一种受感动的怪异感觉,他斗争着,用他在过去二十年中养成的冷酷无情来与之对抗。这种心绪使他厌烦。他遭遇到的不公正的命运,早已使他心如死灰,现在,他不无忧虑地感到,这种可怕的平静已开始动摇。他问自己,取而代之的将是什么呢?有时他想,倒不如仍在监狱里待着,和宪兵们在一起,而不是现在这个样子,那样,他会少一些心烦意乱。尽管已是深冬,但在树篱中间,这里那里,仍有一些迟开的花朵,他经过时,闻到一股香味,勾起了他对童年的回忆。这些往事,好久没在他脑海里出现了,使他感到几乎难以忍受。

在整整一天中,一些难以表达的想法,在他头脑中越积越多。

太阳西斜,地上最小的卵石也拉长了身影。让·瓦让坐在一丛灌木后面,周围是荒无人影的橙黄色的原野。只有阿尔卑斯山矗立在天际。甚至望不见远处村庄的钟楼。让·瓦让离迪涅可能有三里地。一条小路穿过原野,从灌木丛不远处经过。

他在沉思。这种沉思的神情,加上他褴褛的衣衫,会使过路人吓得魂不附体。忽然,他听到一个欢快的声音。

他转过头,看见小路上走来一个萨瓦①小孩,十来岁,唱着歌,腰里挂着一把手摇弦琴,身上背着一个旱獭箱。他是一个四乡漂泊的流浪儿,生性温和快乐,裤腿上的窟窿露出了膝盖。

孩子唱着歌,不时地停下来,用手里的几枚硬币,玩抛小骨游戏。这几枚硬币大概是他的全部财产了。其中一枚是四十苏的角子。

孩子停在灌木丛旁,却没看见让·瓦让。他把那些硬币抛起来。以前抛硬币,他每次都相当灵巧地用手背接住了。

这次,那四十苏的角子没有接住,滚向树丛,停在让·瓦让脚边。

让·瓦让把脚踩在上面。

可是,孩子的眼睛一直跟着那枚钱币,看见让·瓦让把脚踩在上面了。

他毫不惊讶,朝那人走去。

这地方很偏僻。纵目远望,平原和小路上没有人影。只有一群鸟儿从高空飞过,传来微弱的鸣叫声。孩子背朝太阳,阳光给他的头发披上缕缕金丝,血红的光辉把让·瓦让蛮横粗野的脸染成了深红色。

"先生,我的角子呢?"小萨瓦人说,语气充满了孩子特有的天真无知的信任。

"你叫什么?"让·瓦让问。

"小热尔韦,先生。"

"走开!"让·瓦让说。

"先生,"孩子又说,"还我角子。"

让·瓦让低下头,不作回答。

孩子又说:

---

① 萨瓦,法国东部地区名。

"我的角子呢,先生?"

让·瓦让仍然看着地上。

"我的角子!"孩子嚷了起来,"我的银角子!我的钱!"

让·瓦让仿佛没听见似的。孩子抓住他的衣领,使劲摇他。同时,他想用力踢开踩着他那枚钱币的钉了铁掌的大鞋。

"我要我的角子!四十苏的角子!"

孩子哭了。让·瓦让抬起头。他仍然坐着。他目光慌乱。他惊讶地打量孩子,然后伸手拿起棍子,骇人地大叫一声:"谁?"

"是我,先生。"孩子回答,"小热尔韦!是我!是我!请把四十苏还给我!抬抬脚!"

接着,尽管是个孩子,他被激怒了,几乎以威胁的口吻说:

"您抬不抬脚?抬抬脚嘛!听见没有?"

"呀!又是你?"让·瓦让说,他蓦地站起来,但脚依然踩在钱币上。他又加了一句:"还不快逃走!"

孩子惊恐地看看他,浑身哆嗦起来。他愣了几秒钟,就拔腿逃跑了,不敢回头,也不敢叫喊。

可他跑了一段路,就喘不过气来了,只好停下来。让·瓦让虽在沉思,仍听到了孩子的惨哭声。

过了一会儿,孩子消失了。

太阳已然落山。

暮色笼罩着让·瓦让。他一天没吃东西了,可能还发着烧。

他站着不动。孩子逃走后,他没有改变过姿势。他呼吸间隔时间长,不均匀,胸膛一起一伏。他目光停在前面十一二步远的地方,仿佛在专心研究掉在草丛里的一块蓝色碎陶片的形状。突然,他打了个寒战。他感觉到了夜晚的寒意。

他把帽子往下拉了拉,下意识地把工装的前襟拉拢,扣好扣子,迈前一步,弯腰从地上捡起棍子。

这时,他看见了那四十苏的角子,被他的脚踩得一半陷进地里,正在石子中间闪闪发光。他像被电击了一下。

"这是什么?"他喃喃而语。

他向后退了三步,又停下来,眼睛盯着刚才他脚踩着的地方。这个在黑暗中闪烁的东西,仿佛是一只眼睛,睁得大大的在望着他。

过了几分钟,他抽搐着猛地扑向银币,抓住它,站起来,开始眺望远处的原野,朝天际四下张望。他站着,索索发抖,有如一只受惊的野兽在寻找避难所。

他什么也没看见。夜幕降临。原野朦朦胧胧,冒着寒气,紫色的雾霭在暮色中冉冉升起。

他"啊"了一声,急忙朝孩子消失的方向走去。走了百来步,他停下来,看了看,还是什么也没看见。

于是,他用全力高喊:"小热尔韦!小热尔韦!"

他停住叫喊,等了等。

没有应答。

旷野荒凉阴沉。他被广阔的原野包围。四周什么也没有,只有望不穿的黑暗,吼不破的寂静。

凛冽的北风呼啸着,使得周围的一切生气萧索。灌木猛烈摇动着细弱的胳膊,仿佛在威胁和追逐着一个人。

他继续往前走,接着又跑了起来。他跑跑停停,在孤寂的原野上喊叫着,声音之大之悲痛,是从未听到过的。他喊着:"小热尔韦!小热尔韦!"那孩子如果听见他的喊叫,一定会感到害怕而躲起来。但他可能已走远了。

他遇见一个骑马的神甫。他上前对他说:

"神甫先生,您看见有个孩子经过吗?"

"没有。"神甫回答。

"一个叫热尔韦的孩子?"

"我什么人也没遇到。"

他从背包里拿出两枚五法郎的钱币,交给神甫。

"本堂神甫先生,这钱给您的穷人。——本堂神甫先生,那孩子大概有十岁,我想,他有一只旱獭,还有一把手摇弦琴。他朝那边去了。是个萨瓦孩子,您知道吗?"

"我根本没看见。"

"小热尔韦?会不会是附近村子里的?能不能告诉我?"

"照您说的样子,我的朋友,那就是一个外乡孩子了。他们是过路客。谁也不认识他们。"

让·瓦让急忙取出另外两枚五法郎钱币,交给神甫。

"给您的穷人。"他说。

而后他又失态地说:

"教士先生,叫人把我抓起来吧。我是小偷。"

神甫用马刺狠狠刺了刺马,吓得逃跑了。

让·瓦让又朝刚才的方向继续奔跑。

他这样跑了一段路,寻找着,呼唤着,叫喊着,但没有遇到一个人。有两三次,他向原野上的某一个点跑去,以为是一个卧着或蹲着的人,结果却是匍匐在地的灌木或岩石。最后,他来到了一个三岔路口,停了下来。月亮已经升起。他朝远处张望,最后又一次高喊:"小热尔韦!小热尔韦!"他的喊声消失在夜雾中,连回声都没有。他又低声呼唤:"小热尔韦!"但声音微弱,含含糊糊。这是他最后一次努力。他突然双腿一软,仿佛他的内疚骤然变成了无形的压力,压在他的身上。他精疲力竭,瘫倒在一块大岩石上,手揪住头发,脸埋在双膝中间,大声喊道:"我是混蛋!"

他心里非常难过,哭了起来。十九年来,他这是第一次哭。

大家知道,让·瓦让从主教家中出来时,他的思想已不再是从前那样了。他无法弄明白内心发生的变化。他对主教超凡的行为和温和的言语,采取抗拒的态度。"您答应过我要成为诚实的人。我是在赎您的灵魂。我把它从邪恶的思想中拯救出来,交给仁慈的上帝。"这些话不断地在他耳畔回响。他用傲慢来对抗这非凡的宽容,这傲气是我们身上罪恶的堡垒。他朦朦胧胧地感到,主教的宽恕是使他产生动摇的最猛烈的袭击和最可怕的进攻;如果他抵抗这一宽恕,他就将永远冷酷无情;如若让步,就要放弃多年来别人的行为使他日积月累的、他自得其乐的满腔仇恨;这一次必须决出个胜负来,在他的恶和那人的善之间,一场战斗已经开始,这是一场大决战。

他脑海里闪着这些朦胧的思想,一面像醉汉那样跌跌撞撞地向前走。当他像这样目光迷乱地向前走时,是不是清楚地看到了他在迪涅的奇遇可能带来的后果呢?在人生的某些时候,会有一些神秘的声音来警告或骚扰我们,他是不是也听到了这些嗡嗡的声音呢?是不是有个声音在他的耳畔说,刚才他经历了命运的庄严时刻,再没有中间道路可走,从今以后,要么成为最好的人,要么就做最坏的人;也可以说,现在,他要么做得比主教更好,要么比苦役犯更坏;他想变好,就得成为天使,如果坚持为恶,就得变成魔鬼?

在此,我们要把前面说过的问题再提一下:在他的思想中,是否也朦朦胧胧有一丁点儿这样的想法呢?诚然,我们说过,不幸会使人变得聪明,但让·瓦让是否就能弄清楚我们指出的这一切,那就很难说了。即使他有这些想法,那也只是模模糊糊,而不是清清楚楚,而且只会使他陷入一种难以忍受的、几乎是痛苦的惶惑不安中。他刚从苦役牢这个丑恶和黑暗的怪物中出来,主教就给他的灵魂带来了苦恼,正如从黑暗中出来,强烈的亮光刺痛了他的眼睛一样。未来的生活,一种有可能实现的纯洁而灿烂的生活，展现在他眼前，使他惶惶不安，浑身颤栗。他的确茫然不知所措。正如猫头鹰骤然看见太阳升起会目眩神迷，这个苦役犯也因看到了美德而眼花缭乱，晕头晕脑。

有一点可以肯定，也是他未曾料到的，那就是他已不再是从前那个人了，他身上的一切都发生了变化，主教同他讲过话，而且深深打动了他的心，这个事实他是无法推翻的。

就在这种思想状态下，他遇见了小热尔韦，抢走了他的四十苏。为什么？他肯定无法解释。是因为他从牢里带出来的丑恶思想在起最后的作用，作最后的挣扎？是一种残余的冲动，力学上所谓的"惯力"在起作用？的确如此，不过也可能没这么复杂。简单地说，抢钱的不是他，不是人，而是野兽；当心智被无数新奇的念头纠缠，正在苦苦挣扎时，那野兽出于习惯和本能，糊里糊涂地把脚放到了那枚硬币上。当心智清醒过来，看见这一野蛮行径，让·瓦让不安地后退几步，发出了恐怖的叫声。

因为，抢那个孩子的钱这种事，他本来是不可能再做的了。这个奇怪的现象，只有在他那种思想状况下才会发生。

不管怎么说，他做的这件坏事，对他起到了决定性的作用。它突然穿透并驱散了他心智上的混乱，把黑暗和光明分放两边，对他混乱的内心产生了影响，正如某些化学试剂能对某种混合物发生作用，使一种物质沉淀，另一种物质变得清晰可见。

最初，他还没来得及反省和思考，就像要逃跑似的，发狂般地奔跑起来，想找到孩子，把钱还给他。后来，当他发现这是白费力气，他便绝望地停了下来。当他大声吼叫"我是混蛋"时，他已经看到了自己的丑态，他已离开自己，觉得自己成了幽灵，他看见了那个活生生的、面目狰狞的苦役犯让·瓦让，手里拿着棍子，腰里束着工作服，背上背着背包，里面塞满了偷来的东西，脸色坚定而忧郁，满脑子罪恶的计划。

我们已看到，由于遭受太多的不幸，让·瓦让常常幻觉丛生。因此，他刚才似乎又产生了幻觉。他真的看见让·瓦让出现在他面前，看到了那张凶恶的嘴脸。他差点问自己那人是谁，他感到非常厌恶。

当人们陷入深深的幻觉中时，就会脱离现实。那是汹涌澎湃，又是极其平静的时刻。让·瓦让就处于这样的时刻。他已看不见周围真实的事物，他所看到的外界事物，正是出现在他脑海里的影像。

可以说，他面对面地注视着自己。同时，穿过幻觉，在神秘的心灵深处，他仿佛看见有个亮光。他起初以为是火炬。他更仔细地注视这出现在他意识中的亮光，发现它是个人，这个火炬便是主教。

他的意识轮番注视面前的两个人，一个是主教，一个是让·瓦让。要削弱第二个人的气势，非得主教才行。这种神思恍惚，有一种奇异的效果，他的幻觉越是延长，主教在他眼里就变得越来越高大，越来越灿烂，而让·瓦让则愈来愈渺小，愈来愈模糊，到后来就只剩下一个影子，最后突然消失了。只剩下主教一人了。他用灿烂的光辉，照亮了这可怜人的整个心灵。

让·瓦让哭了很久。他泪如雨下，嚎啕大哭，比一个女人更软弱，比一个孩子更恐惧。

他哭着哭着，脑子越来越明亮，那亮光是异乎寻常的，既令人陶醉，又使人害怕。他从前的生活、第一次犯罪、漫长的赎罪、外表变得迟钝、内心变得冷酷、出狱、复仇计划、主教家发生的事、最后干的一件坏事——抢了一个孩子四十苏，这个罪行发生在主教对他宽恕之后，更显得卑鄙和丑恶——所有这一切，都回到了他的脑海里，他看得清清楚楚，他从没看得这样清楚过。他审视自己的一生，感到他的一生丑恶无比；他审视自己的灵魂，感到他的灵魂令人厌恶。但是，和煦的阳光照亮了他的生命和灵魂。他仿佛在天堂的照耀下，看到了撒旦。

他像这样哭了多久？哭完后他做了什么？他去了哪里？没有人知道。

只有一点似乎可以肯定:有个到格勒诺布尔去运货的车夫,那天夜里三点钟到达了迪涅,当他经过主教府所在的街时,看见有个人在黑暗中跪在比安维尼大人家门口的石头路面上,好像在做祈祷。

第三卷 一八一七年

一 一八一七年

一八一七年，路易十八以君王的沉着和自豪，把这一年称作他登基的第二十二个年头①。这一年，布吕吉埃·德·索松先生②名噪一时。所有的假发店无不希望重新时兴头发上扑白粉和御鸟式假发，把店铺刷成天蓝色，画上百合花③。对林奇伯爵④来说，这是个单纯的年代：作为教堂财产管理人，每星期日，他穿着法兰西封臣的礼服，佩着红绶带，挺着长鼻子，照例坐在圣日耳曼-德-普雷堂区财产管理委员席上，那种威严的形象，是有光辉建树的人所特有的。林奇先生的光辉业绩是这样的：他当波尔多市长时，于一八一四年三月十二日，就过早地把他的城市献给了昂古莱姆公爵⑤。于是他成了元老院议员。一八一七

---

① 路易十八，路易十六的弟弟，他在一八一五年拿破仑逊位后才回法国登基。但他不承认王室的统治有中断，认为他的王位应从一七九五年路易十七死在狱中之日算起。因此，他说一八一七年是他即位的第二十二个年头。
② 布吕吉埃·德·索松（1773—1824），曾翻译过莎士比亚的悲剧。
③ 百合花，法国波旁王朝的标志。贵族都戴假发，假发上扑白粉。
④ 林奇伯爵（1749—1835），波尔多市长，保王派。
⑤ 昂古莱姆公爵，路易十八的侄子。一八一四年三月，英国军队从西班牙侵入法国南部，昂古莱姆公爵随英国人一起进入波尔多。波尔多资产阶级将波尔多献给了英国人。

年,四五六岁的男孩时兴戴有护耳的山羊皮大鸭舌帽,很像爱斯基摩人的烟囱帽。法国军队也像奥地利人那样穿起了白制服,团改称军团,不再用番号,而用各省的名称命名。拿破仑在圣赫勒拿岛,英国人拒绝为他提供绿呢,只好将旧衣服翻个面来穿。在一八一七年,佩莱格里尼声震歌坛,比戈蒂妮小姐技震舞坛,波蒂埃红极一时,奥德利尚未成名。继福里奥佐之后,萨基夫人名扬遐迩。① 在法国还有一些普鲁士人。德拉洛②先生成了名人。普莱尼埃、卡博诺、托勒龙③被斩了手,又砍了头,显示了王权的合法性。侍从长德·塔列朗亲王④和钦命财政大臣路易神甫,就像两个占卜师那样,心照不宣,相视而笑;一七九〇年七月十四日,两人曾在练兵场为联盟节⑤举行过弥撒,塔列朗为主祭,路易为副祭。到了一八一七年,在这个练兵场的平行侧道上,几根大木柱躺在草丛中,风吹雨打,渐渐腐烂,蓝色的底上依稀可辨金鹰和金蜂的图案。两年前,拿破仑召开"五月"会议,这些木柱是用来支撑演讲台的。它们到处都有烧伤的痕迹,那是驻扎在大石子附近的奥地利军队露营时造成的。其中两三根给奥地利士兵烤过手,已在营火中化为灰烬。引人注目的是,这次"五月"会议却在六月召开,地点在练兵场。在这一八一七年,有两件事家喻户晓:一是图凯出版伏尔泰选集,二是把宪章刻在鼻烟盒上。震惊巴黎的最新事件,是多登的弑兄案,他把他兄弟的头颅扔进花市的水池里。海军部

---

① 佩莱格里尼,那不勒斯歌手,当时正在巴黎演出。比戈蒂妮,舞蹈家。波蒂埃和奥德利,喜剧演员。福里奥佐和萨基夫人,第一帝国时期最著名的杂技演员。
② 德拉洛(1772—1842),法国极端保王派,《辩论日报》的编辑。
③ 普莱尼埃、卡博诺和托勒龙,秘密会社成员,因赞成处死路易十六,而被处死。当时,对弑王者的刑罚是斩手又砍头。
④ 塔列朗(1754—1838),法国政治家和外交家,在法国大革命时期、拿破仑时期、波旁王朝复辟时期和路易十八时期都任过要职。一八一四年三月俄普联军攻入巴黎,塔列朗组织临时内阁,迎接路易十八回国。
⑤ 一七八九年法国资产阶级革命,各城市建立联盟,七月十四日为联盟节。

开始调查墨杜莎号战舰遇难事件,这次调查使舰长肖马雷丢尽脸面,画家热里科出尽风头。①塞尔夫②上校赴埃及,变成了苏莱曼帕夏。竖琴街的公共浴室给一个箍桶匠做了店铺。在克吕尼公馆八角塔的平台上,仍可以看见一间小木屋,曾是梅西埃的观象台,路易十六时期,他是海军部的天文官。迪拉斯公爵夫人在小客厅里给她的三四位朋友朗读尚未发表的小说《乌里卡》,客厅里有几张天蓝色缎面的凳脚交叉的小凳子。卢浮宫里的N③正在被刮去。奥斯特里茨桥缴械投降,改名为御花园桥,真是一箭双雕,使奥斯特里茨桥和植物园都改变了姓名。路易十八读贺拉斯,对那些当皇帝的英雄和成为皇储的木鞋匠备感兴趣,边读边在书上留下一道道指甲印,因为他有两个心病:拿破仑和马蒂兰·布吕诺④。法兰西学院大奖赛的题目是:读书之乐。贝拉尔⑤先生的口才得到官方的承认。在他的保护下,未来的检察长德·布罗埃崭露头角,他将受到保尔-路易·库里埃的冷嘲热讽。有个名叫马尚吉的人冒充夏多布里昂,以后还将有一个名叫达兰库的人冒充马尚吉。《克莱尔·达尔布》和《马莱克-阿代尔》是两部杰作,作者科坦夫人被誉为旷代第一大手笔。法兰西学院撤销了拿破仑·波拿巴的院士资格。国王下令在昂古莱姆市建立海军学校,既然昂古莱姆公爵是海军大臣,昂古莱姆市理所当然具有海港的一切资格,否则,君主体制的原则就会受到损害。为了增加趣味,弗朗科尼的海报上加了一些马戏表演的图案,引来了许多野

---

① 墨杜莎号战舰于一八一六年六月十七日从法国出发,开往塞内加尔,七月二日遇难。舰长肖马雷是最先乘救生艇逃跑的人中的一个。热里科画了一幅墨杜莎之筏的画作,在一八一九年的画展中展出。
② 塞尔夫(1787—1860),曾是拿破仑帝国和百日帝政时期的军官。一八一六年,他去埃及军队当教官,后皈依伊斯兰教,相继成为上校、将军和一个省的总督。
③ N是拿破仑的徽志,是他名字Napoléon的首字母。
④ 马蒂兰·布吕诺的父亲是木鞋匠,但他对当木鞋匠毫无兴趣,让人称他为男爵,最后又自称为路易十八的王储。
⑤ 贝拉尔(1761—1826),在王朝复辟时期,是巴黎的总检察长。

孩子的围观，对于这一做法，内阁会议上争论不休。帕埃尔先生在主教城街指挥萨瑟内侯爵夫人的室内音乐会，他是歌剧《阿涅兹》的作者，一个长着方脸盘、脸颊上有一颗肉痣的老头。所有的女孩子都唱《圣阿韦尔的隐士》这首抒情歌曲，是埃德蒙·热罗作的词。《黄侏儒报》更名为《明镜报》。朗布兰咖啡馆拥护皇帝，与拥护波旁王室的瓦洛瓦咖啡馆唱对台戏。已被卢韦尔①暗中盯上梢的贝里公爵刚娶了一位西西里公主。斯达尔夫人去世已有一年。玛斯小姐演出时，近卫队喝倒彩。大报都变成了小报。篇幅虽然缩小了，但言论依然自由。《立宪报》拥护宪法。《密涅瓦报》把 Chateaubriand② 最后一个字母 d 写成了 t，引来了资产阶级对这位大文豪的嘲笑。在被收买的报纸上，那些出卖自己的记者辱骂一八一五年的流放者：大卫不再有才华了，阿尔诺不再有思想了，卡尔诺不再正直了，苏尔特③没打过一次胜仗，拿破仑也不再是天才了。谁都知道，通过邮局寄给流放者的信很少收到，警察把截信作为自己的神圣职责。这不是什么新鲜的做法，笛卡儿遭流放时，也有过同样的抱怨。然而，大卫因为没收到别人写给他的信，在比利时的一家报纸上发了几句牢骚，那些保王报纸感到很可笑，逮住机会对这个流放者冷嘲热讽。说"弑君者"还是"投票者"④，"敌人"还是"盟友"⑤，"拿破仑"还是"布奥拿巴"，这之间有天壤之别。有常识的人都认为，革命的时代已被外号叫"不朽的宪章缔造者"的路易十八永远关上了大门。在新桥的平台上，在等待亨利四世铜像的基座上，有人正在用拉丁文镌刻"再生"二字。皮埃泰先生在泰雷兹街 4 号酝酿召开秘密会

---

① 卢韦尔（1783—1820），法国工人，认为波旁王朝是英国入侵法国的罪魁祸首，便杀死了波旁王朝的末代子孙贝里公爵。
② 法国作家夏多布里昂。
③ 大卫，法国画家，为拿破仑画过肖像。阿尔诺，法国诗人和寓言家。卡尔诺，数学家，国民公会代表，百日帝政期间，曾任内政部长。苏尔特，拿破仑的部下。
④ 指投票赞成处死路易十六的国民公会议员。
⑤ 指帮助波旁王朝复辟的英、奥、俄、普等同盟国。

议，以图巩固君主政体。每当局势严重，右派的领袖们就说："得给巴科写信。"卡努埃尔、奥马霍尼和德·夏普德莱纳等人准备策划一场阴谋，后来称为"河畔阴谋"，路易十八的兄弟对这场阴谋多少是赞同的。"黑饰针"秘密组织也在策划阴谋。德拉韦德里和特罗戈夫沉瀣一气。多少有点自由思想的德卡兹先生掌握了大权。每天早晨，夏多布里昂站在圣多米尼克街 27 号的窗前，穿着长裤和拖鞋，斑白的头发上裹着一条女用头巾，眼睛望着一面镜子，面前放着全套牙科器械，一面给他的漂亮牙齿清除污垢，一面向秘书皮洛热先生口述《按宪章建立的君主政体》的异本。权威的批评喜欢拉丰，不喜欢塔尔马①。德·费莱茨先生在他的文章上署名 A，霍夫曼则署名 Z。夏尔·诺迪埃撰写《泰雷丝·奥贝尔》。离婚被废除。中学由 lycées 改称 collèges。中学生衣领上饰一朵金百合花，为罗马王②的问题互相斗殴。宫中秘密警察向夫人殿下③揭发，奥尔良公爵先生的肖像到处张挂，穿着轻骑兵上校制服，比穿龙骑兵上校制服的贝里公爵先生还要神气，这样有失体统。巴黎市自筹资金，给残老军人院的圆屋顶重新漆了金色。严肃认真的人思量，德·特兰克拉格先生遇到这样那样的情况时，会如何处理。克洛塞尔·德·蒙塔尔先生同克洛塞尔·德·库塞格先生之间，在许多方面意见不合；德·萨拉贝里先生心头不悦。喜剧演员皮卡在奥德翁剧院演出《两个菲利贝》，在剧院的三角楣上，仍清楚可辨刮去的"皇后剧院"的字迹；皮卡是法兰西学院院士，连喜剧家莫里哀都无此殊荣。有人支持居涅·德·蒙塔洛，也有人反对。法布韦是捣乱分子，巴武是革命党人。书商佩利西埃出版一部伏尔泰文集，书名为《法兰西学院院士伏尔泰文选》。这位天真的出版商说："这样能吸引顾客。"

---

① 拉丰和塔尔马，当时的悲剧演员。
② 罗马王，拿破仑和玛丽－路易丝的儿子。
③ 夫人殿下，指路易十八的弟媳妇阿图瓦伯爵夫人，贝里公爵的母亲。

舆论普遍认为,夏尔·卢瓦宗先生将会成为旷世奇才;他已有创作欲望,这是光荣的预兆;有人还为他写了诗:

雏鹅①腾飞时,仍感其有蹼。

红衣主教费什拒不辞职,阿马齐的大主教德班先生只好管理里昂教区。迪富尔统领的一份报告,使瑞士和法国开始争夺达普河谷,迪富尔后来擢升将军。圣西门②尚未成名,正在编织他的美梦。科学院有个傅立叶③,尽管在当时赫赫有名,但后人已把他遗忘;在不知哪个角落里还有一个傅立叶,当时还默默无闻,后人却会记住他的名字。拜伦勋爵崭露头角,米勒瓦的一首诗中有条注释提到"某个巴伦勋爵",也就等于把他介绍给了法国。大卫·德·昂热试雕大理石像。在千层酥死胡同,卡龙教士向一群神学院学生热情赞扬一位名不见经传的神甫,名叫费利西泰·罗贝尔,他便是日后的拉梅内。塞纳河上出现了一种冒着黑烟、像泅水的狗发出啪答啪答声音的东西,在国王桥和路易十五桥之间来回游弋,从杜伊勒利宫的窗下经过;这是一条汽船,一种没什么用处的机械,小孩子的玩具,梦想家的创造,乌托邦式的空想。巴黎人对此无用之物漠不关心。德·沃布朗先生强行改组法兰西学院,他签发命令,确定人选,让好几个人当上了院士,他功不可灭,可他自己却是竹篮打水一场空。圣日耳曼镇和马桑公馆希望德拉沃先生当警察局长,因为他是虔诚的基督教徒。迪皮特朗和雷卡米埃为耶稣基督是不是神的问题,在医学院的梯形教室里争吵起来,甚至互相挥拳威胁。居维埃的一只眼

---

① 原文为卢瓦松。法语中,卢瓦松(Loyson)和雏鹅(l'oison)同音。雏鹅有小傻瓜的意思。
② 圣西门(1760—1825),法国空想社会主义者。
③ 这个傅立叶(1768—1830)是男爵,法兰西学院院士。另一个傅立叶(1772—1837)是社会学家,空想社会主义者。

睛看着《创世记》,另一只眼睛盯着大自然,用化石证明经文的正确,用乳齿象为摩西唱赞歌,以博得笃信基督的反动势力的欢心。弗朗索瓦·德·纳夫夏多先生,为让大家记住帕芒蒂埃①,作出了卓越的努力,千方百计想把土豆叫作帕芒蒂埃,但没有成功。格雷古瓦神甫,这位前主教、前国民公会议员、前元老院议员,在保王党的论战中,转入了"可耻的格雷古瓦"状态。上面用的"转入某种状态"的表达方式,被罗耶-科拉先生宣布为新词。在耶拿桥的第三个桥拱上,有一块新石头,可从洁白的颜色认出来,两年前,布吕歇尔为了炸桥凿了个洞,那块石头是用来堵这个洞的。法庭传讯了一个人,因为当他看见阿图瓦伯爵走进圣母院时,大声嚷道:"见鬼!我真怀念波拿巴和塔尔马手挽手步入蛮人舞场的时代。"煽动性言论。六个月班房。叛徒们畅所欲言,有些人临阵倒戈,投入敌人阵营,现在毫不隐瞒所得的奖赏,没皮没脸,厚颜无耻,在大庭广众之下,炫耀他们的财富和高位;利尼和四臂村②的逃兵们,拿了人家的钱,干了卑鄙的勾当,衣冠不正地炫耀对国王的无限忠诚,忘了英国公共厕所的墙上写着:**出去前请整好衣服**③。

一八一七年发生的事,拉拉杂杂说完了。这些事,没有人再记得了。这一件件具体的小事,历史一般不会重视,但也只能如此,因为无限将把历史占满。然而,这些细节,尽管被人误称作小事,其实是很有用的。人类没有小事,植物没有小叶。世纪的面貌是由岁月的面貌构成的。

在这一八一七年,四个巴黎青年演出了一场"闹剧"。

---

① 帕芒蒂埃(1737—1813),法国农学家。曾用化学手段对土豆进行研究,并发表了一部专著。
② 利尼和四臂村,比利时地名。一八一五年六月十六日,即滑铁卢战役的前两日,拿破仑在利尼击败普鲁士军队,又在四臂村击败英国军队。
③ 原文为英语。

二 两个四人组合

这四个巴黎青年，一个是图卢兹人，第二个是利摩日人，第三个是卡奥尔人，第四个是蒙托邦人。可他们是大学生，谁是大学生，谁就是巴黎人。在巴黎求学，就是生在巴黎。

这些年轻人微不足道，他们的面孔人人熟悉，不过是平常人的四个实例，既不好亦不坏，既非有学问亦非无知识，既非天才亦非笨蛋。他们年方二十，风流倜傥，有如阳春四月。他们是四个平平庸庸的奥斯卡，因为那时候阿瑟们尚未出世。那首情歌唱道："为他点燃龙涎香，奥斯卡来了，我要去见奥斯卡！"莪相①的时代正在结束。人们崇尚斯堪的纳维亚和苏格兰式的风雅，纯英国式的风雅以后才兴起，第一个亚瑟是威灵顿②，不久前才在滑铁卢打败了拿破仑。

这几个奥斯卡，一个叫费利克斯·托洛米埃，图卢兹人；另一个叫利斯托利埃，卡奥尔人；还有一个叫法默伊，利摩日人；最后一个叫布拉舍韦，蒙托邦人。自然每个人都有情妇。布拉舍韦喜欢法武丽特，她叫这个名字，是因为去了趟英国；利斯托利埃钟爱大丽花，她用一种花名作为假名；法默伊崇拜瑟芬，那是约瑟芬的简称；托洛米埃有芳蒂娜，人称金发美人，因为她有一头金灿灿的美发。

法武丽特、大丽花、瑟芬和芳蒂娜，这四个姑娘美丽动人，光辉灿烂，香气袭人，身上残留着女工的本色，尚未完全摆脱针线活，尽管也朝三暮四，谈情说爱，但她们脸上仍残留着劳动者的安详，心里仍有一朵诚实之花，这诚实是女人初次失足后所幸存的。在这四位姑娘中，有

---

① 莪相，爱尔兰古代吟唱诗人。一七六二年，苏格兰诗人麦克菲森整理出《莪相集》，但许多是他自己的创作。《莪相集》曾传诵一时。
② 威灵顿（1769—1852），英国将军和政治家。

一个叫小妹，因为她年纪最小，还有一个叫大姐。大姐二十三岁。实不相瞒，在喧嚣的人生中，前面三位更有经验，更无忧虑，更飞得高。金发美人芳蒂娜还沉浸在初恋的美梦中。

大丽花、瑟芬，尤其是法武丽特，就不是这样了。她们的爱情小说刚开始，就已写下了不止一个篇章。第一章里的情人是阿道夫，到了第二章，成了阿尔丰斯，在第三章里又变成了居斯塔夫。贫穷和俏丽是两个会带来不幸的谋士，一个低声埋怨，另一个阿谀奉承；穷人家的漂亮姑娘两者兼而有之，都在她们耳边嘀嘀咕咕。防范不严的心俯首听命。于是她们就会堕落下去，人们就会下井落石，会用洁白无瑕、可望而不可即的贞操，对她们大肆攻击。唉！年轻姑娘忍受不了饥饿，怎么办？

法武丽特去过英国，因此，瑟芬和大丽花对她佩服得五体投地。她很早以前有个家。父亲是个数学教师，上了年纪，性格粗暴，喜欢吹牛。他没结过婚，尽管年事已高，仍到处奔波，登门授课。年轻时，有一天，他看见壁炉挡灰板勾住了一位女仆的裙子，由此坠入情网，结果就有了法武丽特。她有时能遇见父亲，她父亲同她打个招呼。一天早晨，一个信女般模样的老妇走进她家里，对她说："小姐，您不认识我吗？""不认识。""我是你母亲。"然后，那老妇打开碗橱，又吃又喝，还把自己的床垫搬了来，住下来不走了。这位母亲脾气不好，虔信宗教，从来不和法武丽特说话，几个小时不言不语，一日三餐，饭量一个顶四个，还要到楼下的门房那里去串门，说她女儿的坏话。

大丽花有非常漂亮的玫瑰红指甲，就因为这个，她和利斯托利埃，也许还同其他几个男人拉上了关系，整天游手好闲，无所事事。有这样漂亮的指甲怎能干活？想保持贞洁，就不该怜惜自己的手。至于瑟芬，她能征服法默伊，是因为她会用淘气而娇媚的神态说："是，先生。"

那几个小伙子是同学，这几个姑娘也就成了朋友。这种爱情总是有这种友谊相伴的。

审慎和明哲是两回事。眼前的事就可以作证：对于这四对青年不稳定的结合，尽管可以保留意见，但是，法武丽特、瑟芬和大丽花是明哲的女孩子，而芳蒂娜是审慎的姑娘。

能说她审慎吗？那么托洛米埃呢？所罗门也许会说，爱情是审慎的组成部分。我们只是说，芳蒂娜的爱是初恋，是专一的，忠贞不贰的。

这四个姑娘中，唯有她只让一个人对她用"你"相称。

可以说，芳蒂娜是底层孕育的孩子。她出生在深不可测的黑暗的社会底层，她的额头打上了无名无姓、不知身世的印记。她生在滨海蒙特勒伊①。她父母是谁？没有人说得清楚。人们从没见过她的父亲或母亲。她叫芳蒂娜。为什么叫芳蒂娜？人们从不知道她有别的名字。她出生的时候，督政府还在执政。她没有姓，因为她没有家；她没有教名，因为教堂名存实亡。小时候，她光着脚在街上行走，第一个遇见她的人随便给她起了个名字，于是她就有了这个名字。她接受一个名字，就像下雨时她额头上接受雨水那样随意。大家叫她小芳蒂娜。有关她的其他事没有人知道。这个人便是这样来到了人世间。十岁那年，芳蒂娜离开城里，到附近的农场主家干活。十五岁，她到巴黎来"碰运气"。芳蒂娜如花似月，并且将贞洁保持到最后一刻。她有一头漂亮的金发，一口漂亮的皓齿。她有金子和珍珠作嫁妆，但她的金子在头上，珍珠在嘴里。

她为了生活而打工，后来，同样是为了生活，她恋爱了，因为心也会饥饿。

她爱上了托洛米埃。

他是逢场作戏，可她却是狂热的爱。拉丁区②的街上到处是大学生和轻佻女工，那些街道目睹了这场梦的开始。在先贤祠山坡上的长街曲巷里，发生过多少浪漫的爱情，在那里，芳蒂娜曾久久躲避托洛米埃，却

---

① 滨海蒙特勒伊，法国北部加来省的一个县。
② 拉丁区，巴黎大学集中的地方。

总是设法能遇见他。有一种躲避的方式,恰恰是在寻找。总之,田园般的爱情开始了。

布拉舍韦、利斯托利埃和法默伊似乎组成了一个小团体,托洛米埃是他们的头。因为他有头脑。

托洛米埃是个老大学生。他很有钱,有四千法郎的年金。四千法郎年金,这在圣热纳维埃芙山上,足够他干出轰轰烈烈的丑事了。托洛米埃已有三十岁,花天酒地,不惜身体。他额头已有皱纹,牙也掉了一些,头也秃了一些。他对秃顶不以为然,常说自己是"三十岁的头顶,四十岁的膝盖"。他的消化功能不好,因此,有只眼睛老是流泪。但是,随着青春消逝,他倒越活越快活。他用戏谑代替牙齿,快乐代替头发,讥讽代替健康,让那只泪汪汪的眼睛总是笑眯眯。他的健康状况很坏,但他依然精力旺盛。他的青春过早地收拾行李,正在不慌不忙地撤退,却爆发出朗朗笑声,让人只看到火一般的热情。他写过一个通俗笑剧,但被剧场拒绝了。他也写些诗,但平淡无奇。此外,他对一切都抱怀疑态度,这在弱者看来,便是力量的表现。因此,秃了顶、善讽刺的他,成了四人小组的头头。英语里有个词叫 iron,是"铁"的意思。法语中的 ironie(讽刺)难道源自这个词?

一天,托洛米埃把另外三个人叫到一旁,做了一个权威性的手势,对他们说:

"芳蒂娜、大丽花、瑟芬和法武丽特要我们给她们一个惊喜,她们想了都快一年了。我们也郑重其事地答应过。她们老向我们提这件事,尤其是向我。那几个美人老缠着我问:'托洛米埃,你那个惊喜什么时候出笼?'就像那不勒斯的老太太们对圣亚努阿里乌斯①高喊:'**黄面孔的神,显显灵吧!**'②我们的父母亲也常来信催我们。两边都唠叨个没完。我认

---

① 圣亚努阿里乌斯,意大利港口城市,那不勒斯的保护神。
② 原文为拉丁语。

为到时候了。我们好好谈一谈。"

说完，托洛米埃压低嗓门，神秘兮兮地说了一些令人开心的话，四个人高兴得哈哈傻笑。布拉舍韦喊了一句："这主意太妙了！"

他们看见一个烟雾腾腾的小咖啡馆，走了进去，后面的谈话就不得而知了。

密谈的结果，是搞一次愉快的聚会，于下星期天举行，这四个小伙子邀请那四位姑娘参加。

三　四对四

四十五年前大学生和女工一起郊游的情形，今天的人是很难想象的。巴黎的郊区今昔大不一样。半个世纪以来，所谓巴黎郊区的生活彻底改变了模样。从前是双轮公共马车，现在是火车；从前是小船，现在是汽船；现在说费康②，正如当年说圣克鲁③。一八六二年的巴黎，是以法国为郊区的。

当年乡间可能有的娱乐场所，四对年轻人都尽情享受。正是放暑假的时候，那天天气很热，晴空万里。四个姑娘中，只有法武丽特能写几个字，头天，她代表大家给托洛米埃写了张字条："青早出法是件勒事。"④因此，他们五点钟就起床了。然后，他们乘坐公共马车到了圣克鲁，观看了干涸的瀑布，他们嚷道："有水的时候，一定很好看！"他们在黑头餐馆吃了午饭，那时候，卡斯丹尚未到过这里。接着，他们花钱在大塘

---

② 费康，英吉利海峡边上的一个港口。
③ 圣克鲁，位于巴黎西郊。
④ "清早出发是件乐事。"原文为表示法武丽特识字不多，故意用了错别字。

边的梅花形树林里玩了一盘套圈游戏,后又登上了第欧根尼的灯笼,在塞夫勒桥上,用杏仁饼玩了轮盘赌,在皮托采了野花,在纳伊买了芦笛,沿途吃了许多苹果酱馅饼,高兴得心花怒放。

姑娘们犹如逃出笼子的鸟儿,叽叽喳喳,闹个不停。她们欣喜若狂。她们不时地在小伙子们身上拍一下。令人陶醉的青年时代!令人心醉的青春岁月!蜻蜓的翅膀轻轻颤动。啊!不论是谁,你可记得?你可曾在荆棘丛中走过,为了你身后的可爱人儿把树枝扳开?你可曾在雨后,和一个心爱的女人从湿漉漉的斜坡上往下滑,开心得哈哈大笑?她拉着你的手,大叫大嚷:"哎呀!瞧我的新鞋!都成什么样子了!"

我们要说的是,下一阵骤雨的这种愉快的烦恼,这群兴高采烈的年轻人没有遇上,尽管出发时法武丽特以母亲般的武断的口吻说:"小路上爬满了蜓蚰。孩子们,天要下雨了。"

四位姑娘都有闭月羞花之貌。那天,一位当年闻名遐迩的古典诗人德·拉布伊斯骑士先生恰好在圣克鲁的栗树下散步,上午十点左右,看见她经过,那诗人自己也有一位绝色美人,可当他看见她们时,想起了三位美惠女神,不禁脱口而出:"怎么多了一个!"法武丽特,也就是布拉舍韦的情人,二十三岁的大姐,走在最前头,顶着浓密的绿树枝,遇到小坑就跳过去,碰到荆棘丛就发疯般地跨过去,就像是农牧女神,情绪高昂,带领大家尽情欢乐。至于瑟芬和大丽花,她们的美凑巧相互补充,相得益彰,因此她们形影不离,与其说出于友谊,毋宁说出于卖俏的本能。她们仿效英国人的姿势,互相偎依在一起。纪念册式样的文学作品①问世不久,女性开始崇尚伤感,就像后来男性模仿拜伦一样;女性的头发开始披散下来,犹如哀怨的泪水。瑟芬和大丽花的头发梳成卷筒式。利斯托利埃和法默伊在议论他们的教师,一边向芳蒂娜解

---

① 十九世纪流行的一种文学作品,集画、诗和散文于一身,作为礼物赠送给亲朋好友。

释代万古先生和布隆多先生之间有什么不同。

布拉舍韦似乎生来就是为在星期天替法武丽特拿披肩的。那条不对称的羊毛披肩是泰诺①的产品。

托洛米埃殿后，统治着这群人。他高兴得手舞足蹈，但可以感到他身上有种统治者的味道。他的嬉笑中带着专制。他的主要装饰，是一条米黄色的象腿式长裤，用一条铜带子紧扣裤腿系在脚底下，手里拿一根价值二百法郎的威风凛凛的藤鞭子，而且，因为他从来为所欲为，嘴里还衔着一支叫雪茄的怪东西。对他来说，没有什么不敢做的事，别说抽烟了。

"这个托洛米埃，真了不起。"人们不无崇拜地说，"穿这样的裤子！多有魄力！"

至于芳蒂娜，她是快乐的化身。上帝赋予她一口漂亮的牙齿，显然是让她笑的。她有一顶手缝的小草帽，垂着长长的白飘带，她经常拿在手中，而不是戴在头上。浓密的金发，像是喜欢飘舞似的，稍不留意便松开来，不时地要束一束，仿佛生来就是为了给在垂柳下逃跑的海神该拉忒亚遮羞的。她心花怒放，粉红色的小嘴喋喋不休。她的嘴角微微翘起，令人怦然心动，就像古代怪面饰上的厄里戈妮②，仿佛在怂恿人们大胆行动；但她满是阴影的长睫毛羞羞答答地垂下来，注视着不安分的下半部脸，仿佛在阻止它放肆。她的装束赏心悦目，光彩照人。她穿一件淡紫色的薄呢裙，一双小巧玲珑的金褐色厚底皮鞋，鞋带交叉在质地细软的镂空白袜上，裙子外面罩着平纹细布无袖短上衣，那是马赛人创造的，名叫"卡纳祖"，是卡纳比埃街的人对"八月十五"的讹读，意思是"晴天、炎热和南方"。另外三个姑娘，我们说过，她们的胆子比芳蒂娜大一些，她们袒胸露肩，又是夏天，戴一顶插满花的帽子，显得分

---

① 泰诺（1763—1833），法国工业家和政治家。开办多家纺织厂。
② 厄里戈妮，罗马神话中酒神巴克斯的情人。

外妖艳迷人。可是，与这种大胆的服饰相比，金发美人芳蒂娜的"卡纳祖"式短上衣薄如蝉翼，若隐若现，既大胆又谨慎，仿佛端庄的服饰找到了一种撩人的时式；长着海绿眼睛的塞特子爵夫人主持的遐迩闻名的爱情法庭①，可能会把俏丽奖颁给"卡纳祖"，尽管它想竞争贞洁奖。最朴素的人往往最有学问。这种情况屡见不鲜。

面容艳丽，侧影纤细，眼睛深蓝，眼皮丰盈，纤脚微微弓起，手腕和脚踝骨珠联璧合，美不胜收，皮肤白净，透出蓝蓝的血管，脸颊鲜润，充满了稚气，脖子和埃伊纳岛②的朱诺像一样健美，后颈柔美有力，肩膀仿佛出自库斯图③之手，中间有个撩人的小窝，透过薄纱依稀可见；生性快乐，但沉思时快乐顿然消失；美如雕像，秀色可餐：这便是芳蒂娜。在这衣衫下面，可以看到一尊塑像，而在这塑像里面，有一颗晶亮的心。

芳蒂娜很美，但她自己却不大意识到。那些为数不多的思想家，美的神秘的祭司，那些总是默默地用尽善尽美的标准衡量一切事物的人，如果看到这个不起眼的女工，透过她明朗的巴黎风韵，想必会领略到古代神像的和谐吧。这个默默无闻的姑娘高贵优雅。她的美表现在两个方面，一是风度，二是节奏。风度是理想的形态，节奏是理想的动态。

我们说过，芳蒂娜是欢乐的化身。芳蒂娜也是贞洁的化身。

倘若有人观察她，仔细研究她，就会发现，尽管那年龄、那季节和那爱情使她如醉如痴，但透过这个表象，仍可看到那种难以遏制的谨慎和朴实。她总带着惊讶的神色。这种纯洁的惊讶，是普绪喀和维纳斯④之间的区别所在。芳蒂娜就像拿着金针给女灶神拨灰的贞女，有着白皙

---

① 爱情法庭，十二至十五世纪文学作品中，模仿现实法庭对恋爱行为作出若干细小规定、以活跃恋爱论坛的空架子。
② 埃伊纳岛，希腊的一个岛。一八一一年挖出一批塑像。
③ 库斯图（1658—1733），法国著名的雕塑家。
④ 普绪喀，希腊神话中人类灵魂的化身，以少女形象出现。维纳斯，罗马神话中的爱神。

而修长的手指。尽管她对托洛米埃百依百顺，这在后面会看到，但是，当她的脸平静下来时，却像贞女般纯洁。有时候，她会突然变得严肃而端庄，近乎冷峻；看到快乐瞬间从她脸上消失，沉思即刻替代笑容，这的确令人心荡神摇，不能自已。这突如其来的严肃，有时变成了严厉，与女神轻蔑的神情何其相似。她的额头、鼻子和下巴线条匀称，但不是那种比例上的匀称，因此，她的脸显得极为和谐。她的上嘴唇和鼻根之间很有特征，有一条细细的迷人的皱纹，那是贞洁的神秘标志，正是这种神秘的贞洁，使得巴伯鲁斯爱上了从圣像堆中发现的一尊狄安娜①像。

爱情是一种过失；就算是吧。可芳蒂娜却浮在过失之上，她是无辜的。

四　托洛米埃高兴得唱起了西班牙歌

那天，从早到晚仿佛沐浴在晨曦中。整个大自然仿佛都在过节，在欢笑。圣克鲁的花坛发出阵阵馨香，从塞纳河吹来的微风轻拂树叶，树枝迎风摇曳，蜜蜂在茉莉花丛中抢劫花蜜，一群流浪的蝴蝶在蓍草、苜蓿和野燕麦中飞来飞去，无数漂泊的鸟儿在法兰西国王庄严的公园里蹦蹦跳跳。

四对欢天喜地的年轻人，与阳光、田野、花朵、树木混为一体，散发着灿烂的光辉。

在这快乐的群体中，姑娘们说着，唱着，跑着，跳着，追着蝴蝶，采着牵牛花，在深草中弄湿了粉红镂花袜，她们清新，疯狂，个个心地善良，随时接受小伙子们的亲吻，唯有芳蒂娜例外，她总是若有所思，

---

① 狄安娜，罗马神话中的狩猎女神。

躲躲闪闪，可心有所爱。"你呀，总是这样。"法武丽特对她说。

他们是快乐的化身。幸福的情侣经过哪里，便向生命和大自然发出深切的呼唤，使万物散发出温柔和光芒。从前有个仙女，专为恋人们创造了草地和树林。因此，情人们便不断逃学到田野里，只要灌木丛和学生存在，逃学的事就不会停止。因此，思想家对春天情有独钟。不管是贵族还是小贩，公爵、封臣还是乡下人，或者照从前的提法，是朝臣还是市民，全都是这个仙女的臣民。人们欢笑着，互相寻觅着，天空中洋溢着赞颂爱情的光明。爱使世界变得多美啊！公证处的文书成了神仙。情人们低声哼叫，在草丛中追逐，奔跑中搂住细腰，难懂的情话犹如动听的乐曲，一个音节迸发出无限的爱意，口对口抢夺樱桃，所有这一切，都像一股火焰在燃烧，升向灿烂的天空。美丽的姑娘们万般温柔，不顾一切地奉献自己。这仿佛无止无境。哲学家、诗人、画家望着这些心醉神迷的情侣，眼花缭乱，不知所措。华托[①]高喊："到爱情岛去！"平民画家朗克雷[②]望着市民飞向蓝天。狄德罗向一切轻狂的爱情张开双臂，于尔菲[③]在他描绘的爱情中，把德落伊教的祭师也拉了进去。

吃完午饭，四对情侣便去当时叫"国王园圃"的地方，观赏刚从印度运来的一种植物。那植物叫什么名字，我已忘了。当时，全巴黎的人都被吸引到了圣克鲁。那是一种怪诞而可爱的灌木，树干高大，无数树枝细如丝线，蓬蓬松松，没有叶子，披满了成千上万朵白色小花，就像一头插满白花的蓬发。前来观赏的人络绎不绝。

看完了树，托洛米埃大声说："我请你们骑毛驴！"和赶驴人讲好价钱后，他们便骑着毛驴，从旺夫和伊西往回走。在伊西，有一个小插

[①] 华托（1684—1721），法国十八世纪画家。《爱情岛》（或称《西苔岛》）取材于法国和意大利一个古老的神话，描绘了旅途的艰难。在华托笔下，西苔岛被描绘成可望而不可即的地方。
[②] 朗克雷（1690—1743），法国画家。
[③] 于尔菲（1567—1625），法国小说家。

曲。公园的大门碰巧敞开着。那公园是国有财产，当时被军需官布甘占有。他们越过栅栏门，到石窟里去参观了隐修士模拟像，又去闻名遐迩的镜厅体验了一番神秘的效果。那镜厅是一个挑动情欲的陷阱，适合于变成百万富翁的好色之徒，或变成普里阿普斯的蒂卡雷①。贝尼教士②颂扬过的两棵栗树之间，挂着一个大秋千，他们用力荡了一会儿。美女轮流荡着，笑声飞扬，裙摆飘舞，格勒兹③要是在场，就有了作画的素材；托洛米埃是图卢兹人，多少有点像西班牙人，因为图卢兹和托洛萨④很相近，他用单调而忧伤的旋律，唱起了一首古老的西班牙歌谣，词作者大概看见一个漂亮姑娘在两棵树中间荡秋千，兴致大发而创作了这首歌：

> 我来自巴达霍斯，
> 爱情在向我召唤。
> 我的整个灵魂啊
> 全在我的眼睛里，
> 因为你露出了啊
> 美丽迷人的秀腿⑤。

唯有芳蒂娜待在一旁。

"我不喜欢这样做作。"法武丽特刻薄地嘀咕道。

下了毛驴，他们又换了种玩法。他们乘船渡过塞纳河，从帕西步行到星形城门。我们记得，他们五点就起床了，可是，正如法武丽特说的：

---

① 普里阿普斯，希腊神话中主管生育、园艺和畜牧之神。蒂卡雷为十八世纪法国喜剧家勒萨日同名喜剧中的主人公，通过不正当手段，成了百万富翁。
② 贝尼（1715—1794），法国教士和诗人。
③ 格勒兹（1725—1805），法国画家。
④ 图卢兹（Toulouse）是法国城市，托洛萨（Tolosa）是西班牙城市。两座城市名字相近，地理位置也相当接近。
⑤ 原文是西班牙语。

"星期天是没有疲劳的。疲劳在星期天也休息了。"将近下午三点,四对情侣兴冲冲地到了博戏游乐场,从蜿蜒起伏的滑车道上冲下来;那滑车道是个奇妙的建筑,矗立在博戏高地上,从香榭丽舍大街望去,只见树梢上蜿蜒着它的轨道。

法武丽特不时地嚷嚷:

"惊喜呢?我要惊喜。"

"别急嘛。"托洛米埃回答。

五　在邦巴达小酒馆

他们玩过滑车道后,便想到了吃晚饭。八个容光焕发的年轻人最后有点累了,就到邦巴达小酒馆里歇歇脚。这家酒馆,是赫赫有名的餐馆老板在香榭丽舍大街开的分店,那时候,在里沃利街,德洛姆巷的旁边,可以看见总店的招牌。

一个大而寒酸的房间,尽头有个凹室,里面有张床(因为是星期天,酒店客满,只好将就了);两扇窗子,站在窗口,越过榆树,可以眺望塞纳河及其堤岸;八月明媚的阳光掠过窗口;两张桌子,一张桌上喜气洋洋地堆着一束束鲜花,混杂着男男女女的帽子;另一张桌上坐着四对情侣,兴高采烈地围着一堆盘碟、酒杯、酒瓶,啤酒罐夹杂在葡萄酒瓶中间。桌上一片狼藉,桌下一片混乱,正如莫里哀描绘的:

> 他们的脚在桌下你踩我踢,
> 咯噔咯噔,弄出一片声音。

早晨五点开始的郊游，到了下午四点半就成了这个情景。太阳西斜，他们的兴致也减退了。

香榭丽舍大街阳光充足，人流滚滚，到处是阳光和尘土，那是构成光荣的两个成分。马尔利雕刻的大理石马，兀立在金色的尘土中，引颈长嘶。华丽马车熙来攘往。一队气派的近卫骑兵，号手开道，行进在纳伊大街上。杜伊勒利宫的圆顶上飘扬着一面白旗，夕阳将白旗染成了粉红色。已恢复路易十五广场旧称的协和广场熙熙攘攘，挤满了心满意足的行人。许多人纽扣的云纹饰带上垂着一朵银百合花，一八一七年，云纹饰带尚未从纽扣上消失。到处有行人围着圆圈，鼓着手掌，观看小女孩们迎风跳轮舞，唱回旋曲，那首曲子在当时非常有名，是用来歌颂波旁王朝，鞭挞百日帝政的，其中的迭句是：

> 把根特的伯伯①还给我们，
> 把我们的伯伯还给我们。

一群群郊区居民，穿着节日的盛装，有的也像市民那样佩着百合花，分散在巨大的马里尼方形广场上，玩套环游戏，骑木马旋转；还有的人在喝酒；印刷厂的几名学徒，头上戴着纸帽；他们笑声四溢。一切都喜气洋洋。那是国泰民安的时代，王权十分牢固。巴黎警察署长昂格莱在给国王的一本密奏中，谈到巴黎郊区的情况，结尾写了这样几句话："总之，陛下，这些人是没什么可怕的。他们像猫一样无忧无虑，懒散怠惰。外省的贱民蠢蠢欲动，巴黎的百姓却安分守己。这些人的个儿都很小。陛下，他们两个人连起来，才抵得上您的一个近卫兵。首都的老百姓毫

---

① 根特的伯伯指路易十八。根特为比利时城市。百日帝政时期，路易十八逃亡在根特。

不可怕。值得注意的是，五十年来，他们的个儿比从前更缩短了。巴黎郊区的人民，比大革命前更矮小了。他们丝毫也不危险。总之，他们都是贱民，驯良的贱民。"

巴黎的警察局长们不相信猫会变成狮子。可这却是事实，这正是巴黎人民创造的奇迹。况且，猫虽被昂格莱伯爵视若敝屣，但在古代共和国却很受青睐，被视作自由的象征：在科林斯①的广场上，有一只巨大的青铜猫，仿佛要与比雷埃夫斯②的无翅智慧女神配成一对似的。王朝复辟时期的警察太天真，对巴黎人民的看法太"乐观"。他们绝非人们认为的是"驯良的贱民"。巴黎人对于法国人，正如雅典人对于希腊人。谁都没有巴黎人睡得好，谁都没有巴黎人轻浮和懒惰，谁都没有巴黎人忘性大，然而对这一切不要信以为真。巴黎人可以对什么都漫不经心，可一旦事关荣誉，就会有万夫莫当之勇。给他们一支长矛，他们就会干出八月十日③的举动；给他们一杆枪，就会有奥斯特里茨的胜利。他们是拿破仑的支柱，丹东的后盾。为了祖国吗？他们可以扛起武器；为了自由吗？他们可以喋血街头。注意！他们冲冠的怒发谱写过英雄史诗；他们的工作服可与希腊人的短披风相比拟。当心！他们会把一条普普通通的格雷纳塔街，变成卡夫丁峡谷④。时候一到，这郊区的人民就会长大，这矮个子的人就会站起来，就会怒目而视，他们的气息会变成大风暴，从他们纤弱干瘪的胸腔，会呼出强风，足以动摇阿尔卑斯山的丘壑。多亏巴黎郊区人，加上武装的军队，大革命才得以征服欧洲。他们唱歌，是因为他们快乐。假如让他们唱的歌同他们的性情相称，那你就看吧！如

---

① 科林斯，古希腊城市。
② 比雷埃夫斯，希腊港口。
③ 一七九二年八月十日，巴黎人民攻入杜伊勒利宫，逮捕路易十六国王，推翻了君主体制。
④ 卡夫丁峡谷，古罗马地名。公元前三二一年，萨姆尼特人在这里击败罗马军队，迫使他们从侮辱性的轭形门下通过。一八三九年，巴贝斯和布朗基在巴黎的格雷内塔街举行起义。

果他们唱来唱去只唱《卡马尼奥拉》[①],那他们只会推翻路易十六;你若让他们唱《马赛曲》,他们就能拯救全世界。

我们在昂格莱的奏章页边写完这段评语后,回过头再来谈我们的四对情侣。我们已说过,晚饭快吃完了。

六 爱情篇

席间闲谈和情话,二者都不可捉摸:情话是云雾,闲话是烟雾。

法默伊和大丽花哼着歌,托洛米埃喝着酒,瑟芬畅笑着,芳蒂娜微笑着。利斯托利埃吹着在圣克鲁买的木喇叭。法武丽特含情脉脉地看着布拉舍韦,对他说:

"布拉舍韦,我爱你。"

这话引出了布拉舍韦的一个问题:

"法武丽特,假如我不爱你了,你怎么办?"

"我!"法武丽特大声喊道。"啊!别这样说,哪怕是开玩笑!假如你不爱我了,我就扑到你身上,抓伤你的脸,撕破你的皮,往你身上泼水,让人把你抓走。"

布拉舍韦虚荣心得到了满足,得意和快意地微笑了。法武丽特接着又说:

"是的,我会把警察喊来!啊!我什么事都干得出来!你这个坏蛋!"

布拉舍韦狂喜不已,身子往椅背上一仰,自豪地闭上了眼睛。

大丽花一边吃,一边乘着喧闹声悄悄对法武丽特说:

[①] 《卡马尼奥拉》,法国大革命时期的歌曲,讽刺王后玛丽-安托瓦内特。

"你对你的布拉舍韦,真的那么喜欢吗?"

"我才讨厌他呢。"法武丽特又抓起叉子,用同样的语气回答,"他太抠了。我喜欢我家对面的那个小伙子。他人很好,那个年轻人。你认识他吗?他很有演员的派头。我喜欢演员。他一回到家,他母亲就说:'啊!上帝!我又不得安宁了。他又要大叫大嚷了。喂,我的朋友,你又要把我的脑袋吵炸了!'因为他会满屋子乱跑,爬到住着耗子阁楼上,爬进黑洞洞的地方,能爬多高,就爬多高,又是唱歌,又是朗诵,谁知道他在搞什么!连楼下的人都听得见。他在一个诉讼代理人那里写写状子,每天能挣二十苏。他父亲曾是圣雅克-奥帕教堂的唱经人。啊!他太好了!他爱我爱得发狂。有一天,他见我在揉面做煎饼,就对我说:'小姐,您把您的手套做成煎饼,我也敢吃。'只有艺术家才会说这样的话。啊!他太好了!我现在对这个小伙子都着迷了。这没什么,我照样对布拉舍韦说我爱他。我多会撒谎啊!嗯?我多会撒谎啊!"

法武丽特停了停,继而又说:

"大丽花,你看,我很愁闷。一夏天都下雨,风也让我心烦,风平息不了我心中的怒火,布拉舍韦是个小气鬼,菜场上几乎买不到豌豆,不知道吃什么好,正像英国人说的,我得了'忧郁症'了,黄油贵得吓人!再说,你看,我们吃晚饭的地方还有一张床,真可怕,这让我对生活都没兴趣了。"

七 托洛米埃妙语连珠

这期间,有几个人在唱歌,其他人在聊天,大家七嘴八舌,一片嘈杂。托洛米埃发话了:

"不要信口乱说,也不要说得太快。"他大声喊道,"要语惊四座,就得想一想再说。太多的随兴而谈,大脑就会空虚。流淌的啤酒堆不起泡沫。先生们,不要急。大吃大喝,也得有吃喝的气派。让我们专心致志地吃饭,细细品尝佳肴。不要着急。看看春天,它来得太急的话,就会烧起来,也就是说会冻僵。过于热忱,会毁掉桃树和杏树。过于热忱,会扼杀盛宴的雅兴和快乐。先生们,不要热忱!在这一点上,格里莫·德·雷尼埃①和塔列朗的看法一致。"

大家嗡嗡地表示反对。

"托洛米埃,让我们安静点吧。"布拉舍韦说。

"打倒暴君!"法默伊说。

"邦巴达,邦邦斯,邦博施②。"利斯托利埃喊道。

"今天是星期天嘛。"法默伊又说。

"我们够有分寸的了。"利斯托利埃补充说。

"托洛米埃,"布拉舍韦说,"瞧我的安静样子!"

"你是安静侯爵。"托洛米埃回答说。

这个平庸的文字游戏,犹如一块石头扔进池塘,激起了反响。蒙卡尔姆侯爵③是当时很有名的保王党人。所有的青蛙都闭上了嘴巴。

"朋友们,"托洛米埃大声说道,语气俨然像个重掌帝国的人,"不要激动。听到这个从天而降的谐语,不要太目瞪口呆。这种从天而降的谐语,不一定值得大家兴奋和钦佩。谐语是飞翔的思想拉的屎。插科打诨的话可以落到任何地方,但是,思想拉下一句傻话之后,就会消失在蓝天中。兀鹰落下一堆白屎,在岩石上砸得稀巴烂,但这并不妨碍它在空中翱翔。我绝非想侮辱谐语!我是按其价值给予相应赞许,仅此而已。在人类中

---

① 格里莫·德·雷尼埃(1758—1838),法国著名烹调家和美食家。
② 邦巴达是这家酒店,邦邦斯和邦博施分别是佳肴美馔和寻欢作乐的意思。
③ 侯爵的名字蒙卡尔姆(Montcalm)在法语中与"我的安静(mon calme)"同音。

间,甚至在人类之外,所有最尊严、最卓越和最可爱的人,都搞过文字游戏。耶稣基督对圣彼得,摩西对以撒,埃斯库罗斯对波吕尼刻斯,克娄巴特拉对屋大维,都玩过同音异义的文字游戏。请注意,克娄巴特拉的那个文字游戏是在亚克兴战役之前说的,假如她没有这样说,恐怕谁也不会记得托里纳城,而这个词在希腊语中是'大汤勺'的意思。这一点我作些让步,下面继续给你们忠告。弟兄们,我再说一遍,不要热忱,不要吵嚷,不要过分,即使说俏皮话、开玩笑、欢乐和玩文字游戏。听我说,我有安菲阿拉俄斯①的谨慎,恺撒的秃顶。即使搞字谜,也要有个限度。**凡事都有分寸**②。即使是饮食,也有限度。女士们,你们喜欢苹果酱馅饼,但不要吃得太多。即使吃馅饼,也要合情合理,要讲究艺术。暴食会惩罚暴食的人。贪吃会惩罚贪吃的人。消化不良是仁慈的上帝用来教训胃的。请记住,我们每一种欲望,即使是爱情,都有一个胃,不要塞得太满。做任何事,都要及时写上'终止'。在紧急关头要善于控制自己,要给欲望插上插销,把欲念送进拘留所,将自己送进警察所。聪明人在适当的时候会把自己抓起来。请你们相信我。因为我学过一点法律,我的考试成绩可以作证;因为我知道定案和悬案之间的差别;因为我用拉丁语写过一篇博士论文,谈的是穆纳蒂奥斯·德曼斯任弑君者尼禄的财政大臣时罗马的酷刑;因为我似乎要做博士了,因此,我不一定是笨蛋。我劝你们要控制欲望。我的话千真万确,就和我叫费利克斯·托洛米埃一样无可置疑。时候一到,就像苏拉或奥利金③那样,毅然引退,这样的人才会快乐。"

法武丽特听得非常专心。

---

① 安菲阿拉俄斯,希腊神话中攻打底比斯的七英雄之一,著名的先知。
② 原文为拉丁语。
③ 苏拉(前138—前78),古罗马将军、政治家,他在权力鼎盛时期,突然宣布引退。奥利金(约185—254),教会史上第一位系统神学家,《圣经》的注释者。

"费利克斯!"她说,"多漂亮的名字!我喜欢这个名字。是个拉丁词。意思是'兴旺'。"

托洛米埃继续说:

"公民们,绅士们,先生们,朋友们!你们想不受任何刺激,放弃床笫之欢,放弃情爱吗?这再简单不过了。我给你们开个药方:喝柠檬水,拼命运动,强迫劳动,累得精疲力竭,拖重的东西,不睡觉,熬夜,多喝含硝的饮料和睡莲汤,品尝罂粟和牡荆乳剂,节制饮食,不吃饭,再加上洗冷水浴,腰里捆草绳,背一块铅板,用醋酸铅擦身子,用醋水热敷。"

"我宁愿要一个女人。"利斯托利埃说。

"女人!"托洛米埃又说,"可得当心。女人的心变化不定,谁相信她们,谁就倒霉。女人阴险毒辣,工于心计。女人讨厌蛇,那是出于同行的嫉妒。蛇是对面的店铺。"

"托洛米埃,"布拉舍韦喊道,"你喝醉了!"

"没错!"托洛米埃说。

"那你就乐一乐吧。"布拉舍韦说。

"我同意。"托洛米埃回答。

他斟满酒,站起来:

"光荣属于美酒!现在,啊,酒神!**我要给你唱赞歌**①!对不起,小姐们,这是西班牙语。女士们,我有证据:什么样的民族,就有什么样的酒桶。卡斯蒂利亚②的酒桶可装十六升,阿利坎特的,十二升,加纳利群岛的,二十五升,巴利阿里群岛的,二十六升,沙皇彼得的大酒桶可装三十升。伟大的沙皇万岁!比他更伟大的酒桶万岁!女士们,作为朋友,我给你们一个忠告:只要愿意,你们可以走错门。爱情的特点,就

---

① 原文为西班牙语。
② 卡斯蒂利亚以及下文的阿利坎特、加纳利群岛、巴利阿里群岛,都是西班牙的地区名。

是到处乱走。轻浮的爱情不像英国女仆，傻乎乎地蹲在一个地方，蹲得膝头生茧。甜蜜而轻浮的爱情不是这样，它生来快快乐乐，到处乱走！有人说：出错是人之特性；而我却说，出错是爱之特性。女士们，我对你们几个都很爱慕。啊，瑟芬，啊，约瑟芬，您的脸不够端正，假如它不是这样不端正，您会很迷人。您这张漂亮的脸蛋，好像有人不小心在上面坐过。至于法武丽特，啊，仙女和缪斯！一天，布拉舍韦经过盖兰-布瓦索街的阳沟，看见一个美丽的姑娘，绷得紧紧的白袜，显出秀腿的线条。这个序幕，布拉舍韦很喜欢，于是他就爱上了。他爱上的人，是法武丽特。啊，法武丽特，你有爱奥尼亚人的嘴唇。从前希腊有个画家，名叫欧福里翁，别人给他起了个外号，叫他嘴唇画家。只有这个希腊人才有资格画你的嘴唇。听我说！在你之前，没有一个人配得上给他画。你生来就为了像维纳斯那样得到金苹果，或像夏娃那样吃苹果。美由你开始。我刚才提到了夏娃，其实是你创造了她。你有资格获得'创造美女'的专利证书。啊，法武丽特，现在我要用您称呼你了，因为我要从诗歌转入散文。刚才，您谈到了我的名字。这让我很受感动。但是，不管我们是谁，都不要相信名字。很可能会名不副实。我叫费利克斯，但我并不幸福。字会骗人，不要盲目接受字的含义。如果你写信到列日①去买木塞，到波城去买皮手套，那就大错特错了。大丽花小姐，我要是您，就叫玫瑰。花应该有香味，女人应该有头脑。对芳蒂娜我就不说什么了。她爱幻想，爱沉思，爱深思，过分敏感。她是个幽灵，有仙女的体态，修女的贞洁，她误入女工的生活，但她躲在幻象中，她歌唱，她祈祷，她望着蓝天，却不知道看见了什么，也不知道在做什么，她眼望天空，在花园里漫步，看到的鸟儿比实际存在的多！啊，芳蒂娜，你要知道：我，托洛米埃，我也是一种幻象。可她没有听见我说话，这个沉醉在幻想中

---

① 列日（Liège），比利时城市，与法语中"软木（le Liège）"同音。下文的波城（Pau）是法国城市，与"皮（la peau）"同音。

的金发姑娘！她身上的一切是那样清新、美妙、年轻，她是明媚的晨曦。啊，芳蒂娜，配得上叫雏菊或珍珠的姑娘，您是一颗最美丽的珍珠。女士们，我给你们第二个忠告：千万不要结婚。结婚就像是嫁接，可能接好，可能接坏。不要冒这个风险。哎！我胡扯些什么呀！我这是白费口舌。姑娘们在结婚问题上是不可救药的。不管我们这些聪明人摆出多少道理，也无法阻止做背心或鞋子的女工，梦想嫁给一个全身堆满钻石的丈夫。随她们去吧。喂，美人们，请记住这个：你们吃糖太多。啊，女人，你们只有一个过错，就是喜欢嚼糖。啊，爱啃爱啃的女人，你们漂亮的白牙嗜糖如命。可是，好好听着，糖是一种盐。任何盐都吸收水分。糖是最能吸收水分的盐。它通过血管，把血里的水分吸干，因此，血就凝结，然后凝固；这样，就会得肺结核；这样，就会死亡。这就是为什么糖尿病和肺结核病相近。所以，如果你们不嚼糖，就能长命百岁。现在，我转而谈谈男人。先生们，去征服女人吧。不必良心不安，尽管去争夺心爱的女人。你抢我的，我抢你的。情场上没有朋友。哪里有漂亮的女人，哪里就有公开敌视。毫不留情，殊死搏斗！一个漂亮的女人，是一个**宣战的理由**①。一个漂亮女人是一次现行犯罪。历史上的所有入侵，都是由裙钗引起的。女人是男人的权利。罗慕路斯②掠劫过萨宾女子，威廉一世③掠劫过撒克逊女子，恺撒掠劫过罗马女子。没有女人爱的男人，就像秃鹰，在别人的情妇头上打转。至于我，我要把波拿巴的告意大利军队书，扔给所有这些当光棍的倒霉蛋：'士兵们，你们一无所有。敌人什么都有。'"

托洛米埃停了下来。

"歇口气吧，托洛米埃。"布拉舍韦说。

这时，布拉舍韦在利斯托利埃和法默伊的附和下，以悲哀的曲调，

---

① 原文为拉丁语。
② 罗慕路斯（前753—前715），传说是罗马城的缔造者。萨宾为意大利古国名。
③ 威廉一世（1028—1087），即征服者威廉，英国国王。

唱起了一首在作坊里流传的歌曲。歌词是信口编来的，非常押韵，也可以说毫不押韵，就像树的摇动和风的声音，空洞无物，从烟斗的烟雾中产生，随烟雾一起消失。下面的一段歌词是他们对托洛米埃长篇宏论的反驳：

> 几个愚蠢的神甫
> 交给经纪人一些银子，
> 想让克雷蒙-托内
> 在圣约翰节当上教皇；
> 克雷蒙不是神甫
> 所以没有能当上教皇；
> 经纪人恼羞成怒
> 给他们送还银子。

可这种歌并不能平息托洛米埃即兴演说的热情。他把杯里的酒喝完又斟满，接着又讲起来了。

"打倒谨慎！忘记我刚才说的话。不要一本正经，不要谨小慎微，不要做正人君子。我要为欢乐干一杯！让我们快快乐乐！用疯狂和美食来补充我们的法律课！消化不良和法规汇编。让查士丁尼[①]当公的，珍馐美味当母的！普天下都快乐！啊，快乐吧，造物主！宇宙是一颗巨大的钻石。我很快乐。鸟儿唱着欢乐的歌。到处都在狂欢！夜莺是免费的埃勒维[②]。夏天，我向你致敬！啊，卢森堡公园，啊，夫人街和天文台街上的农事诗！啊，想入非非的丘八！啊，迷人的女用人，一面给人看孩子，一面在孕育孩子！假如没有奥德翁戏院的拱廊，我也许会喜

---

① 查士丁尼（482—565），拜占庭皇帝，编有《法规汇编》。这个书名与法语中"消化"一词近似。
② 埃勒维（1769—1842），法国著名的歌剧喜剧演员。

美洲的草原。我的灵魂飞向荒芜的森林和大草原。一切都很美。苍蝇在阳光下嗡嗡飞舞。太阳照得蜂鸟直打喷嚏。吻我吧,芳蒂娜!"

他吻错了人,吻了法武丽特。

八　一匹马死了

"埃东餐馆比邦巴达吃得好。"瑟芬嚷道。

"我喜欢邦巴达,不喜欢埃东。"布拉舍韦说,"邦巴达更豪华,更有亚洲情调。瞧楼下的餐厅,墙上有镜子。"

"我宁愿盘子里多装点①。"法武丽特说。

布拉舍韦坚持说:

"瞧瞧这些刀。邦巴达这里的柄是银的,埃东那里的是骨头的。银当然比骨头贵重。"

"对装了银下巴的人来说,就不一样了。"托洛米埃提醒说。

此刻,他正在凝望残废军人院的圆屋顶,从邦巴达的窗口望得见。

一阵静默。

"托洛米埃,"法默伊大声说,"刚才,我和利斯托利埃争论了一场。"

"争论好啊,"托洛米埃回答,"争吵就更好了。"

"我们争论哲学。"

"好啊。"

"你喜欢笛卡儿,还是斯宾诺莎②?"

---

① 指盘子里多装些雪糕。法语中,雪糕和镜子都是"glace"。
② 斯宾诺莎(1632—1677),荷兰哲学家。

"代佐日埃①。"托洛米埃说。

作了这判决后,他喝了口酒,接着又说:

"我同意活在世上。这世上并非一切都完了,毕竟还可以胡言乱语。所以我感谢永生的神。我们说谎,但我们欢笑。我们肯定,但我们也怀疑。从三段论里,会冒出意外。这很精彩。这世界上到底还有些人知道如何打开和关上玩偶盒,从里面拿出些悖论来让大家开心。这玩意儿,女士们,你们现在平静地喝着的,是马德拉葡萄酒,要知道,是库拉尔·达斯·弗莱拉斯产的,那里高达海拔六百三十四米!喝的时候可得当心!六百三十四米!邦达巴先生,出色的饭店老板,给你们这六百三十米,却只收你们四法郎五十生丁!"

法默伊再次打断他的话:

"托洛米埃,你的意见可以作证。你最喜欢哪个作者?"

"贝尔……"

"贝尔坎②?"

"不。贝尔舒③。"

托洛米埃接着说:

"向邦达巴致敬!他要是能给我弄来一个埃及舞女,就可以同埃莱方塔的米诺菲斯相提并论!若能给我带来一个希腊名妓,就可以与凯罗内的蒂热利翁并肩比美!因为,啊,先生们,希腊和埃及都有过邦巴拉们。是阿普列乌斯④告诉我们的。可惜总是老一套,毫无新意。在造物主的创造中,拿不出什么新东西了。所罗门说:**世上没有新东西**⑤。维吉尔说:

---

① 代佐日埃(1772—1827),法国民谣歌手。
② 贝尔坎(1747—1791),法国作家。
③ 贝尔舒,十九世纪法国的食谱作者。
④ 阿普列乌斯(125—180),罗马作家、哲学家。著有《变形记》《金驴》。在《金驴》中,有古代美食学的记载。
⑤ 原文为拉丁语。

爱情对所有人都一样①。卡拉宾娜和卡拉宾一起上了圣克鲁的帆船，正如当年阿斯帕西娅和佩里克利斯②一道登上了去萨摩斯岛的战舰。最后说一句。女士们，你们知道阿斯帕西娅是什么人吗？她虽然生活在女人没有灵魂的时代，但她却有一颗灵魂，是一个玫瑰红和紫红的灵魂，比火焰更明亮，比晨曦更清新。阿斯帕西娅集中了女人的两个极端，她既是妓女，又是女神。苏格拉底③加上曼侬·莱斯戈④。阿斯帕西娅是在普罗米修斯需要一个婊子的时候创造出来的。"

托洛米埃一旦打开话匣子，就很难停下来，幸亏此时一匹马在沿河马路上倒了下来。马车和这位演说家戛然停住。这是一匹博斯母马，又老又瘦，早该送到屠夫那里了。它拖着一辆沉重的大车。到了邦巴达酒店门口，累得精疲力竭，不愿意再往前走了。这一事故引来一大群人围观。车夫气得张口就骂，他刚拼足力气骂了声"杂种"，同时狠抽了一鞭，那匹瘦马就倒了下去，再也起不来了。听到行人的喧闹声，聆听托洛米埃讲话的快乐的人们全都转过头去，托洛米埃趁机朗诵一段忧伤的诗，来结束他的演说：

> 在这个世界上，拉人的车和运货的车
> 　　　命运都一样，
> 这匹劣马和其他劣马都一样，只活了
> 　　　一个早晨⑤。

---

① 原文为拉丁语。
② 佩里克利斯（前495—前429），雅典政治家。阿斯帕西娅是他的妻子，以美貌和智慧著称。萨摩斯是他征服的一个岛。
③ 苏格拉底（约前469—前399），古希腊哲学家。
④ 曼侬·莱斯戈，十八世纪法国作家普莱沃神甫同名小说中的女主人公。
⑤ 原文为"杂种"。法语中，杂种（mâtin）和早晨（matin）同音。

"这马真可怜。"芳蒂娜叹息道。

大丽花嚷道:

"瞧芳蒂娜!她竟可怜起马来了。有这样的傻瓜吗?"

这时候,法武丽特交叉着双臂,头向后仰着,坚决地望着托洛米埃,说:

"喂!你答应给我们的惊喜呢?"

"我正要说呢,时候到了。"托洛米埃回答,"先生们,给这几位女士惊喜的时间到了。女士们,稍等片刻。"

"以吻开始。"布拉舍韦说。

"吻额头。"托洛米埃补充说。

他们在各自情妇的额头上庄重地吻了一下,然后将指头放在嘴上,一个接一个地朝门口走去。

他们出去时,法武丽特拍手相送。

"这已经有点意思了。"她说。

"不要去得太久哇,"芳蒂娜喃喃地说,"我们等着你们哪。"

九 一场欢乐,有始有终

姑娘们独自留下来,双双分倚在两个窗台上,伸出脑袋,隔着窗子,开始闲聊起来。

她们看见那四个青年臂挽着臂,走出邦巴达小酒店。他们回过头,笑盈盈地向她们挥挥手,就消失在充斥了星期日尘埃和喧闹的香榭丽舍大街上了。

"不要去得太久呀!"芳蒂娜大声喊道。

"他们要给我们带什么来？"瑟芬说。

"一定很美。"大丽花说。

"我，"法武丽特接口说，"我希望是金的。"

透过大树的枝丫，可见河堤上熙来攘往，煞是有趣，她们的注意力很快就被分散了。那正是邮车和驿车出发的时刻。向南和向西去的马车，几乎都要经过香榭丽舍大街。大部分沿着河岸，从帕西门出城。每隔一分钟，就有一辆黄色或黑色的大马车穿过人群飞驰而过，它们满载而去，马蹄嘚嘚，车轮铿铿，行李箱、邮袋、防雨篷鼓得车子变了形，挤得满满的人头一晃而过，它们把马路碾碎，将铺路石变成打火石，它们就像发了疯似的，掀起滚滚尘埃，好似浓烟翻腾，又如一个个铁匠炉，冒出无数火星。这喧闹的景象，使姑娘们欢欣雀跃。法武丽特惊叹道：

"多么热闹！就像是一堆堆铁链在飞舞。"

有一次，透过枝茂叶密的榆树，她们依稀看见有辆马车停了下来，继而又飞驰而去。芳蒂娜颇感惊讶。

"真奇怪！"她说，"我还以为驿车不停呢。"

法武丽特耸了耸肩。

"这个芳蒂娜真怪。出于好奇，我倒要研究研究她了。最普通的事，她都会大惊小怪。我们作个假设：我是旅客，我对马车夫说：'我要到前面去，待会您经过沿河马路时把我捎上。'马车经过那里，看见我，就停下来，让我上车。这事每天都有发生。你太不了解生活了，亲爱的。"

这样过了一段时间。突然，法武丽特仿佛猛然惊醒似的说：

"对了，惊喜呢？"

"是呀，"大丽花接口说，"嚷了半天的惊喜呢？"

"他们去的时间够长了！"

芳蒂娜正在叹气，伺候晚餐的那个伙计走了进来。他手里拿着一样东西，像是封信。

"这是什么?"法武丽特问。

伙计回答:

"是那几个先生留给小姐们的字条。"

"为什么不马上送来?"

伙计回答:

"因为那几位先生嘱咐,要过一个钟头才交给小姐们。"

法武丽特从伙计手中一把夺过字条。果然是一封信。

"奇怪!"她说,"没有地址。但上面写着几个字:这是给你们的惊喜。"

她赶紧拆信,打开后读了起来(她认得字):

啊,我们热恋的人!

要知道,我们家里有双亲。双亲是什么,你们是不大知道的。这在幼稚而公正的民法典中,叫作父亲和母亲。然而,那些双亲在抱怨,那些老人需要我们,那些善良的男人和女人把我们叫作浪子,他们要我们回去,要为我们杀牛宰羊。我们只得服从,因为我们是讲道德的人。当你们读到这封信时,五匹烈马正带着我们去见我们的爸爸和妈妈。正像波舒埃说的,我们溜走了。我们走了,我们已经走了。我们躲进了拉菲特的怀抱里,逃到了加亚尔的翅膀上①。开往图卢兹的驿车把我们拉出深渊,而那深渊就是你们,啊,我们亲爱的美人!我们以每小时三里的速度,疾步回到社会、责任和秩序中去了,祖国需要我们像大家一样,成为省长、家长、乡警和参议员。敬重我们

---

① 拉菲特和加亚尔是当时的运输公司。

吧!我们在做牺牲。痛痛快快地为我们哭一场,然后赶快另找新欢。如果这封信撕碎你们的心,那你们就把它也撕个粉碎。永别了。

在将近两年中,我们给了你们快乐。千万不要记恨我们。

布拉舍韦
法默伊
利斯托利埃
费利克斯·托洛米埃

又及:饭钱已付。

四位姑娘面面相觑。
法武丽特首先打破沉默。
"哈!"她嚷道,"这个玩笑开得太成功了!"
"很有意思。"瑟芬说。
"这个点子大概是布拉舍韦出的,"法武丽特又说,"这倒让我爱上他了。人一走,爱开始。人总是这样。"
"不对,"大丽花说,"是托洛米埃的主意。一看就知道。"
"要是这样,"法武丽特又说,"布拉舍韦该死,托洛米埃万岁!"
"托洛米埃万岁!"大丽花和瑟芬喊道。
接着,她们哈哈大笑起来。
芳蒂娜也跟着她们笑了。
一小时后,芳蒂娜回到家里,便大哭了一场。前面说过,这是她的初恋,她早已把托洛米埃看作丈夫,献出了自己的一切。可怜的姑娘已有一个孩子了。

第四卷　　把孩子托付与人，有时等于断送孩子

一　一个母亲遇见另一个母亲

本世纪的头二十五年间，在巴黎附近的蒙费梅，有一个小客栈，现已不复存在。这家客栈是由一对名叫泰纳迪埃的夫妇开的，位于面包师巷。门上方贴墙钉着一块木板。木板上面画着什么图案，好像是一个人背着另一个人。背上的人佩着将军的金色大肩章，上面有几颗银白色的大星星；有几团红迹，表示鲜血；剩下的画面烟雾弥漫，可能表示一场战役。木板的下端写着：献给滑铁卢的中士。

客栈门口停一辆载重马车或板车，原是最平常的事。但是，一八一八年春的一个晚上，停在滑铁卢中士小客栈门口，并且堵塞小巷的那辆车，说得更确切些，那辆车的残骸，以其巨大的身躯，足可引起画家的注意，如果有画家经过的话。

那是一辆载重大车的前半部，在森林地区，常用这种车来运输厚木板和树干。这前半部车身由一根实心铁轴组成，上面嵌着笨重的辕木，两个巨大无比的轮子支撑着铁轴。这一切看上去短短粗粗的，非常笨重，非常丑陋，犹如一门巨型炮的座架。车轮、轮辋、轮毂、车轴和辕木被

沿途的泥浆抹上了一层难看的黄污泥,与常用来装饰大教堂的灰浆很相似。辕木上覆盖着污泥,铁轴上覆盖着铁锈。一条粗链子像道帷幔,垂挂在车轴下面,那链子足可以用来拴苦役犯歌利亚①。看到那条粗链子,不会想到它是用来捆拦运载的木材,而是用来套乳齿象和猛犸的;它使人想到监狱,而且是囚禁巨人和超人的监狱,像是从某个怪物身上解下来的。荷马可能用它来缚波吕斐摩斯②,莎士比亚可能用它来绑加列班③。

一辆载重车的前半部怎么会在这条街的这个地方?首先是为了堵住街道,其次是为了让它彻底生锈。在旧的社会秩序中,也有许多类似的机构,公然放在外面,横在路上,并没有别的存在理由。

那链条垂在车轴下,中段离地面很近。那天傍晚,两个小女孩,一个大约两岁半,另一个一岁半,大的抱着小的,姿态非常优美,坐在弯成弧形的铁链上,如同坐在秋千上一般。一条头巾巧妙地把她们拴住,以防她们摔下来。有位母亲第一次看到这条可怕的铁链时,她说:"瞧,这下我的孩子有玩具了。"

那两个孩子容光焕发,再说,她们的穿戴挺漂亮,挺讲究,犹如两朵玫瑰置身于废铁中。她们的眼睛是一杰作,她们的脸蛋鲜艳饱满,洋溢着笑容。她们的头发一个是栗色,另一个是棕色。她们天真无邪的脸蛋,露出陶醉和惊讶的神色。附近有一丛开花的小树,向行人送去阵阵芳香,仿佛是从她们身上发出的。一岁半的那个,以幼儿的纯洁无邪,露着可爱的小肚子。这两个娇弱的孩子,沐浴在幸福和光辉中,在她们头顶上方,是硕大无朋的半个车身,弯成弧形,犹如一个岩洞口,上面布满了黑乎乎的铁锈,曲线和棱角纵横交错,委实狰狞可怕。她们的母亲离她

---

① 歌利亚,圣经中的人物,非利士勇士,身材高大,头戴铜盔,身披重甲,作战时所向无敌,后来被希伯来王大卫杀死。
② 波吕斐摩斯,希腊神话中的独眼巨人。
③ 加列班,莎士比亚剧作《暴风雨》中的人物,被看作妖怪,又是奴隶。

们几步远，蹲在店门口；她的模样并不讨人喜欢，但此时此刻，很令人感动；她用一根细绳荡着两个孩子，眼睛看着她们，生怕会出意外；那是一种兽性的绝妙的表情，只有母亲才有这种表情。每荡一下，面目狰狞的链环便发出刺耳的叫声，犹如愤怒的吼声。两个小女孩心醉神迷，西斜的太阳也显得喜气洋洋。命运的随心所欲，使一条提坦巨人的铁链变成了小天使们的秋千，还有什么比这更令人神往的呢？

母亲一面荡着两个孩子，一面用走调的声音唱着一首当时流行的情歌：

"必须这样，"一个士兵……

她只顾唱歌，又注视着两个女儿，街上发生的事，她既听不见，也看不见。

她开始唱情歌的第一段时，一个人已走到她的身旁。她猛然听到有个声音在她耳边说：

"太太，您这两个孩子真漂亮。"

那母亲继续唱歌，以示回答：

对美丽温柔的伊莫吉娜说。

唱完这句后，她才回过头来。

一个女子站在她面前，离她几步远。那女人怀里也抱着个孩子。

此外，她还背着一个相当大的旅行袋，看上去很沉。

那女人的孩子可爱之极，很少能看到如此可爱的孩子。是个女孩子，有两三岁。她的穿戴非常漂亮，可同另外两个小女孩争艳斗丽。她戴一顶细布帽，镶有瓦朗西纳花边，内衣上饰有丝带。裙子撩起，可以看见她白白圆圆、结结实实的大腿。她的肤色白里透红，令人赞美不已，身体非常健康。看见这个漂亮的小女孩，谁都恨不得在她苹果般的脸蛋上咬一口。她的眼睛想必很大，睫毛很美，除此之外，就说不出什么了，因为她在睡觉。

她睡得那样踏实，只有她那般年龄的孩子才有这样的睡眠。母亲们的怀抱由抚爱做成，孩子们在里面睡得香甜。

至于母亲，她看上去一贫如洗，愁容满面。从装束看，她是个女工，但有变回到农妇的迹象。她很年轻。她漂亮吗？也许；但她那身打扮，使她看不出漂亮。她的头发看来非常浓密，一绺金发散落下来，但她戴着一顶又丑又窄、带子扣住下巴的修女兜帽，把头发紧紧包住了。人长着漂亮的牙齿，笑一笑便能露出来；但她一点也不笑。她的眼睛好像不久前还哭过。她面色苍白，看上去很疲倦，像是有病。她瞧怀里熟睡孩子的神情，是亲自哺乳的母亲特有的。一块很大很大的像是残废军人用来擤鼻涕的蓝手帕，对折起来，笨拙地遮住了她的身材。她的手被风吹成了黑色，长满了红斑，食指的皮肤粗糙，布满了针痕。她披一件褐色的粗羊毛斗篷，穿一条布连衣裙，脚上是一双笨重的大鞋。她是芳蒂娜。

是芳蒂娜。已很难认出来了。然而，细细看来，她依然很美。她右脸上添了一道忧郁的皱纹，仿佛要表示嘲笑似的。至于她的服饰，从前那身散发着丁香花的芬芳和小铃铛的声响，仿佛由快乐、疯狂和音乐组成的、飘着丝带轻盈无比的罗纱裙，已经无影无踪，就像美丽耀眼的霜花，太阳底下常被错当成金刚石，可是融化后，就会露出黑黢黢的树枝。

那次"绝妙的玩笑"之后，十个月过去了。

这十个月内发生了什么事？那是可以想见的。

她被遗弃后，生活很艰难。芳蒂娜很快也就见不着法武丽特、瑟芬和大丽花的影子了；男人那边的关系一断，同女人的联系也就断了；半

个月之后,你如果对她们说,你是她们的朋友,她们一定会大吃一惊;现在已不再有做朋友的理由了。只剩下芳蒂娜孤单单一个人。孩子的父亲一走——唉!这种关系一断,就无可挽回——她便孤苦伶仃,无依无靠,况且,她已养成好逸恶劳的习惯。她和托洛米埃来往后,也跟着瞧不起她熟悉的小手艺,忽视了那些手艺的销路,出路全堵死了。毫无生存的办法。芳蒂娜勉强认得几个字,但不会写。她小时候,只学会了签名。她让代写书信的人给托洛米埃写了一封信,接着又写了第二封、第三封,却是石沉大海。一天,芳蒂娜听到几个爱嚼舌头的老太婆看着她的女儿说:"对这些孩子,谁会当回事?只是耸耸肩而已!"于是,她想起了托洛米埃,他对自己的亲生骨肉也是耸耸肩,不把这个无辜的孩子当回事,于是,她对这个男人心灰意冷了。可是,怎么办呢?她已无人可以求助。她做错了一件事,但是,大家记得,从本质上讲,她不是轻浮的女人,她是有廉耻心的。她模模糊糊地感到,她就要堕入苦难之中,会一步一步滑入更悲惨的境地。得有勇气。她鼓足了勇气,顽强地坚持住了。她想回老家滨海蒙特勒伊去。那里,也许有人认识她,会给她一份工作。这主意不错;可是,得隐瞒她做过的错事。她隐约感到,她可能得忍受比第一次更痛苦的离别。她心里十分难过,但她下了决心。我们会看到,芳蒂娜面对人生,表现出极大的勇敢。

她毅然放弃了华丽的服饰,穿起了粗布衣服,把她所有的丝绸、服饰、丝带和花边,全都用在女儿身上,这是她剩下的唯一骄傲,那是多么圣洁。她变卖了所有的东西,得到二百法郎;偿清零星债务后,就只剩大约八十法郎了。在一个春光明媚的早晨,二十岁的芳蒂娜背着女儿,离开了巴黎。谁看见这母女俩经过,都会可怜她们。这个女人在世上只有这个孩子,而这孩子在世上也只有这个女人。芳蒂娜用自己的乳汁喂过女儿,胸脯受了劳累,她有点咳嗽。

以后,我们不再有机会谈到费利克斯·托洛米埃先生了。这里,我们只作个交代：二十年后，在路易-菲利浦国王统治时期，他成了外省一个有钱有势、大腹便便的诉讼代理人，一个审慎的选民和严肃认真的陪审员，但仍是一个吃喝玩乐的人。

为了能歇歇脚，芳蒂娜走一程路，就坐一程所谓的郊区小车，每里花三四苏。中午时分，便到了蒙费梅的面包师巷。

她从泰纳迪埃客栈门口经过，看见两个小姑娘，坐在稀奇古怪的秋千上，玩得兴高采烈，她看得目眩神迷，就在这幅欢乐的景象前面驻足停步。

有些东西是会产生魔力的。此时此刻，这两个小女孩对这位母亲就产生了魔力。

她激动不已，仔细打量她们。有天使，便意味着有天堂。她在这家客栈的上空，仿佛看见了"上帝在此"这几个神秘的字。这两个孩子显然很幸福！她凝视她们，她赞美她们，她是那样感动，当那母亲唱完一句歌词换气的时候，她情不自禁地说了那句我们刚才读到的话：

"太太，您这两个孩子真漂亮。"

最凶恶的人，看见别人爱抚自己的孩子，也会变得温和。那母亲抬起头，道了声谢，让过路的妇人坐到门口的板凳上，她自己仍蹲在门槛上。两个女人聊了起来。

"我叫泰纳迪埃太太。"两个小女孩的母亲说，"这客栈是我们开的。"

她心里还想着那首情歌，于是又低声哼唱起来：

"必须这样，我是骑士，
我动身去巴勒斯坦。"

这位泰纳迪埃太太长着红棕色头发，身子肥胖，颧骨突出，毫无风韵，属于随军悍妇类型。奇怪的是，她常常歪着脑袋摆出沉思的样子，大概是读了些言情小说的缘故。一个男性化了的惺惺作态的女人。有些旧小说，被小客栈老板娘的想象力磨来擦去，就会产生这样的效果。她还年轻，刚刚三十岁。这个女人是蹲着的，如果她站着，她那高头大马、适合在集市上做流动商贩的身材，一上来就会吓坏那过路的妇人，会让她不信任，也就不会有我们要叙述的故事了。一个人就因为不是站着，而是坐着，竟决定了许多人的命运。

过路的女子叙述她的经历，不过稍微作了点改变。

她是个女工；丈夫死了；巴黎找不到工作，她到别处去谋生；她回老家去；当天早晨，她步行离开了巴黎；她抱着孩子，走路走累了，遇见前往维尔蒙布的大车，便上了车，从那里，她又步行到蒙费梅，她女儿也走了一会儿，但走得不多，到底太小，得抱着她，小宝贝睡着了。

说到这里，她在女儿的脸上亲吻了一下，把孩子惊醒了。孩子睁开眼睛。那眼睛和她母亲的一样，又大又蓝。她在看。她看什么？什么也没看，或什么都看，带着一副认真的，有时还很严肃的神态，那是小孩子们特有的神态，是他们纯洁无邪的童心对我们日趋没落的道德进行审视的一种神秘表现。仿佛他们感到自己是天使，知道我们是凡人。接着，那孩子笑了；她不顾母亲阻拦，用力滑到地上；一个想下地跑的孩子，有一种不可制服的力量，想挡是挡不住的。突然，她看见另外两个女孩子在荡秋千，立马站住，伸出舌头，露出惊讶的神色。

泰纳迪埃妈妈解开女儿，抱下秋千，对她们说：

"你们三个一起玩吧。"

这种年龄的孩子是很容易混熟的，一分钟后，两个小泰纳迪埃就和新来的女孩一起在地上掘洞了，玩得好开心。

新来的孩子很快乐；透过孩子的快乐，可以看出母亲的善良。她已捡了一根小树枝当铲子，使劲挖了一个可以放进一只苍蝇的小坑。挖墓人做的事，被一个孩子做来，就变得令人愉快了。

两个女人继续交谈。

"您的娃娃叫什么？"

"珂赛特。"

珂赛特，得理解成欧弗拉齐。小女孩叫欧弗拉齐。可是，母亲把欧弗拉齐改成了珂赛特。母亲们和老百姓，出于一种亲切温柔的本能，常把约瑟法改成佩皮塔，弗朗索瓦兹改成西莱特。这样的派生词，会使整个词源学产生混乱，陷入困境。我们认识一个老祖母，竟成功地把泰奥多尔变成了格农。

"几岁了？"

"快三岁了。"

"跟我的老大一样。"

这时，那三个孩子围在一起，既忧虑又快乐，因为发生了一件大事：一条大蚯蚓从泥土里钻出来，她们非常害怕，却又心花怒放。

她们容光焕发的额头挨在一起，三个脑袋仿佛笼罩着一圈光环。

"只一会儿工夫，孩子们就混熟了！"泰纳迪埃妈妈大声说，"别人见了，会以为是三姐妹哩！"

这句话无疑是一个火花，另一个母亲想必正翘首以待。她抓住泰家婆娘的手，眼睛望着她，对她说：

"您愿意帮我照管孩子吗？"

泰家婆娘露出惊讶的神色，既不是同意，也不是反对。

珂赛特的母亲接着又说：

"您看，我不能把孩子带回老家。带了孩子，不能干活，也找不到工作。那里的人特别可笑。是仁慈的上帝让我经过您的客栈的。当我看到您的孩子那么漂亮，那么干净，那么开心，我心里感到一震。我说：这是位好母亲。您说得对，她们将成为三姐妹。再说，我很快就会回来的。您愿意帮我照管孩子吗？"

"我得想一想。"泰家婆娘说。

"我每月付六法郎。"

这时候,屋里头传出一个男人的喊声:

"不能少于七法郎。而且得先付六个月。"

"六七四十二。"泰家婆娘说。

"我给。"那母亲说。

"另外得多付十五法郎,作为初来的花费。"那声音补充说。

"一共五十七法郎。"泰家婆娘说。说完这些数字,她又含糊不清地哼了起来:

"必须这样,"士兵说。

"我给,"那母亲说,"我身上有八十法郎。剩下的钱够我回老家了。我步行回去。到了那里我就挣钱,等挣到一些钱,我就回来接我的宝贝。"

又传出了那男人的声音:

"小姑娘有换洗衣服吗?"

"是我丈夫。"泰家婆娘说。

"当然有,可怜的宝贝。我看出那是您丈夫。并且衣服还不少!多得吓死人!全都是成打的。裙子都是绸的,就像是贵妇人的行头。都在我的旅行袋里。"

"全得留下来。"那声音又说。

"我想我会全留下的!"那母亲说,"让我的女儿不穿衣服,那才可笑呢!"

男主人露面了。

"那好。"他说。

交易谈成了。那母亲在店里过了夜,给了钱,留下孩子,取出孩子的衣服，合上从此又瘪又轻的旅行袋，第二天一早就启程了，打算很快就回来。人总是这样，走的时候打好如意算盘，但往往是竹篮打水一场空。

那母亲离开时，泰纳迪埃家的一位女邻居遇见她了，那人回来说：

"刚才我看见一个女人在大街上哭，哭得好伤心。"

珂赛特的母亲走后，那男人对那女人说：

"有张一百一十法郎的票据明天到期，这下有钱付了。我还差五十法郎。你知道吗？法院都要给我送拒付证书来了。你用你的小宝贝，做了一个很棒的捕鼠夹。"

"我也没有料到。"那女人说。

二 两个恶人的初步描绘

被逮住的老鼠非常瘦弱，不过，即使逮到一只瘦老鼠，猫儿也很开心。

泰纳迪埃夫妇是什么人？

我们现在先简单描绘一下，以后再作补充。

这两个人属于一个混杂的阶层；这个阶层由暴发的粗俗人和落魄的聪明人组成，介于所谓的中等阶层和下等阶层之间，兼有前者的几乎全部恶习和后者的某些缺点，没有工人的慷慨，也没有中产阶级的正直。

这些小人，一旦受阴暗的欲望煽动，就很容易变成魔鬼。那女人本质上是个蛮横无理的人，而那个男人是地地道道的无赖。这两个人的本性都极容易向丑恶的方向发展。世上有一些人像虾，不停地朝着黑暗退去，他们在人生的道路上与其说是前进，不如说是倒退，将他们的人生经验不停地用于做坏事，变得越来越坏，越来越黑。那个男人和那个女人就是这样的人。

尤其那个男人,观相家见了会很尴尬。有些人,你只要看上一眼,就会起戒心,会感到他们从头到脚阴森可怖。他们对后面惶惶不安,对前面张牙舞爪。他们身上有许多未知的东西。人们很难肯定他们做过什么,将做什么。可他们目光阴暗,暴露了他们是什么样的人。只要听到他们说一句话,看见他们做一个动作,对他们过去和将来的秘密就可略知一二。

这个泰纳迪埃,照他自己的说法,曾当过兵,据他说是中士,参加过一八一五年的滑铁卢战役,似乎表现得挺勇敢。以后我们会知道是怎么回事。他的客栈的招牌,暗示着他的一次成功。那招牌是他自己画的,他什么都会干一点,但什么都干不好。

那时候的古典主义旧小说,《克莱丽》之后,就只有《洛多伊斯卡》了,仍然很典雅,但往后越来越庸俗,从德·斯居代里小姐①降到了巴泰勒米-哈多夫人②,从德·拉法耶特夫人③降到了布农-马拉默夫人④。这类小说将巴黎多情的女门房煽得心里火辣辣,甚至郊区的女门房也受到了毒害。泰家婆娘的智力刚够她读这一类书。她以它们为食粮。她让她的头脑沉浸在其中。因此,她在很年轻的时候,甚至稍后一段时间里,常常显出沉思的神情,这与她丈夫形成了对照。她丈夫是个无赖,城府很深,不务正业,略识几字,但不通语法,既粗鲁,又精明,在言情小说方面,他爱读皮戈-勒布伦,但在"涉及性的问题上(这是他的行话)",这个粗鲁的人倒也规规矩矩,从不乱来。他妻子比他小十二到十五岁。后来,泰纳迪埃太太垂柳式浪漫的头发开始花白,她从贞女变成了泼妇,也就

---

① 德·斯居代里(1607—1701),法国著名的才女,《克莱丽》的作者。
② 巴泰勒米-哈多夫人(1763—1821),法国作家。
③ 德·拉法耶特夫人(1625—1697),法国作家,著有《克莱芙王妃》。
④ 布农-马拉默夫人(1753—1821),法国作家。

成了一个品味过一些无聊小说的凶恶狠心的胖女人。看无聊的书不会不受到影响。结果,她的大女儿叫埃波妮。至于她的小女儿,这可怜的姑娘差点叫居娜尔,幸亏迪克雷-迪米尼尔①的一部小说救了她,她才有了现在的名字阿赛玛。

此外,这里顺便提一下,我们影射的那个时代,是一个千奇百怪的时代,可以称为给孩子乱起名字的无政府主义的时代,但也不是所有的东西都浅薄可笑。除了上面提到的小说的影响,还有社会的因素。今天,常常可以看到,牧童叫亚瑟、阿弗雷德或阿方斯,而子爵——如果还有子爵的话——却叫托马、皮埃尔或雅克。平民取"高雅"的名字,而贵族却取乡下名字,这种移位,不过是受了旋涡般激烈的平等思想的影响。新的气息无孔不入,起名字也不例外。在这表面的不协调下面,隐藏着一个伟大而深刻的东西:法兰西革命。

三 百灵鸟

光靠凶狠,是不足以发达的。小客栈生意不好。

多亏过路女人的五十七法郎,泰纳迪埃才免遭法院的追究,他签过字的票据才保全了信誉。下一个月,他们还需要钱,那女人便把珂赛特的衣服拿到巴黎,在当铺里当了六十法郎。这笔钱一花完,泰纳迪埃夫妇就开始把小女孩视作善心收养的孩子,也以收养者的态度对待她。因为没有衣服了,她就只好穿两个小泰纳迪埃的旧衣裙,也就是穿破烂的衣服。他们给她吃残羹剩菜,比狗吃得好一点,但比猫却要差。而且,

---

① 迪克雷-迪米尼尔(1761—1819),法国作家。

她常常同狗和猫一起进餐，和它们一样在桌子底下吃饭，同它们一样用木盆。

珂赛特的母亲在滨海蒙特勒伊安顿了下来，以后我们还要谈到。她每个月都写信，更确切地说，每个月都请人代写信，探问女儿的消息。泰纳迪埃夫妇回信总说：珂赛特很好。

六个月后，那母亲寄来了七法郎，作为第七个月的赡养费，以后月月按时寄钱。一年尚未结束，泰纳迪埃就说："她对我们好恩典呀！给我们七法郎，够干什么？"于是，他写信要十二法郎。他在信中强调孩子很幸福，"身体安康"，那母亲只得迁就，每月改寄十二法郎。

有的人在爱一些人的同时，总要恨一些人。泰纳迪埃妈妈极其宠爱自己的两个女儿，当然格外厌恶外来的孩子了。母亲的爱竟有丑恶的一面，叫人想起来就寒心。珂赛特在她家占据地方再小，她也认为强占了她家里人的地方，减少了她两个女儿呼吸的空气。这个女人，和许多同类型的女人一样，每天总要消耗一定数量的抚爱和打骂。假如没有珂赛特，她两个女儿一面受到百般宠爱，一面也会受尽打骂；那外来的女孩帮了她们的忙，代替她们挨打受骂。两个女儿就只剩下抚爱了。而珂赛特干什么事，都会遭到无缘无故的极其粗暴的惩罚。这个温和而瘦弱的生灵，不停地受到惩罚、责骂、怒斥、毒打，可另外两个和她一样的小女孩，却生活在曙光中，这叫她对人世间和上帝如何看得明白呢？

泰家婆娘对珂赛特很凶恶，埃波妮和阿赛玛便也对她凶恶了。这般年龄的孩子，不过是母亲的复制品，只是小一点罢了。

一年过去了，接着又是一年。

村里人说：

"泰纳迪埃家的人真好。他们并不富裕，却还抚养一个遗弃在他们家里的可怜孩子！"

人们以为珂赛特被她母亲抛弃了。

然而，泰纳迪埃不知从什么途径打听到那孩子可能是私生女，她母亲不可能承认，他便要求每月加到十五法郎，声称"小家伙"一天天长大，"要吃饭"，并以送还孩子相威胁。他嚷道："她敢把我惹恼！我就把她孩子扔给她，看她还保得了密。非得让她加钱不可。"孩子的母亲只得寄十五法郎。

孩子一年年长大，苦难也一年年增加。

珂赛特很小的时候，是另外两个孩子的出气筒；等她稍微长大一点，也就是不到五岁的时候，就成了家里的女用人。

有人会说，五岁就当用人，这是不可能的。可惜！这是千真万确的事实。社会的痛苦不分年龄。最近，我们不是见过一个叫迪莫拉的案子吗？他是孤儿，后来成了强盗，据官方文件说，他五岁便成了孤儿，"为了生存，不得不干活和偷窃。"

他们让珂赛特跑腿，打扫房间、院子和街道，洗锅刷碗，甚至让她背东西。珂赛特的母亲仍在滨海蒙特勒伊，寄钱开始不准时了，泰纳迪埃夫妇就更认为有权这样做了。好几个月没寄钱了。

那母亲如果在这第三年末回蒙费梅，就认不出自己的孩子了。刚到这家时，珂赛特是那样漂亮，那样红润，现在却脸色苍白，骨瘦如柴。她的神情有一种说不出的惶惶不安。泰纳迪埃夫妇说她"鬼鬼祟祟"。

不公正的待遇使她变得脾气乖戾，悲惨的遭遇使她变成了丑小鸭。她只剩下一双漂亮的眼睛，让人看了心里难过，因为她的眼睛很大，隐藏的痛苦似乎更大。

冬天，这个不到六岁的可怜孩子，天不亮就拿着一把大扫帚打扫街道，身子在褴褛的衣衫里发抖，小手冻得通红，眼睛里含着一颗泪水，此情此景，真让人肝肠寸断。

村里人都叫她百灵鸟。老百姓喜欢形象的比喻，看到她个儿不比小鸟大，犹如惊弓之鸟，战战兢兢，哆哆嗦嗦，每天早晨醒得比家里和村

里任何人都早,天不亮就开始在街上或地里干活,就有趣地给她起了"百灵鸟"的名字。

不过,这只可怜的百灵从来不唱歌。

第五卷　　下　坡

一　黑玻璃业的发展史

蒙费梅的人认为，那位母亲似乎已抛弃了她的孩子。那么，她究竟怎么样了呢？她在哪里？她在干什么？

她把小珂赛特托付给泰纳迪埃夫妇后，便继续赶路，终于到了滨海蒙特勒伊。

大家记得，那是一八一八年。

芳蒂娜离开家乡已有十来年。蒙特勒伊的面貌有了很大的改变。芳蒂娜的日子越来越艰难，她出生的城市却兴旺发达了。

近两年来，那里完成了一项工业改革。对于小城镇来说，这可是件大事。

这个细节至为重要，我们认为有必要展开谈一谈。我们差点想说，有必要着重谈一谈。

不知从什么时代起，滨海蒙特勒伊就有了一种特殊的工业，仿制英国的黑玉和德国的黑玻璃。这个工业一直死气沉沉，因为原料昂贵，反过来也影响到劳动力。芳蒂娜回滨海蒙特勒伊时，这"黑色产品"的生产已有过一次史无前例的变革。一八一五年底，一个男子，一个陌生人，来到这个城市定居，在生产中，他提出用虫胶取代树胶，尤其在做手镯时，提出让扣环两端稍稍分开，而不是焊死。这个小小的改变是一场革命。

的确，这小小的改变大大降低了原材料的成本。这样，首先，劳动力的价格提高了，这使当地人受益匪浅；第二，改善了产品，对消费者有好处；第三，降低了售价，利润增加两倍，厂主有利可图。

这真是一举三得。

不到三年时间，发明这个方法的人发了财，这是好事；同时，他让周围的人也发了财，这就好上加好了。他不是本省人。对于他的来历，人们一无所知；他是如何创业的，所知也甚少。

有人说，他来这个城市时，带的钱很少，最多几百法郎。

他用这微薄的资本，将一个聪明的想法付诸实现，有条不紊，挖空心思，使它越滚越多，他自己发了迹，全乡的人也发了财。

他刚到滨海蒙特勒伊时，他的衣着、举止和谈吐像个工人。

好像是十二月的一个傍晚，他背着行囊，拿着一根带刺的棍子，无声无息地走进滨海蒙特勒伊这个小城，恰遇市府发生一场大火灾。他跳进火中，冒着生命危险，救出两个孩子，恰好又是宪兵队长的孩子，这样，人们也就没有想起问他要证件。从此，大家知道了他的名字。他叫马德兰老伯。

二 马德兰

此人五十岁上下,心事重重,但非常善良。关于他所能说的,也就是这些。

那项工业经过他可敬可佩的改革后,获得了突飞猛进的发展,滨海蒙特勒伊也就成了重要的贸易中心。西班牙是黑玉的消费大国,每年都来大量订购。在黑玉贸易方面,滨海蒙特勒伊几乎同伦敦和柏林平分秋色。马德兰老伯获得了巨大的利润,第二年,他就建造了一个大工厂,设有两个车间,一个男车间,一个女车间。没有饭吃的人,可以到这里来,肯定能找到工作和面包。马德兰老伯要求男的心地善良,女的品行端正,要求人人正直诚实。他把工厂分成两个车间,就是为了将男女分开,让未婚姑娘和已婚妇女规规矩矩。在这一点上,他毫不让步。可以说,这是他唯一不宽容的地方。他这样严厉,还有另一个原因:滨海蒙特勒伊有驻军,女孩子堕落的事屡见不鲜。此外,他来到这个城市,是一种恩泽,他在这个城市出现,是一种天意。马德兰老伯来到之前,这里一切都毫无生机。现在,一切都健健康康,生机勃勃。活跃的流通,使一切热气腾腾,到处欣欣向荣。失业和贫困已不复存在。再卑微的口袋里也有一些钱,再贫穷的家里也有一点欢乐。

马德兰老伯谁都雇用。他只有一个要求:做一个正直的男人!做一个正直的女孩子!

前面说过,马德兰老伯是这场改革的发起人和主心骨,他靠这个发了财,可是,在这个普通生意人身上,有一点使人感到奇怪:他主要关心的似乎不是钱财。他好像更多地考虑别人,很少想到自己。人们知道,一八二○年,他以个人名义,在拉斐特银行存了一笔六十三万法郎的款子,可是,他在为自己存下这六十三万法郎之前,已为城市和穷人花去了一百多万。

医院装备不足,他就增设了十个床位。滨海蒙特勒伊分上下两城。他住在下城,只有一所学校,校舍破破烂烂,快要倒塌了。他又建了两所学校,一所是女子学校,另一所是男子学校。他给两个教员发津贴,是他们微薄的工资的两倍。一天,有人吃惊地问及此事,他说:"国家公务员中,最主要的是乳母和小学教师。"他出资创建了一个收容所,这在当时的法国几乎闻所未闻。他还为年老和残废工人设立了救济金。以他的工厂为中心,很快形成了一个新区,住着许多贫苦家庭。他在那里开设了一个免费药房。

当初,他刚起步时,那些所谓的好心人说:"那家伙想发财。"后来,大家见他等城市富起来后,自己才富,那些好心人又说:"他是野心家。"这似乎很有道理,因为他笃信宗教,还参加一定的宗教活动,这在那个时代是很受尊敬的。每星期天,他都去做小弥撒。当地的议员总是伸长鼻子,到处嗅闻有没有人同他竞争,马上对这个宗教也关心起来。那议员曾是帝国立法议会成员,他的宗教观点和一位叫富歇的奥拉托利会神甫相同,他是这位神甫,即奥特朗特公爵的亲信和朋友。他常偷偷嘲笑上帝。但是,当他看见腰缠万贯的马德兰老板去做七点钟的小弥撒时,就预感到他是一个可能的候选人,于是下决心要超过他。他让一个耶稣会教士做他的忏悔师,还去做大弥撒和晚祷。在那个时代,野心,就这词的直接含义,是一种争夺教区的赛跑。穷人和上帝都从这可敬议员的恐惧中得到了好处,因为他也给医院增设了两张床位,这样,一共增加了十二张。

然而,一八一九年的一个早晨,传出来一个消息:经省长先生推荐,鉴于马德兰老伯对当地作出的贡献,他就要被国王任命为滨海蒙特勒伊市长。那些曾断言马德兰老伯是"野心家"的人,听到这个符合民意的消息,激动异常,抓住机会,大声嚷道:"瞧!我们没说错吧!"整个滨海蒙特勒伊市都轰动了。传说是有根据的。几天后,任命在《箴言报》上公布了。翌日,马德兰老伯宣布拒绝接受。

就在这一八一九年,用马德兰发明的新方法制造的产品,在工业展览会上展出了。根据评委的报告,国王授予发明者荣誉勋章。小城再次议论纷纷。"哈!他原来想要十字勋章!"马德兰老伯拒绝了十字勋章。

显然,此人是个谜。那些好心人给自己打圆场说:"不管怎么说,他是个冒险家。"

大家看到了,他给滨海蒙特勒伊市带来了许多好处,给穷人带来了一切。他做了多少好事,最终赢得了大家的尊敬,他是那样和蔼可亲,最终博得了大家的爱戴。尤其是他的工人,对他更是由衷的敬佩。对于这种敬佩,他总是严肃之中带点忧郁。当他被证实为富翁时,"社会名流"们便对他刮目相看了,城里人也开始称呼他马德兰先生,但工人和孩子们一如既往,仍喊他马德兰老伯,这是最让他感到欣慰的。随着他威信升高,请柬纷至沓来。"上流社交"需要他。那些矫揉造作的小沙龙,当初自然向这个手艺人紧闭大门,现在却敞开大门,欢迎百万富翁。人们千方百计接近他。他都一一拒绝了。

这次,那些好心人依然有话可说:"这个人愚昧无知,没受过什么教育。谁知道他是从哪里来的。他在社交界会不知所措。没准他还不识字呢。"

当初他挣了钱,他们说他是商人;看到他散发钱,又说他是野心家;后来见他拒绝荣誉,就说他是冒险家;现在又见他拒绝社交界,就又说他是个粗人。

一八二〇年,是他到滨海蒙特勒伊市的第五个年头。那一年,鉴于他对该市作出了卓越的贡献,广大民众的愿望又完全一致,国王再次任命他为市长。他又一次拒绝了。但这次省长不接受他的拒绝,显贵们都来恳求他,民众上街哀求他,他看到大家如此坚持,只好接受了。人们注意到,促使他下决心的,好像主要是一个老妇对他几乎是愤怒的指责。

那个平民百姓从家门口对他生气地嚷道:"一个好市长是有用的。在可能做的好事面前,应该退却吗?"

这是他升迁的第三个阶段。先是从马德兰老伯变成了马德兰先生,现在又从马德兰先生变成了市长先生。

三 在拉斐特银行的存款

当了市长后,他仍和当初一样朴实。他头发灰白,目光严肃,面色像工人那样黝黑,神情像哲学家那样沉思。他通常戴一顶宽边帽,穿一件粗呢长礼服,纽扣一直扣到下巴。他履行市长的职责,工作之外,他孤独地生活。他很少同人交谈。他遇到人总是避免寒暄,侧面打个招呼就溜走了,常用微笑来避免交谈,用布施来避免微笑。女人们谈到他时说:"多么孤僻的好人!"他的乐趣是在田野里散步。

他从来都是一个人用餐,面前摊着一本书,边吃边看。他有一些藏书,是精挑细选的。他喜欢书,书是冷淡而可靠的朋友。财富多了,空闲也随着多了,他就利用起来丰富自己的思想。他来到滨海蒙特勒伊后,人们发现,他的谈吐一年比一年文雅、讲究、温和。

他出去散步时,常常带着一支枪,但很少使用。偶尔开枪,却是弹无虚发。他从不杀死无害的动物,从不向小鸟开枪。

他虽然不年轻了,但人们传说他力大无比。他常在人们需要时助一臂之力,把倒下的马扶起来,将陷进泥里的车推出来,抓住两只犄角拦住逃跑的公牛。他出门时,口袋里总是装满了钱币,回来时空无一子。他从一个村庄经过,衣衫褴褛的孩童们兴高采烈地跟在他后头,恰似一群小飞虫围住他。

人们猜想，他从前大概是种庄稼的，因为他教给农民各种实用的窍门。他教他们用盐水喷洒谷仓，浸泡地板缝，以消灭麦蛾，将开花的奥维奥草挂在墙上、屋顶上、屋子里，以驱逐象虫。他还有一些"秘方"，用来消灭麦田里各种各样的寄生草：野鸠豆草、麦仙翁、野豌豆、山涧草、山萝花，等等。他在兔窝里放一只北非小猪，老鼠闻到猪的气味，就不敢靠近兔窝。

一天，他看见当地人正在拔荨麻。他看着一堆拔出来的已经枯萎的荨麻说："全死了。可是，若会利用，它们却是好东西。荨麻嫩的时候，叶子是极好的蔬菜；老了以后，和大麻及亚麻一样有纤维。荨麻布和大麻布不分上下。荨麻剁碎后，可以喂家禽，粉碎后，是牛羊的好饲料。荨麻籽拌在饲料里，可使牲口的皮毛光亮。荨麻根和盐调和，可产生美丽的黄颜料。再说，它还是一年可收两次的好饲料。可荨麻需要什么呢？只要一点儿地，不需要照管，不需要耕种。不过，它的籽边成熟，边往下掉，不容易收获。这就是荨麻。只要花一点点工夫，它就可派上大用场，如果不去管它，它就会成为有害的东西。于是，大家就要消灭它。多少人的命运像荨麻！"他沉默片刻，接着又说："朋友们，请记住，没有不好的草，也没有不好的人。只有不好的耕种者。"

孩子们喜欢他，还有另一个原因：他会用麦秸和椰子壳做成各种可爱的小玩意儿。

当他看见教堂的大门挂着黑纱，他就进去；他寻找葬礼，如同别人寻找洗礼。他非常仁慈，有人丧偶和遭遇不幸，就会把他吸引过去。他总是出现在服丧的朋友和戴孝的家庭中，同围着灵柩低声吟诵的神甫们混在一起。他似乎非常乐意让自己的思想沉浸在充满冥府幻景的悲哀而单调的吟唱中。他仰望苍穹，怀着对神秘莫测的无限世界的憧憬，谛听那些悲哀的声音在死亡的黑暗深渊边上诵吟。

他做了许多好事，但不让人知道，如同有人干坏事瞒着别人一样。

晚上，他偷偷潜入别人家里，悄悄爬上楼梯。一个可怜人回到自己的破屋，发现他不在时门被打开了，有时甚至是撬开的。那可怜人大叫大喊："有坏人来过啦！"他走进屋里，首先映入眼帘的，是一枚丢在家具上的金币。来过的"坏人"，正是马德兰老伯。

他和蔼可亲，却神情忧郁。老百姓说："这个人很有钱，却一点也不高傲。这个人很幸福，却一点也不快活。"

有人说他是个神秘人物，他们断言，谁也进不了他的卧室，说那完全是一间隐修士的密室，摆着几个带有翅膀的沙漏，装饰着交叉的胫骨和骷髅。这事传得满城风雨，以致有一天，滨海蒙特勒伊的几个漂亮调皮的姑娘闯进他的家里，问他道："市长先生，让我们看看您的卧室。听说是个岩洞。"他笑了笑，立即把她们带到他的"岩洞"里。她们大失所望。房里只有几件红木家具，同所有这类家具一样相当难看，墙上糊着廉价的墙纸。除了壁炉上的一对旧烛台，其他什么也没看见。那烛台好像是银的，"因为上面打了验印"。这种看法，充分反映了小城市人的思想。

尽管如此，人们依然说他的房间谁也进不去，那是隐修士的洞穴，是梦游的地方，是一个坑，是一个坟。

人们还窃窃私语，说他在拉斐特银行有"巨额"存款，并且可以随时提取，因此，有人说，马德兰先生可以在某个早晨跑到拉斐特银行，签一张收据，十分钟便可提取两三百万法郎。其实不是什么两三百万，而是我们前面说过的六十三四万。

四　马德兰先生服丧

一八二一年初,各家报纸报道了米里埃先生,迪涅的主教,"别名比安维尼大人"仙逝的噩耗,享年八十二岁。

报上漏掉了一个细节,这里作一补充:迪涅主教去世时,双目失明已好几年了,但有他妹妹守在身旁,即使双目失明,仍感到很幸福。

顺便说一下,在这凡事都不会完美的世界上,双目失明同时又有人爱,可算是幸福的一种最完美的形式了。一直有一个女人,一个姑娘,一个姐妹,一个可爱的人与你相依为命,她在你身边,是因为你需要她,也因为她离不开你,知道自己需要的人也离不开自己,可以从她和你在一起的时间多少,不断衡量她对你的感情,你对自己说:"既然她把所有的时间给了我,说明她心里只有我。"你看不见她的脸,却看得见她的思想,在整个世界的隐匿中,体味一个人的忠诚,听到衣裙的窸窣声,犹如听到鸟儿的振翅声,听见她走来走去,出出进进,说话唱歌,心想自己是这些脚步声、说话声、歌唱声的中心,时时刻刻显示自己的吸引力,越是残疾,越感到自己有威力,在黑暗中,也正因为黑暗,你变成了一个星球,那位天使绕着你运行:还有什么幸福能与这样的幸福并肩媲美呢?人生最大的幸福,莫过于确信有人爱你;希望有人爱你,更进一步说,不管你希不希望,人家还依然爱你;这个信念,眼睛瞎了的人才会有。在这样的痛苦中,被人侍候,就是被人爱抚。你还缺少什么呢?什么也不缺。有了爱,就有了光明。而且那是怎样的爱啊!完全是由美德组成的爱!只要有信念,就绝不会成为瞎子。一个盲人摸索着寻找另一个人,他找到了。这个被找到和被证实的人,是一个女人。一只手在搀扶着你,那是她的手;一张嘴从你额头轻轻拂过,那是她的嘴;你听到身边有呼吸声,那是她在呼吸。你从她那里得到一切,从她对你的崇拜，到她对你的怜悯，她从不离开你，用她柔弱的力量救助你，你支撑在这根不折不挠的芦苇上，用你的手触摸上帝，并能将他拥进怀里。你触摸到了上帝，多么幸福！你的心，这朵黑暗的奇妙之花，神秘地开放了。你决不会放弃这黑暗，去换取光明。天使在你身边，一刻也不离开你；即使离开了，她也会再回来；她像幻梦一般消失，又似现实一般重现。你感到一股热气向你靠近，这就是她来了。你无限安详、快乐和心醉；你是黑暗中的一道光芒。人们给你无微不至的关怀。在这一片漆黑的空间，微小的体贴，也是巨大的关怀。女人那难以形容的声调，可以用来安抚你的心，为你取代那消失的宇宙。人们用心灵来抚慰你。你什么也看不见，但你感觉到被人宠爱。这是黑暗中的天堂。

比安维尼大人已离开这个天堂，进入另一个天堂。

他逝世的噩耗，滨海蒙特勒伊的报纸转载了。翌日，马德兰先生穿起了丧服，帽子上也戴了块黑纱。

人们注意到了他穿丧服，于是大家街谈巷议，说长道短。这仿佛是一点暗示，使人隐隐看到了他的来历。人们得出结论，他与那位德高望重的主教有些关系。"他为迪涅的主教服丧。"上流社会的人如是说。于是，马德兰先生变得更引人注目，滨海蒙特勒伊的上流社会也骤然更对他刮目相看了。当地的小圣日耳曼区①打算停止对马德兰先生的孤立，因为他可能是一位主教的亲戚。马德兰先生发现，老年妇女对他更加崇敬，年轻女子对他更露笑脸，他觉得自己在世人眼里的地位提高了。一天晚上，小圣日耳曼区社交圈里一位最年长的老妇，自以为年资最深，就可以管别人闲事，竟然问他："市长先生想必是已故迪涅主教的表亲吧？"

他说："不是，夫人。"

那老夫人又说："那您怎么给他服丧呢？"

---

① 巴黎有个圣日耳曼区，是贵族集居的地方。这里的小圣日耳曼区也是指贵族的集居地。

他回答:"因为我年轻时,在他家里当过仆人。"

还有件事要提一下:只要有四处流浪、给人通烟囱的萨瓦少年经过本市,市长先生就叫人把他找来,问他叫什么名字,并且给他一些钱。那些萨瓦流浪儿们互相转告,于是,许多人都到这里来。

五 风雨欲来

随着时间的流逝,各种敌意渐渐烟消云散。起初,是对马德兰先生的诬蔑和诽谤:这是一种规律,大凡上升的人,都会遇到。然后,只剩下恶言恶语了。再然后,只剩下戏弄挖苦了,最后,一切都烟消云散了。全城上下,对他由衷的崇敬,竟至于快到一八二一年时,滨海蒙特勒伊人称呼"市长先生"的口吻,和一八一五年迪涅人称呼"主教大人"的口吻简直如出一辙。方圆十里内,人们都来求教马德兰先生。他调解纠纷,阻止起诉,让敌对双方和解。谁都把他看作理所当然的仲裁。他的心灵仿佛是一部自然法典。对他的崇敬仿佛会传染似的,在六七年中,挨家挨户,渐渐蔓延开来,最后遍及全乡。

在整个城市和整个区,只有一个人千方百计避免传染,不管马德兰老伯做什么,他都持抗拒态度,仿佛有一种不受腐蚀、不可动摇的本能在唤醒他,使他局促不安。的确,在某些人身上,似乎真有一种动物的本能,和任何本能一样纯洁正直,它制造反感和好感,注定能区别两种不同的性质,从不犹豫,从不慌乱,决不沉默,坚持不渝,它在黑暗中心明眼亮,正确无误,蛮横无理,对于心智的一切劝告,对于理智的一切溶剂,它都拒不接受,不管命运如何安排,它都要悄悄警告狗别忘了猫的存在,警告狐狸别忘了狮子的存在。

马德兰先生平静而慈祥地从街上经过，受到众人的祝福，但常有一个身材高大、穿一件铁灰色礼服、拄一根粗拐杖、戴一顶垂边帽的人，与他交叉而过，又猛然会转过身来，目光跟着他，直到看不见；那人交叉着双臂，缓缓摇晃着脑袋，嘴唇噘到鼻子上，这一含义深刻的怪样，仿佛在说："这个人到底是谁呢？——我肯定在哪里见过他。——无论如何，我是不会上他当的。"

这个人的神情严肃得吓人，让人一见就会紧张不安。

他叫雅韦尔，是警察。

他在滨海蒙特勒伊做警探的工作，这差使很艰难，却非常有用。他没有看到马德兰的起步。雅韦尔得到这个职位，全仗夏布耶先生的保荐，夏布耶先生是国务大臣安格莱伯爵的秘书，当时，安格莱伯爵是巴黎警察署长。雅韦尔来滨海蒙特勒伊时，那大厂主已经发达，马德兰老伯已变成马德兰先生。

有些警官有着与众不同的面孔，他们神态复杂，威武之中带点猥琐。雅韦尔的面孔也与众不同，但不猥琐。

我们确信，假如人的心灵是看得见的，那就可以清楚地看到一个奇怪的现象，即每一个人和某一种动物有相通之处；而且，还可以发现一个连思想家也还若明若暗的事实，那就是从牡蛎到飞鹰，从猪到老虎，一切动物的特性都会在人身上反映出来，每个人都会有某种动物的特性。有时候，一个人甚至兼备几种动物的特点。

动物不过是我们自身美德和恶习的具体形象，它们在我们眼前游荡，是我们心灵看得见的幽灵。上帝让我们看见它们，就是要让我们深思。不同的是，因为动物是幽灵，上帝创造它们时，就没有把它们塑造成可以教育的；再说，那又有什么用呢？相反，我们的心灵是实实在在的，有它们自己的目的，于是，上帝就给了它们智慧，也就是说，赋予它们可教育性。良好的社会教育，总可以从一个心灵中发掘它的有用部分，不管是什么样的心灵。

当然，这只是从狭义的角度，即从表面的尘世生活来说的，并不预先断言那些非人的生灵在前世和在来世有什么特点这样一个深刻的问题。有形的我，绝不允许思想家否认潜在的我。这一点我们持保留看法。现在继续往下讲。

假如大家暂时同意我们的看法，承认每个人身上都有一种动物的特性，那么，现在就不难交代治安警官雅韦尔是怎样一个人了。

阿斯图里亚斯①的农民深信，每一胎狼崽里，总有一只狗，生下来就会被母狼咬死，否则，它长大后就会把其他狼崽吃掉。

假如给那只母狼生的狗崽按上一张人脸，就成了雅韦尔。

雅韦尔是在监狱里出生的，他母亲靠用纸牌算命谋生，父亲是苦役犯。长大后，他感到自己被排除在社会之外，毫无希望回到社会中。他注意到，社会不可原谅地将两种阶层的人排除在外，一种是攻击它的人，另一种是捍卫它的人。他只能在这两个阶层中作选择。同时，他感到自己本质上刻板、勤恳、正直，对于自己所属的流浪阶层，有一种难以形容的仇恨。他于是当了警察。

他成功了。四十岁时，他当上了便衣警官。

他年轻的时候，在南方当过苦役犯看守。

在展开谈话之前，我们先就刚才给雅韦尔按上的"人脸"说一说。

在雅韦尔这张人脸上，有一个塌塌的鼻子，鼻孔幽深，两片浓密的络腮胡从两个脸颊伸向鼻孔。初见这两片森林似的颊髯和两个岩洞似的鼻孔，会感到不自在。雅韦尔难得一笑，但笑的时候，样子十分可怕，两片薄嘴唇张开，不仅露出牙齿，还露出牙龈，鼻子周围还会生出野兽吻端特有的那种惊讶而粗野的皱纹。雅韦尔严肃的时候，是一条看门狗，

---

① 阿斯图里亚斯，西班牙古行省。

笑的时候,是一只老虎。此外,他的颅骨小,颌骨大,头发遮住了额头,直落眉毛。他总是双眉紧蹙,形成的皱纹犹如一颗愤怒的星星,在两只眼睛之间闪烁;他目光深沉,嘴唇紧闭,令人生畏;他神态凶狠,咄咄逼人。

此人只有两种情感:崇尚权力,仇视反叛。这两种情感本来很朴实,相对来说是不错的,但他总是用之过分,也就几乎成为不好的了。在他看来,偷盗、谋杀等一切罪行都是反叛的形式。他对所有担任公职的人,大到内阁大臣,小到乡村巡警,都盲目而绝对地相信。对失过一次足的人,他一概蔑视、憎恶和反感。他看事物总是很绝对,不承认有例外。一方面他说:"当官的不可能出错。法官永远是对的。"另一方面,他说:"那些罪犯都是不可救药,做不出什么好事来。"他完全赞成思想极端的人的看法,认为人类法律有权将人罚入地狱,或者,如果愿意的话,有权确认罚入地狱的人,他们在社会底层设置一条冥河。雅韦尔坚忍淡泊,严肃刻苦,神情忧郁,喜欢沉思;他就像那些宗教狂,既谦卑又高傲。他目光像钻子,冷酷而犀利。他的一生可用两个词概括:警戒和监视。他把直线引进世上曲曲折折的事物中;他清楚自己的作用,崇拜自己的职责,他干密探,就像有人做神甫一样。谁落入他的手中,谁就倒霉!他父亲越狱,他照样会把他抓回来,他母亲违背放逐令,他照样会告发。他会为这种大义灭亲的举动沾沾自喜。此外,他过着一种节制、孤独、忘我、洁身自好的生活,从来也没有娱乐。他履行职责铁面无私,他理解警察,有如斯巴达人理解斯巴达一样。他是一个无情的密探,正直的警察,冷酷的侦探,一个具有布鲁图斯①特点的维多克②。

雅韦尔从头到脚都显出他是一个鬼鬼祟祟、暗中窥视的密探。约瑟

---

① 布鲁图斯,公元前六世纪古罗马历史中的传说人物,建立罗马共和国,公而忘私。
② 维多克,十九世纪著名的警探。曾因伪造文书而被判刑,越狱成功后被警方招为侦探,后来当上了警察队长。

夫·德·迈斯特尔的神秘学派肯定会说雅韦尔是一种象征；那时候，这些神秘论者正在用高深的宇宙演化论，点缀所谓的极端报纸。他的额头隐没在帽子下，眼睛隐藏在眉毛下，下巴埋进领带里，手缩进袖管里，拐杖藏在礼服下面，因此，看不见他的额头、眼睛、下巴、手和拐杖。但是，时机一到，他那瘦削的额头、阴沉的目光、骇人的下巴、粗大的手和可怕的木棍，就会霍地从黑暗中露出来，仿佛伏兵从埋伏的地方冲出来一般。

他很少有空闲，但闲下来时，就读读书，尽管他憎恨书。因此，他不完全是文盲。这可从他略带夸张的谈吐中看出来。

我们说了，他没有任何恶习。他得意的时候，就闻一闻鼻烟。这是他还有人味儿的地方。

因此，不难理解，为什么司法部统计年表上标明为"流浪汉"这个阶层的人都害怕他。他们一听到雅韦尔的名字就胆战心惊，一看见雅韦尔的面孔就惊慌失措。

这个可怕的人就是这副形象。

雅韦尔有如一只眼睛，总是盯着马德兰先生。那是充满了怀疑和臆测的眼睛。马德兰先生最后觉察了，却好像无动于衷。他甚至连问都不问雅韦尔，既不找他，也不避他。对于这令人不自在的，甚至令人难以忍受的目光，他似乎不理不睬，满不在乎。他对待雅韦尔，同对待所有人一样，轻松自然，和蔼可亲。

从雅韦尔露出的一言半语中，可以猜出他已在别处暗中调查过马德兰老伯可能留下的所有痕迹；强烈的好奇心是他这类人所特有的，既出于本能，也出于意愿。他好像知道些情况，有时也闪烁其词地流露出一些，说是有人曾去某地，调查了某个失散的家庭，了解到了某些情况。有一次，他甚至自言自语地说："我相信已抓住了！"继而他连续三天不言不语，沉思默想。看来他以为抓住的那根线又断了。

况且——这也是对有些词义的过于绝对性进行的必要的纠正——人不可能做到一无差错，人的本能恰恰会陷入混乱，迷失方向。否则，本能就会胜过智慧，兽类就会比人聪明了。

显而易见，雅韦尔看到马德兰先生那样自然，那样平静，感到有点困惑。

然而有一天，他那古怪的举止似乎使马德兰先生受到了震撼。事情是这样的。

六　福施勒旺大爷

一天早晨，马德兰先生路过滨海蒙特勒伊一条没有铺石的小街，忽然听见喧嚷声，看见不远处有一群人。他走过去。一个叫福施勒旺大爷的老头刚才被压到了车子底下，因为拉车的马突然跌倒了。

那时候，马德兰先生的敌人所剩无几了，福施勒旺大爷是其中的一个。福施勒旺是个粗通文墨的农民，当过书吏，后来开了个小店，马德兰来到此地时，他的生意正开始走下坡路。福施勒旺眼望着这个普通工人发财致富，而他这个当老板的却日益衰败，便妒火中烧，于是一有机会，就竭力损害马德兰。后来，他破产了，他已上了岁数，没有家，没有儿女，只剩下一辆大车和一匹马，为了生计，就赶起了大车。

马的两条后腿摔断了，站不起来。老头卡在两个轮子中间。那一跤摔得实在悲惨，整个车子都压在他胸口上。车上载着相当重的东西。福施勒旺大爷凄惨地喘着粗气。有人试着把他拉出来，却是白费力气。如果乱来一气，笨手笨脚，挪动车不得法，还会断送他的性命。除非把车子抬起来，否则是不可能把他从车下拉出来的。出事之时，雅韦尔出现了,他已派人去找千斤顶了。

马德兰先生到了。大家恭敬地给他让道。

"救命呀!"老福施勒旺喊道,"谁行行好,救救老人?"

马德兰先生转向观众:

"有千斤顶吗?"

"有人去找了。"一个农民说。

"什么时候能找来?"

"是去最近的地方找的,富拉肖,那里有个马蹄铁匠。不过也不会很快,至少得一刻钟。"

"一刻钟!"马德兰先生喊道。

夜里下过雨,地面湿透了,车子越来越下陷,越来越压紧老车夫的胸口。可以肯定,不用五分钟,他的肋骨就会压断。

"要等一刻钟,那怎么行!"马德兰先生对围观的农民说。

"只有这样!"

"那就来不及了!你们没看见车子在下陷吗?"

"当然!"

"大家听着!"马德兰先生接着又说,"车下面还有点地方,一个人可以钻进去,用背把车子顶起来。只要半分钟,就可把这个可怜人拉出来了。这里有腰板结实、心肠好的人吗?给五个金路易!"

人群里没有动静。

"十路易。"马德兰先生说。

在场的人都垂下眼睛。有个人嘟囔道:

"那要多大的力气!再说,还可能被压死!"

"谁来!"马德兰又说,"二十路易!"

依然毫无动静。

"他们不是不想。"一个声音说。

马德兰先生转过头，认出是雅韦尔。他来时马德兰没有看见。雅韦尔继续说：

"而是没有力气。要用背把车子顶起来，必须是一个力大无比的人。"

然后，他眼睛死死盯着马德兰先生，一字一顿地继续说：

"马德兰先生，您要求的事，在我认识的人中，只有一个人能做到。"

马德兰打了个寒战。

雅韦尔若无其事地往下说，但眼睛始终不离开马德兰。

"那人从前是苦役犯。"

"哦！"马德兰说。

"土伦苦役牢的。"

马德兰的脸色刷地白了。但那辆车继续缓缓往下陷。福施勒旺大爷喘息着，吼叫着：

"憋死我了！我的肋骨断了！千斤顶！快拿个东西来！哎唷！"

马德兰环视四周：

"真的没有人想挣二十路易，救这个可怜的老人吗？"

在场的没有一人动弹。雅韦尔又说：

"在我认识的人中，只有一个人可以代替千斤顶。就是那个苦役犯。"

"哎唷！我要被压扁了！"老人喊道。

马德兰抬起头，遇到雅韦尔始终盯着他的猎鹰般锐利的目光，又看了看一动不动的人群，苦笑了一下。然后，他一句话也没说，双膝跪下，人群还没来得及发出惊叫声，他就钻进车子底下了。

顿时鸦雀无声，大家紧张地等待着。

只见马德兰几乎趴在地上，上面是吓人的车子，他试了两次，想收拢肘弯和膝盖，但没成功。有人喊道："马德兰老伯！快出来！"福施勒旺老头也对他说："马德兰先生！快走开！命中注定我该死，您瞧！别管我了！您也会被压死的！"马德兰不回答。

围观的人紧张得喘不过气来。刚才，轮子又往下陷了一点，马德兰几乎不可能从车子底下出来了。

突然，大家看见那庞然大物晃动了，车子徐徐抬起来，车轮从车辙里出来了一半。大家听到一个闷闷的声音喊道："快！帮帮忙！"是马德兰喊的，他使出了最后的力气。

大家拥了上来。一个人的献身精神，激发了大家的力量和勇气。二十只胳膊把车子抬了起来。福施勒旺老头得救了。

马德兰爬起来。他汗流浃背，却脸色苍白。他的衣服撕破了，满是污泥。大家都哭了。老人吻他的膝头，称他是仁慈的上帝。而他，在他的脸上，有一种难以描绘的既痛苦又幸福的奇妙表情。他平静地看着雅韦尔，雅韦尔的目光始终没有离开过他。

七　福施勒旺成了巴黎的园丁

福施勒旺摔倒时，膝盖骨摔脱臼了。马德兰老伯叫人把他抬到医务室。那医务室是他为自己的工人开设的，就在工厂的大楼里，由两个修女照管。翌日清晨，老人发现床头柜上有一张一千法郎的钞票，还有马德兰老伯亲手写的一句话：我买下了您的车和马。车已散架了，马已死了。福施勒旺痊愈了，但他的膝关节却伸不直了。马德兰先生通过那两个修女和本堂神甫的介绍，把老人安顿在巴黎圣安托万区的一个女修道院里做园丁。

不久，马德兰先生被任命为市长。雅韦尔第一次看见马德兰先生披上那条授予他全城大权的绶带时，有如一条看门狗嗅出一只狼披上了它主人的衣裳，不禁浑身哆嗦了一下。从那时起，他尽量避开马德兰先生。

如果迫于公务，不得不和市长先生见面，他总是毕恭毕敬地同他说话。

马德兰老伯在滨海蒙特勒伊创下的这份繁荣，除了我们指出的看得见、摸得着的迹象外，还有另一个征候，尽管看不见，但也意味深长。有一个现象是骗不过任何人的。当民众困苦、就业困难、商业凋敝的时候，纳税人因为贫困，就会拒付税款，拖到最后才交，甚至过了期还不交，国家则要耗费很多钱来催款和收款。而当劳动市场繁荣，国家兴旺昌盛，收税就会顺顺当当，国家在这方面也只要花很少的钱。可以说，征税费用的多寡，是衡量民众生活贫困还是富裕的万无一失的晴雨表。马德兰先生当市长七年，滨海蒙特勒伊的征税费用降低了四分之三，当时的财政大臣德·维莱尔先生常常提到这个行政区的名字。

当芳蒂娜回到家乡时，那里的情况就是这样。没有人记得她了。幸好马德兰先生的工厂像朋友似的，对她笑脸相迎。她去工厂求职，被安排在女工车间。对芳蒂娜来说，这完全是新的行业，不可能干得很熟练，一天赚不了多少钱，但也够了。工作问题解决了，她能够挣钱糊口了。

八　为维护道德，维蒂尼安太太花了三十五法郎

芳蒂娜看到自己过得下去了，不禁一阵喜悦。能够自食其力，过正经的生活，这真是上苍的恩赐！她真的恢复了劳动的兴趣。她买了一面镜子，怡然欣赏着自己青春的活力、美丽的头发和漂亮的牙齿。她把许多事抛置脑后，只想着珂赛特，憧憬着可能有的未来，她真有点觉得自己幸福了。她租了个小房间，凭着将来的工作，赊账买了些家具；这是她放荡习惯的残余。

因为不能说自己已结婚，正如前面简单说过的那样，她从不说自己

有个女儿。

起初，正如我们看到的，她按时给泰纳迪埃家寄钱。她除了签名，不会写字，只好请代书人替她写信。

她经常写信。这引起了人们的注意。女工车间里开始议论纷纷，说芳蒂娜"经常写信""行为可疑"。

有些人专爱窥视他人的行动，越是与己无关，便越感兴趣。"那位先生为什么总是黄昏才来？""某某先生星期四为什么总不把钥匙挂在钉子上？为什么总走小街僻巷？""夫人为什么总是还没到家就下马车？她的'文具匣里装满了信笺'，为什么还要叫人去买一本？"如此等等，不一而足。世上有一些人，尽管与这些事毫不相干，却宁愿花费比做十件善事更多的钱财、时间和心血，去揭开这些谜底。他们不图报酬，只图快乐，仅仅是为了好奇而好奇。他们整天整天地跟踪这个先生或那个太太，夜里，不顾寒冷和下雨，在街角或门口连续监视好几个小时，他们买通跑腿，灌醉马车夫和仆人，收买贴身女仆，笼络门房。为了什么？什么也不为。纯粹是为了想看见，想知道，想窥探隐私。纯粹是为了有东西可卖弄。一旦秘密家喻户晓，隐私公布于众，谜底大白天下，随之而来的常常是灾难、决斗、破产、自杀、家庭毁灭，而那些本无利可图，仅仅出于本能"发现了这些秘密"的人，乐得心花怒放。真是可叹可悲！

有些人坏，仅仅是因为需要说话。他们在客厅里闲谈，在候见室里闲聊，他们的谈话犹如费柴的壁炉，需要很多燃料，而这燃料，便是周围的人。

因此，有人开始注意芳蒂娜了。

此外，不止一个女人对她的金发皓齿嫉妒不已。

人们发现，在车间里，尽管周围都是人，她常常扭过头去擦眼泪。那正是她思念孩子的时候，也许还有她曾爱过的那个男人。

要同悲伤的过去彻底决裂,那是痛苦而艰巨的过程。

人们看到,她每月至少写两封信,总是同一个地址,并且亲自贴邮票把信寄出。人们终于弄到了地址:蒙费梅,客店老板泰纳迪埃先生。那代书人是个不把兜里的秘密倒空,就不可能用酒灌满肚肠的老头,人们就把他请到小酒店里,让他说出了一切。总之,人们终于知道芳蒂娜有个孩子。"她可能是那种女人。"有个长舌妇专程去了趟蒙费梅,找泰纳迪埃夫妇聊了聊,回来后说:"花了三十五法郎,总算把事情弄清楚了。我见到那个孩子了!"

干这件事的长舌妇,是个叫维蒂尼安太太的母夜叉,她是众人贞操的卫士和守护。维蒂尼安太太五十六岁,又丑又老。声音微颤,思想乖戾。奇怪的是,这老太婆也曾有过青春年华。在她年轻的时候,就在九三年中,嫁给了一个从隐修院逃出来的修士。那修士戴上了红帽子,从圣伯尔纳的信徒,摇身一变成了雅各宾分子。她心肠很硬,性格乖戾,脾气不好,尖酸刻薄,甚至可以说阴险毒辣。她那位修士丈夫把她驯服了,她对他服服帖帖,现在她成了寡妇,仍对他念念不忘。她是一棵被修士服擦蹭过的荨麻。王朝复辟后,她变得笃信宗教,正因为如此,神甫们原谅了她那位修士。她有一份小小的财产,她大肆张扬地把它捐给了一个宗教团体。因此,她在阿腊斯主教区很受人尊敬。就是这位维蒂尼安太太去了趟蒙费梅,回来时说:"我见到那个孩子了。"

这一经过,费了些时间。芳蒂娜在厂里已有一年多了。一天上午,车间的女监工以市长先生的名义交给她五十法郎,对她说,她不再是厂里的人了,市长先生要她离开滨海蒙特勒伊。

也就是这个月,泰纳迪埃夫妇将抚养费从六法郎增加到十二法郎后,又要求提高到十五法郎。

芳蒂娜一下惊呆了。她不能离开,她还欠着房租和家具费哩。五十法郎,还不够还债。她结结巴巴,哀求了几句。女监工告知她必须立即离开车间。况且，芳蒂娜只是个很一般的工人。她感到绝望，更是无脸见人。她离开车间，回到住处。她犯的错误，现在已是路人皆知了！

她觉得连说话的力气都没有了。有人劝她去找市长，她不敢。市长给了她五十法郎，是因为他仁慈，他把她赶走，是因为他正直。对于这项决定，她只有屈服。

九　维蒂尼安太太的功劳

因此，那位修士的遗孀功不可没。况且，马德兰先生对这一切全然不知。像这样阴错阳差的事，在生活中层出不穷。马德兰先生通常几乎从不来女工车间。他把这个车间交给了一个老姑娘，是本堂神甫推荐给他的，他对这个女监工非常信任，而她也确实是个值得尊敬的人，坚定、公正、仁慈，不过，她的慈悲只限于施舍，却不大善于谅解和宽恕。马德兰先生把女工车间全权交给了她。大凡最优秀的人，常常不得不授权与别人。那位女监工就是在这种拥有充分的权力、又充分自信的情况下，对这件案子进行调查，对芳蒂娜进行审理、判决和执行的。

至于那五十法郎，她是从马德兰先生给她的女工救济款中提取的，无须报账。

芳蒂娜想在城里给人家当女仆，挨家挨户地寻问。没有人要她。她也没能走成。她欠着一位旧货商的家具钱，可那是怎样的家具呀！那人对她说："您要是溜走，我就叫人把您当小偷抓起来。"她还欠着房租，房东对她说："您又年轻又漂亮，您有办法付的。"她把那五十法郎分给了房东和旧货商，将四分之三的家具还给旧货商人，只留下必须的东西。她没有工作，没有地位，只剩下一张床，还欠着将近一百法郎的债。

于是，她给驻军的士兵缝粗布衬衣，每天挣十二苏。她女儿就要花去十苏。就从这时起，她开始不按时给泰纳迪埃寄钱了。

有一个老太太，芳蒂娜晚上回来，总是她给点亮蜡烛，这时，她教会了芳蒂娜过苦日子的本事。有一点儿东西，可以过日子；什么也没有，也可以过日子。这好比是两个房间，前面的一间是暗的，后面的一间是黑的。

芳蒂娜学会了怎样在冬天不生火，怎样抛弃一只两天要吃掉一个铜板黍子的小鸟，怎样把衬裙改成被子，把被子改成衬裙，怎样节省蜡烛，借对面窗口的光线吃晚饭。有些弱者，一辈子饥寒交迫，但活得很有骨气，一分钱都要分成几瓣用，久而久之，这便成为一种本领。芳蒂娜学会了这一至高无上的本领，又恢复了生活的勇气。

那时，她常对一位女邻居说：

"没什么！我对自己说，每天只睡五个钟头，其他时间都用来缝衣服，总能凑合挣口饭吃的。再说，人发愁的时候，吃饭也会少一些。唉！痛苦，忧虑，一点点面包，加上一些忧愁，我就能养活了。"

在这绝望的境地，如果她亲爱的女儿在身边，她会感到无比的幸福。她想把她接来。可怎么行呢？让她同自己一起吃苦！再说，她还欠泰纳迪埃家钱哪！用什么还呢？还有旅费！哪有钱呢？

教会她如何过苦日子的那位老太太，是一个圣女，名叫玛格丽特，她虔信宗教，虽然很穷，但对穷人，甚至对富人都很宽厚仁慈，识的字刚好能签个"玛格丽特"，信仰上帝，这就是她的学问。

人世间有许多这样善良的女人，总有一天，她们会升到天堂。这样的生活是有明天的。

起初，芳蒂娜感到无地自容，不敢出门。

她走在街上，猜想身后肯定有人回过头来，对她指指点点；大家都瞧着她，谁都不同她打招呼；行人的冷淡和蔑视，犹如朔风，刺透了她的皮肉和灵魂。

在小城里，一个不幸的女人，仿佛一丝不挂地置于大家的嘲笑和好奇心之下。若在巴黎，至少没有人认识你，这种默默无闻好比是一件遮体的衣裳。啊！她多想去巴黎啊！但这是不可能的。

她必须习惯别人的蔑视，正如她已习惯了贫困一样。她渐渐下了决心。两三个月过去了，她甩掉了怕羞的包袱，若无其事地出门了。

"我不在乎。"她说。

她来来去去，昂首阔步，脸上带着苦涩的微笑，她感到自己变得厚颜无耻了。

维蒂尼安太太常见她从窗前经过，看到"这个轻浮女人"终于倒了霉，想到是自己让她"回到了应有的位置上"，不禁洋洋得意。恶人有一种邪恶的快乐。

芳蒂娜劳累过度，干咳的毛病加重了。有时，她对邻居玛格丽特说："您摸摸，我的手好烫！"

然而，每天早晨，当她用半截梳子梳理自己细柔如丝的漂亮头发时，那一刻，她是多么娇媚，多么幸福！

十 《功劳》续篇

芳蒂娜是在冬末被解雇的。夏天过去了，可冬天又来了。白天短，做活便更少。冬天，没有温暖，没有阳光，没有中午，早晨连着晚上，晨雾暮霭，窗口昏暗，看不清楚。天空是一个气窗。整个白天是一个地窖。太阳有如一个穷人。悲惨的季节！冬天将天上的水和人的心变成了石头。债主们跟在她后面逼债。

芳蒂娜赚的钱太少。她欠的债越来越多。泰纳迪埃夫妇不能按时收到钱，不断给她写信，信上的内容使她忧伤不已，付邮费把她的钱花光殆尽。一天，他们给她写信说，她的小珂赛特在这大冷天要光身子了，她需要一条羊毛短裙，要母亲至少寄十法郎来。她接到信，在手里揉捏了一整天。晚上，她来到街角的那家理发店里，把压发梳拿了下来。于是，那头令人赞美不已的金发披散下来，直垂腰际。

"多漂亮的头发！"理发匠说。

"您肯出多少钱？"

"十法郎。"

"剪吧！"

她买了一条羊毛裙，给泰纳迪埃夫妇寄了去。

泰纳迪埃夫妇见寄来的是裙子，肺都气炸了。他们想要钱。他们把那条裙子给埃波妮穿。可怜的百灵鸟依然冷得瑟瑟发抖。

芳蒂娜想："我的孩子不会再冷了。我用我的头发给她做了衣服。"她便戴起小圆帽，遮住剪掉头发的脑袋；戴上帽子，她美丽依旧。

芳蒂娜的内心正在悄悄地发生变化。当她看到自己不能再梳头时，便对周围的一切仇恨起来。她和大家一样，对马德兰先生一直非常崇敬，可是，她反复地对自己说，是他把她赶走的，他是她不幸的缘由，久而久之，她便仇恨起他来，而且尤其恨他。当工人们上下班时她从厂门口经过，她便装出又笑又唱的样子。

有一次，一个老女工见她又唱又笑，便说：

"这姑娘没救了。"

她找了个情夫，是随便遇到的一个人，根本不爱他，纯粹出于挑衅，为了发泄心中的怒气。那是个可怜人，一个流浪乐师，游手好闲的乞丐，他常常打她，后来厌恶她了，便像她找他时那样离开了她。

她很爱她的孩子。

她越是堕落，便觉得周围的一切越是黑暗，那可爱的小天使在她心里就越光辉灿烂。她说：等我发了财，我就可以和我的珂赛特在一起了；于是，她笑了。她依然咳嗽不止，背上常出虚汗。

　　一天，她收到泰纳迪埃夫妇的一封信，上面写道："珂赛特病了，得了一种流行病。据说是粟粒热。要买很贵的药。都把我们的钱花光了，一点钱也没了。如果一星期内不寄四十法郎来，孩子就完了。"

　　她狂笑起来，对她那位邻居老太太说："哈！他们真是好人哪！四十法郎！嘿！两个拿破仑金币哪！他们要我到哪里去弄这么多钱？他们真蠢，这些乡下人！"

　　可是，她又跑到楼梯上，凑着老虎窗，把信又读了一遍。然后，她奔下楼梯，又跑又跳地出了门，依然大笑不止。有人遇见她，问她：

　　"什么事让您这样开心？"

　　她回答：

　　"有几个乡下人给我写信说了蠢话。他们问我要四十法郎。乡下人，真可以！"

　　她经过广场，看见许多人围着一个奇形怪状的车子，车顶上站着一个穿红衣服的人，在那里高谈阔论。那是一个江湖牙医，正在兜售假牙、牙膏、牙粉和酏剂。

　　芳蒂娜挤进人群，也和大家一样笑了起来。在江湖郎中的演说中，既有恶棍们听得懂的行话，也有正经人听得懂的俚语。牙医看见这位哈哈大笑的漂亮姑娘，突然大声喊道："那位大笑的姑娘，您的牙齿真漂亮！假如您愿把您的两扇门板卖给我，每一扇我出一个金拿破仑。"

　　"我的门板？那是什么？"芳蒂娜问。

　　"门板就是门牙，"牙医说，"上面的两颗牙。"

　　"真恶心！"芳蒂娜嚷道。

　　"两个拿破仑！"在场有位瘪嘴老太婆咕哝道，"那姑娘真有福气！"

芳蒂娜逃走了。她用手捂住耳朵，以免听见那人沙哑的喊叫声，可那人还在对她大叫大嚷：

"考虑考虑吧，美人！两个拿破仑，能派大用场呢。想好了，今晚上就到银甲板客店来找我。"

芳蒂娜回到家里，仍然怒不可遏，便把这事对她的好邻居玛格丽特说了：

"您说有这种道理吗？那人真是可恶之极！怎么能让这种人到处乱窜呢？拔掉我的两颗门牙！那我还不丑死了！头发还会长出来，可牙齿长不出来的呀！呵！真是个魔鬼！我宁愿从六楼一头跳下去！他对我说，今晚上他在银甲板客店。"

"他给多少？"玛格丽特问。

"两个拿破仑。"

"相当于四十法郎。"

"是的，"芳蒂娜说，"四十法郎。"

她愣了一会儿，就开始干活了。过了一刻钟，她放下针线活，便到楼梯上去把泰纳迪埃夫妇写来的信又读了一遍。

回来后，她对在一起干活的玛格丽特说：

"粟粒热是什么？您知道吗？"

"知道，"老太太说，"一种病。"

"要吃很多药吗？"

"呵！很多药。"

"怎么得的？"

"说得就得了。"

"孩子也得这病吗？"

"孩子更会得。"

"得了这病会死吗？"

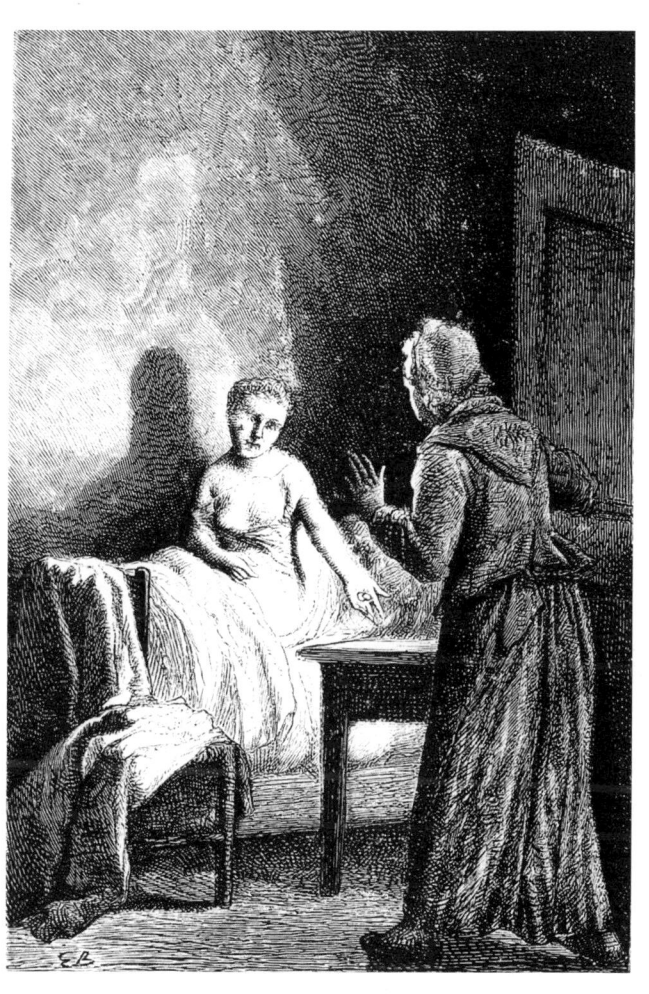

"当然。"玛格丽特说。

芳蒂娜走出房间，又到楼梯上把那封信重读了一遍。

晚上她出去了。有人见她朝巴黎街的方向走去，那条街上都是客店。

翌日天还没亮，玛格丽特走进芳蒂娜的房间（她们在一起干活，这样两人只需点一支蜡烛），发现芳蒂娜坐在床上，面色苍白，浑身冰冷。她彻夜未眠。她的帽子掉在膝盖上。蜡烛点了一整夜，几乎烧完了。

玛格丽特在门口停住脚步，看到一片凌乱，惊愕失色，大声说：

"天哪！蜡烛烧光了！一定出什么事了！"

接着，她瞧瞧芳蒂娜，芳蒂娜向她转过没有头发的脑袋。

一夜工夫，芳蒂娜老了十岁。

"耶稣！"玛格丽特说，"您怎么啦，芳蒂娜？"

"没什么。"芳蒂娜回答，"恰恰相反。我的孩子不会因为没钱买药，而死于这个可怕的病了。我很高兴。"

她一面说，一面把正在桌上闪光的两枚金币指给那老姑娘看。

"哇！耶稣上帝！"玛格丽特说，"这么多钱！您从哪里弄来这些金路易的？"

"我弄到了呗。"芳蒂娜回答。

她边说边笑了。蜡烛照亮她的脸。这是血淋淋的微笑。唇角流着红兮兮的口水，嘴里有一个黑洞洞的窟窿。

那两颗门牙已拔掉。她给蒙费梅寄去四十法郎。其实，那不过是泰纳迪埃夫妇为了骗钱耍的诡计。珂赛特根本没病。

芳蒂娜把镜子扔出窗外。她早已从三楼的房间搬到顶楼上住了，关门时只有一个碰锁。那种顶楼的天花板和地板相交成角，时刻都会撞你的脑袋。住在里面的穷人，必须越来越弯下腰，才能走到房间的尽头，正如他们也必须这样走完人生旅程。她没床了，只剩下一块破布，她称作被子，地上有一个床垫，还有一张破破烂烂的椅子。在一个角落里有一株小蔷薇，已经枯萎，被她遗忘了。在另一个角落里，有一个用来盛水的奶油坛子，冬天，水结了冰，坛子上久久留下一圈圈结冰的痕迹，标志着不同的水位。她早已没有了廉耻心，现在连打扮的心思也没了。这是最后的迹象。她戴着脏帽子出门。衣服破了不再缝补，可能没有时间，也可能满不在乎。袜跟越来越破，她便把袜子往鞋子里面拉拉。这可以从竖纹上看出来。她用一块块白布补她又破又旧的胸衣，稍一动弹，那些补丁就开裂。她的债主们同她"大吵大闹"，不让她安宁。她在街上遇见他们，回到家里，又会在楼梯上遇见他们。她整夜整夜地哭泣和思索。她眼睛发亮，她感到左肩胛骨靠上的地方疼痛不止。她咳得很厉害。她对马德兰老伯恨之入骨，但她不发怨言。她一天缝纫十七个钟头，但是，一个让监牢里的女囚徒廉价干活的包工头，突然压低报酬，使得闲散女工的日报酬降到了九苏。一天干十七个钟头，只能挣九苏！她的债权人更加冷酷无情。那旧货商已把她的家具几乎全部收回，还不停地对她说："你这个荡妇，什么时候付我钱？"仁慈的上帝，他们要把她怎么样呀！她感到自己走投无路，越来越像一头易受惊吓的野兽。差不多就在这个时候，泰纳迪埃给她写信，说他左等右盼，已做到了仁至义尽，他需要一百法郎，立即寄来，否则就把小珂赛特逐出门外，她大病初愈，管她受不受得了天寒路远，她爱怎样就怎样，她愿意，死了也行。芳蒂娜心里思忖："一百法郎！可我到哪里去找一天挣五法郎的工作呢？"

"好吧！"她说，"把剩下的卖了吧。"

不幸的女人做了娼妓。

十一　基督拯救我们[1]

芳蒂娜的遭遇是什么呢？那是社会买一个女奴。

向谁买？向贫穷。

向饥饿、寒冷、孤独、遗弃、贫乏。那是痛苦的买卖。一个灵魂为换取一块面包而出卖自己。贫穷卖出，社会买进。

耶稣基督的神圣法律统治我们的文明，但尚未深入到文明中。有人说，奴隶制已从欧洲文明中消失。这是误解。奴隶制始终存在，不过只是压迫妇女罢了，这叫作卖淫。

奴隶制压迫妇女，也就是说，压迫妩媚、软弱、美貌、母爱。这并非男人最小的耻辱。

芳蒂娜的痛苦遭遇到了这般地步，她已不再是从前的芳蒂娜了。她在变成污泥的同时，也化成了石头。谁接触她，会感到寒气袭人。她从你面前经过，任你糟蹋，也无视于你；她是屈辱和严厉的象征。生活和社会秩序已把她抛弃。可能发生的事她都发生了。她已感受了一切，经受了一切，体验了一切，遭受了一切，失去了一切，哀悼过一切。她逆来顺受，这种屈从却似冷漠，正如死亡类乎睡眠。她什么也不再躲避。她什么也不再害怕。哪怕所有的雷雨浇到她头上，整个海洋泻到她身上，那又有什么关系！她是一块吸满水的海绵。

至少，她是这样认为的。可是，想象自己已陷于绝境，穷途末路，那是错误的。

唉！所有这些形形色色、五花八门的命运到底是什么？它们通向哪里？为什么会这样？

---

[1] 原文为拉丁语。

知道答案的人，便能看清人世间的黑暗。

他是独一无二的。他叫上帝。

十二　游手好闲的巴马塔布瓦先生

在任何一个小城市，尤其是滨海蒙特勒伊，都有一类靠年金生活的青年，在外省每年挥霍一千五百利弗，其派头和他们的同类在巴黎吞噬二十万法郎很相似。他们属于人数众多的中间类型；他们缺乏男子气，一无所长，过着寄生生活；他们有一点地产，有一点傻气，有一点才智，在贵族沙龙里，他们是乡巴佬，在酒馆里却以绅士自居，一口一声"我的草场、我的树林、我的佃农"；他们看戏时给女演员喝倒彩，以示自己品味高雅，同驻军官兵寻衅吵架，以示自己是一武夫；他们打猎，抽烟，打哈欠，喝酒，闻鼻烟，玩弹子，看旅客们下驿车，泡咖啡馆，去小客栈吃晚饭；他们有一条狗和一个情妇，狗在桌底下啃骨头，情妇在桌面上摆菜端饭；他们爱钱如命，穿奇装异服，爱幸灾乐祸，蔑视妇女，终年穿着破旧的靴子，通过巴黎模仿伦敦，通过穆松桥模仿巴黎；他们越活越愚蠢，终日游手好闲，一无用处，也没有大的危害。

费利克斯·托洛米埃先生若是待在外省，从未去过巴黎，就会是其中的一个。

他们如果再富一些，人们会说他们是风雅之士；再穷一些，会说他们是懒汉。他们不过是游手好闲之徒。在他们中间，有令人讨厌的，感到厌倦的，想入非非的，还有一些举止怪异的。

那时候，一个风雅之士，有一个大领子，一条大领带，一块链上饰有珠宝的怀表，三件不同颜色、蓝红两件穿在里面的背心，一件橄榄色的短燕尾服，两排密密匝匝的银扣子一直伸到肩膀上，一条浅橄榄色的裤子，两旁的裤缝上，饰有数目不等的条纹，不过总是奇数，从一条到十一条，最多不超过十一条。还有一双后跟上掌铁的短筒靴，一顶窄边大礼帽，头发束起来，一根粗手杖，常用波蒂埃式的双关语给自己的谈话增光添彩。最引人注目的，是马刺和小胡子。在那个时代，小胡子代表资产阶级，马刺代表步行者。

外省的风雅之士，他们的马刺更长一些，小胡子翘得更高一些。

那是南美洲的共和国同西班牙国王展开斗争的时代，即玻利瓦尔①向莫里奥②开战的时代。保王党戴着窄边帽，叫作"莫里奥帽"；自由党人戴着宽边帽，叫作"玻利瓦尔帽"。

前面叙述的事发生后的八至十个月，一八二三年一月初，一个刚下过大雪的晚上，一个这样的风雅之士，一个这样的游手好闲之徒，一个"思想正统的人"（因为他戴着莫里奥帽），时髦的西装外暖暖地裹着一件大冷天穿的大衣，在缠着一个轻佻女子消闲解闷。那女子穿着舞会的衣裙，袒胸露肩，头上插着花，在军官咖啡馆门前来回踯躅。那风流雅士抽着烟，因为抽烟是一种时髦。

那女子每次从他面前经过，他就向她吐一口烟，骂她一句，自以为他的呵斥幽默而有趣："你真丑！""还不快去躲起来！""你没有牙齿！"如此等等。这个先生叫巴马塔布瓦。那个在雪地上走来走去、愁眉苦脸、打扮得妖里妖气的女子不作回答，甚至看都不看他一眼，依然默默地有规则地走来走去，每隔五分钟，就走过来听一次嘲讽，就像判了刑的士兵按时回来挨鞭打一样。那闲人见她几乎没有反应，想必受了刺激，利用那女子转身的机会，蹑手蹑脚地走到她后面，忍住笑，弯腰从地上抓起一把雪，突然从她赤裸的双肩之间塞进她的后背里。那女子

---

① 玻利瓦尔（1783—1830），拉丁美洲政治家、军事家，领导拉美人民摆脱了西班牙的统治。
② 莫里奥（1778—1837），西班牙将军。

大吼一声，转过身来，像豹子似的向前一蹦，扑到那人身上，用指甲抓他的脸，用不堪入耳的话破口大骂。这些脏话，从被酒精烧得嘶哑了的嗓子里喊出来，从一张果然缺少两颗门牙的嘴巴里喷出来。她是芳蒂娜。

听到吵架的声音，军官们拥出咖啡馆，行人也聚拢过来，围成一个圈圈，他们笑呀，吼呀，拍手呀，那两个人扭成一团，几乎分不清是一个男人和一个女人，男的在挣扎，帽子滚在地上，女的拳打脚踢，大声吼叫，帽子掉了，没有牙齿，没有头发，愤怒得脸色发青，样子委实可怕。

忽然，一个高个子男人冲出人群，抓住那女人满是污泥的缎子上衣，对她说："跟我来！"

女人抬起头，立即停止了怒吼。她变得目光呆滞，脸色由青转成苍白，吓得魂不附体，浑身颤抖。她认出那人是雅韦尔。

那风雅之士乘机溜走了。

十三　解决市警察局的几个问题

雅韦尔拨开人群，冲出包围圈，拖着那个可怜的女人，大步朝广场另一端的警察所走去。她机械地任他摆布。两个人谁都不说话。围观的人乐不可支，冷嘲热讽地跟在他们后面。最不幸的是，这成了人们说猥亵话的好机会。

警所是一间低矮的大厅，生着火炉，屋里暖烘烘的，门口有个卫兵把守，大门临街，镶着玻璃和栅栏。雅韦尔到了警所，打开大门，同芳蒂娜一道进去，随手把门关上了；那群好奇的人大失所望，但仍踮起足尖，伸长脖子，想透过警所模糊不清的玻璃门看个究竟。好奇和贪吃是

一个道理。观看,也就是吞噬。

芳蒂娜进去后,就走到一个角落里蹲了下来,呆若木鸡,沉默不语,犹如一只惊恐的母狗,蹲在那墙角里。

警所的中士把一支点燃的蜡烛放到桌上。雅韦尔坐下,从口袋里拿出一张公文纸,写了起来。

这些阶层的女人,法律已把她们完全交由警察处置了。警察可以为所欲为,想怎样惩罚就怎样惩罚,可以任意剥夺她们所谓的职业和自由,可那是多么悲惨的职业和自由啊!雅韦尔无动于衷,他神情严肃,不动声色。其实,他心事重重。这正是他独当一面,却又是一丝不苟地行使他那可怕的自由决定权的时刻。此刻,他感觉到了这个权力,这张警探的矮板凳就是公堂。他在审判。他在审判和定罪。他把他的思想,全部集中到正在做的这件大事上。他越审查这个娼妓的所作所为,就越是气愤。显然,他刚才目睹了一件罪行。刚才,在大街上,他亲眼看见一个由有产者选民所代表的社会,受到了一个一无所有的轻薄女子的侮辱和攻击。一个娼妓侵犯了一个有产者。他,雅韦尔,目睹了这件事。他一声不响地把罪行记录下来。

写完后,他签上名,把纸折好,对那中士说:"带上三个人,把这个婊子押进牢里。"然后,他转身对芳蒂娜说:"你得关押六个月。"

那不幸的女人不寒而栗。

"六个月!坐六个月的牢!"她叫道,"六个月,一天只挣七苏!珂赛特怎么办?我的女儿!我的女儿!我还欠着泰纳迪埃家一百法郎哪,警探先生,您知道吗?"

芳蒂娜没有站起来,她双手合十,在被男人们沾满污泥的靴子踩得湿漉漉的石板地上,用膝盖向前挪了几大步。

"雅韦尔先生,"她说,"求求您饶了我吧!我向您保证,不是我的错。如果您一开始就在场,您就会看到了。我向仁慈的上帝发誓,不是我的错。是那位先生，我都不认识他，他把雪塞到我的背上。我们安安静静地走路，不惹任何人，难道别人就有权往我们背上塞雪吗？我一下子就火了。您看，我本来就有病，再说，他已骂了我好一阵了。你真丑！你没有牙！我知道我没有牙。我，我什么也没做。我心想：这先生在闹着玩呢。我对他以礼相待，没有搭理他。就在这时，他把雪塞到我背上。雅韦尔先生，好心的警探先生！难道这里没有人当时在场，可以告诉您，我讲的都是真话？我也许不应该发火。可您知道，怒气来的时候，是控制不住的。人是容易冲动的。再说，乘你不备的时候，把那样冷的东西塞到你背上！我把那位先生的帽子弄脏是不对。可他干吗要溜走呢？我可以向他道歉嘛。啊，我的上帝！我可以向他道歉，这对我无所谓。今天就饶我这一次吧，雅韦尔先生。啊！您不会知道，在监牢里，每天只能挣七苏，这不是政府的错，可是只挣七苏，您想想，我要付一百法郎，不然，他们就会把我的女儿撵回来。啊，上帝啊！我不能让她和我在一起。我干的事太肮脏！啊，我的珂赛特！啊，慈悲圣母的小天使！她会怎么样呢，可怜的宝贝！我要告诉您，他们叫泰纳迪埃，开客店的，乡下人，根本不讲道理。他们需要钱。别把我关起来！您看，他们要把一个小女孩扔到大路上，让她到处流浪，在这大冷天。这样的事，是应该可怜的，我的好雅韦尔先生。假如她更大一些，可以自己谋生，可她这样小，怎么做得到？我并不是坏女人。我不是好吃懒做才变成这样的。我喝烧酒，是给贫困逼的。我不喜欢，但烧酒能使人麻醉。我从前挺快乐的，那时候，你们只要看看我的衣柜，就会知道我不是那种卖弄风情的荡妇。我穿得很体面，我有许多漂亮的衣服。可怜可怜我吧，雅韦尔先生！"

她这样诉说着，伤心得弯下了腰，哭得浑身颤动，泪水蒙住了眼睛，胸部敞露着，她搓绞着手，干咳着，用一种垂死的声音，轻轻地结结巴巴地诉说着。巨大的痛苦是一道神圣而可怕的光，会使不幸人改变容貌。此时此刻，芳蒂娜又变得漂亮了。有好几次，她停下诉说，亲吻警探的大衣的下摆。哪怕是铁石心肠，也会被她感动；可是，木头心肠是不会感动的。

"行了！"雅韦尔说，"我都听见了。你说完了吗？现在走吧！你得关押六个月。就是上帝亲自过问，也无能为力。"

听到"就是上帝亲自过问也无能为力"这句话，她明白判决业已宣布。她低下头，喃喃地说：

"开开恩吧！"

雅韦尔转过身去不理她。

几分钟前进来了一个人，谁也没有注意到。他关上门，靠在门上，听见了芳蒂娜绝望的哀求。

几个士兵抓住可怜的女人，可她不愿站起来，这时，他向前跨了一步，从黑暗中走出来，说：

"请等一等！"

雅韦尔抬起头，认出是马德兰先生。他脱下帽子，气恼而又不自然地向他致敬：

"对不起，市长先生……"

"市长先生"这几个字对芳蒂娜起了奇特的作用。她倏地从地上站了起来，犹如一个幽灵从地里冒了出来。她用两个胳膊推开士兵，人们还没来得及阻拦，她已径直走到了马德兰先生跟前，两眼直愣愣地瞅着他，大叫大嚷道：

"呀！你就是市长先生！"

说完放声大笑，并朝他脸上啐了口唾沫。

马德兰先生擦了擦脸，说：

"雅韦尔警探，把这女人放了吧。"

这时候，雅韦尔觉得自己要疯了。此时此刻，他经受了有生以来最强烈的几乎是接踵而来的震惊。看见一个妓女朝一个市长脸上啐唾沫，这简直可怕到了极点，即便作最可怕的假设，哪怕想一想可能发生这种事，那也是大逆不道。另一方面，在他的内心深处，却朦朦胧胧地将这个女人的身份和这个市长可能的身份，进行邪恶的比较，从而，恐惧地看到那女人对市长不可思议的冒犯是非常简单的事。可是，当他看见这个市长，这个为官的，平静地擦了擦脸，并且说"把这个女人放了"，他仿佛一下惊得头晕目眩，思想停顿了，话说不出来了。他已惊讶得不能再惊讶了。他张口结舌，呆若木鸡。

这句话对芳蒂娜的震惊也不小。她就像要摔倒似的，伸出赤裸的胳膊，抓住炉门的把手。同时，她朝四周看了看，仿佛自言自语似的，喃喃说道：

"放了我！让他们放了我！我不要蹲六个月的大牢了！是谁说的？谁也不可能这样说。我听错了。不可能是那个魔鬼市长！我的好雅韦尔先生，刚才是您说放我的吧？啊！您瞧！我把事情经过告诉了您，您一定会放我的。这个魔鬼市长，这个混蛋市长，他是这一切的罪魁祸首。您想一想，雅韦尔先生，他把我解雇了！就因为一些娼妇在厂里胡说八道。一个可怜的姑娘，老老实实地干活，竟把她解雇了！这难道不可恶吗？从那以后，我挣的钱不够用，一切不幸也就来了。首先，有件事警察先生们得改善一下，不要让监牢的包工头坑害穷人。我把这事给您说一说，您听着。做衬衣本来一天挣十二苏，后来跌到九苏。没法活下去了。只好能做什么就做什么。我呢，我得养活我的小珂赛特，被逼无奈，才成为坏女人。您现在明白，这一切全是这个混蛋市长造成的了吧。后来，我在咖啡馆门口，踩坏了那位有产者先生的帽子。可他先用雪把我的裙子毁了。我们这种人，只有一条绸裙子，是晚上穿的。您瞧，雅韦尔先生，我从没有故意做坏事，我看见哪里都有比我更坏的女人，可她们过得都比我快活。啊！雅韦尔先生，是您说把我放了的，是不是？您

去打听一下，同我的房东谈一谈，现在我按期付房租了，他会对您说，我是个老实人。啊！我的上帝！请原谅，我没注意，碰了炉门的把手，烟冒出来了。"

马德兰先生专心地听着。她诉说的时候，他在背心的兜里找了找，掏出一个钱包，把它打开。钱包是空的。他把它放回兜里。他对芳蒂娜说：

"您刚才说欠多少？"

芳蒂娜眼睛一直没有离开雅韦尔，这时向马德兰先生转过脸来：

"我是在和你说话吗？"

然后，她对士兵说：

"喂！诸位，你们都看见我是怎么啐他一脸了吧？啊！你这个老混蛋市长！你到这里来吓唬我，我才不怕你呢。我怕雅韦尔先生。我怕我的好雅韦尔先生！"

她边说，边转向那警探：

"情况我都说了，您看，警探先生，办事得公正。我知道您是公正的，警探先生。其实这很简单，一个男人为了消遣，把一团雪塞在一个女人的背上，逗得那些军官哈哈大笑。男人们是该娱乐娱乐，我们这些女人，就是为了让人家开心的，不是吗？后来，您来了，您不得不维护秩序，您带走了做错事的女人，但是经过考虑，因为您心地好，您就叫人把我放了。是为了我的孩子，因为在监牢里待六个月，我就不能抚养我的孩子了。您会说，不要再犯事了，荡妇！啊！雅韦尔先生，我不会再犯了！不管人家怎么对我，我都不动一动。不过，今天，您看，我大叫大嚷，是因为我受不了了，我没料到那先生会往我背上塞雪。再说，我对您说过了，我身体不好，我咳嗽，我胃里就像有个滚烫的球在烧我，医生对我说：您得保养身体。您摸摸，伸出手来，不要怕，就在这里。"

她不哭了，她的声音非常温柔，她把雅韦尔粗糙的大手放到她白嫩的胸口上,笑眯眯地看着他。

突然,她急忙整了整散乱的衣服,把刚才因为拖在地上而撩到膝盖上的褶裙放下,然后朝门口走去,向士兵们友好地点点头,低声对他们说:

"孩子们,警探先生刚才说要放我,我走了。"

她伸手拉门把手。再走一步,她就到街上了。

雅韦尔一直站着没有动弹,眼睛望着地面,犹如一尊被挪动的雕像,插在这一场景中央,等着搬到某个地方。

拉碰锁的声音把他惊醒了。他抬起头,露出一副拥有至高无上权力的威严神情,越是下层人拥有权力,这种显示权力的神情就越可怕;在猛兽那里是凶恶,在小人那里是残忍。

"中士,"他喊道,"您没看见这个婊子要溜了吗?谁给您说放她的?"

"我。"马德兰说。

芳蒂娜听见雅韦尔的声音,打了个哆嗦,赶紧放下开门把手,有如小偷放下偷盗的东西。听见马德兰的声音,她转过脸去,从这时候起,她不再吭一声,甚至不敢出气,目光在马德兰和雅韦尔身上轮流转动,谁讲话,就看着谁。

雅韦尔显然是到了所谓"怒不可遏"的程度,才会在市长要求释放芳蒂娜后,还敢像这样斥责中士。难道他竟忘了市长先生在场吗?难道他最终认为,一个"权威人士"不可能下这样的命令,市长先生肯定无意中说走了嘴?抑或两个小时以来,面对如此骇人听闻的事,他认为应该下最后的决心,小人物必须办大事,警探应该成为行政官,警察应该成为法官,在这个非常时刻,命令、法律、道德、政府、整个社会,都体现在他雅韦尔身上了?

不管怎样,当马德兰先生说了刚才大家听到的"我"字后,只见雅韦尔警探朝市长转过脸,他面色苍白,神情冷漠,嘴唇发紫,目光绝

望,身子微微颤抖,异乎寻常的是,他竟低着头,语气坚决地对他说:

"市长先生,这不可能。"

"怎么?"马德兰先生说。

"这个坏女人侮辱了一个有产者。"

"雅韦尔警探,"马德兰先生又以一种和解而平静的口吻说,"听着,您是个正直的人,很容易同您说清楚的。事实是这样的。您带这个女人来的时候,我正好从广场上经过,人群还没有散,我作了调查,前因后果我都知道了。是那个有产者不对,警察公正的话,应该抓他才是。"

雅韦尔又说:

"这个坏女人刚才侮辱市长先生了。"

"这是我的事。"马德兰先生说,"我受的侮辱,也许应该属于我自己。我可以做我想做的事。"

"我请市长先生原谅。他受的侮辱不属于他,而是属于司法。"

"雅韦尔警探,"马德兰先生辩驳说,"最重要的司法是良知。我听到这个女人的陈说了。我清楚我所做的。"

"可我,市长先生,我不清楚我所看到的。"

"那您就服从吧。"

"我服从我的职责。我的职责要把这女人关六个月。"

马德兰先生和颜悦色地回答:

"好好听着,她一天也不能关。"

听他说得那么坚决,雅韦尔大胆地直视市长先生,仍恭恭敬敬地对他说:

"非常遗憾,我不得不违抗市长的命令,这是我生平第一次。不过,请市长先生允许我提醒您,我并没有超越权限。既然市长想这样,我还是要谈谈那个有产者的事。我当时在场。是这个娼妓扑到巴马塔布瓦先生身上,他是选民,在广场的角上有一座带阳台的漂亮房子,四层楼，都是方石砌成的。总之，在这世上，有些事总要考虑的。不管怎样，市长先生，这件事涉及街上的治安，属于我的职责范围，我要扣留芳蒂娜。"

这时，马德兰先生交叉双臂，以一种这城里从未有人听到过的严肃口吻说：

"您说的这件事，应归市警局管。根据刑事诉讼法第九、十五和六十六条，该由我审理。我命令立即释放这个女人。"

雅韦尔还想作最后的努力。

"可是，市长……"

"我提醒您注意一七九九年十二月十三的法律，关于非法监禁的第八十一条。"

"市长先生，请……"

"不要再说了。"

"可是……"

"出去。"马德兰先生说。

雅韦尔就像一个俄国士兵，站着当胸挨了一棒。他朝市长先生深深一鞠躬，头一直低到地面，然后出去了。

芳蒂娜赶快从门口让开，目瞪口呆地看着他从面前走过。

同时，她也感到惊慌不安。她看到两个有权有势的人为了她争执起来。她看到两个掌握着她的自由、生命、灵魂和孩子的男人，当着她的面进行了一场斗争。一个要把她拉向黑暗，另一个要把她带回光明。她在越来越大的恐惧中，朦朦胧胧地看见了这场斗争，她感到那两个人仿佛是两个巨人，一个说话就像是她的恶魔，另一个就像是她的天使。天使战胜了恶魔。令她浑身战栗的是，这个天使，这个救星，恰恰是她深恶痛绝的人，是这个她长久以来一直视若自己一切痛苦的罪魁祸首的市长，是这个马德兰！刚才，就在她恶毒侮辱他的时候，他却救了她！她以前是不是错了？她是不是该彻底改变看法？……她不知道，她在颤抖。她听着，看着，心慌意乱，茫然失措，马德兰先生每说一句话，她就感到她身上那幽深的仇恨在融化和崩溃，内心正在产生一种不可言喻的暖融融的快乐、信任和爱意。

雅韦尔出去后，马德兰先生转过身来同芳蒂娜说话，他说得很慢很慢，几乎说不出话来，就像一个严肃的人想哭却竭力忍住似的：

"我都听见了。您说的事我一点也不知道。我相信这是真的，我感觉到这是真的。我甚至都不知道您离开了我的工厂。为什么不来找我呢？这样吧：我替您还债，我派人把您孩子接来，或者您自己去找她。您可以生活在这里，也可以去巴黎，随便您。您和您的孩子由我负担。您愿意的话，可以不再干活。您需要多少钱，我都可以给您。您生活愉快了，也就重会变成正派的人。甚至，您听着，我现在就向您宣布，如果您说的都是实话，我相信是实话，那您在上帝面前从来都是圣洁的。啊！可怜的女人！"

芳蒂娜真有些承受不住了。得到珂赛特！摆脱这可耻的生活！和珂赛特在一起，过自由、富裕、幸福、正直的生活！在贫困中突然看到天堂般的生活展现在面前！她呆呆地望着那人讲话，只能"啊！啊！啊！"地发出两三声啜泣。她弯下膝头，跪在马德兰先生面前，他还没来得及阻拦，就感觉到她捧起他的手，嘴唇贴了上去。

接着，她就昏倒了。

第六卷　　雅韦尔

一　开始休养

马德兰先生叫人把芳蒂娜抬到设在他家里的医务所,把她交给那两个修女,她们把她安顿在床上。芳蒂娜发起了高烧。夜里她烧得大声说胡话,折腾到半夜,最后终于睡着了。

翌日,将近中午,芳蒂娜醒来,听到床边有呼吸声,她撩开帐幔,看见马德兰先生站在那里,正望着她头上方的什么东西。那目光饱含着同情、忧虑和哀求。她顺着他的目光望去,发现墙上钉着一个有耶稣受难像的十字架,他正在向耶稣祈祷。

马德兰先生在芳蒂娜眼里的形象从此改变了。她仿佛看见他罩在光环中。他在专心致志地祈祷。她久久凝视他,不敢惊动他。半天,她才怯生生地对他说:

"您在干什么?"

马德兰先生已在这里待了一个小时了。他在等芳蒂娜醒来。他拿起她的手,号了号脉搏,说道:

"感觉怎么样?"

"挺好的，"她说，"我睡了一觉，我觉得好一些了。不会有什么事的。"

接着，他回答她一开始提的问题，仿佛刚刚听见似的：

"我在向天上那位殉难者祈祷。"

他心里又默默地说："为了人世间的受难者。"

昨天夜里和今天上午，马德兰先生一直在了解情况。他对芳蒂娜辛酸的故事已知道得清清楚楚。他接着说：

"您吃了许多苦，可怜的母亲。啊！不要抱怨，您现在是上帝的选民了。人类就是这样造就天使的。这不是他们的错；他们不知道怎么做。您瞧，您走出的那个地狱，是进入天堂的第一步。必须从那里开始。"

他深深叹了口气。可是芳蒂娜在向他微笑，从她超凡脱俗的微笑中，可以看到少了两颗牙。

就在那天夜里，雅韦尔写了一封信，第二天早晨，他亲自把信送到滨海蒙特勒伊的邮局。信是寄往巴黎的，信封上写着：巴黎警察局长先生的秘书夏布耶先生敬启。因为警所里的那件事已传得沸沸扬扬，邮局的女局长以及其他几个人在走信前看见了这封信，并从地址上认出是雅韦尔的笔迹，便猜想这是他的辞职书。

马德兰先生立即给泰纳迪埃家写信。芳蒂娜欠他们一百二十法郎，他寄去了三百法郎，对他们说，从这笔钱中扣下欠款，让他们马上带孩子来滨海蒙特勒伊，她母亲生病，想见她。

泰纳迪埃喜出望外。"真是见鬼了！"他对老婆说，"可不能放孩子走。云雀要变成奶牛了。我猜到了。一定是哪个笨蛋迷上那母亲了。"

他连忙寄去一张精心伪造的账单，共计五百零几法郎。其中三百多法郎的两笔账单确凿无疑，一张是医生签的，另一张是药房老板签的，埃波妮和阿赛玛长期生病，他们一个给看病，一个给药。前面说过，珂赛特没有生过病。那纯粹是小小的冒名顶替。泰纳迪埃在账单下面写道："三百法郎如数收到。"

马德兰先生又立即寄去三百法郎,并且写道:"快把珂赛特送来。"

"老天爷!"泰纳迪埃说,"可不能放孩子走。"

可是芳蒂娜的病一点也不见好。她一直住在医务所里。

起初,对"这个娼妓",两位嬷嬷虽然接受并给予治疗,但心里只有厌恶。见过兰斯大教堂的浮雕的人,都会记得那些贞女是怎样撇着嘴瞅那些荡妇的。自古以来,贞女都瞧不起娼妓,这已成了女性尊严最根深蒂固的本能。那两个嬷嬷从心底里蔑视她,这种感觉又因宗教信仰而有增无已。可是,没过几天,芳蒂娜就让她们再也蔑视不起来了。她说话是那样谦恭温和,她的慈母心肠令人深深感动。一天,她发着高烧,嬷嬷听见她说:"我是个罪人,但等孩子回到我身边,就说明上帝原谅我了。我生活在罪孽中时,我不想让我的珂赛特在我身边,我受不了她又惊又愁的眼睛。可我做坏事全为了她,正因为这样,上帝才会原谅我。珂赛特来了后,我就会感觉到仁慈上帝的祝福。我要看着她,看这个纯洁的孩子对我有好处。她什么也不知道。你们看,嬷嬷,她是个天使。在这个年纪,翅膀还没有掉呢。"

马德兰先生每天来看她两次。每次她都问:

"我就要看到我的珂赛特了吗?"

他回答说:

"可能明天上午。说来就来的,我在等她。"

于是,母亲苍白的脸上容光焕发。

"啊!"她说,"我该多么幸福啊!"

刚才我们说了,她的病丝毫没有好转。相反,病情一周比一周严重。那团雪贴肉塞到了她的两个肩胛骨之间,使她突然中止出汗,这样,潜伏了多年的疾病骤然发作了。那时候,人们刚开始按照拉埃内克①的英

---

① 拉埃内克(1781—1826),法国医生。发明肺病听诊法。

明指示，研究和治疗肺部的种种疾病。医生听诊芳蒂娜的肺部后，摇了摇头。

马德兰先生问医生：

"怎么样？"

"她不是想见一个孩子吗？"

"是呀。"

"那就快把她接来吧。"

马德兰颤抖了一下。

芳蒂娜问他：

"医生说什么了？"

马德兰强作微笑。

"他说快把孩子接来。这样，您的病就好了。"

"啊！"她又说，"他说得对！可是泰纳迪埃家怎么还留着我的珂赛特？啊！她就要来了。我终于看到幸福就在眼前了。"

可是，泰纳迪埃讲了一百条歪理，就是"不肯放孩子"。说什么珂赛特有点不舒服，大冬天不宜出门。还说，在当地还有一些零星债务没还，债主逼得很紧，他正在收取发票，如此等等。

"我派人去接珂赛特。"马德兰老伯说。"需要的话，我亲自跑一趟。"

他照芳蒂娜的口述，写了一封信，并让她签上名字：

> 泰纳迪埃先生，
>
> 　　请将珂赛特交给来人。
>
> 　　欠的债，都会替您还清。
>
> 　　此致
>
> 　敬礼！
>
> 芳蒂娜

就在这时候，发生了一件严重的事。人生是块神秘的石头，我们再努力雕琢也是徒劳，命运的黑脉总会伺机而出。

二　"让"是怎么变成"尚"的

一天早晨，马德兰先生在办公室里，正忙着提前处理市政府的几件紧急公务，万一需要，他就可以去蒙费梅，这时有人进来通报，雅韦尔警探求见。听到这个名字，马德兰先生不禁心头不悦。自从警所的那场争执后，雅韦尔比以往更躲开他了，马德兰先生再没有见过他。

"叫他进来。"他说。

雅韦尔进来了。

马德兰先生仍然坐在壁炉旁，手里拿着一支笔，正在翻阅路警局的几宗违警笔录，边看边做眉批。他没有理睬雅韦尔。他不禁想起可怜的芳蒂娜，觉得应对他冷淡一些。

雅韦尔毕恭毕敬地向背朝他的市长先生鞠了一躬。市长先生没有看他，继续批他的案卷。

雅韦尔在办公室里走了两三步，然后停下来，依然没有说话。

假如这里有个相面先生，并且了解雅韦尔的性格，长期研究过这个为文明效力的野蛮人，这个由罗马人、斯巴达人、修士和下士构成的奇特混合体，这个不会撒谎的密探，这个一尘不染的暗探，假如这个相面先生知道他对马德兰先生一直心怀憎恶，知道他在芳蒂娜问题上与市长发生过冲突，现在再来观察雅韦尔，他心里就会嘀咕："发生什么事了？"只要知道雅韦尔是一个正直、透明、诚实、廉洁、严肃和冷酷的人，就会一眼看出，他内心刚刚经历了一场激烈的斗争。雅韦尔心里有事，脸上总会表现出来。就和性格粗暴的人一样，他会突然改变态度。他的脸部表情从没像现在这样奇怪和出乎意料。他进来后，就朝马德兰先生深深鞠了个躬，目光中已全无往常的仇恨、愤怒和不信任。他在离市长身后几步远的地方停了下来。现在，他就像挨罚似的站在那里，粗野，朴实，冷静，仿佛从来不知道温和，只知道耐心等待。他一声不吭，一动不动，以一种毫不矫饰的谦卑和平平静静的屈从，等待市长先生转过脸来。他沉着，严肃，帽子拿在手里，眼睛望着地上，那神情，有点像士兵见了长官，也有点像罪犯见了法官。他本来可能有的种种情绪和记忆，现已荡然无存。在他花岗岩般坚硬质朴的脸上，布满了愁容。他整个人都显露出一种屈从和坚定，以及一种难以形容的勇于面对的沮丧。

市长先生终于放下笔，半转过身来：

"说吧！什么事？有什么事，雅韦尔？"

雅韦尔若有所思似的沉默了一会儿，然后放开嗓门，忧郁而庄重地，但仍不失自然地说：

"市长先生，有人犯了罪。"

"什么罪？"

"一个下级警察严重地冒犯了一位行政长官。我是来向您汇报的，因为这是我的职责。"

"这警察是谁？"马德兰先生问。

"是我。"雅韦尔说。

"您？"

"我。"

"那么抱怨这个警察的长官又是谁呢？"

"是您，市长先生。"

马德兰先生在他的安乐椅上挺直了身子。雅韦尔神情严肃，始终低着脑袋，继续往下说：

"市长先生，我来请求您向上级提出免我的职。"

马德兰先生惊得张大了嘴巴。雅韦尔以为他要说话，忙抢着说：

"您会说，我可以自己提出辞职，可是这还不够。辞职是体面的。我犯了错误，理应受到惩罚。我应该革职。"

停了一会儿，他又说：

"市长先生，那天您对我那样严厉是不公正的。今天，您应该公正，要严厉地处置我。"

"啊！为什么？"马德兰先生大声说，"我怎么听不懂您说的话？您想说什么？您对我犯了什么罪？您对我做了什么？您有什么地方对不住我？您自己控告自己，您想辞职……"

"革职。"雅韦尔说。

"好吧，革职。很好。可我不明白。"

"您就会明白的，市长先生。"

雅韦尔深深叹了口气，继续冷静而忧郁地说：

"市长先生，六个月前，我们为那娼妓争执之后，我非常气愤，告了您一状。"

"告我？"

"向巴黎警察局。"

马德兰先生平时不比雅韦尔爱笑，听了这话，他笑了。

"告市长侵越了警察的职权？"

"告您从前是苦役犯。"

市长的脸色刷地白了。

雅韦尔没有抬头，继续说：

"我以为您从前是苦役犯。我早就有想法了。你们长得很像，您派人到法弗罗勒打听过情况，您腰部力大无比，福施勒旺老头的意外，您的好枪法，您走路有点拖沓的样子，我怎么知道，我？我真荒唐！总之，我把您当成一个叫让·瓦让的人了。"

"叫什么？……您说的是什么名字？"

"让·瓦让。二十年前我见过的一个苦役犯，那时，我是土伦监狱的副监守。那让·瓦让出狱后，好像在一个主教家里行过窃，接着，在大路上，又手执凶器，对一个萨瓦流浪儿又犯了一次抢劫。八年来，他不知怎么逃得无影无踪，警方还在找他。我以为……总之，我做了这件事！我一气之下，就向巴黎警察局告发了您。"

马德兰先生又拿起了卷宗，他以非常冷漠的口吻说：

"他们怎样回答您的？"

"说我疯了。"

"怎么样？"

"他们是对的。"

"您承认这点，很好啊。"

"我只好承认，因为真正的让·瓦让抓到了。"

马德兰先生手里的卷宗掉了下来。他抬起头，眼睛盯着雅韦尔，以难以描绘的音调"啊！"了一声。

雅韦尔继续说：

"事情是这样的，市长先生。在这一带，靠近埃利－勒－奥－克洛谢那一边，有一个叫尚马蒂厄大爷的老头。是个穷光蛋。谁也不注意他。这种人，不知道是靠什么生活的。最近，今年秋天，尚马蒂厄大爷偷了人家酿酒的苹果，被抓住了，是哪家的……这无关紧要！苹果被偷了，翻墙过去的，树枝折断了。我那个尚马蒂厄被抓住了。当时他手里还拿着苹果枝。这坏蛋关进了监狱。到此为止，这还是件轻罪。也是苍天有眼。那里的监狱情况不好，预审法官决定把尚马蒂厄转到阿腊斯，那里有省级监狱。在阿腊斯监狱，关着一个叫布雷韦的前苦役犯，为什么关在那里，我就不知道了。他因为表现好，当了囚室长。市长先生，尚马蒂厄一到，布雷韦就喊道：'嗨！这个人我认识。他是柴捆①。看看我，老头！您是让·瓦让！''让·瓦让！让·瓦让是谁？'尚马蒂厄故作惊讶。'别装蒜了。'布雷韦说。'你是让·瓦让！你在土伦监狱里待过。二十年前我们关在一起。'尚马蒂厄矢口否认。当然！这您明白。人们作了深入调查。对这事作了彻底的追究。发现了以下情况：三十年前，这个尚马蒂厄是个修树工，在好几个地方待过，在法弗罗勒待的时间最长。后来，就不知道他的去向了。过了很久，有人在奥弗涅，继而在巴黎见过他。他说，他在巴黎做造车工，有一个女儿是洗衣工，这些都还没有证实。后来，就到了这里。可是，那让·瓦让在因偷窃坐牢之前是干什么的呢？修树工。在哪里？在法弗罗勒。还有件事。这个瓦让的教名是让，他的母亲姓马蒂厄。很自然，他出狱后，就用他母亲的姓作掩饰，叫作让·马蒂厄。他去了奥弗涅。那里的人把'让'读作'尚'，于是，大家叫他尚·马蒂厄。这家伙也就顺其自然，变成了尚马蒂厄。您听明白了吧？人们到法弗罗勒作了调查。让·瓦让家的人已不在了。谁也不知道他们在哪里。您知道，这些阶层里的人，常常是一家人说不见就不见了。人们到处打听，但找不到任何线索。这些人，不是污泥，便是灰尘。再说，这些故事追溯到三十年前，在法弗罗勒，不再有人认识让·瓦让了。人们又去土伦了解情况。除了布雷韦，只剩下两个人见过让·瓦让。一个是科施帕伊，另一个是施尼迪厄，他们都被判终身监禁。人们把他们从牢里提了出来，带到了这里，让他们和所谓的尚马蒂厄对证，他们毫不犹豫。他们和布雷韦都认定他就是让·瓦让。年龄一样，他今年五十四岁，身材一样，神态一样，因此，是同一个人，就是他。就在这时候，我给巴黎警察局寄出了揭发信。他们复信说我疯了，让·瓦让明明在阿腊斯的监狱里。您想我是多么惊讶，我还以为我在这

---

① "柴捆"是俚语，即"从前的苦役犯"。

里抓住了让·瓦让哩！我写信给预审法官，他把我叫了去，让我见了尚马蒂厄……"

"怎么样？"马德兰先生打断他说。

雅韦尔一脸正气和忧郁地回答说：

"市长先生，事实就是事实。我很恼火，可他的确是让·瓦让。我也认出来是他。"

马德兰先生用很低的声音问道：

"您确信无疑？"

雅韦尔笑了，那是从坚定的信念流露出来的惨笑：

"啊，确信无疑！"

他沉默片刻，下意识地从桌上的木碗里拿出几撮吸墨水的木屑，继而又说：

"现在，我看见了真正的让·瓦让，我还是不明白我怎么会弄错的。我请求您原谅，市长先生。"

六个月前，在警所里，马德兰先生当众侮辱了他，并命令他出去；可是这个自命不凡的雅韦尔，现在竟严肃地请求他原谅，连他自己都不知道他此刻是多么的质朴和高尚。对他的请求，马德兰先生只提出了一个出乎意外的问题：

"那人是怎么回答的？"

"啊！见鬼！市长先生，这案子很严重。如果他是让·瓦让，那他就是重犯了。逾墙，折断一根树枝，偷苹果，这对孩子，是淘气行为，但对一个成人，就是违法行为，对于一个苦役犯，那就是犯罪。逾墙和偷盗，全了。那就不再是送轻罪法庭，而是要送重罪法庭。也不是蹲几天监狱，而是要罚终身苦役。再说，还有那个萨瓦流浪儿的事情，我希望他能出庭作证。见鬼！肯定要挣扎一番的，是不是？若是别人，而不是让·瓦让，肯定会这样。可是让·瓦让很奸诈。我也是从这点认出他来的。换了别人，会感到事情很严重，会坐立不安，大叫大闹，开水壶放在火上自然是要叫的，会死不承认是让·瓦让，如此等等。可他，他好像不明白是怎么回事，他说：我是尚马蒂厄，我坚持这一点。他看上去神态惊讶，他是在装傻，这更厉害。啊！这家伙够狡猾的。不过，这不要紧，证据确凿。有四个人认出他来了，老家伙肯定会判刑。已提交阿腊斯的重罪法庭了。我将出庭作证。我被传讯了。"

马德兰先生又开始工作了，他拿起了卷宗，平静地翻阅着，边看边写，就像是很忙的样子。他把脸转向雅韦尔。

"行了，雅韦尔。事实上，我对这些细节不大感兴趣。我们在浪费时间，我们有紧急的事要处理。雅韦尔，您马上去比佐皮埃老大娘家一趟，她在圣索夫街角上卖草。您让她对赶大车的皮埃尔·谢斯内隆起诉。那人粗暴成性，差点压死这个女人和她的孩子。他应受到惩罚。然后再到蒙特尔－德－尚皮尼街的夏塞莱家。他上诉说，邻居家有个檐槽，雨水滴到他家里，侵蚀他家的地基。然后，您再去弄清楚几件违警案子，有人向我揭发了，吉布街的多里寡妇家，加罗－布朗街的勒内·勒博絮太太家，要开违警通知书。瞧，我给您布置了那么多工作。您不是要离开这里吗？您不是对我说，一个星期或十天之后，您要为那件事去阿腊斯出庭作证吗……"

"比这更早，市长先生。"

"哪天？"

"我好像对市长先生说了，那案子明天审理，今天夜里我乘车前往。"

马德兰先生微微颤动了一下。

"要审理多少时间？"

"顶多一天。判决书最晚明天夜里宣读。但我不等宣读，那是铁板钉钉的事。我作完证就回来。"

"那好。"马德兰先生说。

他挥了挥手,让雅韦尔退下。

雅韦尔没有动弹。

"对不起,市长先生。"他说。

"还有什么?"马德兰先生问。

"市长先生,我是不是还有件事要提醒您?"

"什么事?"

"我应该被革职。"

"雅韦尔,您是一个正直的人,我尊敬您。您夸大了您的错误。再说,这仍然是一件涉及我本人的冒犯行为。雅韦尔,您应该升,而不是降。我要您留在您的岗位上。"

雅韦尔望着马德兰先生,在他坦率的眸子深处,似乎可以看到他那颇感茫然,但又是刻板而纯正的道德心。他语气平静地说:

"市长先生,我不同意。"

"我重复一遍,"马德兰先生反驳说,"这是我的事。"

但雅韦尔只顾顺着自己的想法往下说:

"至于说夸大,我丝毫也不夸大。您听一听我的道理。我毫无理由地怀疑您。这倒没什么。尽管怀疑自己的上级有些过分,但干我们这行的有权怀疑。可是,我揭发您是苦役犯却无凭无据,是出于一时的愤怒,是为了报仇,而您却是一个值得尊敬的人,一个市长,一个长官!这就很严重了。太严重了。我是权力的办事员,我侮辱您,就是侮辱权力!如果我的一个下属做了我做的事,我会宣布他不称职,会革他的职。是不是?——对了,市长先生,还有一句话。我一生中常常很严厉。对别人。那是对的。我没做错。现在,如果我对自己不严厉,我过去做的正确的事,也都变成不正确了。我对自己难道要比对别人更宽容吗?不!怎么!我就只会惩罚别人吗?我决不这样!否则,我岂不成了卑鄙小人了吗?那些骂我是'无赖'的人岂不骂对了吗?市长先生,我不希望您对我仁慈,那次您对别人仁慈,我是很气恼的。我不愿您对我这样。娼妓侮辱有产者,警察侮辱市长,下层的侮辱上层的,却还要宽容他们,这种仁慈,我认为是不道德的仁慈。它会使社会瓦解。我的上帝!仁慈很容易做到,难的是做一个公正的人。听着!假如您是我从前认为的那个人,我,我是不会对您仁慈的!您都看到了!市长先生,我对我自己,应该和对别人一样。当我镇压坏人、严惩无赖的时候,我常常对自己说:'你,假如你犯了错误,哪天我发现了,我就对你不客气!'我犯了错误,我发现了,活该我倒霉!那就要被辞退,被免职,被赶走!这是正确的。我有胳膊,我可以种地,我无所谓。市长先生,事业需要一个榜样。我只要求免去雅韦尔的警探职务。"

他说这番话的时候,声调是那样的谦卑、高傲、绝望和确信,使这个古怪而正直的人变得那样伟大和奇特。

"再说吧。"马德兰先生说。

他向他伸出手。

雅韦尔向后退,以粗暴的语气说:

"对不起,市长先生,不可以这样。市长是不应该和密探握手的。"

接着他又喃喃自语:

"密探,是的。自从我滥用了警权,我就只是个密探了。"

说完,他深深一鞠躬,就向门口走去。

走到门口,他又回过头,眼睛始终看着地面:

"市长先生,"他说,"没有人来换我之前,我仍会尽职的。"

他出去了。马德兰先生听着那坚定而自信的脚步在走廊上越走越远,他陷入了沉思。

第七卷　　尚马蒂厄疑案

一　辛普丽斯嬷嬷

下面读到的插曲，有的在滨海蒙特勒伊还鲜为人知，但就人们知道的那一点点，已给这个城市留下了深刻的印象。因此，若不详尽记述下来，那将是本书的一大缺憾。

在这些细节中，读者会遇到二三个令人难以置信的情节，但为了尊重事实，我们仍保留了下来。

雅韦尔来访那天的下午，马德兰先生照例去探望了芳蒂娜。

在进芳蒂娜病房之前，他叫人去喊辛普丽斯嬷嬷。在医务所里服务的两个修女，一个叫佩佩迪嬷嬷，另一个叫辛普丽斯嬷嬷。和其他从事慈善事业的嬷嬷一样，是天主教遣使会修女。

佩佩迪嬷嬷是普通的乡下姑娘，是个粗俗的嬷嬷，皈依上帝犹如就业。她做修女，和别人做厨娘没有两样。这样的人不是绝无仅有。各种修会都乐于接受这种粗笨的乡下人，不费工夫，便可培养成嘉布遣会或圣于尔絮勒会的修女。她们粗俗的气质，正好用来给上帝干粗活。牧童变成加尔默罗会修士，中间没有障碍，无须多少加工便可完成转变。乡村和修道院一样愚昧无知，这是现成的共同基础，使得乡下人和修士可以平起平坐。罩衫加宽一些，便成了道袍。佩佩迪嬷嬷是一个身强力壮的修女，家住蓬图瓦兹附近的马里纳村，一口土话，语调单调，唠唠叨叨，根据病人是笃信还是假信宗教，来决定给汤药加多少糖，对病人态度粗暴，动不动就对要死的病人发脾气，几乎把上帝摔到他们脸上，气呼呼地给他们诵读经文。鲁莽，诚实，脸色通红。

辛普丽斯嬷嬷的脸色却像白蜡一样白。她在佩佩迪嬷嬷身边，不啻教堂的白蜡烛和普通的红蜡烛在一起。圣味增爵绝妙地刻画过修女的形象，他以既自由又拘束的文字，对她们作了令人拍案叫绝的描绘："医院就是她们的修道院，租来的房间就是她们的静修室，教区的教堂就是她们的小祭室，城市的街道或医院的病房就是她们的内院，服从便是她们的围墙，敬畏上帝便是她们的栅门，简朴便是她们的面罩。"辛普丽斯嬷嬷活生生地体现了这种理想的形象。没有人能说出辛普丽斯嬷嬷的年龄；她从没年轻过，也似乎永远不会老。这个人——我们不敢说是女人——沉静，朴素，随和，镇静，从没说过谎话。她温柔得近乎脆弱，却比花岗岩还要坚固。她用纤细、纯洁和迷人的手指抚摸病人。可以说，她的语言包含着沉默，她只说必须说的话，她说话的声调，可以构筑起一间忏悔室，使沙龙里的人心醉神迷。她这种纤弱的资质，同她的粗呢袍子相辅而行，这种粗犷的联系，时时提醒人想着苍天和上帝。有一个细节要强调一下。辛普丽斯嬷嬷从没说过谎，从没为了某个利益，或不为任何利益说过一件违背事实的话，这是她与众不同的特点，是她独特的美德。这种不可动摇的诚实，使她在修会中几乎无人不知。西卡尔修道院院长在给聋哑人马西厄的一封信中谈到了辛普丽斯嬷嬷。我们再真诚，再正直，再纯洁，也会有小小的裂痕，会无恶意地撒个小谎。她却绝对不会。小小的谎言，无恶意的谎言，这存在吗？撒谎绝对是坏事；撒小谎不可能存在；撒谎就是撒谎；撒谎是魔鬼的面孔；撒旦有两个名

字，一个叫撒旦，另一个叫谎言。这就是辛普丽斯嬷嬷所想的。她这样想，便这样做。因此，前面说了，她的脸色像白蜡一样白，那白色的光辉笼罩着她的嘴唇和眼睛。她的微笑，她的目光，无不都是白色的。在这良知的玻璃窗上，没有一个蜘蛛网，没有一粒灰尘。她加入圣味增爵的遣使会时，特意选择了辛普丽斯的名字。众所周知，西西里岛有个圣女叫辛普丽斯，生在锡拉库萨，她宁愿让人割掉乳房，也不愿说她生在塞杰斯塔，而撒这个谎本可以救她的。辛普丽斯的心灵与这个主保圣女一脉相承。

辛普丽斯嬷嬷加入遣使会时，有两个缺点，一是爱吃甜食，二是喜欢收到信，她都渐渐克服了。她从来只读一本书，是大字体的拉丁文祈祷书。她不懂拉丁文，但却看得懂这本书。

这个虔诚的修女很喜欢芳蒂娜，可能从她身上感到了潜在的美德，对她的照料可谓尽心尽力，几乎全部精力都用在她的身上。马德兰先生把辛普丽斯嬷嬷叫到一旁，嘱咐她好好照料芳蒂娜，嬷嬷后来才想起，马德兰先生当时说话的语气好奇怪。他离开嬷嬷后，就去看芳蒂娜。

芳蒂娜天天盼着马德兰先生来看她，就像盼望温暖而快乐的阳光。她常对两个嬷嬷说：

"只有马德兰先生在我身边时，我才活着。"

那天，她烧得很厉害。她一见马德兰先生，就问他：

"珂赛特呢？"

他微笑地回答：

"快来了。"

马德兰先生对芳蒂娜仍和往常一样。不同的是，平时只待半小时，这次待了一个小时，芳蒂娜高兴极了。他向大家千叮万嘱，不要让病人缺少什么。大家注意到，他的脸色一时突然变得很阴郁。但是，后来听说医生曾在他耳边对他说过"她非常虚弱"，大家也就得到了解释。

看完芳蒂娜，他回到市政府，侍者看见他专心研究挂在办公室墙上的一张法国公路图。他用铅笔在一张纸上写了几个数字。

二　敏锐的斯科弗莱师傅

他出了市政府，就朝城市的另一头走去，他要去一个佛兰德斯人的家里。那人叫斯科弗埃师傅，变成法文就是斯科弗莱。他出租马匹和马车，说是"马车随意租用"。去斯科弗莱家里，最近的路是一条僻静的街道，马德兰先生所在教区的本堂神甫就住在那条街上。据说，那神甫是个高尚和值得尊敬的人，能给人排忧解难。马德兰先生经过本堂神甫家门口时，街上只有一个行人。那人注意到，马德兰先生走过神甫家门口后，停下来，站了会儿，又往回走到门口。那是独扇大门，有个铁门环。他猛然抓住门环，拿起来想敲门的样子，却戛然停下，仿佛在思考，过了几秒钟，他轻轻放下门环，而不是任其大声落下，然后继续赶路，步伐比先前急促得多。

马德兰先生到了斯科弗莱家，他正在补马具。

"斯科弗莱师傅，"他问道，"您有一匹好马吗？"

"市长先生，"佛兰德斯人说，"我的马全是好马。您说的好马是指什么？"

"一天能走二十里。"

"喔唷！"佛兰德斯人说，"二十里！"

"对。"

"套上篷式双轮车？"

"对。"

"跑完休息多少时间？"

"必要时，第二天又得启程。"

"原路返回？"

"对。"

"喔唷！喔唷！还要走二十里？"

马德兰先生从兜里掏出那张写了数字的纸头，让佛兰德斯人看。上面写着：5，6，8.5。

"您看，"他说，"一共十九又二分之一里，也可以说是二十里。"

"市长先生，"佛兰德斯人又说，"我有您需要的马。那匹小白马。您应该见过。是下布洛内地区的小种马。那可是匹烈马。起初人家想把它训练成坐骑。嘿！它尥蹶子，把骑它的人全摔在地上。他们认为它不好驾驭，不知怎么办。我把它买下了。我让它拉车。先生，它就愿意干这个。它像姑娘一样温柔，跑得像风一样快。啊！就是不能骑在它身上。它不想当坐骑。人各有志嘛。拉车，行，给人骑，不行。相信它心里是这样说的。"

"它跑得快吗？"

"您那二十里。一路小跑，不要八个小时就跑完了。但有几个条件。"

"请讲。"

"首先，半路上让它休息一小时，喂它些东西，得在旁边看着，不要让客店的伙计偷它的燕麦。因为我注意到，在客店里，喂马的燕麦，常被马厩伙计拿去换酒吃。"

"会有人在场的。"

"第二……这车是市长先生用吗？"

"对。"

"市长先生会驾车吗？"

"会。"

"那好,市长先生必须一个人旅行,不带任何行李,以免给马加重负担。"

"行。"

"可是,市长先生,没有人和您一起去,您就得亲自看管燕麦了。"

"可以。"

"一天得付我三十法郎。休息的日子也照付。一分钱也不能少。牲口的食料由市长先生负担。"

马德兰先生从钱包里拿出三枚拿破仑金币,放在桌上。

"预付两天的。"

"第四,跑这样长的路,用篷式双轮车太重,马会吃不消的。市长先生得同意坐一辆轻便小车。"

"同意。"

"车倒很轻,可那是敞篷的。"

"无所谓。"

"市长先生考虑过现在是冬天吗……"

马德兰先生不作回答。那佛兰德斯人接着又说:

"想过天气很冷吗?"

马德兰先生仍然沉默不语。斯科弗莱师傅继续说:

"下雨怎么办?"

马德兰先生抬起头,说:

"车和马明早四点半到我家门口。"

"一言为定,市长先生。"斯科弗莱答道。接着,他一边用大拇指甲刮着桌面上的一块污迹,一边用佛兰德斯人特有的狡黠而又漫不经心的神态说:

"我想起了一个问题!市长先生没给我说去哪里。市长先生去哪里呀?"

从谈话一开始,他就只想这件事,但不知为什么没敢问。

"您的马前腿有劲儿吗?"

"当然,市长先生。下坡时,得勒住它点。您去的地方,有很多下坡路吗?"

"别忘了明早四点半准时到我家门口。"马德兰先生回答,说完就走了。

那佛兰德斯人,正像他自己后来所说的那样,"傻乎乎"地愣在那里。

市长先生走了两三分钟,大门又开了。是市长先生。

他依然面无表情,却心事重重。

"斯科弗莱先生,"他说,"您租给我的那匹马和那辆车,马带着车,一共值多少钱?"

"是马拖着车,市长先生。"佛兰德斯人纵声大笑。

"好吧。多少?"

"市长先生想买下来吗?"

"不,我是想给您一笔保证金,以防万一。我回来时,您如数还给我。车和马估计要多少钱?"

"五百法郎,市长先生。"

"这是五百法郎。"

马德兰先生把一张钞票放在桌上,然后走了,这次没有再回来。

斯科弗莱先生后悔没说一千法郎。其实,那马和车,总共只值一百埃居。

佛兰德斯人叫来妻子,把事情前后说了一遍。市长先生会到什么鬼地方去呢?夫妻俩进行了讨论。妻子说:"他去巴黎。"丈夫说:"我想不是。"马德兰先生把写着数字的那张纸忘在桌上了。佛兰德斯人拿起纸,琢磨起来。"五,六,八又二分之一?这大概是驿站。"他转身对妻子说:"我知道了。""什么?""从这里到埃斯丹是五里,埃斯丹到圣波尔是六里,再到阿腊斯是八里半。他去阿腊斯。"

这时，马德兰先生已回到家里。

从斯科弗莱师傅家回来，他绕道而行，仿佛本堂神甫家的大门对他是个诱惑，他想避开似的。他上了楼，进了卧室就闭门不出。这没什么，因为他经常早早就睡了。可是，工厂的女门房，也是马德兰先生唯一的女仆，注意到他房间的灯八点半就熄了，她把此事告诉了从外面回来的出纳员，还说：

"市长先生是不是病了？我觉得他神态怪怪的。"

这出纳员的房间正好在马德兰先生的下面。他对女门房的话没有在意，躺下就睡着了。将近半夜，他突然醒了，迷迷糊糊地听见上头有声音。他听了听。那是来回走动的脚步声，好像楼上的房间里有人在走动。他侧耳细听，听出是马德兰先生的脚步声。他感到很奇怪。往常，马德兰先生起床前，他的房里是没有一点声响的。过了一会儿，他听到像是衣橱开闭的声音。接着，一件家具挪动了一下，随后是一阵寂静，接着又是脚步声。出纳员坐了起来，他完全醒了。他四下张望，透过玻璃窗，依稀看见有扇亮着灯光的窗子投在对面墙上的红色反光。从光照方向看，只能是马德兰先生房间的窗子。那反光颤颤悠悠，与其说来自灯光，不如说来自火光。玻璃窗框的影子没有显出来，这说明窗是开着的。天气那样寒冷，可还开着窗子，真令人纳闷。出纳员又睡着了。一两个小时后，他又醒了。他仍听见那缓慢而匀称的脚步声，一直在他头顶上走来走去。

对面墙上仍有反光，但现在是淡淡的，静静的，就像是一盏灯或一支蜡烛的反光。窗子依然敞开着。

下面就来谈谈马德兰先生房间里发生的事。

三　脑海里波涛汹涌

读者想必已猜到，马德兰先生正是让·瓦让。

我们审视过他的内心深处，现在有必要再来看一看。我们做这件事时，心里不能不激动，不能不发颤。没有比探测人的内心更可怕的事了。思想的视线在任何地方都不如在人的身上遇到更多的光明和黑暗；在凝视的事物中，没有比人的内心更可怕、更复杂、更神秘和更无边无际的东西。有一种景致比海更浩瀚，那就是天空；有一种景致比天空更无垠，那就是人的内心世界。

将人的内心世界写成诗，哪怕只写一个人，哪怕只写最微不足道的人，那也是将所有的史诗融进一首卓越而最终的史诗中。人的内心，是妄念、贪欲和企图之浊地，梦幻之熔炉，恶念之巢穴，诡辩之魔窟，激情之战场。在某些时候，你不妨穿过一个沉思者的苍白面孔，看一看面孔的后面，研究一下这个灵魂，探测一下这个黑暗，可以看到，在平静的外表下面，有荷马史诗中的巨人大搏斗，弥尔顿诗中的龙蛇鬼怪大混战，但丁诗中的缭绕上升的幻象。人人内心皆有的这种无限，实在是幽深莫测！人的大脑的愿望和一生的行动，无可奈何地均由它来衡量。

有一天，但丁遇到了一扇阴森可怖的门，他犹豫了。我们面前也有这样一扇门，我们也犹豫了。不过，我们还是进去吧。

对于让·瓦让在小热尔韦事件后的经历，读者已知道了，我们没什么要补充的。从那时起，正如大家看到的，他变了个人。迪涅主教对他的愿望，他都不折不扣地做到了。这不只是转变，而且是脱胎换骨。

他成功地销声匿迹了。他卖掉了主教的银器，只留下两个烛台作纪念。他从这个城市走到另一个城市，穿过法国，最后来到滨海蒙特勒伊，想出了我们讲过的主意，完成了我们说过的业绩，最终变成了一个抓不住、难接近的人，在滨海蒙特勒伊定居下来，常常回忆伤怀的往事，感到可用后半生来弥补前半生的缺憾，不禁也觉欣慰，过着平静安定的生活，对未来充满了信心，心里只有两个念头：隐姓埋名，圣洁生命；避开世人，皈依上帝。

这两个想法在他的头脑里密不可分，最终合二为一；两个想法都很强烈，都要人全神贯注，支配着他的一切行动。通常，它们协调一致，控制着他的日常行为，让他无声无臭，仁慈质朴，给予他同样的忠告。但有时它们之间也有冲突。这时候，大家都记得，这个被全滨海蒙特勒伊市叫作马德兰先生的人，决不会为了前者而牺牲后者，为了安全而牺牲美德。所以，尽管他临深履薄，谨小慎微，他仍保存着主教的烛台，为他服丧，把所有过路的萨瓦流浪儿叫来问一问，向法弗罗勒镇的乡亲打听情况，不顾雅韦尔的含沙射影，救福施勒旺一命。正如我们所看到的那样，他似乎以一切圣贤仁人为榜样，认为他的首要职责不是为了自己。

不过，应该说，这样的事从没出现过。在这个历尽苦难的不幸人身上，这两个起支配作用的思想，还从没展开过像现在这样严肃的斗争。从雅韦尔来到他办公室后讲的最初几句话中，他就隐隐约约但又是非常深刻地意识到，他的内心将有一场严肃的斗争。当他听到雅韦尔奇怪地提到那个深埋的名字，他就惊呆了，仿佛被他离奇多舛的命运弄得晕头转向，他在惊愕之中，浑身打了个颤，这是巨大震动的前奏。他像一棵橡树面临一场风暴、一个士兵面临一场激战那样弯下了腰。他感到头顶上乌云密布，即将雷电大作。他在听雅韦尔说话的时候，第一个想法，便是跑去自首，救尚马蒂厄出狱，自己去坐牢。那是一种钻心之痛。接着，这一切都过去了，他又对自己说："不要急！再想想！"他克制了这最初的勇敢的冲动，在英雄主义面前却步了。

这个人，经过主教神圣的指点，多少年来一直生活在忏悔和忘我之

中，修身赎罪，改邪归正，已有一个良好的开端；即使面临如此可怕的逆境，若能做到毫无闪失，仍以同样的步伐向天国底下的深渊前进，那当然是壮丽的举动。这可能很壮丽，但事实并非如此。我们应该汇报一下在他灵魂深处发生的事，也只能是有什么谈什么。最先占上风的，是保存自己的本能。他急忙集中思想，抑制冲动，正视雅韦尔这个巨大的危险，恐惧而坚定地推迟作出决定，只考虑自己该怎么做，最后恢复了平静，就像斗士又捡起了防御的盾牌。

那天余下的时间里，他一直处于这种状况下，外表平平静静，内心却翻江倒海。他采取的是所谓"保全自己的办法"。他头脑里乱糟糟的，各种想法互相冲突，乱成一团，他都分不出来了，说不清楚自己有什么想法，只知道刚才被猛击了一下。他同往常一样，来到芳蒂娜的病榻旁，出于善良的本能，在她身边多待了一会儿，心想他应该这样做，应该把她好好托付给两个嬷嬷，万一他离开几天时好有人照顾她。他朦朦胧胧地感到也许应该去一趟阿腊斯，虽然尚未下决心，但他心里想，既然没有任何人怀疑他，不妨去那里观看审判，于是，他租了斯科弗莱的马车，以备不时之需。

他吃晚饭时，胃口相当不错。

回到卧室，便开始沉思默想。

他审视目前的处境，感到空前的严重，真是前所未有，因此，他在沉思中，突然感到一种莫名其妙的忧虑，蓦然从椅子上站起来，去给房门上了闩。他担心会有什么东西闯进来。他紧闭房门，以防不测。

过了一会儿，他吹灭了蜡烛。亮光使他不自在。

他觉得有人会看见他。

有人，是谁？

唉！他欲拒之门外的，早已进来了；他想蒙住眼睛的，正瞪大了眼睛在看他。那是他的良心。

他的良心，就是上帝。

然而，起初，他还有幻想。他感到很安全，房间里只有他一个人；门闩一插上，他就以为坚不可摧了；蜡烛一熄灭，他就感到没人看见了。这样，他就占有了自己，双肘放到桌子上，手托着脑袋，在黑暗中沉思默想起来。

——我是怎么啦？——我不是在做梦吧？——有人对我说什么了？——我真的看见雅韦尔了吗？他真的对我说那些话了吗？——那尚马蒂厄会是什么人呢？——他真的像我吗？——这可能吗？——昨天我还那样平静，毫无感觉！——昨天的现在我在干什么？——这件事中有什么问题？——会是什么结局？——我怎么办？

可以看出，他是多么烦躁不安。他的大脑已失去控制，各种思绪犹如波涛，在他的脑海里翻腾，他用双手捧住脑袋，想让思潮平息下来。

这汹涌的思潮，扰乱了他的意志和理智，他想理出个头绪，以便好下决心，可是，除了忧虑，一无所获。

他脑袋发热。他走到窗口，打开窗子。天上没有星星。他又回来坐到桌子旁。

第一个小时就这样过去了。

然而，在他的脑海中，渐渐有了一些模糊的轮廓，并且慢慢固定了下来，虽然看不到全貌，但有些细节看得比较清楚了。

他开始认识到，不管情况多么奇异，多么危急，他完全能够控制局面。

他越来越惊恐不安。

直到这一天，他所做的一切，除了为实现他给自己的行动规定的严肃而认真的目标外，全都是为了挖一个洞，把自己的名字埋进去。当他反省的时候，在那些不眠之夜，他最怕的就是有一天可能听到这个名字，他认为那样他的一切也就完了；这个名字重现的那一天，他周围的新生活，甚至，谁知道呢，他内心新生的灵魂，都会毁于一旦。他一想到有这个可能，就不寒而栗。在那些时候，若有人对他说，终有一天，这个名字会在他耳畔响起，让·瓦让这几个丑恶的字会突然走出黑暗，矗立在他面前，那道强烈的光会骤然在他头顶上闪烁，把笼罩着他的神秘面纱揭开；不过，这个名字可能对他不构成威胁，这道光也许会使黑暗变得更黑暗，这个揭开的面纱会使神秘变得更神秘，这场地震会使大厦变得更坚固，这个异常的变故，如他愿意的话，结果可能只会使他的生活更透亮，同时又更不可捉摸，当他同让·瓦让的幽灵较量时，马德兰先生，这个善良而高尚的有产者，会比任何时候更荣耀、更平静、更令人尊敬——若是有人对他这样说，他会摇摇头，认为那是胡言乱语。真可惜！这一切恰恰发生了，这一堆不可能的事，已成为现实，上帝让这些荒诞的事变成了真事！

他的思路越来越明朗。他对自己的处境越来越清楚。

他仿佛刚从难以描绘的睡眠中苏醒，在漆黑的深夜，站在一个深渊边上瑟瑟发抖，正从一个斜坡滑下去，他想后退，却是徒劳。在黑暗中，他清晰地看见一个不认识的人，一个陌生人，命运把那人错当成他，要将那人推向深渊。要使深渊合上，就得有人落下去，不是他，便是另一个人。

他只好听天由命。

事情十分清楚了。他默默承认，他在苦役牢里的位置还空着，他怎么做也是徒劳，那位置始终在等着他，抢劫小热尔韦又把他带回那里，这空着的位置等着他，拉着他，直到他进去，这是无法躲避的，是命中注定。继而他又想，现在他有了个替身，好像有个叫尚马蒂厄的人被这倒霉事缠上了，而他，从今以后，他在苦役牢里有尚马蒂厄给他当替身，在社会上他叫马德兰先生，他可以高枕无忧了，除非他加以阻止，否则，那块耻辱的石头一旦砌在这尚马蒂厄的头上，就会像墓石，永世不得翻身。

这一切是那样猛烈，那样奇特，他内心骤然涌起一种难以名状的冲动；这种冲动，人一辈子只会经历两三次；那是一种良心的痉挛，搅动着他心中所有可疑的东西，那是嘲笑、快乐和绝望的混合物，可叫作内心的狂笑。

他突然点亮蜡烛。

"怎么！"他对自己说，"有什么好害怕的？干吗要这样想？我得救了。一切都结束了。我的过去，本来也只能从一扇微开着的门里闯进我的生活，现在这扇门已堵上！永远地堵上了！这个长久以来扰得我寝食不安的雅韦尔，这种似乎而且确实已猜出我真实身份、无处不跟踪我的可怕本能，这条时刻不放过我的可恶猎犬，现在已迷失了方向，转移了目标，完全被甩掉了！他已抓到了让·瓦让，从此他满足了，不会再来打搅我了！也许他会离开这个城市，谁知道呢！况且，这一切与我毫无关系，我一点也没有责任！这个！这有什么不妥的呢！要是现在有人看见我，我敢保证，会以为我发生了什么倒霉事呢！总之，假如有人要遭殃的话，跟我毫无关系。这一切都是上帝的安排。显然，是他要这样的！他安排好的事，我有权干扰吗？我现在还要求什么呢？我干吗要管这个闲事？这和我没有关系。怎么！我不高兴！我到底要什么？我多年憧憬的目标，就是太太平平，这是我梦寐以求的，我向上苍祈祷的也是这个，现已唾手可得！这是上帝的意愿。我不能违背上帝的意愿。为什么上帝愿意这样？为了让我继续我业已开始的事业，让我行善，让我有朝一日成为激励人心的伟大榜样，让我的苦行赎罪和改邪归正最终得到一点善报！我真不明白，今天下午，我为什么不敢到那位正直的本堂神甫家去，向他坦白一切，叙述一切，聆听他的忠告，他肯定也会对我说这些话的。就这样决定了。顺其自然！听从上帝的安排！"

他俯身凝视内心的深渊，在心灵深处这样对自己说。他从椅子上站起来，开始在房内来回踱步。

"行了，"他说，"不要多想了。就这样定了。"

可是，他丝毫也不感到快乐。恰恰相反。

人的思想总会回到同一个问题，正如海水总会返回海岸，这是不可阻挡的。对于水手来说，这叫潮汐，对于罪犯来说，这叫作悔恨。上帝会在你的心里掀起波涛，正如在大海上掀起波涛一样。

过了一会儿，他忍不住又开始了阴郁的独白，自己说给自己听，说他不想说的事，听他不想听的话，屈服于一种神秘的力量。那神秘的力量对他说："想一想！"正如两千年前，它对另一个判了罪的犯人说"向前走！"一样。

在继续往下讲之前，为了让大家更清楚，有必要强调一个看法。

人肯定会有内心独白，大凡有思想的人都有过体验。甚至可以说，言语只有在人的内心深处在思想和意识之间来回踯躅，才显得更加神秘。这一章里反复出现的"他说，他喊"等字眼，应该从这个意义上去理解。人们自言自语，同自己说话，对自己大喊大嚷，可是外表依然风平浪静。内心沸反盈天，所有的器官都在说话，唯嘴巴例外。心里所想的事实，尽管看不见，摸不着，但仍然是事实。

因此，他问自己到底是怎么想的，他所"下的决心"究竟对不对。他向自己承认，刚才他在心里所作的打算，是极其丑恶的，说什么"顺其自然，听从上帝的安排"，实在是可怕之极。明明是命运和人犯了错误，却听之任之，不加阻止，保持沉默，袖手旁观，其实，这是最积极的参与！是登峰造极的卑鄙和虚伪！是一种怯懦、卑劣、阴险、下流和丑恶的罪行！

刚才，这个不幸的人尝到了干坏事的苦涩滋味。八年来这是第一次。

他厌恶地吐了出来。

他继续扪心自问。他严厉地责问自己，"我的目的已达到"指的是什么。他承认他的人生确实有一个目的。但这个目的是什么呢？隐姓埋名，欺骗警察？难道他所做的一切，就为了这区区小事？难道他没有另一个目的，一个伟大的、真正的目的？拯救他的灵魂，而不是躯体。重新变得正直和善良。做一个善人！这不就是主教给他规定的、他自己一直向往的唯一目标吗？——将往事的大门关闭！可是，伟大的上帝！这扇门他是关不上的！他在做一件不光彩的事时，又把大门打开了。他又在成为盗贼，而且是最卑鄙的盗贼！他在盗窃另一个人的存在、生命、安宁，盗窃那人在阳光下的一席之地！他变成了杀人犯！他在杀人，在精神上把一个可怜的人杀死，让他遭受牢狱之苦，那是生犹如死的可怕生活，是在地上而不是在地下的死亡！相反，他去自首，把那个蒙受不白之冤的人救出来，恢复自己的名字，理所当然地变成苦役犯让·瓦让，这才是真正的复活，才能真正走出地狱，永远关上地狱之门！看似重进地狱，却是脱离地狱！必须这样做！不这样做，等于前功尽弃！他的一生等于白活，他所有的忏悔都是徒劳，就只能说，既知今日，何必当初？他感到主教就在他身边，主教死了，却比活着的时候更存在，主教睁大了眼在看他，从此，尽善尽美的马德兰先生，在他眼里会变得十恶不赦，而那苦役犯让·瓦让，在他面前却是纯洁无瑕，可敬可佩。别人看见的是他的面具，主教看见的是他的面孔。别人看见他的生活，主教却看见他的内心。因此，他得去阿腊斯，救出假让·瓦让，揭发真让·瓦让！唉！那是最大的牺牲，最凄怆的胜利，要跨的最后一步，但必须这样做。痛苦的命运！他要在上帝面前变得圣洁，就不得不在世人面前重新变得令人厌恶。

"那么，"他说，"就这样决定了！去尽我们的责任！把那个人救出来！"

他大声说道，却没意识到声音这样大。他拿起账本，核对后一册册摆好。他把拮据的小商人们向他借的一摞债券扔进火中烧掉。他还写了一封信，封好口；假如当时有人在他房里，就会看到信封上写着：巴黎阿图瓦街，银行家拉斐特先生收。

他从写字台里取出一个皮夹子，内有几张钞票和那年他参加选举用的身份证。

他在做这些事的时候，满腹心事，满面沉思，谁见了都不会猜出他的心事。只是有时候他动动嘴唇，还有些时候，他抬头凝视墙上某个地方，仿佛那里有他想弄清或询问的东西。

给拉斐特的信写完后，他把它和那个皮夹子一起放进兜里，又开始在房里踱步了。

他仍顺着原来的思路默想。他依然清楚地看到他该做的事，几个光辉灿灿的字，在他眼前闪闪发光，随着他的目光移动："去吧！去说出你的名字！去自首吧！"

他也看到一直被他视作行动准则的两个想法：隐姓埋名；圣洁灵魂。这两个想法仿佛化作有形的东西，在他面前运动。他第一次把它们分得清清楚楚，看到了二者之间的差别。他认识到，这两个想法，其中一个必然是好的，而另一个却可能变坏；一个利人，另一个利己；一个嘴上挂的是他人，另一个张口闭口是自己；一个来自光明，另一个来自黑夜。

它们在搏斗，他在观看它们搏斗。随着思考的深入，他看见那两个想法变大了，现在有了高大的身躯，他仿佛看见，在他的内心，在前面谈到的无限中，在黑暗和微光中，一个仙女在同一个女魔进行搏斗。

他惶恐不安，但他感到好的想法占上风。他的良心和命运又到了另一个决定性关头；主教标志着他新生命的第一阶段，而尚马蒂厄标志着第二阶段。严重的危机之后，接踵而来的便是严重的考验。

可是，他思想刚平静不久，又慢慢焦躁不安起来。脑海里又翻腾起万千思绪，但越想决心越坚定。

有一会儿，他对自己说，他在这件事上可能太心急了，那尚马蒂厄毕竟不值得关心，他确实偷了东西。接着，他又回答自己：即使那人偷了几个苹果，坐一个月牢足够了。根本谈不上做苦役。再说，谁知道他偷没偷？有证据吗？让·瓦让的名字压在他头上，似乎就不要证据了。检察官们不是常常这样做吗？人们知道他是苦役犯，便认定他是小偷了。

还有一会儿，他闪过一个念头，他想他去自首后，他们也许会考虑他这个非常英勇的行动，考虑他七年来的正直生活，以及他为当地人民做的好事，说不定会宽恕他。

但这个假设很快就破灭了。他想，他抢了小热尔韦四十苏，便是惯犯了，这件事肯定会提出来，根据法律的明确条款，他就要终身服苦役。

他抛弃一切幻想，渐渐摆脱对尘世的留恋，到别处寻找慰藉和力量。他对自己说，应该履行自己的责任，履行责任后，他也许不会比逃避责任后更感到痛苦，如果"顺其自然"，继续待在滨海蒙特勒伊，他受到的器重，他的名声，他做的好事，人们对他的敬重和敬仰，他的慈善事业，他的财富，他的威信，他的美德，就会被一种罪恶所玷污；所有这些圣洁的东西，同那种丑恶的东西缠在一起，那会是什么滋味！如果他牺牲自己，蹲班房，绑在木桩上，背枷锁，戴绿囚帽，干无尽的苦活，受无情的羞辱，那他就会有圣洁的思想！

最后，他对自己说，他必须这样做，这是命中注定的，他无权改变上天的安排，无论如何，他必须作出抉择：要么外表品德高尚，内心十恶不赦；要么内心光明磊落，外表令人厌恶。

无数凄楚的想法在他的脑海里翻腾，虽然他的勇气没有减弱，但他的脑子疲劳了。他不由自主地想起别的无关紧要的事来。

他的太阳穴跳得很厉害。他不停地走来走去。十二点的钟声敲响了，先是教堂，接着是市政府。他数着两个时钟各敲响的十二下，比较着两个钟楼的声音。这时,他想起几天前,在一个旧铁器商那里,看到了一个待出售的旧钟,上面写着这样的名字:罗曼维尔的安托万·阿尔班。

他感到有点冷。他生起了火。他没想到关窗。可是,他的脑子又转不起来了,竟想不起前半夜想了些什么,费了很大的劲才想起来。

"啊!对,"他对自己说,"我决定去自首了。"

突然,他想起了芳蒂娜。

"啊!"他说,"那可怜的女人怎么办!"

这时,他又陷入了激烈的思想斗争。

芳蒂娜犹如一道光,突如其来地出现在他的沉思中。他感到周围的一切都变了。他大声对自己说:

"啊!我一直只想我自己!只考虑我该怎么办!沉默还是自首,隐姓埋名还是拯救灵魂,做一个值得鄙视却受人尊敬的市长,还是受人鄙视却值得尊敬的苦役犯,考虑来考虑去,都围绕着我,始终是我,摆脱不了我!我的上帝,这完全是自私自利!这是自私自利的不同形式,但毕竟是自私自利!是不是也要为别人考虑考虑?最神圣的事,就是为别人着想。我们来好好看一看。将我排除在外,让我消失,把我忘记,结果会是怎样呢?——假如我去自首?我就会被抓起来,那个尚马蒂厄会释放,我又要做苦役,这很好。然后呢?这里会不会有问题?啊!这里有一方土地,有一个城市,有工厂、工业、工人,有男女老少,有穷人!我创造了这一切,养活了这一切;哪里烟囱冒烟,都是我把木炭放进火里,把肉放进锅里的;我让城市变得富裕,让货币流通,建立了信用贷款;在我之前,什么也没有;我振兴、复活、推动、丰富、刺激、繁荣了整个地区;少了我,就少了魂。我走了,一切都完了。——还有那个女人!她吃了那么多苦,在堕落的时候,仍有那么多高贵的品质;她的所有不幸都是我无意中造成的。还有那个孩子!我本来打算去找她的,我已给母亲作了承诺。我难道不要为这个女人做点什么,弥补我带给她的痛苦吗？我走了，会发生什么呢？母亲会死去。孩子会流落街头。我去自首，就会有这个后果。——假如我不自首呢？我们来看一看，假如我不自首，会怎么样？"

他提出这个问题后，一时没作回答，似乎犹豫了，颤抖了。但这很快就过去了，接着，他又平静地回答自己说：

"那个人肯定要去做苦役，可是，见鬼！他偷东西了呀！我对自己说他没偷也白搭，他毕竟偷了！我还是留在这里吧，我，继续干我的事。十年后，我可以赚到一千万，我把钱全分发给当地，我自己分文不留，那有什么关系？我赚钱不是为了我自己！大家会越来越富裕，工业会复苏和振兴，工场和工厂会纷纷建立，千百个家庭会过上幸福的生活；人口会增加，只有几户农家的地方会出现村镇，没有人烟的地方会出现农庄；贫困会消失，放荡、卖娼、偷窃、谋杀等一切恶行，一切罪行，也会随之消失！那可怜的母亲就可以抚养她的孩子！整个地区都过上富裕和正派的生活！啊！我刚才怎么会想去自首？我真是疯了！我太荒唐了！要谨慎，真的，不要性急。怎么！就因为我想显示自己的伟大和慷慨，——就像在演戏似的！——就因为我只考虑我自己，考虑我个人，怎么！就为了救一个人，一个小偷，一个显而易见的坏人，为了不让他受惩罚（那样的惩罚也许太重了些，但毕竟是正确的），难道就为了这些，要让整个城市完蛋吗？要让一个可怜的女人死在医院里？让一个小孩子死在街头？和狗一样！啊！这太惨了！甚至母亲见不到女儿！孩子几乎不认识母亲！而这一切，全都为了一个偷苹果的老恶棍！这个人即使不为这件事，也一定会为别的事坐牢的！我这样瞻前顾后，却为救一个罪人，而牺牲许多无辜的人，为救一个没几年活头、蹲监狱不比在他的破屋里痛苦多少的老流浪汉，却牺牲整个地区的人民、母亲、妇女、孩子！那可怜的小珂赛特，她在世上只有我一个人，此刻一定在泰纳迪埃家的破屋里冻得浑身发紫！再说，那家的人多么卑鄙无耻！我将不能再对这些可怜人尽自己的责任！我怎么能去自首！怎么能干如此愚蠢的傻事！我们作最坏的打算吧！假定我的做法对我来说是不道德的，有一天，我会因此而受到良心的谴责，那么，为了别人的利益而接受人们对我个人的谴责，不顾自己的灵魂而做这件不道德的事，这才叫鞠躬尽瘁，这才叫光明磊落。"

他站了起来，开始来回踱步。这次，他似乎感到很满意。

钻石要到地底下才能找到，真理只能在思想深处才能发现。他下到了最深处，在最黑暗的地方摸索了许久，他感到自己似乎发现了一颗钻石，一个真理。他捧在手中，凝望着它，觉得眼花缭乱。

"是的，"他想，"就这样。我这样想是对的。我找到了办法。最后总得有个说法。我主意已定。顺其自然吧。不要再犹豫，再后退了。这是为了大家的利益，而不是为了我自己的利益。我是马德兰，我今后仍是马德兰。让那个让·瓦让倒霉吧！那已不再是我了。我不认识这个人，我不再知道是怎么回事了，假如这时候有人做了让·瓦让，就让他自己去对付吧！这和我没有关系。那是个不祥的名字，它在黑夜里飘荡。如果它停下来，落到某个人头上，那就活该他倒霉！"

壁炉上有一面小镜子，他对着镜子照了照，说：

"瞧！下了决心后，我心里轻松多了。我现在换了个人。"

他又走了几步，然后戛然停住：

"干吧！"他说，"决心已定，不管有什么后果，都不该犹豫。我和让·瓦让有着千丝万缕的联系。要把它们斩断！这里，就在我这间卧室里，有些东西对我很不利，那些不会说话的东西，可能成为证据，干脆，把它们全部销毁。"

他在衣兜里摸了摸，掏出钱包，把它打开，从里面拿出一把小钥匙。他把钥匙插进一把锁中，锁孔几乎看不见，因为墙上裱着纸，锁孔的颜色同墙纸图案的颜色差不多。一层夹壁打开了，那是一种假壁橱，夹在墙角和壁炉台之间。里面只有几样破烂东西：一件蓝粗布罩衣、一条旧长裤、一个背包、一根两端包了铁的疙疙瘩瘩的粗棍子。一八一五年十月看见让·瓦让经过迪涅的人，不难认出这套寒酸的衣物。

他保存这些东西，如同保存银烛台一样，是为了永志不忘他是如何起步的。不同的是，他把从牢里带出来的东西深藏起来，而把主教给他的东西放在外面。

他偷偷朝房门睃了一眼，仿佛害怕插上门闩的房门会自动打开。然后，他敏捷地一把抱起所有的东西，把那些破衣服、棍子、背包统统扔进火里，对这些他不顾危险当作圣物保存了多少年的东西，连看也不看一眼。

他关上假壁橱，为了谨慎起见——其实无此必要，里面已空无一物——他又推上一件大家具，遮住橱门。

几秒钟后，他的房间及对面的墙上，被颤动的红色反光照亮。那些东西在燃烧。棍子烧得噼里啪啦，火星直散到房间中央。

那背包以及里面的破衣服化为灰烬，露出一个亮晶晶的东西。假如俯下身子，不难看出是一枚银币。大概是从萨瓦流浪儿那里抢来的那枚四十苏的银币吧。

他却不看火，一直以同样的步伐走来走去。蓦然，他的视线落在壁炉上的两个银烛台上，火光映得它们隐隐闪亮。

"哎呀！"他想，"让·瓦让的所作所为全在里面哪。也得把这销毁。"

他拿起两个烛台。炉火仍然很旺，它们很快便可烧得变形，烧成一个不可辨认的银块。

他向炉子俯下身子，烤了一会儿火。他感到非常舒服。"真暖和！"他说。

他用一个烛台拨火。再过一会儿，两个烛台就要被扔进火里了。

这时，他好像听见心里有个声音在喊他："让·瓦让！让·瓦让！"

他吓得毛骨悚然，仿佛听到了可怖的东西。

"对！就这样，干到底！"那声音说。"把你干的事干彻底！毁掉这两个烛台！毁掉这个纪念物！忘掉主教！忘掉一切！毁掉尚马蒂厄！就这样，干得好！为你自己喝彩吧！就这样商妥了，决定了，说好了，有一个人，有一个老头，现在还蒙在鼓里，可能什么事也没做，没有犯罪，你的名字给他造成了不幸，就像是一个罪行压在他身上，他就要代你受过，代你被判刑，将在耻辱和恐怖中了结余生！这很好。你呢，你就做你的正人君子。仍然当你的市长先生，体体面面，受人尊敬，让城市繁荣，给穷人饭吃，使孤儿受教育，你活得快快乐乐，德高望重，可那时候，就在你过着愉快和荣耀生活的同时，却有个人将穿起你的红囚衣，耻辱地背起你的名字，在苦役牢里拖着你的铁链！是的，这样安排实在高明！啊！无耻的家伙！"

汗水从他的额头往下淌。他惊恐地望着烛台。可他的内心独白仍在继续。那声音说：

"让·瓦让！你的周围将会有很多人，大叫大嚷，为你祝福，只有一个声音，一个别人听不见的声音，在黑暗中诅咒你。好吧！听着，无耻的家伙！那些祝福你的话还没升到天上，就都会落下来，只有诅咒你的话，才能传到上帝的耳朵里！"

这个声音从他的良心深处升起，开始很弱很弱，继而渐变响亮清晰，现已在他的耳畔响起。他感到，那声音已离开他的身体，正在外面同他说话。他确信非常清楚地听见了最后几句话，吓得他向房里四下张望。

"这里有人吗？"他心神错乱，大声问道。

接着他像傻瓜一样大笑起来，又说：

"我真傻！不可能有人的。"

确实有一个人，但这个人不是肉眼所能看见的。

他把烛台放到壁炉上。

于是，房间里又响起了他单调而凄怆的脚步声，将楼下那个人从睡梦中惊醒。

他这样走一走，心里轻松多了，同时，也兴奋起来。有时，人在束手无策时，总喜欢踱步，似乎踱步中遇到的任何东西都能带来忠告。过了一会儿，他又不知道该如何办了。

现在，他在先后作出的两个决定面前后退了，这两个决定都使他惊骇不已。他觉得，这两个给他出谋划策的想法，都会带来痛苦。多么悲惨的命运啊！偏偏有个尚马蒂厄被错当成他！上帝起初用来加强他做人的信心的办法，恰恰正在把他推向深渊！

有一会儿，他想起了未来。自首，天哪！投案自首！想到那样就要抛弃现有的一切，恢复过去的一切，感到绝望不已。不得不同无限美好、纯洁、灿烂的生活告别，同尊崇、荣誉、自由告别！再也不能到田野里散步，再也听不到五月里鸟儿的歌唱，再也不能给小孩子施舍！再也感觉不到对他充满感激和敬爱之意的温柔目光！就要离开他建造的这幢房子和这间卧室，这间小小的卧室！此刻，他觉得里面的一切都很可爱。他再也不能读这些书，不能在这张白色的木头小桌上写字了！给他看门的老太太，他唯一的女仆，早晨再也不能给他送咖啡了！伟大的上帝！代替这一切的是苦役、枷锁、红囚衣、脚镣、疲劳、牢房、行军床，这一切多么熟悉，多么可怕！这样大的年纪！经历了这一切之后！假如他还年轻，倒也罢了！他这把年纪了，还要让人以"你"相称，挨狱卒搜身，遭狱吏棍打！赤脚穿在铁靴里！一早一晚，伸直腿让监工用铁锤打开或钉上铁镣的钩环！忍受陌生人好奇的目光，人们会对他们说："这个人就是臭名昭著的让·瓦让，当过滨海蒙特勒伊的市长！"到了晚上，汗流浃浃，疲惫不堪，绿囚帽遮到眼睛上，在狱警的鞭子下，两个两个地爬上水上牢房的软梯子！啊！多么悲惨！命运难道也像人那样恶毒，像人心那样残酷！

无论他做什么，总是回到令他沉思默想、揪心彻骨的两个选择上：留在天堂里做魔鬼！或者，回到地狱里做天使！

怎么办，上帝啊！怎么办！

他作了多少努力才平息下来的内心风暴，又汹汹而来。他头脑里的想法又乱作一团了。那些想法浑浑噩噩，不由自主。人绝望时就会这样。罗曼维尔这个名字不断浮现在他脑海里，同时还有他从前听到过的两句歌词。他想，罗曼维尔是巴黎附近的一个小树林，四月，年轻的情侣去那里采摘丁香花。

就像他的内心一样，他走路也跟跟跄跄了。他像没人扶的小孩子，跌跌撞撞，摇摇晃晃。

有时，为了抵抗疲倦，他竭力想问题。他试图把那个已使他精疲力竭的问题最后一次提出来，期望有个最后的答案。他应该自首，还是沉默——依然悬而未决。他默想出来的种种理由模糊不清，微微颤动，继而一个接一个烟消云散。不过，他感到，不管他做什么决定，他身上有些东西必然要死去，那是不可避免的。无论向左还是向右，都免不了要进坟墓，他正在作垂死挣扎，要么断送幸福，要么丧失道德。

唉！他依然踌躇不决，没有比开始时前进半步。

就这样，这个悲惨的灵魂在焦虑中苦苦挣扎。比这个不幸人早一千八百年，那位集人类一切尊严和痛苦于一身的神秘人物，当橄榄树被无限的疾风吹得簌簌摇动时，在深邃的星空下，也久久把那杯他感到漫溢着黑暗和幽冥的可怕苦酒推向一边。

四　痛苦在睡眠中的表现形式

凌晨三点的钟声刚刚敲过。他这样来回踱步了五个钟头，几乎没有停止，终于倒在椅子上。

他睡着了，并且做了个梦。

这个梦和大多数梦一样，说不出的悲惨和痛苦，但给他留下了深刻的印象。这个噩梦给他的印象如此之深，他后来把它记了下来。这是他留下的亲笔写的一个文稿。

不管这是什么样的梦，如果略去不提，那一夜的故事就不完整。这是一个病弱的心灵在梦中阴森可怖的奇遇。

我们把它抄录下来。在封面上，有一行字：那天夜里我做的梦。

> 我在旷野里。茫茫田野凄迷悲怆，寸草不生。说不清是白天还是夜晚。
>
> 我同我的兄弟一起散步。这是我童年时代的兄弟，应该说我从没想起过他，几乎把他忘了。
>
> 我们聊着天，遇到了一些行人。我们谈起从前的一个女邻居。自从她搬到这条街上，干活时总把窗子打开。我们谈着谈着，感到冷了，因为那窗子开着。
>
> 旷野里没有树木。
>
> 我们看见一个男人从我们身旁经过。那人一丝不挂，浑身发灰，骑着一匹土灰色的马。那人没有头发，看得见他的头顶和青筋。他手拿一根小棍子，像葡萄嫩枝般柔软，如铁棒般沉重。那骑马的人走过去，一句话也没同我们说。
>
> 我兄弟对我说："我们走那条洼路吧。"

洼路上看不见一丛荆棘、一丝青苔。一切都是土灰色,连天空也是土灰色。走了几步后,我讲话时,没有人应我。我发现我兄弟不在了。

我看见一个村庄,便走了进去。我想,那里一定就是罗曼维尔。(为什么是罗曼维尔①?)

我走进第一条街,街上冷冷清清。我走进第二条街。在拐角处,有个人倚墙而立。我问那人:"这是什么地方?我在哪里?"那人没有回答。我看见一座房屋的门开着,便走了进去。

第一个房间里没有人。我走进第二间。一个男人靠墙站着。我问那人:"这房子是谁的?我在哪里?"那人没有回答。那房子有座花园。

我走出屋子,来到花园里。花园非常荒凉。我发现第一棵树后站着一个人。我对那人说:"这花园是谁的?我在哪里?"那人没有回答。

我在村子里转悠,我发现那是个城市。所有的街道荒荒凉凉,所有的房子大门洞开。街上没有行人,屋子里没人走动,花园里没人散步。可是,每个墙角,每扇门后,每棵树后,都站着一个人,而且都不说话。每次都只有一个人。这些人看着我过去。

我出了城,在田野里行走。

走了一会儿,我回过头,看见一大群人跟在我后面。我认出都是我城里见过的人。他们的脑袋长得怪怪的。他们似乎并不匆忙,但走得比我快。他们走路时不发出一点声音。不一会

---

① 括号里的话是让·瓦让加的。——原注

儿，那群人就赶上了我，将我团团围住。这些人的脸全都是土灰色。

这时，我进城时遇到的并问过话的那个人对我说："您上哪儿？您难道不知道您早已死了吗？"

我张开嘴想回答，发现周围一个人也没有。

他醒了。他感到很冷。窗子仍然开着，风吹得窗框摇来摆去，那风犹如晨风般寒冷。炉火已熄灭。蜡烛也快燃尽。天色仍然很黑。

他站起来，走到窗口。天上仍然没有星星。

从窗口望去，可见院子和大街。突然，他听见街上响起短促而沉重的声音，他低下头来张望。

他看见下面有两颗红星，奇怪的是，那星光在黑暗中时而延伸，时而缩短。

他的神智在朦胧的梦境中沉浮，尚未完全清醒：

"咦！"他想，"天上没有星星，现在到地上来了。"

然而，这种错乱马上就消失了，他又听到了声音，和第一次的一样，这下他完全清醒了。他凝眸而望，看出那两颗星星原来是一辆马车的挂灯。借着灯光，他辨认出那辆车的形状，是辆双轮轻便马车，套着一匹小白马。他听到的声音，是马蹄声。

"这车是怎么回事？"他想，"这么早谁会来？"

这时，有人轻轻叩了一下他的房门。

他浑身打了个颤，用吓人的声音喊道：

"谁？"

"是我，市长先生。"

他听出是门房老太太的声音。

"什么事？"他又说。

"市长先生,快五点了。"

"五点又怎么啦?"

"市长先生,车子来了?"

"什么车子?"

"轻便马车。"

"什么轻便马车?"

"市长先生没要过一辆轻便马车吗?"

"没有啊。"他说。

"车夫说他是来找市长先生的。"

"什么车夫?"

"斯科弗莱先生的车夫。"

"斯科弗莱?"

听到这个名字,他打了个哆嗦,好似有道强光从他面前闪过。

"啊,对了!"他说,"斯科弗莱先生。"

那老太太这时若看见他,一定会吓得魂不附体。

一阵较长时间的沉默。他惊呆地望着烛火,在烛芯周围抓了些灼热的蜡,用手指捻成一团。那老太太等着。不过,她仍壮胆大声问道:

"市长先生,我怎么回话?"

"就说我知道了,马上下来。"

五　路遇障碍

那时候,从阿腊斯到滨海蒙特勒伊的邮件,仍用帝国时代那种兼载旅客的小邮车运送。那是一种有篷双轮马车,车内裱着浅褐色的皮革,车身悬在保险弹簧上，只有两个座位，一个放邮件，另一个坐旅客。车轮两侧伸出长长的进攻性的横杠，迫使其他车辆保持一定距离。现在，在德国的公路上还能看见这种马车。邮件箱是一个长方形大箱子，放在马车后部，与车身连成一体。邮箱为黑色，马车为黄色。

那种马车现已绝迹，它们弯腰曲背，奇丑无比，当它们从远处行驶，在天际爬行，就像是一种昆虫，我想叫白蚁吧，前半身细细的，后半身大大的。它们疾走如飞。从阿腊斯到滨海蒙特勒伊的邮车，都是夜里一点钟，等巴黎的邮车过后才出发，早晨五点前抵达目的地。

那天夜里，经埃斯丹驶往滨海蒙特勒伊的邮车，刚开进城里，在一条街的转弯处，撞上了一辆迎面开来的轻便马车，那车由一匹小白马拉套，车里只有一个人，一个裹着大衣的男人。那轻便马车的轮子被猛撞了一下。邮差喊那人停下，可那旅客毫不理会，继续疾步赶路。

"这个人真匆忙！"邮差说。

那行色匆匆的人，正是我们刚才看见在内心纷扰中苦苦挣扎的、确实值得怜悯的那个人。

他去哪里？连他自己也说不清。为什么这样匆忙？连他自己也不知道。他漫无目的地往前走。去哪里？可能去阿腊斯；但也可能去别的地方。他时而有所感觉，每次意识到要去的地方，便会不寒而栗。

他沉入黑夜，犹如沉入一个无底深渊。有东西在推他，有东西在拉他。他内心的想法，谁也说不清楚，但谁都会理解。有谁一生中不曾沉入过未知世界的黑暗深渊中呢？

再说，他什么也没决定，什么也没决断，什么也没确定，什么也没做。他意识中的任何活动，都不是最终的。他现在比任何时候更处在开始阶段。

为什么去阿腊斯？

这个问题，他在向斯科弗莱租用马车时，就思考过了，现在仍在反

复思考。他对自己说，不管结果如何，亲眼去看一看，亲自作出判断，这没有什么不好；——这甚至是谨慎的做法，应该知道事情的经过；——不作观察研究，就不可能作出决定；——从远处去看事物，会小题大作，如果亲眼看见了那个尚马蒂厄，那个无耻之徒，他的内心也许会感到轻松，让他代自己去坐牢，不会再良心不安；——对了，雅韦尔可能会在那里，还有布雷韦、舍尼迪厄、科舍帕伊，这些苦役犯，从前都认识他，肯定会认出他来；——嗨！干吗这样想！——雅韦尔怎么也料想不到；——所有的推测和假设，全都集中在尚马蒂厄身上，假设和推测比任何东西都顽固；——因此，不会有任何危险。

他想，也许那一刻很难受，不过肯定会过去的；——不管命运多么险恶，但毕竟掌握在自己手中；——他自己是命运的主人。他牢牢抓住这个想法。

其实，说穿了，他根本不想去阿腊斯。

可他还是去了。

他一面想着，一面快马加鞭。小白马步伐稳健，疾走如飞，每小时行两里半。车子越往前行，他越感到内心有什么东西在往后退。

拂晓时，他已在旷野了，滨海蒙特勒伊城已远远抛在后面。他望着天边渐渐发白；他望着冬日拂晨的寒冷景物从面前掠过，但他视而不见。和黄昏一样，凌晨也有幻象，他却看不见，但是，那些幽灵般的树木和山丘，像是穿透他的肌肤似的，使他本已汹涌澎湃的内心，不知不觉平添了一种不可言喻的忧郁和凄凉。

每经过一所——有时就在路边——孤零零的房子，他就想：里面的人还在睡觉呢！

马蹄声、鞍辔的铜铃声、车轮声，汇成单调而柔和的声音。心情愉快的人听来，会觉得悦耳动听，心情沉郁的人听来，会觉得悲怆凄凉。

到达埃斯丹时，天已大亮。他在一家客店门口停下来，让马歇口气，吃点燕麦。

正如斯科弗莱所说的那样,那匹马是布洛内小种良马,头和肚子很大,颈部不够长,但前胸很宽,臀部很大,腿又细又瘦,蹄结实有力,其貌不扬,但体格健壮。这匹非凡的小白马两小时行了五里,臀部一点汗也没有出。

他没有下车。马厩伙计送来燕麦,他突然弯下腰,检查左边的轮子。

"您这样还要走很远吗?"那人问。

"怎么啦?"他回答,但似乎仍沉湎在默想中。

"您从很远的地方来吗?"伙计又问。

"离这五里。"

"呀!"

"'呀'什么?"

那伙计又一次弯下腰,眼睛盯着轮子,沉默不语,过了一会儿,他站起来说:

"这轮子刚才走了五里是可能的,但现在四分之一里都走不了了。"

他跳下车。

"朋友,您说什么?"

"我说,您走了五里,您和马没掉进路边沟里,算是奇迹了。您自己看看吧。"

那轮子果然伤得很严重。那辆邮车把它撞断了两根辐条,撞伤了轮毂,螺母固定不住了。

"朋友,"他对马厩伙计说,"这里有车匠吗?"

"当然有,先生。"

"请您帮个忙,去找他来。"

"那不就是,离这里两步路。喂!布加亚师傅!"

车匠布加亚师傅就站在门口。他过来检查了轮子,就像外科医生检查断腿那样，做了个鬼脸。

"您能马上就修这个轮子吗？"

"当然，先生。"

"什么时候我可以走？"

"明天。"

"明天！"

"这要干整整一天。先生急着要走吗？"

"很急。最晚一小时后就要走。"

"不行，先生。"

"付多少钱都行。"

"不行。"

"那好！两个小时。"

"今天无论如何不行。要重做两根辐条和一个轮毂。明天以前，先生绝对走不成。"

"我要办的事等不到明天。这样吧，这轮子不修了，能不能换一个？"

"怎么换？"

"您不是车匠吗？"

"当然，先生。"

"您没有一个车轮可以卖给我吗？我就可以马上动身了。"

"一个备用的轮子？"

"是的。"

"我没有您这辆车的备用轮子。轮子总是成双成对的。两个轮子不是随便能配到一起的。"

"那么，就卖给我一对好了。"

"先生，不是所有的轮子都适合所有车轴的。"

"可以试试嘛。"

"试也没用，先生。我只有运货大车的轮子。这里是小地方。"

"那您有篷式马车出租吗？"

车匠师傅第一眼就看出这马车是租来的。他耸了耸肩。

"您把租来的车搞成这副模样！我有也不租给您！"

"那卖给我，怎么样？"

"我没有篷式马车。"

"什么！一辆有篷的就行了。您看，我不难说话。"

"我们是小地方。不过，"车匠补充说，"我车库里有一辆旧的敞篷四轮马车，是城里一位有钱人托我保管的，可他从来也不用。我把它租给您，这对我没关系。不过，不要让那人看见。还有，这是辆四轮马车，要用两匹马。"

"我租用驿马。"

"先生去哪里？"

"阿腊斯。"

"先生想今天就到吗？"

"是呀。"

"用驿马？"

"不行吗？"

"先生今天夜里四点到，行不行？"

"不行。"

"您看，有件事得说明一下，因为用驿马……先生有证件吗？"

"有啊。"

"那好，不过，用驿马，明天以前先生到不了阿腊斯。这是一条支线。驿站服务很差，马都在地里干活。冬耕已开始，需要很多马拉套，人们到处找马，驿站的马也不例外。先生在每个驿站至少要等三四个小时。并且走得很慢，有很多上坡路。"

"算了，我骑马去吧。把这车给我解下来。这里总买得到一个马鞍吧。"

"当然。不过，您这匹马能忍受马鞍吗？"

"真的，您倒提醒我了。它受不了。"

"那么……"

"我在这村里能租到一匹马吗？"

"一口气能跑到阿腊斯的马？"

"对。"

"这样的马，我们这里没有。首先得买马，因为大家不认识您。但是，不管买还是租，出五百法郎还是一千法郎，您都找不到这样的马。"

"那怎么办？"

"老实人说老实话，最好让我给您修车，明天再走。"

"明天太晚了。"

"当然！"

"没有去阿腊斯的邮车吗？什么时候经过？"

"今天夜里。两辆邮车对开，都是在夜里。"

"怎么！修这轮子要一天时间？"

"一天，整整一天！"

"两个人一起修呢？"

"十个人也不行！"

"能不能用绳子把辐条捆起来？"

"辐条行，轮毂不行。再说，轮辋也有问题。"

"城里有租车的地方吗？"

"没有。"

"还有别的车匠吗？"

马厩伙计和车匠师傅连忙摇头，异口同声地回答：

"没有。"

这时，他不禁高兴不已。

显然，这是天意。是上帝弄坏轮子，让他半路停下来。上帝第一次发出警告，他没有屈服。刚才，他为继续赶路尽了最大的努力；他想尽了一切办法，做到了仁至义尽；他在寒冷、疲劳和费用面前没有退缩；他没什么好内疚的了。假如他不能继续赶路，就不是他的事了。这不能怪他，不是他不想去，而是上帝不让他去。

他呼吸了一下。从雅韦尔来访后，他是第一次这样自由而舒畅地呼吸。他感到，二十个小时以来揪住他心的那只铁手，刚才松开了。

他觉得上帝站在他一边，明确表明了立场。

他暗自思量，他已尽了全力，现在，他完全可以心安理得地返回了。

假如他和车匠的谈话是在旅店的一个客房里进行的，那就不会有人在场，也不会有人听见，事情也就到此为止，读者下面看到的事，就可能无从谈起。可是，谈话是在大街上进行的。街头谈话总会招来观众。有些人就爱看热闹。他和车匠交谈的时候，有几个过往行人停住脚步，围了上来。听了几分钟后，一个男孩子离开人群，奔跑而去，当时，谁也没有注意到他。

那旅客经过前面那番慎重考虑之后，正要下决心往回走，那男孩子回来了，还带来了一位老太太。

"先生，"那老妇说，"我听孩子说您想租一辆篷式双轮马车。"

这普普通通的一句话，出自一个孩子带来的老妇口中，却使他背上直冒冷汗。他仿佛看见那只已松开的铁手又暗暗出现在他身后，准备把他抓住。

他回答：

"是呀，老太太，我想找一辆出租的马车。"

他又连忙补充了一句：

"可这里没有。"

"谁说没有?"老妇说。

"哪里有?"车匠忙问。

"我家里。"老妇回答。

那旅客打了个颤。那只不祥的手又把他抓住了。

老妇家的草料棚里的确有一辆差强人意的柳条篷破车子。那车匠和旅店伙计见到手的生意要丢了,便掺和进来:

——一辆吓人的破车,——车身直接按在车轴上,——里面的凳子是用皮带挂着的,——下雨漏水,——轮子受了潮,锈得不成样子了,——和这辆轻便马车一样,也走不远,——不折不扣的老爷车!——先生要是坐这辆破车,那就错了,——如此等等,不一而足。

他们讲的一点也不错。但是,这辆破车,这辆老爷车,这玩意儿,再破再旧,两个轮子还能转动,是可能去阿腊斯的。

他照价付了钱,把他的车留给车匠修理,等回来时再用,将小白马套上车,他坐上去,便按早晨的路线继续赶路了。

当小车摇晃着启动时,他默默承认,刚才他想到不用再去要去的地方时,不禁暗暗窃喜。他审视这快乐,心里很气恼,感到这实在荒谬。为什么想到返回就高兴呢?毕竟,去那里是他自己决定的,没有人强迫他。再说,他不愿意的事是不会发生的。

当他驶出埃斯丹城时,他听见有人大声喊道:"停下!停下!"他猛地刹住车。在这个猛烈的动作中,仍有一种兴奋而紧张的意味,像是在期望着什么。

是那位老妇人的小男孩。

"先生,"他说,"是我帮您弄来这辆车的。"

"怎么?"

"您什么也没给我。"

他一向乐善好施,对谁都不拒绝,可他觉得这个要求太过分,可以说令人厌恶。

"啊！是你，小子？"他说，"你什么也别想得到！"

他扬鞭抽了一下马，飞快地走了。

他在埃斯丹耽搁了很长时间，他想把失去的时间追回来。小白马很勇敢，一个顶两个。可那是二月，又刚下过雨，路很难走。再说，已不再是那辆轻便马车了。现在这辆车很重很费劲。况且，还有许多上坡道。

从埃斯丹到圣波尔，走了将近四个钟头。四小时走了五里。

在圣波尔，他在遇到的第一个客店里卸了车，叫人把马牵到马厩。他答应过斯科弗莱，所以马吃食料时，他就待在食槽旁。他心里想着漫无头绪的愁事。

老板娘进马厩来了。

"先生不想用饭吗？"

"哦，真的，"他说，"我甚至很有食欲。"

他跟那女人走了。那女人精神饱满，满面春风。她把他领到一间低矮的屋子里，有几张桌子，铺着漆布。

"快点上，"他说，"我要赶路。我有急事。"

一个佛兰德斯胖女仆连忙摆上餐具。他惬意地看着这姑娘。

"怪不得我不舒服。"他想，"原来是我还没有吃午饭。"

饭端上来了。他急忙拿起面包，咬了一口，然后又慢慢放到桌上，不再碰它了。

一位运货的马车夫在另一张桌上吃饭。他问那人：

"他们的面包怎么这么苦？"

车夫是德国人，听不懂他的话。

他回到马厩他的白马身旁。

一小时后，他离开圣波尔，向丹克驶去。从丹克到阿腊斯只有五里了。

这一路上他在做什么？他在想什么？和早晨一样，他望着树木、茅屋顶、耕田一一闪过，望着景物转瞬即逝，每拐一道弯，原来的景物便消失得无影无踪。像这样欣赏景物，有时会使人心旷神怡，不再想其他事情。万千景物第一次看见，也是最后一次看见，还有什么比这更深奥、更令人伤感的吗？旅行，时时刻刻都有生，时时刻刻都有死。也许，在他脑海最深处，他在将人生同这些变幻无穷的视野进行着比较。人生的一切都是稍纵即逝。黑暗和光明交替出现，使你目眩的光明刚刚消失，黑暗便接踵而至。我们举眸凝望，我们急急匆匆，伸手去抓一闪而过的东西。每个事件好比路上的一道拐弯，转眼间，人就老了。仿佛摇晃了一下，周围就变得一片黑暗，只辨出前面有扇黑乎乎的门，拉我们走完了人生的那匹深色的马，现在骤然停下，一个朦胧不清的陌生人在黑暗中把马卸下。

黄昏降临，放学的孩子看见这个旅客进了丹克镇。的确，这季节的白天依然很短。他在丹克没有停留。当他出镇时，一个正在铺路的养路工抬起头，说：

"这马太累了。"

的确，那可怜的马步子放得很慢了。

"您是去阿腊斯吗？"养路工又问。

"是的。"

"您这样走，恐怕很晚才能到。"

他勒住马，问那养路工：

"这里到阿腊斯还有多远？"

"足足还有七里。"

"怎么回事？驿站手册上标的是五又四分之一里。"

"哈！"养路工说，"您不知道在修路吗？再走一刻钟，您就发现路断了，就不能再往前走了。"

"确实。"

"您向左拐,那条路通往卡朗西,跨过一条河,到了康布兰,就向右拐,那是从圣埃卢瓦山到阿腊斯的公路。"

"可是天黑了,我会迷路的。"

"您不是本地人?"

"不是。"

"不是本地人,又是走小路。——喂,先生,"养路工又说,"要不要听听我的意见?您的马走不动了,回丹克吧。那里有一个很不错的客店。在那里过一夜。明天再去阿腊斯。"

"今晚上我必须赶到那里。"

"那就另当别论了。不过,您还是要去那旅店,再雇一匹马。马厩伙计还能带您走近路。"

他听从养路工的劝告,往回走了,半小时后,他又经过那个地方,但这回却是增加了一匹好马,跑得飞快。一个叫作驿站车夫的马厩伙计坐在车辕上。

但他觉得走得太慢。天已完全黑了。

他们上了小路。路上坑坑洼洼,极难行走。车子刚走出一个车辙,又陷入另一个。他对车夫说:

"跑快点,给您双倍赏钱。"

车子颠簸了一下,驾马的横木断了。

"先生,"车夫说,"横木断了,我的马没法套了。这条路夜里很难走。假如您愿意回丹克过夜的话,明天一早我们就可以到阿腊斯。"

他回答:"你身上有绳子和刀吗?"

"有呀,先生。"

他砍了根树枝,把它做成横木。

这一来,又耽误了二十分钟。但他们又奔驰起来。

原野上黑咕隆咚。一团团幽黑的浓雾低垂在山岗上,犹如炊烟挣扎着升起。浮云间透出微白的光。海上吹来一阵大风,四面八方都响起移动家具般的声音。一切都朦朦胧胧,战战兢兢。多少景物在这浩荡的夜风下索索发抖!

他冷得筋骨瑟缩。昨夜以来,他还没吃过东西。他依稀回想起另一次夜行,那是在迪涅郊外的平原上。已过去八年了,他感到恍若昨日。

远处传来钟楼的钟声。他问车夫:

"敲几点了?"

"七点,先生。八点钟就可到阿腊斯。只剩三里了。"

这时,他脑海里第一次出现了一个想法,他奇怪自己怎么早没想到。他想,他这一切努力,也许是白费劲儿;他连开庭的时间都不知道,至少也该打听一下;他也不管有没有用,只是一个劲儿地往前走,这实在太荒谬。接着,他又在头脑里盘算:通常,重罪法庭上午九点开庭;这件案子用不了多少时间;偷苹果的事,一会儿便能审完;接下来便是查明正身;四五个证人作证,辩护律师没多少话好说;他到那里时,也许案子审完了。

车夫快马加鞭。他们过了河,圣埃卢瓦远远抛在后头。

夜色越来越深。

六 辛普丽斯嬷嬷经受考验

然而,这时候,芳蒂娜却喜不自胜。

夜里她睡得很不好。她咳得很厉害,热度也更高,而且噩梦不断。第二天早晨,医生来探望她时,她还在说胡话。医生惊慌不安,嘱咐说,马德兰先生一来,就通知他。

一上午，她都萎靡不振，很少讲话，手揉捏着被单，喃喃计算着，像是在计算距离。她眼睛深陷，目光呆滞。那双眼睛似乎没有一点光了，可有时候，又会重新点燃，发出星星般的光芒，仿佛在某个凄惨的时刻来临之际，尘世间的光就要离弃人们的眼睛，而上天的光却来把它们照亮。

每当辛普丽斯嬷嬷问她怎么样时，她总是回答：
"很好。我想见马德兰先生。"

几个月前，当芳蒂娜丧失了最后的廉耻心和最后的快乐时，她就已瘦得不像样子，现在只剩下一副骨架了。她本已万念俱灰，现在身体衰竭，她就彻底垮了。她才二十五岁，却满脸皱纹，面颊松弛，鼻孔抽搐，牙根暴露，形容枯槁，脖子瘦削，锁骨突出，四肢无力，皮肤灰暗，新长出的金发中布满了白发。唉！真是疾病催人老哪！

中午，医生又来了，他开了药方，又问市长先生来没来过，急得他直摇脑袋。

马德兰先生通常三点钟来探望病人。守时是一种仁慈，所以他一贯很守时。

快到两点半时，芳蒂娜开始烦躁不安了。二十分钟，她就问了辛普丽斯嬷嬷十多次："嬷嬷，几点了？"

三点敲响了。敲第三下时，芳蒂娜霍地坐了起来，平时，她在床上动一下都很费力。两只枯瘦蜡黄的手痉挛似的紧紧捏在一起，辛普丽斯嬷嬷听见她深深叹了口气，仿佛要把郁闷从胸口赶走。然后，芳蒂娜转过头，看着门口。

没有人进来。门一直关着。

她眼睛盯着门口，一动也不动，仿佛连呼吸也屏住了，像这样呆了一刻钟。嬷嬷不敢同她讲话。教堂敲响三点一刻。芳蒂娜重新倒在了枕头上。

她一句话也不说，又开始揉捏被单。

半小时过去了，接着一小时过去了。没有人来。每当响起钟声，芳蒂娜都要坐起来，望着门那边，然后又躺下。

她的心事一眼就可看出，但她不提任何人的名字，也不怨天尤人，只是不停地咳嗽，其状惨不忍睹，好像有种说不清的东西在向她逼近。她脸色发青，嘴唇发紫。她不时地露出微笑。

五点过了。嬷嬷听见她轻轻地说：

"我明天就要走了，他今天不该不来！"

辛普丽斯嬷嬷也奇怪马德兰先生为什么迟迟不来。

这时，芳蒂娜望着帐顶，仿佛在努力回忆什么。忽然，她唱起歌来，声音弱如气息。嬷嬷听着。下面就是芳蒂娜唱的歌：

> 我们在郊区漫步，
> 想买些漂亮东西。
> 矢车菊蓝莹莹，玫瑰花儿红艳艳，
> 矢车菊蓝莹莹，我爱我的小宝宝。

> 圣母马利亚穿着绣花袄，
> 昨日来到火炉旁对我讲：
> "一天你问我要个小宝宝，
> 他就躲在我的面纱里。
> 快去城里扯块布，
> 再买针线和针箍。"

> 我们在市郊漫步，
> 想买些漂亮东西。

仁慈的圣母，我在火炉旁，
放了一个饰满彩带的摇篮。
上帝即使赐我最美的星星，
我也更爱你给我的小宝宝。
"太太，想用这布做什么？"
"给我的小宝宝做新衣裳。"
矢车菊蓝莹莹，玫瑰花儿红艳艳，
矢车菊蓝莹莹，我爱我的小宝宝。

"去把这块布洗一洗。""去哪里？"
"去河里。别把它弄破了搞脏了，
用它做条漂亮的小裙子，
我要在裙子上面绣满花。"
"孩子不在了，太太，这布做什么？"
"做一条被单作我的裹尸布。"

我们在市郊漫步，
想买些漂亮东西。
矢车菊蓝莹莹，玫瑰花儿红艳艳，
矢车菊蓝莹莹，我爱我的小宝宝。

这是一首古老的摇篮曲。从前，她哄小珂赛特睡觉时，就唱这首歌。孩子不和她在一起已有五年了，她再没有想起过这首歌。她的声音那么悲凉，而曲调又那么柔美，让人听了肝肠寸断，就连修女也会伤心落泪。见惯了严肃东西的辛普丽斯嬷嬷，也感到自己要落泪了。

时钟敲响六点。芳蒂娜仿佛没有听见。她对周围的事物好像都不关心了。

辛普丽斯嬷嬷派了个女仆，去向工厂的女门房打听市长先生回没回来，能不能马上到医疗室来一趟。几分钟后女仆回来了。

芳蒂娜一直静静地躺着，好像在凝神想心事。

女仆悄声对辛普丽斯嬷嬷说，市长先生冒着严寒，坐一辆白马拉的轻便马车，一大早，甚至不到六点就出门了；他是一个人走的，连车夫都没有，不知道他走哪条路，有人说看见他拐到去阿腊斯的路上了，还有人说在通往巴黎的路上遇到他了；他走的时候，同平时一样仍然和蔼可亲，他只交待门房老太太夜里不用等他回来。

两个女人背对芳蒂娜窃窃私语，嬷嬷询问，女仆推测。芳蒂娜早已跪在床上，握紧拳头，撑在长枕上，脑袋从帐缝里伸出来，侧耳细听她们的谈话，瘦得形销骨立，却像健康人那样动作灵活，显出某些器质性疾病特有的焦躁和亢奋。忽然，她大声嚷道：

"你们在谈马德兰先生！为什么不大声说？他在做什么？为什么不来？"

她的声音如此粗暴，如此嘶哑，那两个女人以为听见了男人的声音，吓得转过身来。

"说呀！"芳蒂娜喊道。

女仆结结巴巴地说：

"女门房对我说，他今天不能来了。"

"孩子，"嬷嬷说，"安静点，快躺下。"

芳蒂娜仍旧那个姿势，用蛮横而凄厉的口气大声说：

"他不能来？为什么？你们是知道的。刚才你们嘀嘀咕咕就是谈这个。我想知道。"

女仆忙对修女耳语道：

"对她说，他在开市政会议。"

辛普丽斯嬷嬷脸上泛起了淡淡的红云，因为女仆让她撒谎。可是另一方面，她感到若对病人说真话，会给她带来沉重的打击，芳蒂娜现在这个样子，后果会不堪设想。可她脸红的时间很短。嬷嬷抬起平静而忧郁的目光，看着芳蒂娜，对她说：

"市长先生出门了。"

芳蒂娜倏地直起身，坐在脚后跟上。她眼睛放射出光芒。在她痛苦的脸上，出现了从未有过的喜悦。

"出门了？"她喊道。"他去找珂赛特了！"

说完，她两只手伸向天空，脸上的表情变得难以形容。她微微翕动嘴唇，低声祈祷上帝。

祈祷完毕，她对辛普丽斯嬷嬷说："嬷嬷，我想睡了，你让我干什么，我就干什么。刚才，我的表现很恶劣，说话声音太大，请您原谅。我知道，我的好嬷嬷，大喊大叫不好。不过，您看，我现在很高兴。仁慈的上帝是好人，马德兰先生是好人。您想想，他去蒙费梅接我的小珂赛特了。"

她又躺下来，帮嬷嬷抚平枕头，吻了吻挂在脖子上的小十字架。这枚银十字架是辛普丽斯嬷嬷送给她的。

"孩子，"嬷嬷说，"现在好好休息吧，不要再说话了。"

芳蒂娜用汗漉漉的手握住嬷嬷的手。嬷嬷感到她在出汗，心里很难过。

"今天早晨，他去巴黎了。其实，他根本用不着经过巴黎。蒙费梅在巴黎这一边，稍微靠左一点。您还记得吗？昨天，我同他谈珂赛特时，他是怎样回答我的吗？他说：快了，快了。他是想给我个惊喜。您知道吗？他写过一封信，对泰纳迪埃家说，要把珂赛特接回来，他让我签了字。他们没什么好说的，是不是？他们肯定会把珂赛特还给我的。因为付给他们钱了。付过了钱，还要留着孩子，政府不会允许的。嬷嬷，不要做手势不让我讲话。我高兴极了，我身体很好，我一点病也没有了，我就要看见珂赛特了，我甚至觉得肚子饿了。我快五年没看见她了。您哪,您难以想象,孩子们多么让人牵肠挂肚!而且,您看好了,她一定很乖!您无法想象,她的小手指头粉嘟嘟的,可爱极了!首先,她会有一双非常漂亮的手。她一岁的时候,她的手可滑稽呢。这样!——她现在应该长得很大了。她已七岁了。长成大小姐。我叫她珂赛特,可她的大名是欧弗拉齐。啊,今天早晨,我看着壁炉上的灰尘,就想到马上就要看见珂赛特了。我的上帝!真不应该好几年不见自己的孩子!应该想一想,人的生命不是永恒的!啊!市长先生,您这样做太好了!天气多冷呀!他穿大衣了吧?明天他就会回来的,是吧?明天将是大喜的日子。明天早晨,我的嬷嬷,您提醒我戴那顶有花边的小帽子。蒙费梅是个小镇。当年,我是步行经过那里的。我感到很远。但乘车就快了。明天他和珂赛特就会回来了。这里到蒙费梅有多远?"

嬷嬷对于距离一无所知,回答道:"嗯!我相信他明天会回来的。"

"明天!明天!"芳蒂娜说,"明天我可以看见珂赛特了!您看,好上帝的好嬷嬷,我没有病了。我高兴得发疯了。你们愿意,我都可以跳舞了。"

一刻钟前见过她的人,一定会感到莫名其妙。她现在脸色红润,满面笑容,说话的声音热烈而自然。有时,她边笑边喃喃自语。母亲的快乐,和孩童的快乐差不多。

"好了,"那修女说,"您现在高兴了,听我的话,别再说话了。"

芳蒂娜把头放在枕头上,轻声说:

"对,你该睡了,乖点儿,孩子就要回到你身边了。辛普丽斯嬷嬷说得对。这里的人都说得对。"

而后,她静静地躺着,头一动也不动,喜不自胜地睁大眼睛四下张望。她不再说话了。

嬷嬷放下帐子,好让她打个盹。

晚上七八点钟,医生来了。他听见病房里静静的,以为芳蒂娜睡着了。他轻轻地走进房间,蹑手蹑脚地走到床边。他微微掀开帐子,借着烛光,他看见芳蒂娜平静的大眼睛正在瞧他。

她对他说:"先生,你们允许我把她放在一张小床上睡在我旁边,是不是?"

医生以为她在说胡话。她接着又说:

"您看,这里正好能放一张小床。"

医生把辛普丽斯嬷嬷叫到一旁,嬷嬷向他作了解释,告诉他,马德兰先生要离开一两天,病人以为市长先生去蒙费梅了,因为不能肯定,我们就随她这样想了。再说,她的猜想说不定是正确的。医生表示赞同。

他又走到芳蒂娜的床边。芳蒂娜又说:

"因为,您看,她早晨醒来时,我就可以向这个可怜的小猫咪问早安。夜里我睡不着,就可以听她睡觉。听见她极其轻柔的呼吸声,对我身体会有好处的。"

"把您的手给我。"医生说。

她伸出胳膊,笑着嚷道:

"啊!唷!真的,您还不知道!我已经好了。珂赛特明天到。"

医生大吃一惊。她果真好了一些。不像先前那样气闷了,脉搏也跳得有力了。一种突然而至的生命力,使这个气息奄奄的可怜人恢复了生气。

"大夫先生,"她接着说,"嬷嬷告诉您市长先生去接小家伙了吧?"

医生让她别说话,千万不要激动。他又开了药方,让她服纯奎宁汤剂,如果夜里体温上升,给她服镇静剂。他走的时候,对嬷嬷说:

"她好一些了。如果明天市长先生真的把孩子带来了,谁知道呢?有些病是很不可思议的,我们见过有些病人遇到特别高兴的事,病就突然好了。我知道,这个病人患的是器质性疾病,已病入膏肓,但这些事是神秘莫测的。说不定我们能救她。"

七　一到便为返回作准备

我们撂在路上的那辆小篷车,到达阿腊斯邮政局客店门口时,差不多已是晚上八点了。我们紧随不放的那个人下了车,客店里的人热情相迎,他心不在焉地做了应答,把租来的马打发回去,亲自将小白马牵进马厩,然后推开楼下一间弹子房的门,进去坐了下来,双肘撑在一张桌子上。原来只打算走六小时的路程,却用了十四小时。他想这不是他的错。其实,他对此一点也不恼火。

客店老板娘进来了。

"先生过不过夜?先生用不用餐?"

他摇摇头。

"马厩伙计说,先生的马很累了!"

这时,他打破沉默说:

"这马明天早晨不能走吗?"

"啊!先生!它至少得休息两天。"

他问道:

"邮局是不是在这里?"

"是啊,先生。"

老板娘把他带到邮局。他出示证件,打听当晚能不能乘邮车回滨海蒙特勒伊。邮件旁边的位子恰好空着,他订了座位,并付了钱。

"先生,"邮局职员问他,"一点准时出发,别误了时间。"

然后,他离开客店,开始在街上转悠。

他不熟悉阿腊斯,街上黑咕隆咚,他信步走着。但是,他似乎坚持不向行人问路。他过了克兰雄小河,走进迷宫般的小巷,在里面迷了路。有个市民提着风灯慢慢走过来。他犹豫了一会儿,才决定上前问路,但他先四下里看了看，生怕有人听到他问的是什么。

"先生，"他说，"请问法院怎么走？"

"您不是本地人，先生？"那人回答，他看上去有一把年纪了，"那您跟我走吧。我刚好要去法院那边，也就是省政府那边。法院正在修理房屋，庭审暂时都在省政府里进行。"

"刑事审判也在那里吗？"他问。

"当然，先生。您看，现在的省政府，大革命前是主教府。八二年，当时的主教德·孔齐埃先生在里面建了个大厅。审判就在这个大厅里进行。"

路上，那市民问他：

"如果先生是想看审判，有点晚了。一般六点就结束了。"

这时，他们来到大广场，那人指给他看一幢大楼正面的四扇长窗，大楼黑乎乎的，但那四扇窗子却有灯光。

"先生，您运气不错，正好赶上了。看见那四个窗子了吗？那是重罪法庭。还亮着灯光呢，说明审判还没结束。案子想必拖延了，晚上接着干。您对这案子感兴趣？是刑事案吗？您是证人？"

他回答：

"我不是为了什么案件来的，只是想找个律师谈谈。"

"那就是另一回事了。"那市民说。"瞧，先生，那是大门，有卫兵站岗。您从大楼梯上去就行了。"

他遵照那人的指点，几分钟后，就到了那间大厅。大厅里有很多人，这里那里，都有人群在低声交谈，穿长袍的律师夹杂其间。

看见一堆堆穿黑袍的人在公堂门口窃窃私语，总让人感到心里难过。从这些人的嘴里，很少能说出同情和怜悯的话，一般总是预测判决的结果。这些人群，在一个爱幻想的过路客看来，犹如一个个黑乎乎的蜂窝，各种嗡嗡叫的精灵们，在里面共建各种黑暗的大厦。

大厅很宽敞，只有一盏灯照明，从前是主教的接待室，现在作为法院的休息室。一扇双扉门此刻正关着，门那边便是刑事法庭的大厅。

休息厅里很暗，于是，他放心地向遇到的第一个律师打听。

"先生，"他说，"审得怎么样了？"

"审完了。"那律师说。

"审完了！"

他重复这句话的语气那样特别，律师回过头来。

"对不起，先生，您也许是亲戚？"

"不。我这里谁也不认识。判决了吗？"

"当然。怎么能不判决！"

"苦役？……"

"终身。"

他用低得旁人几乎听不见的声音说：

"那就是说验明正身了？"

"什么正身？"律师回答。"没有必要验明正身。案子很简单。那女人杀了她的孩子，弑婴罪已经证实，陪审团排除了蓄意谋杀，判她终身服苦役。"

"是个女的？"他说。

"当然。那女人叫利莫赞。那您同我谈的是什么案子？"

"没什么。但是，既然案子审完了，怎么还亮着灯？"

"还在审另一个案子。开始差不多两个小时了。"

"什么案子？"

"哦！这案子也很简单。一个乞丐犯了偷窃罪，是个惯犯，服过苦役。名字我记不大清了。一看他的脸，就知道他是强盗。就凭那张脸，我就会把他送进监狱。"

"先生，"他问，"有办法进到大厅里去吗？"

"我想不容易。人很多。不过,现在正在休息。有些人出去了,庭审重新开始时,您可以试一试。"

"从哪里进去?"

"从那扇门。"

律师走了。一时间,各种感受几乎同时涌上心头。这个无关的人说的话,首先像根冰冷的针,继而又似滚烫的剑,深深刺透他的心。当他看到那案子尚未结束,便松了口气。但他说不清楚是感到高兴,还是痛苦。

他走近几堆人群,听他们在说什么。因为庭期表排得满满的,法院院长指示那天审理两件简短的案子。先审了弑婴案,现在正在审苦役犯,一个惯犯,一个"回头马"。那人偷了苹果,但似乎尚未证实。已证实的是,他曾在土伦的监狱里待过。案情也就变得严重了。此外,审问和作证都已结束,但律师还要辩护,检察官还要起诉。半夜前恐怕都结束不了。那人判刑的可能性很大。检察长很有水平,他控告的人从来"百发百中";此人还是个才子,会作诗。

在通向审判厅的大门旁,站着一个庭丁。他问庭丁:

"先生,这门就要开了吗?"

"不开了。"庭丁回答。

"什么!重新开庭,也不开门?现在不是休息吗?"

"刚才又开始了,"庭丁又说,"不过,这门不打开了。"

"为什么?"

"里面满了。"

"什么!一个位子也没有了?"

"一个也没有了。门关了。谁也不让进。"

庭丁沉吟了一会儿,又说:"庭长先生后面还有两三个空位子,不过,庭长先生只允许官员坐在那里。"

说完，庭丁便转过身去不理他了。

他低着脑袋走了。他穿过休息室，缓步走下楼梯，仿佛下一个梯级，都要迟疑一下。可能他在同自己进行商量。昨天就开始的激烈的思想斗争尚未结束。新的波折随时都会重新开始。下到楼梯平台上，他便靠在扶手上，双臂交叉在胸前。突然，他解开衣襟，掏出皮夹，从里面拿出一支铅笔，撕了张纸，借着路灯朦胧的光线，匆匆写了一行字：滨海蒙特勒伊市长马德兰先生。然后，他大步走上楼梯，从人群中挤过去，径直走到庭丁身边，把那张纸交给他，不容置辩地对他说：

"把这交给庭长先生。"

庭丁接过纸，溜了一眼，立即照办了。

八　优待入场

他没料到，滨海蒙特勒伊市长的名气如此响亮。七年来，他的美名传遍了下布洛内的各个角落，最后越过这小小的地区，在毗邻的两三个省内也遐迩闻名了。他不仅在省府建立了黑玻璃工业，使之受惠匪浅，就连滨海蒙特勒伊地区的一百四十一个市镇，也无不受到他的恩惠。必要时，他甚至还帮助其他几个地区发展了工业。比如，他抓住机会，以信贷和提供资金的方式，帮布洛内建立了罗纱厂，弗雷旺建立了机械麻纱厂，布贝建立了水力织布厂。无论哪里，只要提起马德兰先生的名字，人们无不充满敬意。阿腊斯和杜埃都羡慕小小的滨海蒙特勒伊市有这样一位好市长。

主持这次阿腊斯刑事庭审的，是杜埃的御前顾问，他和大家一样，久仰这个家喻户晓的名字了。庭丁将通往法庭的门轻轻推开，走到庭长的座位后面，弯下腰，把我们刚才读过的纸条交给他，并对他说：这位先生想参加庭审。庭长肃然起敬，拿起笔，在纸条的下端写了几个字，又交还给庭丁，并对他说："请他进来。"

我们这个故事的主人公，这位命途多舛的人，仍然站在门口，位置和姿势同庭丁离开时没有丝毫改变。他在沉思默想，忽听见有人对他说："先生请跟我来。"还是那个庭丁，刚才转过身去不理他，现在鞠躬快把脑袋鞠到地上了。庭丁同时把纸条递给他。他打开纸条，旁边恰好有灯，能看清楚纸上的字：

"刑事庭长谨向马德兰先生致敬。"

他把纸条揉成一团，仿佛这几个字给他留下了苦涩的怪味。

他跟在庭丁后面。

几分钟后，他就一个人待在会议室里了。那屋子四壁镶板，庄严肃穆，一张铺着绿呢的桌子上点着两支蜡烛。庭丁离开时说的话，还在他耳边回响："先生，这里是会议室，您只要转一下这门上的铜旋钮，就到了刑事庭长先生的座位后面了。"这些话，同他刚才走过窄窄的走廊和黑黑的楼梯时留下的模糊记忆，在他的头脑中搅成一团。

庭丁将他一个人留下来，自己走了。最后的时刻到了。他竭力集中思想，却怎么也集中不起来。人头脑中的思路，越是需要同椎心泣血的现实联系起来的时候，却越是会中断。他正待在法官们商议和判决的地方。他惊愕而平静地环顾这宁静而可怕的会议室，多少生命在这里断送，过一会儿，他的名字也将在这里回响，此刻，他的命运正在从这里穿过。他望望四壁，又望望自己，奇怪怎么会是这间屋子，怎么会是自己。

他一天一夜没吃东西了，一路颠簸，已是疲惫不堪，但他全然不觉。他好像什么也感觉不到。

墙上挂着一个黑镜框，他走过去，看见玻璃下有一封信，年代已久,是巴黎市长兼部长让-尼科拉·帕施的真迹,日期是共和二年①六月九日,显然写错了;信中向这个区通告了被软禁的部长和议员的名单。此时,如果有人看见并观察他,会以为他对这封信很感兴趣,因为他目不转睛地看着,并且读了两三遍。其实,这是无意识的行为,他的心在别处。他在想芳蒂娜和珂赛特。

他沉思着转过身,视线落在门的铜旋钮上,门那边便是审判厅。他几乎忘记这扇门了。他的目光始而平静地落在门上,在铜旋钮上停留片刻,继而变得茫然呆滞,渐渐变得惊恐不安。

他头上沁出大滴汗珠,从头发根流到了太阳穴。突然,他做了一个难以描绘的手势,威严之中带点反抗的意味,仿佛在说,而且确实在说:"见鬼!谁强迫我了?"然后,他猛地转身,看见前面就是他刚才进来的那扇门,便走过去,打开门,走了出去。他已离开会议室,到了门外,到了走廊里,那走廊又长又窄,有一些台阶,几个小窗口,曲曲弯弯,隔一段距离有一盏类似病房里用的长明灯。他来的时候也是走这个走廊。他呼吸了一下,然后侧耳细听;身后没有一点声音,前面也没有一点声音。他拔腿就跑,就像有人在追他。

他在走廊里绕了几个弯后,再次侧耳倾听。周围依然寂寂无声,灯光幽幽。他气喘吁吁,脚步踉跄,便靠在墙上。墙上的石头冰冷冰冷,他额头上汗水也像冰一样冷。他打了个寒噤,霍地站直身子。

于是,他独自一人,站在黑暗中,陷入了沉思。他浑身颤抖,是因为冷,也因为别的原因。

他苦苦思索了一整夜,他苦苦思索了一整天;此刻,他只听见内心有一个声音在叹气。

就这样,一刻钟过去了。最后,他低下头,苦恼地叹了口气,垂着

---

① 共和历为法国大革命时期的日历。共和二年,即一七九四年。

双臂,又往回走了。他走得很慢很慢,好像已精疲力竭。他感到刚才逃跑时,有人追上了他,在把他带回去。

他回到了会议室。他看到的第一件东西,便是那旋钮。那铜旋钮圆圆的,光光的,在他看来,犹如一个可怕的星星,散发着光芒。他看着它,就像在看一只老虎的眼睛。他目光怎么也无法从那里挪开。

他不时地往前挪一步,向门靠拢。

假如他注意听,会听见隔壁的大厅里有声音,一种低声议论的嗡嗡声。但他没有听,因而没有听见。

突然,他不知道怎么已走到了门边。他使劲抓住门把。门开了。

他已进了审判厅。

九 罗织罪名的地方

他向前迈了一步,机械地关上门,站在那里,端详眼前的情景。

这间厅相当大,灯光幽暗,时而喧哗,时而寂静,刑事诉讼的一整套机器,正在听众的注视下,严肃、鄙俗、阴森地进行着工作。

在大厅的一端,即他所在的这一头,坐着穿旧袍的法官,他们漫不经心,有的在咬手指甲,有的在闭目养神;在另一端,有一群衣衫褴褛的听众;律师们姿态各异,士兵们神情正直而冷酷;壁板破破烂烂,满是污渍,天花板肮脏不堪,几张桌子上铺着黄不黄绿不绿的哔叽布,几扇门被手摸来摸去变得黑不溜秋;壁板上的几个钉上,挂着小咖啡馆里常用的油灯,与其说发出亮光,不如说冒出烟雾;那几张桌上,放着铜烛台,插着蜡烛;幽暗、丑陋、凄迷;这一切给人以庄严肃穆的印象,因为人在里面会感受到人的威力——即所谓的法律——和神的威力,即所谓的公正。

人群中没有人注意他。所有的目光都集中到一个点上，即庭长左侧沿墙靠着一扇小门的一张木板凳。几根蜡烛照着这木凳子，上面坐着一个人，左右各站着一个宪兵。

这个人就是那个人。他没有寻找，就看见他了。他的眼睛自然而然地往那边看，仿佛事先知道会在那里。

他以为看见了自己，已经变老，倒不是面孔绝对相像，而是姿态和外表一模一样，头发竖立，双眸凶猛而惶惑，穿着工作服，同他进迪涅那天的模样十分相似，满腔仇恨，把在狱中十九年积累起来的丑恶而珍贵的思想深深地埋在心中。他打了个寒噤，对自己说：

"上帝！难道我又要变成这副模样了吗？"

这人看上去至少有六十岁了。他的神态有一种难以描绘的粗野、惊慌和恐惧。

听到开门声，大家闪开给他让位，庭长转过头来，明白来人就是滨海蒙特勒伊的市长先生，向他点头致意。检察官因公曾不止一次去过滨海蒙特勒伊市，见过马德兰先生，认出是他，也向他点了点头。可他几乎没看见。那时，他正幻觉丛生。他呆呆地望着。

法官、书记、宪兵、一群残酷而好奇的听众，这一切，他见过一次，那是在从前，在二十七年前。这些倒霉的东西，他又一次看到了；他们就在眼前，他们在晃动，他们确实存在。这不再是回忆出来的情景，不再是想象出来的幻景，而是真正的宪兵，真正的法官，真正的听众，是有血有肉的真正的人。一切都完了。往日的可怕景象再次出现在他的周围，是那样真实，那样可怖。

这一切，都向他张开了嘴巴。他极度恐惧，连忙闭上眼睛，在心底里喊道："决不！"

真是命运可悲的捉弄！他感到胆战心惊，他几乎要疯了。他的另一个自己就在那里！那个受审的人，大家叫他让·瓦让！

他眼前正在演出他一生中最可怕的一幕，是他的幽灵在演出，这是他从未见过的景象。

一切依旧，同样的机器，同样是夜晚，法官、士兵、观众的面孔也几乎一样。不同的是，在庭长的头上方，有一个带耶稣受难像的十字架，从前他受审时，法庭上没有这东西。他受审的时候，上帝没有到场。

他身后有一张椅子。他突然想到人们会看见自己，吓得赶快坐下来。他坐下后，利用法官公案上的一堆卷宗挡住自己的脸，不让大厅里的人看见。现在，他可以看见别人，而别人却看不见自己。他渐渐镇静下来。他完全回到了现实中。他已平静到可以听人说话了。

巴马塔布瓦先生是陪审团成员。

他找雅韦尔，但没看见。书记员的桌子挡住了证人席。而且，前面说了，大厅里的灯光很暗。

他进来的时候，被告律师的辩护已近尾声。大家的注意力高度集中。案子已审了三小时了。三小时以来，大家目睹着一个人，一个陌生人，一个极其愚蠢，或者说极其狡猾的穷人，在似是逼真的事实下，渐渐地屈服了。这个人，我们已知道，是一个流浪汉，他在一块田里被发现时，手里拿着一根有熟苹果的树枝，是从旁边一个果园里的苹果树上折下来的，那果园叫皮埃龙果园。这个人究竟是谁？已进行过调查。证人们刚才作了证，他们众口一词，通过辩论，现已真相大白。诉状说："我们手中的这个罪犯，不仅是一个偷苹果的贼，一个偷农作物的贼，还是一个强盗，一个擅离监视地点的累犯，一个前苦役犯，一个最危险的歹徒，一个被通缉已久名叫让·瓦让的坏蛋，八年前，从土伦监狱释放时，他手持凶器，对一个名叫小热韦尔的萨瓦孩子拦路抢劫，触犯了刑事法三百八十三条，一旦验明该犯的正身，还要对此罪行进行审理。他最近犯了新的偷窃罪。这就是累犯了。先审理新罪，之后再审旧罪。"

面对这个诉状,面对证人的众口一词,被告显得目瞪口呆,不知所措。他摇着脑袋,做着手势,竭力否认,要不就两眼望着天花板。他说话十分费力,回答结结巴巴,但他整个人从头到脚都在否认。他像一个白痴,被一群摆开阵势的聪明人包围,又如一个局外人,置身于将他牢牢抓住的社会中间。然而,他的前途处在最大的威胁中,罪名成立的可能性每时每刻都在增加,充满诬蔑之词的判决向他步步紧逼,望着判决,观众比他更焦虑不安。他的身份一旦确定,小热尔韦的案子一旦判刑,那就不只是坐牢,而是很可能会判处死刑。这个人到底是谁?他这种迟钝的表情是什么性质?是愚蠢还是狡狯?是十分清楚事情的严重性,还是懵然无知?对这些问题,听众中间看法不一,陪审团似乎也莫衷一是。这个案子既令人惊骇,又使人困惑,不仅模糊不清,而且茫然无绪。

辩护律师的辩护相当精彩,用的是外省方言。长久以来,这一直是法庭上唇枪舌剑的语言,从前,不管是在巴黎,还是在罗莫朗坦或蒙布里松,所有的律师都使用这种语言,现已成为古典,只有检察院的官方演说家还在使用,因为它音调洪亮,气派威严。在这种方言中,老公称作"丈夫",老婆称作"妻子",巴黎称作"艺术和文化的中心",国王称作"君主",主教大人称作"神圣的高级教士",检察官称作"能言善辩的公诉代言人",辩护词称作"刚才聆听到的高论",路易十四时代称作"伟大的时代",剧院称作"墨尔波墨涅①殿堂",执政的王室称作"列王高贵的血统",音乐会称作"音乐的盛大节日",统辖一省的将军先生称作"威震四海的某某武士",等等,神学院的学生称作"这些稚嫩的教士",指责报界的错误时,说是"在报刊诸栏中散布毒素的花言巧语",诸如此类,不一而足。——因此,我们这位辩护律师

---

① 墨尔波墨涅,希腊神话中九位文艺女神中的一个,主管悲剧。

一上来便阐述偷苹果的案情，——这种事要用文雅的语言来表达，实在勉为其难，不过，贝尼涅·波舒埃有一次在致谏词中，不得不谈到一只母鸡时，照样言词华美，应付自如。辩护律师确认，偷苹果的罪行实际上尚未证实。——他以辩护人的身份，坚持把他的委托人叫作尚马蒂厄，他说没有人看见他越墙或折树枝。他被抓住，是因为手中拿着一根树枝（辩护律师更乐意称作细枝），但他一口咬定是从地上捡的。谁又能提供反证呢？——这根树枝可能是小偷越过墙去折断并偷走后，做贼心虚而扔在地上的。可能是有一个贼。可是，有什么证据能证明这个贼就是尚马蒂厄呢？只有一点。他从前是苦役犯。律师不否认这一身份似乎不幸得到了证实；被告在法弗罗勒待过；他在那里当过修树工，尚马蒂厄的名字很可能出自让·马蒂厄；这一切确凿无疑；再说，四个证人毫不犹豫，一口咬定尚马蒂厄就是苦役犯让·瓦让；对于这些指控，这些证词，律师只好用当事人的否定——有个人目的的否定——来反驳；但是，即使他是让·瓦让，就能证明他是偷苹果的贼吗？最多也是推测，没有任何证据。被告确实采取了"笨拙的辩护方式"，律师应该"真诚地"承认这一点。被告坚持否认一切，否认偷窃和他的苦役犯身份。其实承认是苦役犯，对他肯定有好处，可以赢得法官的宽恕。律师曾劝过他，但被告拒不接受，可能认为否定一切，便可挽救一切。这是错误的。但是，难道不该考虑他智力低下吗？显然，这个人一看就有点傻。在监狱里长期受苦，出狱后，又长期受穷，这使他变得愚昧鲁钝，等等，等等。被告的申辩很糟糕，可是，这难道是给他定罪的理由吗？至于小热尔韦一案，律师认为无须争辩，因为与本案无关。最后，律师恳请陪审团和法庭，即使他们确认他就是让·瓦让，也只按擅离监视地点罪从轻发落，不要按屡教不改的苦役犯严加惩处。

　　检察官对辩护律师进行了驳斥。他和其他检察官一样，言辞激烈，辞藻华丽。他赞扬辩方的"正直"，又巧妙地利用他的正直。他抓住辩方让步的几个方面,来攻击被告。律师似乎承认被告就是让·瓦让。他把这记录在案。因此,这个人是让·瓦让。这在诉状中已确认,不容再怀疑。说到这里,检察官追溯犯罪行为的根源,用换称法的修辞手段,怒斥浪漫派的伤风败俗(当时,浪漫派方兴未艾,《王旗报》和《日报》的批评家们称它为"撒旦派"),煞有介事地把尚马蒂厄,更确切地说,把让·瓦让的罪行,归咎为这一邪恶文学流派的影响。穷源溯流后,他话锋一转,谈起让·瓦让来了。让·瓦让是什么货色?他对让·瓦让进行了描绘。说他是遭人唾弃的魔鬼,等等。这般描绘,可以在忒拉门①的叙述中找到范例,这对悲剧毫无用处,但对每天的法庭辩论却大有帮助。听众和陪审团"高兴得发颤"。描写完让·瓦让,为了让第二天早晨的《省府公报》以最大热情报道他的演说,检察官又再展其口才:

"他是这样一个人,等等,等等,等等,流浪汉,叫花子,一无所有,等等,等等,——从前惯于为非作歹,蹲了监狱仍未改过自新,对小热尔韦的罪行就是明证,等等,等等。——他是这样一个人,犯了盗窃罪,在大路上被抓住,离他爬的围墙只有几步路,手里还拿着赃物,却矢口否认犯罪,否认偷窃和爬墙,否认一切,甚至姓名,甚至自己的身份!我们掌握了无数证据,这里不一一重复,只强调一点,四个证人认出了他,雅韦尔,正直的警探雅韦尔,另外三个是他同牢的无耻囚徒,苦役犯布雷韦、舍尼迪厄、科舍帕伊。他们众口一词,确认他是让·瓦让,可他是怎么对付的?他矢口否认!何等顽固不化!诸位陪审官先生,请你们主持正义,等等,等等。"

检察官说话时,被告张大嘴巴听着,惊讶之中还带点敬佩。显然,他惊讶一个人竟如此能说会道。诉状中不时出现"有力"的段落,检察官辩才横溢,污蔑之词滔滔不绝,犹如狂风暴雨,将被告团团包围,

---

① 忒拉门(前450—前404),古希腊雅典政治家。

被告便慢慢地左右摇晃脑袋,仿佛是悲哀而无言的抗议。自辩论开始以来,他一直只满足于这种无奈的抗议。有两三次,离他最近的观众听见他咕哝:

"为什么不去问问巴卢先生!"

检察官请陪审团注意,被告傻乎乎的样子显然是装出来的,这不能说明他愚笨,只能说明他机敏狡黠,惯于欺骗法庭,因此,这人的"邪恶心术"已暴露无遗。在结束公诉时,他对小热尔韦的问题表示保留意见,要求严加惩处。

这就是说,大家想必还记得,暂时判处终身苦役。

辩护律师站起来,先对"检察官先生"的"精彩演说"恭维了一番,然后又竭力作了辩驳,但是软弱无力。显然,他守不住阵地了。

十　否认的方式

结束辩论的时刻到了。庭长叫被告起立,按惯例问他:
"您还有什么要辩护的吗?"

那人站在那里,手里搓揉着肮脏不堪的破帽子,仿佛没有听见。庭长又问了一遍。

这一回他听见了。也好像听明白了,仿佛醒来似的动了动,举目环视四周,先看观众,然后是宪兵、他的律师、陪审员、法官,将巨大的拳头放在被告席前面的木栏杆上,又朝四周看了看,突然,他眼睛盯着检察官,开口说话了。就像是火山爆发。话语从他口中喷出来,毫不连贯,汹涌猛烈,互相碰撞,语无伦次,仿佛都急着要同时冲出来。他说:

"我有话要说。我在巴黎修过大车,我在巴卢先生家干过。这活很辛苦。修车总是在露天，在院子里，遇到好的东家，便在车棚里，从来不可能在不透风的车间里，因为这活占地方，明白吧。冬天冷得只好捶打胳膊取暖，但东家不让，说这耽误时间。街上结冰时，手摆弄铁器，够人受的。这活儿很累人。干这活儿，年纪轻轻就熬成老头。四十岁就完了。那时我五十三岁，真是吃足了苦头。还有，那些工人都坏透了！因为你年纪大，就叫你老傻瓜，老笨蛋！我一天才挣三十苏，老板们欺侮我年纪大，尽量少付给我钱。此外，我还有个女儿，在河边给人洗衣服。她也挣几个钱。就我们两个人，日子还能对付。她也很辛苦。整天洗衣服，半个身子泡在木桶里，下雨天，下雪天，风冷得割你的脸。结冰天也得洗。有些人衣裳不多，等着换洗；你不洗，活也就丢了。洗衣桶接缝不严，到处往下漏水。衣服里里外外全都是湿的。从外湿到里。她还在红孩子洗衣坊干过，水从龙头里流出来。那里不用木桶。前面是水龙头，用来洗，后面是洗衣池，用来清。那是在屋子里，身子不像那样冷。但里面热气腾腾，熏得你眼睛看不见。晚上七点回家，到家就睡觉。她累坏了。她丈夫老打她。她现在死了。我们没过过快活的日子。她是个好姑娘，不去跳舞，安分守己。我记得，一个封斋节前的星期二，她八点就睡了。这都是实话。你们可以去打听。啊！去打听！我太愚蠢了！巴黎是个无底洞。谁认识尚马蒂厄老头？不过，你们可以去问巴卢先生。去巴卢先生家看看。我真不知道你们为什么对我这样。"

　　那人住口了，但仍站着。他说这番话时，声音又高又急，又嘶哑又生硬，神态恼怒、粗野和憨直。中间，他停了一会儿，向听众席上的一个人招手致意。他那些话仿佛都是信口抛出，就像是打嗝，一面说，一面做着樵夫劈柴的手势。他说完后，听众哄堂大笑。他把目光转向听众，见大家在笑，感到莫名其妙，自己也跟着笑了。

　　这情景凄惨极了。

　　庭长是个和蔼亲切的人。他大声发言了。

他提醒"陪审员先生"注意:"被告提到巴卢先生,自称在那里干过活,但援引无效。这位前车行老板已破产,没能找到。"然后,他转向被告,要他注意听他下面要说的话。他接着说:

"鉴于您目前的处境,应该好好思考。最严重的推定落在您头上,可能会导致死刑。被告,从您的利益出发,我最后一次质问您,您要把下面两个事件交代清楚:第一,您是不是翻过皮埃龙果园的围墙,折断树枝,偷了苹果,就是说,犯了越墙盗窃罪?第二,您是不是刑满释放的苦役犯让·瓦让?"

被告神态自信地摇了摇头,好像他完全听懂了问题,知道如何回答似的。他张开嘴,转向庭长,说:

"首先……"

继而他看了看他的帽子,又看了看天花板,闭口不言了。

"被告,"检察官正颜厉色地说,"请您注意。问您的问题,您一个也没回答。您惶惑不安,正说明您心虚。很清楚,您不叫尚马蒂厄,您是苦役犯让·瓦让,先用让·马蒂厄这个名字作掩护,那是您母亲的名字,您到过奥弗涅,您出生在法弗罗勒,是修树工。很清楚,您翻过皮埃龙果园的围墙,偷了成熟的苹果。陪审员先生们将作出判断。"

被告本已坐下。检察官讲完后,他霍地站起来,大叫大嚷:

"您这人真坏!这就是我想说的。开头我没想出来。我什么也没偷。我这个人不是每天都有饭吃的。我从埃利来,经过那里,那天下了场阵雨,田野成了黄泥浆,水塘里的水漫出来,把路边沙地里的草都冲了出来,我见地上有根断枝,上面有几只苹果,我就捡了起来,谁知给我惹了麻烦。我在牢里待了三个月,让人拖来拖去。况且,我能说什么,你们说我有罪,你们对我说:'快回答!'这位宪兵是个好人,他推推我的胳膊,低声对我说:'回答吧!'我不会说话,我没念过书,我是个穷人。你们本该把事情弄清楚的。我没有偷,我捡了地上的东西。你们说让·瓦让，让·马蒂厄！我不认识这些人。他们是乡下人。我在巴卢先生家干过活，他家在医院大马路。我叫尚马蒂厄。你们告诉我出生的地方，真是太聪明了。我自己都不知道。不是所有的人生下来都有家的。那样就太好了。我认为，我父母亲是四处流浪的人。况且，我自己也不知道。我小时候，大家叫我小家伙，现在大家叫我老头。这就是我的教名。你们愿意的话，就这样叫吧。当然，我到过奥弗涅，我到过法弗罗勒！那又怎样？难道到过奥弗涅，到过法弗罗勒，就一定服过苦役？我对你们说，我没偷过东西，我是尚马蒂厄老头。我在巴卢先生家干过活，在他家住过。你们一个劲儿胡说八道，我都听得不耐烦了！为什么一个个就像疯了似的在后面逼我！"

检察官一直站着，他对庭长说：

"庭长先生，被告肆意抵赖，想让我们把他当傻瓜，我们警告他，那是痴心妄想。面对被告乱七八糟但十分狡猾的否认，我请庭长先生和法庭重新传犯人布雷韦、科舍帕伊和舍尼迪厄，以及警探雅韦尔，让他们就被告是不是让·瓦让再作一次证。"

"我提请检察官先生注意，"庭长说，"警探雅韦尔在邻县县城有公务要办，作完证就离开法庭和本城了。我们征得检察官和被告律师的同意，才准许他走的。"

"是这样，庭长先生。"检察官说。"鉴于雅韦尔先生不在场，我认为有必要提醒陪审员先生回顾一下雅韦尔先生刚才说的话。雅韦尔是值得尊敬的人，他正直廉洁，一丝不苟，这为他卑微但又十分重要的工作增光添彩。下面是他作证时说的话：'我用不着用推定和物证来驳斥被告的否认。我一眼就认出他是谁了。他不叫尚马蒂厄，他从前是个极其凶恶、极其可怕的苦役犯，他叫让·瓦让。因为他服刑期满了，不得不十分遗憾地将他释放。他因加重情节的偷盗罪，服了十九年的苦役。他曾五六次企图越狱。除了抢劫小热尔韦和偷窃皮埃龙果园外，我还怀疑他在已故迪涅主教家偷过东西。我在土伦监狱当苦役犯副看守时,经常看见他。我再说一遍,我一眼就认出他了。'"

检察官这番精确无误的复述,似乎对听众和陪审团产生了强烈的印象。最后,他强调说,即使雅韦尔缺席,布雷韦、舍尼迪厄、科舍帕伊等三位证人仍然要再次上庭作证,郑重听取法庭的质询。

庭长将命令传给一个庭丁,过了一会儿,证人室的门开了。庭丁在一个宪兵的保护下,把布雷韦带上法庭。听众一个个紧张极了,所有的胸脯一起起伏,仿佛共有一个灵魂似的。

前苦役犯布雷韦穿着中央监狱的黑灰色囚衣。布雷韦六十来岁,他相貌像生意人,神情像无赖。这两者常常是相辅相成的。他犯了新的罪行,又进了监狱,在那里,他当了狱卒之类的角色。监狱的头头脑脑们对他的印象是:他总想干些有用的事。狱中布道神甫证明他有虔诚的宗教信仰。要提醒的是,这事发生在王朝复辟时期。

"布雷韦,"庭长说,"您受过加辱刑的惩罚,不能宣誓……"

布雷韦垂下眼。

"然而,"庭长继而又说,"即使是被法律贬黜的人,如果上帝垂怜,在他身上就还会有荣誉感和公正感。在这决定性时刻,我要唤起的就是这一情感。假如您身上还有这种情感,——我希望如此——,您就好好想一想再回答我,一方面您要考虑这个人,您的一句话会将他断送,另一方面您要考虑法庭,您的一句话能使它明白真相。这是庄严的时刻,如果您认为您前面的证词错了,现在改口还来得及。——被告,起立。——布雷韦,仔细看一看被告,好好回忆一下,凭着您的良心告诉我们,您是不是坚持认为,这个人是和您一起服过苦役的让·瓦让。"

布雷韦看了看被告,然后转向法庭。

"是的,庭长先生。是我第一个认出他来的,我现在仍然坚持。这个人就是让·瓦让。一七九六年进土伦监狱,一八一五年出狱。我比他晚出去一年。他现在傻里傻气，那是年纪把他变傻的，在牢里的时候，他可阴险呢。我肯定他是让·瓦让。"

"您去坐下吧。"庭长说。"被告，您还站着。"

舍尼迪厄带了上来，他绿帽红衣，一看便知是终身苦役犯。他在土伦监狱服刑，为了这件案子，把他从那里提出来的。他个子矮小，五十来岁，性子急躁，满面皱纹，身体瘦弱，脸色发黄，厚颜无耻，容易冲动，他的整个肢体显得病病恹恹，但他的目光却透着巨大的力量。他的牢友们给他取了个绰号："我否认上帝①"。

庭长对他说的话，同对布雷韦说的大致一样。当庭长对他说，他犯有罪行，无权宣誓时，他却抬起头，直视听众。庭长提醒他要集中注意力，然后，像刚才问布雷韦那样，问他是不是坚持说认得被告。

舍尼迪厄纵声大笑。

"问我认不认得他！当然！我们锁在同一根铁链上有五年时间。老兄，你不高兴？"

"您去坐下吧。"庭长说。

庭丁带来了科舍帕伊。他也判了无期徒刑，和舍尼迪厄一样，也是从牢里提出来的，也穿着红囚衣。他是卢尔德地方的农民，和比利牛斯山的熊相差无几。他在山里放牧，后来成了强盗。与被告相比，科舍帕伊和他一样野蛮，但似乎比他更愚笨。这个不幸的人，和许多不幸的人一样，大自然把他变成了野兽，社会把他变成了苦役犯。

庭长试图用哀婉而严肃的话来打动他，又提出了和前面同样的问题，问他是不是毫不犹豫、毫不含糊地坚持认为，他面前的这个人是让·瓦让。

"是让·瓦让。"科舍帕伊说，"他力气很大，大家都叫他千斤顶。"

---

① "我否认上帝"（Je-nie-Dieu）与舍尼迪厄（Chenildieu）的音相似。

这三个人的证词，显然是真诚可信的，每一次作证，都在听众席上引起对被告不祥的议论，而且，议论的声音一次比一次响，时间一次比一次长。被告神色惊讶地听他们作证，按照诉状的说法，这是他为自己辩护的主要手段。在听第一个人作证时，他身边的宪兵们听见他咕哝说："啊！真有他的！"第二个人说完后，他露出了似乎满意的神态，稍微提高了声音说："好！"到了第三个，他大声喊道："精彩！"

庭长质询他说：

"被告，您听见了。您有话要说吗？"

他回答：

"我说：精彩！"

听众哗然，连陪审团也窃窃私语了。那人肯定完了。

"庭丁，"庭长说，"让大家安静。我要宣布辩论结束。"

这时，庭长身旁有了动静。一个声音喊道：

"布雷韦，舍尼迪厄，科舍帕伊！看看这边。"

听到这声音的人，无不毛骨悚然，因为那声音凄惨而可怕。大家的目光转向发出声音的地方。在法官后面坐着的特殊听众中，有一个人刚才站了起来，推开法官席和听众席之间的栅栏门，现在正站在大厅的中央。庭长、检察官、巴马塔布瓦先生，还有其他不少人都认出了他，异口同声地喊道：

"马德兰先生！"

十一　尚马蒂厄越来越惊讶

那人正是马德兰先生。书记员的灯照亮了他的脸。他手里拿着帽子，

衣服穿得整整齐齐，礼服扣得规规矩矩。他脸色十分苍白，身子微微颤抖。刚到阿腊斯时，他的头发还是花白的，现在全白了。那是他在这里一个小时以来变白的。

所有人都竖起了脑袋。人们此刻的感受难以形诸笔墨。全场的人一下都愣住了。那声音撕心裂肺，可站在那里的人却异常平静，这使人一下子不明所以。人们都在想这是谁喊的。没有人相信，这个神态平静的人会发出如此可怖的喊声。

惊疑只持续了几秒钟。庭长和检察官还没来得及说一句话，宪兵和庭丁们还没来得及做一个动作，这个此刻仍被大家称作马德兰先生的人，已朝证人科舍帕伊、布雷韦和舍尼迪厄走了过去。

"你们认不出我来了吗？"他说。

三个人目瞪口呆，都摇摇头，表示不认识。科舍帕伊吓得行了个军礼。马德兰先生转向陪审员和法官，和颜悦色地对他们说：

"陪审员先生，把被告放了。庭长先生，把我逮捕吧。你们要找的人，不是他，而是我。我是让·瓦让。"

大家紧张得气都出不来了。继惊讶引起的震撼之后，接踵而来的是死一般的寂静。一种发生了惊天动地的事时才有的那种神圣的恐惧感，攫住了大厅里每一个人的心。

可是，庭长先生的脸上出现了同情和忧愁。他和检察官交换了一下眼色，又同陪审员们低声交谈了几句。然后，他转向听众，用心照不宣的声调问大家：

"这里有没有医生？"

检察官发言说：

"陪审员先生，这件事太奇特，太意外，在法庭上引起了混乱，我们的感觉和诸位一样，无须明说。诸位都认识滨海蒙特勒伊的市长，尊敬的马德兰先生，至少也听说过他的大名。如果听众中有医生，我们和庭长先生一起请他出来照料一下马德兰先生,把他带回家去。"

马德兰先生根本没让检察官说完。他温和而又断然地打断了他的话头。下面是他讲的话,一字一句,分毫不差,如同目击者在庭审结束后马上记录下来的那样,如同四十年前聆听过那些话的人仍在耳边回响的那样。

"谢谢您,检察官先生,不过,我没有疯。您会看到的。刚才,您差点铸成大错。把这个人放了。我在尽我的责任,我是那不幸的囚犯。这里,只有我一个人看得最清楚,我来告诉您事实真相。我此刻所做的,上帝在天上看着,这就够了。既然我来了,您可以逮捕我。不过,我已尽了最大努力。我改名换姓,隐藏起来;我成了富翁;我当了市长;我想回到正直人中间。看来这是不可能的。总之,有许多事我现在不能讲,我不想向您叙述我的人生,有朝一日大家会知道的。我偷了主教大人的东西,这是真的;我抢了小热尔韦,这也是真的。人们有理由对您说,让·瓦让是一个凶恶的坏人。也许不应该全怪他。诸位陪审员先生,请听我说,像我这样堕落的人,没资格指责上帝,也没资格告诫社会;但是,要知道,我试图摆脱的那种耻辱,是非常有害的东西。苦役犯是苦役造成的。如果愿意,尽管把这句话记下来。进苦役所之前,我是一个愚昧无知的贫苦农民,一个傻瓜;苦役生活改变了我。从前我愚昧无知,后来变成了一个凶恶的坏人;原来是木柴,后来变成了焦炭。再后来,宽容和仁慈挽救了我,正如严厉的刑法毁了我一样。对不起,给你们说这些,你们是听不懂的。在我壁炉的灰烬里,你们可以找到一个四十苏的银币,那就是七年前我从小热尔韦那里抢来的。我没别的要说了。把我抓起来吧。上帝!检察官先生在摇头,您想说:马德兰先生疯了,您不相信我!这让我很难过。至少不要给这个人判刑!什么!他们怎么认不出我来!我希望雅韦尔在这里。他一定会认出我的!"

他说话时那种和蔼、伤感和忧郁的声调，是任何语言都难以表达的。

他转向三位苦役犯。

"喂！我，我可认出你们来了！布雷韦！您还记得吗……"

他停住话头，迟疑片刻，接着说：

"你还记得你在牢里用的针织方格背带吗？"

布雷韦似乎惊得打了个颤，神色惶恐地从头到脚打量他。他则继续说：

"舍尼迪厄，你给你自己起了个外号，叫'我否认上帝'，你的整个右肩膀重度烧伤过，因为有一天，你睡觉时把肩膀放在一大盆火炭上，想把烙在你肩上的T.F.P.①三个字母烧掉，可仍然看得出来。你回答，有没有这件事？"

"有。"舍尼迪厄说。

他又对科舍帕伊说：

"科舍帕伊，你左臂的肘弯旁，有一个用热火药烧成的蓝色日期。是一八一五年三月一日，拿破仑皇帝在戛纳登陆的日期。你把袖管卷起来。"

科舍帕伊卷起袖管，他周围的人都把目光集中到他赤露的胳膊上。一个宪兵拿来一盏灯。上面确实有这个日期。

那不幸的人微笑着转向听众和法官。当年目睹这个微笑的人，至今想起来心里还不是滋味。那是胜利的微笑，也是绝望的微笑。

"你们看见了吧，"他说，"我是让·瓦让。"

大厅里，不再有法官、原告和宪兵，只有发呆的眼睛和激动的心。谁都忘记了自己的职责，检察官忘了是来公诉的，庭长忘了是来主持庭审的，辩护律师忘了是来辩护的。令人吃惊的是，没有人提一个问题，

---

① T.F.P. 为终身苦役的缩写字母。

也没有人行使职权。崇高的场面,总是能感动所有的心灵,使在场的人都变成观众。也许没有人能说清楚自己的感受,没有人会以为看见了一束强光在闪耀,但每个人的心里都感到眩晕。

显然,面前的人就是让·瓦让。他光芒四射。他的出现,足以使这个至此一直扑朔迷离的奇案真相大白。无须任何解释,在场所有的人,仿佛得到了闪电般的启示,一眼就看清了这个简单而壮丽的故事,那人为了不让别人代他受过而舍身自首。那些鸡毛蒜皮的细节,种种可能有的犹豫和反抗,都烟消云散在这光风霁月的浩气中了。

这种感受很快就过去了,但在那一时刻,是不可抗拒的。

"我不想更多地打扰法庭。"让·瓦让说,"既然你们不逮捕我,那我走了。我有好几件事要处理。检察官先生知道我是谁了,也知道我去哪里,他随时都可以来抓我。"

他向出口走去。没有人说一句话,也没有人伸手拦住他。大家给他让路。此时此刻,他有一种说不出的令人群后退让路的神圣威力。他缓步穿过人群。不知道谁给开的门,但可以肯定,他到门口时,门是开着的。走到门口时,他转过身来说:

"检察官先生,随时听候处置。"

继而又对听众说:

"你们大家,所有在这里的人,都觉得我值得同情,是不是?我的上帝!当我想到我刚才做的事,我感到我是值得羡慕的。不过,我宁愿这件事不发生。"

他出去了。如同刚才有人把门打开那样,有人把门关上了。做出非凡之举的人,人群中肯定有人甘愿为他们效劳的。

这之后不到一小时,陪审团做出裁决,撤销对尚马蒂厄的一切控告。尚马蒂厄立即释放。他目瞪口呆地走了,心想所有的人都疯了,他对眼前发生的事茫然不解。

第八卷　余　波

一　马德兰先生用什么镜子照发

天渐渐亮了。芳蒂娜发高烧，彻夜未眠，满脑子都是幸福的幻象。清晨她却睡着了。看护她的辛普丽斯嬷嬷趁她睡着的时候，去给她准备奎宁合剂。可敬的嬷嬷在医务所的药房里已待了一会儿了，清晨，物体看上去朦胧不清，她便把眼睛凑近她配的药剂和药瓶。突然，她转过头，轻轻叫了一声。马德兰先生就在她面前。他刚悄悄进来。

"是您，市长先生！"她大声说。

他低声回答：

"那可怜的女人怎么样？"

"现在还好。可把我们担心坏了。"

她向他讲述了发生的事，说芳蒂娜昨天情况很糟，现在好一些，因为她以为马德兰先生去蒙费梅接孩子了。嬷嬷不敢问市长先生，但从他的神态，可以看出他根本不是从那里来。

"这样很好，"他说，"您没有说破是对的。"

"是的，"嬷嬷接口说，"可是，市长先生，她就要看到您了，她见不到孩子，我们该怎么对她说？"

他想了一会儿。

"上帝会启示我们的。"他说。

"总不能说谎吧。"嬷嬷嘟囔了一句。

屋里大亮了。光线照在马德兰先生的脸上。嬷嬷无意中抬起头来。

"我的上帝，先生！"她大叫道，"出什么事了？您的头发全白了！"

"白了！"他说。

辛普丽斯嬷嬷没有镜子。她在药箱里翻寻，找出一面镜子，是医务所医生用来确认病人死没死、断没断气的。马德兰先生拿起镜子，仔细照了照，而后说："真的！"

他说这话时心不在焉，好像在想别的事。

嬷嬷觉得这里面有什么不对劲，颇感害怕。马德兰先生问：

"我能看她吗？"

"市长先生不把她孩子接来吗？"嬷嬷说。她壮了壮胆才敢这样问。

"当然接来，但至少得两三天。"

"只要这几天她看不见市长先生，"嬷嬷怯生生地说，"她就不会知道市长先生已经回来，这样，就不难劝说她耐心等待。等孩子接来时，她自然会认为市长先生是同孩子一起回来的。这样就不必说谎了。"

马德兰先生似乎沉吟片刻，然后，平静而严肃地说：

"不，嬷嬷，我得见她。我可能没时间了。"

这"可能"二字，使市长先生的话显得古怪而晦涩，可那修女似乎没注意。她虔敬地垂着眼，轻声说：

"既然这样，她在睡觉，市长先生可以进去。"

有扇门关闭时发出声音，他怕吵醒芳蒂娜，便关照了几句，然后走进芳蒂娜的病房，走到床前，微微掀开帐帘。她睡得正香。气息从她胸腔呼出，声音好不凄楚。那是患这种疾病的人特有的呼吸声，夜间守候在患这种不治之症的熟睡孩子身旁的母亲们听了会心痛欲裂。可是，尽管芳蒂娜呼吸困难，脸上依然有一种不可言喻的安详，这使她在睡着时变得美丽了。惨白的脸色变成白皙，双颊出现了红润。金色的长睫毛紧闭着，颤动着，这是纯洁和青春在她身上唯一留下的姣美之处。她全身都在颤动，仿佛有对翅膀正在展开，将把她带走，但只能感觉到颤动，却看不见翅膀。见她这个样子，没人会相信她是生命垂危的病人。与其说她像濒临死亡，不如说像要展翅飞翔。

我们伸手摘花时，花枝会半推半就似的微微抖动。当死亡神秘的指头来摘取人的灵魂时，人的躯体也会像这样颤动。

马德兰先生一动不动，在床边待了一会儿，看看病人，又看看耶稣受难像，正如两个月前，他第一次来这里看她时那样。他和她还是上次的姿势，她熟睡，他祈祷，所不同的是，两个月过去了，她的头发已花白，他的头发已全白。

嬷嬷没同他一起进来。他站在床边，指头放在嘴上，仿佛在示意房间里的什么人不要出声。

她睁开眼，看见他，露出了笑容，安详地说：

"珂赛特呢？"

二　芳蒂娜幸福满怀

她既没显出惊讶，也没显出快乐；她已是快乐的化身。她在问"珂赛特呢？"这个简单的问题时，是那样信任，那样肯定，那样无忧无疑，使得马德兰先生无言以对。她接着又说：

"我知道您在这里。我睡着了，但我看见您了。我早就看见您了。我的眼睛跟了您整整一夜。您被一个光圈环绕,身旁有各种各样的神仙。"

他抬头看了看那个耶稣受难十字架。

"告诉我,珂赛特在哪里?"她又说,"为什么不把她放在我床上,等我醒来时好看见她?"

他随口编了几句,过后都想不起说什么了。幸好医生闻讯赶来。他是来给马德兰先生解围的。

"孩子,"医生说,"冷静些。您的孩子在这里。"

芳蒂娜的双眸顿时炯炯发光,照亮了她整个脸。她双手合十,就像人们祈祷时那样,神情既强烈,又温柔。

"呵!"她喊道,"快给我抱来!"

母亲的幻觉多么感人肺腑!在她眼里,珂赛特永远是抱在怀里的娃娃。

"不行,"医生又说,"现在还不行。您还发着烧呢。看到孩子,您会激动的,这样对您不好。先得把您的病治好。"

她急躁地打断他。

"我已经好了!告诉您,我已经好了!这个医生,固执得像头驴!喂!我要见我的孩子,我!"

"瞧您发这么大的火,"医生说,"如果您老是这样,我就不准您见孩子。不光是要看见她,还要为她活下去。您什么时候理智了,我就亲自把她给您送来。"

可怜的母亲垂下头来。

"大夫先生,请您原谅,我诚恳地请求您原谅。我从前绝不会像刚才那样讲话,我经历了太多的不幸,有时都不知道自己在胡说什么。我知道,您是怕我激动。您要我等多久都行。不过,我向您保证,看见我女儿,对我肯定不会有坏处。我一直看见她的,从昨天晚上起,我的眼睛就没离开过她。您知道吗?现在抱来给我,我就可以轻轻地和她说说话。如此罢了。既然人们专程去蒙费梅把我的孩子接来了,我想看看她,这不是很自然的吗?我没有发火。我知道我就要有幸福了。整整一夜,我都看见一些白色的东西,一些人在向我微笑。大夫先生什么时候愿意,就把我的珂赛特抱给我。我不发烧了,因为我的病好了。我感到一点病也没有了。但我还会像有病那样静静躺着,好让这里的看护们高兴。大家看到我很安静,就会说:该把孩子给她了。"

马德兰先生已坐到床边的一张椅子上。她朝他转过脸。显然,她在努力装出平静的样子,并且像她在病态——人得了病就像孩子——中所说的那样,竭力做出很"乖"的样子,这样,人家看她平静了,就不会反对把珂赛特带给她了。然而,她一面克制自己,一面仍忍不住向马德兰先生提出一个个问题。

"您一路挺顺利的吧,市长先生?呵!您真好,帮我去接孩子!我只要您告诉我她现在怎么样。她路上累不累?唉!她不会认得我了!她早就把我忘了,可怜的宝贝!孩子是没有记性的。就像小鸟。今天看见一样东西,明天又看见另一样东西,见一样忘一样。她穿的内衣总该是白的吧?泰纳迪埃家让她穿得干净吗?给她吃得怎么样?呵!要知道,在我贫困的时候,我一想到这些,就心如刀绞!现在都过去了!我多么快乐!呵!我多想看到她啊!市长先生,您觉得她漂亮吗?我的女儿是不是很美?你们在马车上一定很冷吧?能不能把她带来,哪怕待一会儿?来一下就带走嘛。说呀!您是主人,您同意就行。"

他握住她的手:

"珂赛特很美,"他说,"珂赛特身体很好,您很快就能见到她了,但是,您要安静下来。您说话太急,您的手臂也露在外面了,您会咳嗽的。"

的确,芳蒂娜每说一句话,几乎都要咳一阵。

芳蒂娜没有抱怨,她想赢得大家的信任,唯恐过分的抱怨会坏事。

于是，她就说些无关紧要的话。

"蒙费梅挺漂亮，是不是？夏天常有人去那里游玩。泰纳迪埃家生意好吗？他们那里过往的人不是很多。他们的客店不过是一种低级饭馆。"

马德兰先生仍然握着她的手，忧心忡忡地望着她。显然他来是有话要同她说，但现在犹豫了。医生看完病人就走了。只剩下辛普丽斯嬷嬷和他们在一起。

这时，在这默默无声中，芳蒂娜大叫大嚷起来：

"我听见她的声音了！我的上帝！我听见她的声音了！"

她伸出胳膊，示意大家不要说话，她屏神敛气，欣喜若狂，侧耳谛听。

院子里有个孩子在玩耍，大概是女门房的孩子，或是某个女工的孩子。这样的巧合屡见不鲜，这似乎是神秘悲剧的组成部分。那是个小女孩，为暖和身子，在来回跑动，一边大声地又笑又唱。唉！哪里没有孩子玩耍呢！芳蒂娜听到的正是这个小女孩的歌声！

"呵！"她又说道，"是我的珂赛特！我听出她的声音了！"

孩子忽来忽去，她走远了，声音消失了。芳蒂娜又听了一会儿，脸色阴沉下来。马德兰先生听见她低声说：

"大夫真坏，不让我见女儿！这个人，一脸凶相！"

但是，她那些快乐的思想又回来了。她头贴着枕头，继续自言自语："我们会多么幸福啊！首先，我们要有一个小花园！马德兰先生答应过我。女儿在花园里玩耍。现在她该会写自己的名字了。我要让她拼给我听。她在草地上追蝴蝶。我看着她。她还要去领圣体。啊！她什么时候该去领第一次圣体？"

她扳着指头算了起来。

"……一，二，三，四……她今年七岁。再过五年。她将披一条白面纱，穿一双镂空长袜，就像一个小女人。啊！我的好嬷嬷，您不知道我有多蠢，我竟在想我女儿第一次领圣体了！"

她笑了起来。

他松开芳蒂娜的手。他听着她说话，犹如在听风的声音，眼睛看着地面，思想陷入无尽的思索中。忽然，她不说话了。他机械地抬起头，芳蒂娜的模样变得十分骇人。

她不再说话，也不再呼吸；她已半坐起身子，瘦削的肩膀从衬衣里露出来，刚才还容光焕发的面孔，此刻已变得惨白，她好像在凝视她前面房间另一头一件可怕的东西，恐惧使她的双眸睁得很大。

"上帝！"他喊道，"芳蒂娜，您怎么啦？"

她不回答，眼睛依然盯着她似乎看见的一样东西，一只手拉拉他的胳膊，另一只手示意他看身后。

他转过脸，看见是雅韦尔。

三　雅韦尔洋洋得意

下面谈一谈事情的经过。

马德兰先生离开阿腊斯刑事法庭时，午夜十二点半刚过。他回到客店时，正赶上邮车快要出发；大家记得，他预定了座位。不到六点，他就到了滨海蒙特勒伊，他做的第一件事，就是把写给拉斐特先生的信寄走，然后就去医务所探望芳蒂娜。

然而，他刚离开法庭，检察官就恢复了镇静。他发言说，他为尊敬的滨海蒙特勒伊市长的荒唐行为感到遗憾，声称尽管发生了这件荒唐的意外，他的信念依然未变，相信事情迟早会水落日出，认为尚马蒂厄肯定是真正的让·瓦让，要求法庭给他判刑。检察官固执己见，显然与大家，与听众、法官和陪审团的看法背道而驰。辩方律师不费多少口舌，就把检察官的演说驳得体无完肤。他指出，根据马德兰市长，即真正的让·瓦让所揭露的事实，案情有了根本的改变，站在陪审团前面的是一个无辜的人。律师还对法庭犯的错误概括地感叹了一番，尽管缺少新意……庭长总结时，赞同辩方律师的意见，陪审团几分钟就作出决定，宣布尚马蒂厄与本案无关。

可是，检察官总得有一个让·瓦让。尚马蒂厄放了，只好抓住马德兰。

释放尚马蒂厄之后，检察官立即和庭长闭门密谋。他们商议了"逮捕滨海蒙特勒伊的市长先生的本人的必要性"。这句话中有好几个"的"字，是检察官先生亲手写在呈送总检察长的报告底稿上的。庭长最初的激动已然过去，他没发表什么异议。法院必须正常运行。再说，尽管庭长是个善良而相当聪明的人，但他是保王派，而且非常狂热，听到滨海蒙特勒伊市长谈起戛纳登陆，用的是"皇帝"，而不是"布奥拿巴"，心里很不舒服。

于是逮捕令发出了。检察官派一名专差，火速送往蒙特勒伊，并让警探雅韦尔负责此事。

大家知道，雅韦尔作证后，立即回滨海蒙特勒伊了。

专差把逮捕令和传票交给他时，他正在起床。那专差也是个非常干练的警察，三言两语，就把阿腊斯发生的事向雅韦尔交代清楚。逮捕令由检察官签字，上面写着："雅韦尔警探速将滨海蒙特勒伊市长马德兰拘捕归案，本日公审时，查明此人是苦役释放犯让·瓦让。"

不认识雅韦尔的人，看见他走进医务所前厅时的样子，绝对猜不出发生了什么事，会觉得他神态很正常。他冷峻、镇静、严肃，花白的头发平平整整贴在双鬓，刚才上楼的步履也和平时一样慢慢悠悠。若是非常熟悉他的人，仔细观察，会不寒而栗。皮领的扣子本该在后颈上，现在却歪到了左耳上。这说明他内心经历了从未有过的激动。

雅韦尔是一个有完整性格的人,工作一丝不苟,衣服纹丝不皱;抓歹徒有条不紊,对衣服的扣子非常严格。像这样把领扣扣歪,想必他内心经历了有如地震般的激动。

他来时,只向附近的警察所要了一名下士和四名士兵。他把那些人留在院子里,向女门房问清楚芳蒂娜住在哪间病房。女门房毫不怀疑,因为常有荷枪的人来找市长先生,她已习以为常。

到了芳蒂娜的病房,雅韦尔转动门把,像看护或密探那样轻轻推开门,进了房间。

严格地说,他没进去。他站在半掩着的门口,头上戴着帽子,左手插在紧腰大衣兜里,大衣一直扣到下巴。那根粗拐杖藏在身后,但在肘弯处可见它的圆头。

他这样待了将近一分钟,谁也没有发现他。突然,芳蒂娜抬起头,看见了他,并让马德兰先生也回过头来。

当马德兰的目光与雅韦尔的目光相遇时,雅韦尔一动不动,待在原地,但神态狰狞可怕。人的任何情感,都不如欣喜若狂的神态令人恐怖。

魔鬼重新发现他要投入地狱的人时,就是这副面孔。

终于抓住让·瓦让了,这一信念,使他内心深藏的东西全都流露到脸上。内心的激动,全都浮上了表面。起初,他为自己一时迷失方向,冤枉了尚马蒂厄,感到丢了脸面,现在这种耻辱感已烟消云散,相反洋洋得意起来,因为他一开始就猜到了,而且他的直觉一直很正确。在雅韦尔居高临下的神态中,展现出欣喜若狂的神色。狭窄的额头也因喜形于色而变得格外丑陋。这是一张得意的脸可能展现的百般恶相。

此刻,雅韦尔飘飘欲仙。他虽没明确意识到,但依稀感到了自己的成功和不可或缺。他,雅韦尔,在除恶的天职中,代表着正义、光明和真理。在他的身后,在他的周围,在无限的天际,他代表着权力、理性、既判案件、法治、公诉,他拥有所有的星星;他维护秩序,让法律威震四海,替社会除暴安民,为捍卫绝对真理助一臂之力;他挺立在灿烂的光辉中;他胜利在握,但还能挑战和战斗;他傲然屹立,威风凛凛,光彩夺目,将大天使的残暴和无比淫威展现在空中,他正在完成的行动可怕而阴暗,而他紧握的双拳散发出社会这把利剑的寒光;他快乐而又气愤地把罪行、邪恶、反叛、堕落、地狱踩在脚下;他光芒四射,他消除罪恶,他春风得意,在这个可怕的圣米迦勒大天使身上,有一种不容置疑的威严。

雅韦尔虽然可怕,但不卑鄙。

正直、真诚、坦率、自信、责任感,这些东西若被滥用,会变得令人厌恶,可是,即便令人厌恶,仍不失其威严;这些品质的威严性,是人类良知特有的本性,必定持续存在于丑恶之中。这些美德有一个缺点,那就是会出错。一个狂热分子在肆虐时所表现出的冷酷而诚实的快乐的同时,仍保持一种说不出的凄凉而可敬的光辉。雅韦尔自己也意识不到,他在极度快乐时值得怜悯,正如愚昧无知的人洋洋得意时值得同情一样。在这张脸上,展现了善所具有的一切恶,世上还有比这更可怕更可悲的东西吗?

四 司法机关重行司法权

那天芳蒂娜被市长先生从雅韦尔手中救出之后,再没见过这个人。她头脑已失常,对一切懵然不知,但她相信雅韦尔是回来抓她的。她无法忍受这张凶恶的面孔,她感到自己要死了,两只手捂住脸,忧惧地喊道:

"马德兰先生，救救我！"

让·瓦让——以后，我们不再称呼他别的名字了——站了起来。他以最温柔最平静的声音对芳蒂娜说：

"放心吧。他不是来找您的。"

然后，他对雅韦尔说：

"我知道您的来意。"

雅韦尔回答：

"行了快走！"

他说这两个词时，声音都变了调，变得说不出的野蛮和狂暴。雅韦尔不说："行了，快走！"而是说："行了快走！"任何文字都难以表达他说话时的音调；这已不是人在说话，而是野兽在吼叫。

他不照惯例办事，根本不说明来意，也不出示传票。对他而言，让·瓦让是一个神秘莫测、不可捉摸的斗士，一个阴险的力士，他掐住他已五年了，却无法把他摔倒。这次逮捕，不是开始，而是结束。他只说了句："行了快走！"

他说这话时，没有往前走一步。他把目光投向让·瓦让，不啻投去一个铁钩，他惯于用这种目光把不幸的人粗暴地钩向自己。两个月前，芳蒂娜感到刺进她骨髓的，也是这个目光。

听到雅韦尔的喊声，芳蒂娜又睁开眼睛。她看见市长先生仍在这里。她还有什么好怕的？雅韦尔走到屋子中间，大声吼道：

"呀！你在这里？"

不幸的女人看看周围。只有嬷嬷和市长先生在场。他会对谁轻蔑地称"你"呢？除了她，不会有别人。她打了个寒噤。

这时，她看见了一件闻所未闻的事，即使在烧得最糊涂的时候，噩梦中也未曾出现过。她看见雅韦尔暗探抓住市长先生的衣领；她看见市长先生低下头。她仿佛觉得世界末日到了。

雅韦尔果然抓住了让·瓦让的衣领。

"市长先生！"芳蒂娜喊道。

雅韦尔纵声狂笑，露出了所有的牙齿。

"这里不再有市长先生了！"

让·瓦让没想挣脱抓住他衣领的手。他说：

"雅韦尔……"

雅韦尔打断他说：

"叫我警探先生。"

"先生，"让·瓦让继续说，"我想单独和您谈谈。"

"大声！大声说！"雅韦尔回答道，"同我说话要大声！"

让·瓦让压低声音继续说道：

"我求求您……"

"我叫你大声说。"

"可这件事只能给您一个人说……"

"这和我有什么关系？我不听！"

让·瓦让向他转过身子，低声而急速地对他说：

"给我三天时间！三天时间，去把这不幸女人的孩子接来！要多少钱，我给多少。如果您愿意，就陪我一起去。"

"开什么玩笑！"雅韦尔嚷道，"啊！我可不认为你是傻瓜！你问我要三天时间好逃跑！你说是去接这个婊子的孩子！哈！哈！很好！这很好！"

芳蒂娜身子颤了一下。

"我的孩子！"她喊道，"去接我的孩子！她不在这里！嬷嬷，回答我，珂赛特在哪里？我要我的孩子！马德兰先生！市长先生！"

雅韦尔跺了一下脚。

"现在，这一个也来劲了！住口，婊子！这个鬼地方，苦役犯当市长,娼妓得到伯爵夫人般的照料!嘿!这一切就要改变了。是时候了!"

他盯着芳蒂娜,一面重新抓住让·瓦让的领带、衬衣和大衣领子,继续说道:

"告诉你,根本没有马德兰先生,没有市长先生。只有一个小偷,一个强盗,一个叫让·瓦让的苦役犯!我抓住的是他!就这样!"

芳蒂娜蓦地坐起来,用两只僵硬的胳膊和两只手支撑着身子,看看让·瓦让,再看看雅韦尔,再看看修女,张开嘴像是要说话,喉咙里发出嘶哑的喘气声,牙齿发出格格的响声,惶恐地伸出两只胳膊,痉挛地张开两只手,像溺水的人那样向周围乱抓,接着猛地摔倒在枕头上。她的脑袋撞在床头,又弹回来落在胸口,嘴巴张着,眼睛睁着,但没有光了。

她死了。

让·瓦让将手放在雅韦尔抓住他领子的手上,像扳开孩子的手那样,把他的手扳开,然后对他说:

"您杀死了这个女人。"

"够了!"雅韦尔愤怒地嚷道,"我不是到这里来听你说理的。废话少说。卫队在底下。快走,不然要用手铐了!"

在一个墙角里,有一张旧铁床,是给守夜的嬷嬷睡觉的。让·瓦让走到床边,转眼间就把本已破烂的床头拆了下来,以他这样的臂力,做起来易如反掌。他握住铁床杆,盯着雅韦尔。雅韦尔退到门口。

让·瓦让手握铁杆,慢慢向芳蒂娜的床走去。走到床边,他转过头,用低得几乎听不见的声音对雅韦尔说:

"我劝您这时候别打搅我。"

有一点可以肯定:雅韦尔发抖了。

他想去叫卫队,又怕让·瓦让乘机逃跑。因此,他待着没走,用手抓住拐杖末端,背靠着门框,眼睛紧盯着让·瓦让。

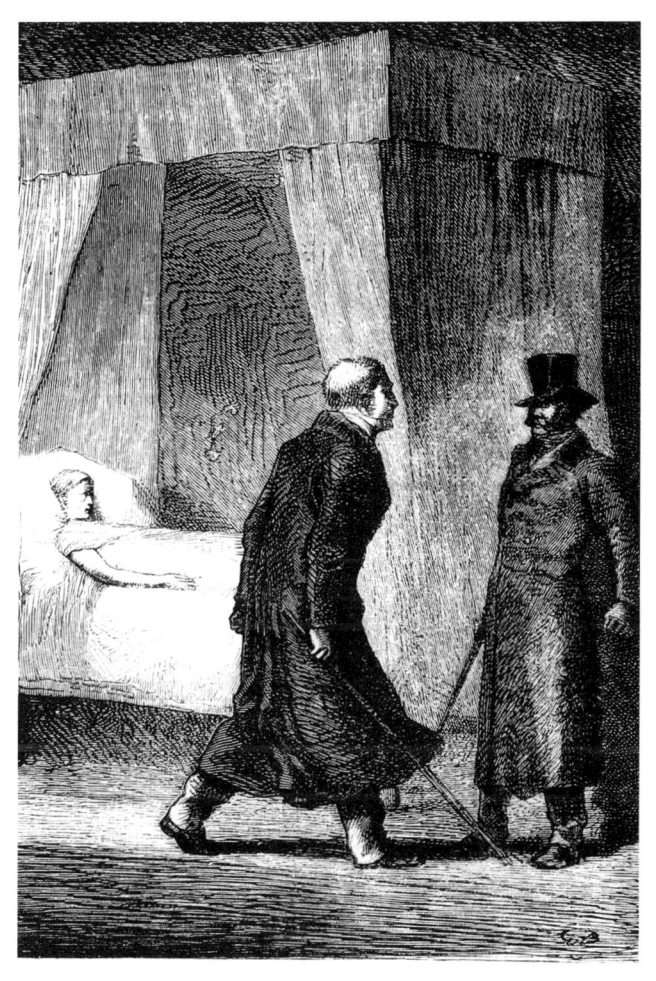

让·瓦让把臂肘支着床架上端的圆球，手托着额头，开始凝望躺着不动的芳蒂娜。他这样全神贯注、默默无言地待着，显然已把人世间的事抛置脑后。他的脸，他的姿态，只反映出一种难以形容的怜悯。他静默了一会儿，向芳蒂娜弯下身子，轻轻地同她说话。

他对她说什么呢？这个被社会摈弃的人，能对这个已死的女人说什么呢？他究竟说了什么？世上没有人听见。那死去的女人听见了吗？有些人会产生动人的幻觉，这也许是崇高的真实。可以肯定的是，辛普丽斯嬷嬷，当时唯一的见证人，以后经常对人说，让·瓦让在芳蒂娜耳边说话时，她清楚地看到，在芳蒂娜苍白的嘴唇上，在她惊恐、茫然的眸子里，展现出难以形容的微笑。

让·瓦让就像母亲对待孩子那样，双手捧起芳蒂娜的头，把它放在枕头上，给她系好衬衣的带子，将她的头发塞进睡帽里。做完这一切后，他把她的眼睛合上。

这时，芳蒂娜的脸仿佛被照得很亮很亮。人死了，如同进入光明的世界。

芳蒂娜的手垂在床边。让·瓦让跪下来，轻轻抬起她的手，吻了一下。然后，他站起来，转向雅韦尔：

"现在，"他说，"我归您了。"

五 合适的坟茔

雅韦尔将让·瓦让送进了市监狱。

马德兰先生被捕的消息，在滨海蒙特勒伊市引起了轰动，更确切地说，引起了巨大的震动。我们很难过，但又不得不实话相告：就因为"这是个苦役犯",几乎所有的人都把他抛弃了。不到两个小时,他做过的一切好事被忘得一干二净,人们只记住他是个"苦役犯"。应该说,阿腊斯事件的详细情况,当时大家尚不知道。整整一天,城里到处都能听到这样的谈话:

——您不知道吗?他是个苦役释放犯。——他,谁?——市长。——哦!马德兰先生?——是呀。——真的吗?——他不叫马德兰,他的名字很怪,叫什么贝让,博让,布让。——啊,上帝!——他被抓起来了。——抓起来了!——暂时押在市监狱,等着递解。——递解!等着递解!往哪递解?——重罪法庭,他拦路抢劫过。——嗯!我说呢!这个人太好,太完美,太虔诚。他拒绝十字勋章。遇到穷孩子,总给他们钱。我一直在想,这后面肯定有什么见不得人的事。

贵族"沙龙"更是议论纷纷。一位贵族老太太,《白旗报》的订户,发表了一通深不可测的感想:

"我并不感到惋惜。这对波拿巴分子是个教训!"

就这样,这个叫马德兰先生的幽灵,在滨海蒙特勒伊市消失了。只剩下三四个人对他仍念念不忘。服侍过他的门房老太太便是其中之一。

当天晚上,这个可敬的老太太,坐在门房的小屋里,惊魂未定,悲伤地沉思着。工厂一整天没开工,大门已上了闩,街上行人稀少。房子里只有两个修女,佩佩迪嬷嬷和辛普丽斯嬷嬷,在为芳蒂娜守灵。

快到马德兰先生平日回家的钟点,可敬的老太太下意识地站起来,从一个抽屉里取出马德兰先生房门的钥匙和他每晚上楼用的烛盘,把钥匙挂在钉子上(他习惯从这钉子上取房门的钥匙),把烛盘放在旁边,好像在等他回来。然后,她坐回椅子上,又陷入了沉思。可怜的老太太做这些事都是下意识的。

过了两个多钟头,她才如梦初醒,大声说:"哎!仁慈的耶稣上帝!我怎么把他的钥匙挂到钉子上了!"

就在这时,门房的玻璃窗打开了,一只手伸进来,抓住钥匙和烛盘,在燃烧着的蜡烛上接了火。女门房抬起头,吓得目瞪口呆,差点喊出声来,但又咽了回去。她熟悉这只手,这个胳膊,这个衣袖。

是马德兰先生。

正像她后来在叙述她的奇遇时所说的那样,她"震惊"不已,过了几秒钟才能说话。

"我的上帝,市长先生,"她终于大声说道,"我以为您……"

她戛然而止,怕后半句话会抵消前半句话的敬意。对她而言,让·瓦让永远是市长先生。

他替她把话说完。

"……在牢里。"他说,"刚才我是在牢里。我折断了窗上的一根铁条,从屋顶上跳下来,就跑回来了。我去我房里,您去把辛普丽斯嬷嬷找来。她大概在那可怜女人的身边。"

老太太赶快服从。

他没有叮嘱什么,深信她会比他自己更好地保护他。

他没叫人开门。那么他是如何进入院子里的,这个问题一直没弄清楚。他有一把万能钥匙,可以打开侧门,总是随身携带,但是,他一定被搜过身,钥匙一定给搜走了。这一点没有澄清。

他上了去卧室的楼梯。到了楼上,他把烛盘放在楼梯最后一级上,轻轻打开房门,摸黑去把窗子和百叶挡板关上,回来拿上蜡烛,又进了房间。

他这样小心翼翼,是很有必要的;大家记得,从街上看得见他的窗子。

他看了看周围,看了看桌子、椅子和床。他有三天没碰这张床了。前天夜里的一片狼藉已荡然无存。门房老太太"收拾"过房间了。不过,她从灰里捡出了包木棍两端的两块铁皮,和那枚烧黑了的四十苏的

银币，擦干净后放在桌子上。

他拿起一张纸，在上面写了几个字："这是我在法庭上提到过的包木棍两端的两块铁皮，和从小热尔韦那里抢来的那枚四十苏的银币"，然后把它们放在纸上，以便有人进来，一眼便能看到。他从一个衣柜里拿出一件旧衬衫，撕成几片，用来包两个银烛台。他从容不迫，泰然自若，一面包着主教送他的银烛台，一面啃着黑面包。这面包，很可能是他从牢里逃跑时带出来的。

后来，法院搜查房间时，在地板上发现一些面包屑，确认是监牢里的面包。

有人轻轻叩了两下门。

"进来！"他说。

是辛普丽斯嬷嬷。

她脸色苍白，两眼通红，手里的蜡烛在颤动。命运的骤变有其与众不同的特点，再完美或再冷漠的人，在这种时候，其深藏不露的人性会被这突变的风云所迫，一览无余地显露在外表。经历了白天的激动，修女变成了女人。她哭过，现在仍在颤抖。

让·瓦让刚在一张纸上写了几行字，他把纸条交给嬷嬷，对她说："嬷嬷，把这交给本堂神甫先生。"

纸已经打开。她溜了一眼。

"您可以看。"他说。

她读道："请本堂神甫先生照料我所留下的一切。请他支付我的诉讼费和今天去世的这个女人的丧葬费。余下的捐给穷人。"

嬷嬷想说话，却结结巴巴，语不成句。但她终于说：

"市长先生不想最后看一次那可怜的女人吗？"

"不了，"他说，"他们在追捕我，要是在她房里把我抓走，会打扰她的。"

他刚说完,楼梯上传来了嘈杂的声音。他们听见上楼的脚步声,门房老太太操着最大最尖的嗓门说:

"我的好先生,我以仁慈上帝的名义发誓,今天一天和一晚上,没有一个人进来,我连大门都没出!"

一个男人回答:

"可那房间里亮着灯。"

他们听出是雅韦尔的声音。

那房间的门如果打开,恰好遮住右墙角。让·瓦让吹灭蜡烛,躲到这个角落里。

辛普丽斯嬷嬷跪到桌子旁。

门开了。雅韦尔走进来。

走廊里传来好几个人的低语声和女门房的抗议声。修女没有抬头。她在祈祷。

蜡烛放在壁炉上,发出幽幽的亮光。

雅韦尔看见嬷嬷,惊得瞠目结舌。

大家知道,雅韦尔的本质,适宜他呼吸的环境和场所,是对一切权力的崇敬。他非常死板,不允许任何异议和保留。他认为教会的权力高于一切。他在这方面,和在其他方面一样虔诚、浅薄和正派。在他眼里,神甫决不会出任何差错,修女决不会有任何过失。他们用一堵墙与世隔绝,只有一扇门与外界相通,这扇门从来只为通过真话而打开。

雅韦尔看见嬷嬷,第一个反应便是退出去。

但另一个职责蛮横地将他推向相反的方向。他第二个反应便是留下来,至少也要试探一下,问个把问题。

这个辛普丽斯嬷嬷一生中从未撒过谎。雅韦尔知道这个,正因为如此,他对她格外敬重。

"嬷嬷,"他说,"您一个人在这房间里吗?"

接下来是可怕的一刻,可怜的女门房吓得差点晕过去。嬷嬷抬起头,回答说:

"是的。"

"是这样。"雅韦尔说。"请原谅,还有个问题,这是我的职责,今晚上您看没看见一个人,一个男人?是个越狱犯,我们正在找他。那个叫让·瓦让的家伙,您没看见吗?"

嬷嬷回答:"没有。"

她撒了谎。连续两次,一个接一个,就像献出自己生命那样,毫不犹豫,毫不迟疑。

"对不起。"雅韦尔说。他深深鞠了一躬,便出去了。

呵!神圣的嬷嬷!您脱离尘世已经多年,您在光明世界里,已与您的圣女姐妹和天使兄弟会合,愿您这个谎言在天国受到感激!

嬷嬷的回答对雅韦尔起了决定性作用,以至于他没发现那支刚刚吹灭的蜡烛还在桌上冒烟这件怪事。

一小时后,有个人穿过树林和迷雾,急匆匆地离开滨海蒙特勒伊,朝巴黎方向走去。那人就是让·瓦让。两三个运货的车夫遇到过他,他们证明,他背了个小包,穿了件工作服。这工作服是从哪里弄来的?一直没搞清楚。不过,前几天,工厂的医务所里死了一个老工人,只留下一件工作服。可能就是那件。

关于芳蒂娜,最后还要说几句。

人人都有一个母亲,那就是大地。人们把芳蒂娜还给了大地母亲。

让·瓦让留下的那笔钱,本堂神甫尽可能多地留给了穷人。他以为这样做很对。也许这样做是对的。毕竟,他们是谁?一个苦役犯和一个妓女。

因此,他从简埋葬了芳蒂娜,把她葬在公共墓穴。真是简到不能再简了。

就这样,芳蒂娜被葬在公墓的一个免费的角落里,那里属于大家,却不属于任何人。那里埋葬着穷人。幸而上帝知道去哪里寻找灵魂。人们让芳蒂娜躺在黑暗中,周围不知是谁的骸骨;她和乱骨混在一起。她被扔进公共墓穴。她的墓很像她的床。

作者简介

[法]维克多·雨果(Victor Hugo, 1802—1885)

法国19世纪前期积极浪漫主义文学的代表作家。代表作有长篇小说《巴黎圣母院》《九三年》和《悲惨世界》等。

绘者简介

[法]古斯塔夫·布里翁(Gustave Brion, 1824—1877)

法国插画家,1847年在巴黎的沙龙首次亮相,作品受到广泛关注,被米卢斯美术馆、法国南特美术馆、斯特拉斯堡美术馆等地收藏。

译者简介

潘丽珍

1943年生,现居上海。解放军外语学院法语教授,法语翻译家。代表作有:《追忆似水年华》(第三卷)《蒙田随笔全集》(合译)《巴黎圣母院》《悲惨世界》《屋顶轻骑兵》《海底两万里》等。

后浪微信 | hinabook
总 策 划 | 银杏树下
出版统筹 | 吴兴元 | 编辑统筹 | 尚 飞
责任编辑 | 曹 波 | 特约编辑 | 郝晨宇 沈凌波
装帧制造 | 墨白空间·Yichen | mobai@hinabook.com
后浪微博 | @后浪图书
读者服务 | reader@hinabook.com 188-1142-1266
投稿服务 | onebook@hinabook.com 133-6631-2326
直销服务 | buy@hinabook.com 133-6657-3072

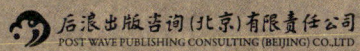

后浪出版咨询(北京)有限责任公司
POST WAVE PUBLISHING CONSULTING (BEIJING) CO.,LTD